FRANZISKA STEINHAUER

Spreewald-Marathon

UNVERZEIHLICH Als Hauptkommissar Nachtigall über einen Angriff von Häftlingen auf einen Mitgefangenen informiert wird, stellt sich heraus, dass eine Nachricht aus der Außenwelt Auslöser der Gewalttat gewesen sein könnte. Das wegen Vergewaltigung verurteilte Opfer der Attacke, war für eine vorzeitige Entlassung vorgesehen. Spielten persönliche Motive oder eher Neid und Wut über eine gefühlte Ungerechtigkeit eine Rolle? In die ersten Ermittlungen platzt die Nachricht von der Entdeckung eines brutal ermordeten Umweltaktivisten in Burg. Stimmen behaupten, die Tat habe mit einem Post zu tun, der seit dem frühen Morgen von den Bewohnern der Stadt empört geteilt wird. Eine Klebeaktion, die eine Anreise zum anstehenden Spreewald-Marathon unmöglich machen soll, wurde angeblich von dem toten Aktivisten initiiert. Doch schnell ist klar: Der Post wurde nicht vom Opfer veröffentlicht …

Franziska Steinhauer lebt seit über 30 Jahren in Cottbus. Bei ihrem Pädagogikstudium legte sie den Schwerpunkt auf Psychologie und Philosophie. Ihr breites Wissen im Bereich der Kriminaltechnik erwarb sie im Rahmen eines Master-Studiums in Forensic Sciences and Engineering. Diese Kenntnisse ermöglichen es der Autorin den Lesern tiefe Einblicke in pathologisches Denken und Agieren zu gewähren. Mit besonderem Geschick werden mörderisches Handeln, Lokalkolorit und Kritik an aktuellen gesellschaftlichen Entwicklungen verknüpft. Franziska Steinhauers Romane zeichnen sich durch gut recherchierte Details und eine besonders lebendige Darstellung der Figuren aus. Ihre Begeisterung für das Schreiben gibt sie als Dozentin an der BTU Cottbus weiter.

FRANZISKA STEINHAUER

Spreewald-Marathon

NACHTIGALLS 17. FALL

GMEINER

Immer informiert

Spannung pur – mit unserem Newsletter informieren wir Sie
regelmäßig über Wissenswertes aus unserer Bücherwelt.

Gefällt mir!

Facebook: @Gmeiner.Verlag
Instagram: @gmeinerverlag

Besuchen Sie uns im Internet:
www.gmeiner-verlag.de

© 2024 – Gmeiner-Verlag GmbH
Im Ehnried 5, 88605 Meßkirch
Telefon 0 75 75 / 20 95 - 0
info@gmeiner-verlag.de
Alle Rechte vorbehalten
1. Auflage 2024

Lektorat: Claudia Senghaas, Kirchardt
Herstellung: Mirjam Hecht
Umschlaggestaltung: U.O.R.G. Lutz Eberle, Stuttgart
unter Verwendung eines Fotos von: © Kerrick / istockphoto.com
Druck: CPI books GmbH, Leck
Printed in Germany
ISBN 978-3-8392-0732-1

Personen und Handlung sind frei erfunden.
Ähnlichkeiten mit lebenden oder toten Personen
sind rein zufällig und nicht beabsichtigt.

LAUF!

AM FRÜHEN MORGEN

»Was soll das heißen? ›Ihr Sohn wurde leider Opfer eines Tötungsversuchs‹? Mein Sohn wird nicht Opfer eines feigen Anschlags unter den Augen der Vollstreckungsbehörde!« Die Stimme heiser, empört, unbeugsam. Vielleicht eine Lehrerin, ordnete der Anrufer die Gesprächspartnerin ein.

»Wir ermitteln noch die genauen Umstände seines Unfalls. Im Moment läuft der schwere Sturz unter ›Verdacht auf …‹. Heißt: Es könnte sich um einen Unfall oder einen Mordversuch durch Mithäftlinge handeln.«

Peter Nachtigall, Hauptkommissar in Cottbus, konnte die Mutter gut verstehen. Selbstverständlich war sie davon ausgegangen, dass man sich so um die Inhaftierten kümmerte, dass es keine solchen Vorkommnisse gäbe.

»Es tut uns aufrichtig leid. Nach ersten Erkenntnissen oder besser Informationen handelt es sich um einen Sturz im Waschraum. Er …«

»Hören Sie nicht, was ich Ihnen sage? Oder verstehen Sie es nicht? Möchten das auch gar nicht? Mein Sohn stürzt nicht! Er ist jung, gesund und leidet nicht unter Schwindel. Also?«

Die Stimme von Marlies Brand wurde hart und schneidend.

»Ich erkläre Ihnen, wie wir nun weiter vorgehen.« Nachtigall unterdrückte mit Mühe ein Seufzen. »Zunächst befragen wir Ihren Sohn zum Ablauf des Vorfalls. Sollte sich herausstellen, dass es sich nicht um einen Unfall handelt, werden weitere Ermittlungen eingeleitet. Wir gehen der Frage nach, wer an der Tat beteiligt war und aus welchem Grund jemand versucht haben könnte, den Tod Ihres Sohnes herbeizuführen – oder ihn wenigstens sehr schwer zu verletzen.«

»Dann fangen Sie am besten sofort damit an! Ich bin zwar nicht mehr ganz jung, aber noch nicht dement! Mir macht hier keiner was vor«, stellte die Mutter mit rauer Stimme klar.

1

Die Mitglieder des Planungskomitees kamen im Saal des Rathauses zusammen.

Thema: Spreewaldmarathon.

Im Grunde begannen die Mitglieder schon während oder kurz nach dem Ende des aktuellen Laufs mit den Überlegungen und Vorbereitungen für den nächsten.

Je nachdem, als wie gravierend die Störungen im Ablauf wahrgenommen oder bewertet wurden und welche Konsequenzen sich daraus zwangsläufig ergeben mussten.

Schließlich war das nicht irgendein Event.

Es war ein Touristenmagnet, einer der am besten besuchten der Stadt.

Umso wichtiger war es, ein Fazit aus den letzten Läufen zu ziehen, Verbesserungsmöglichkeiten aufzuzeigen und deren Umsetzung zu planen.

»Hiermit eröffne ich die heutige Sitzung. Wie ich der Liste entnehmen kann, sind wir vollzählig und demnach beschlussfähig. Beginnen wir mit dem Tagesordnungspunkt eins: Verlauf und Sicherung der Strecke.«

»Genau.« Mit gewohnt brüchiger Stimme meldete sich Hubert zu Wort. »Ihr wisst, ich könnte wieder spezielle Backwaren zum Event anbieten. Marathonbrot, belegte Marathonbrötchen, warme Gerichte zum Ereignis. Natürlich alles nach den neuesten Ernährungserkenntnissen zusammengestellt.«

»Was hat das mit der Sicherung der Strecke und deren Verlauf zu tun? Wir sollten lieber über Krankenzelte, medizinische Versorgung bei Verletzungen der Teilnehmer oder von akuten Problemen im Publikum sprechen! Und über Ordner, die das Publikum beim Anfeuern hinter den Absperrungen halten!«, warf sein Sitznachbar empört ein.

Klaus, Schriftführer und Leiter der Versammlung, kommentierte trocken: »Habe ich so notiert.« Er begann, einzelne Punkte für alle sichtbar am Flipchart festzuhalten.

»Halt, halt«, der Bass von Roderich war unüberhörbar, »soll das heißen, wir müssen nun alle auf irgendeinen Ernährungstrend von ›Gesund-Bäckern‹ aufspringen? Also ganz ehrlich: nicht mit mir! Das würde nämlich auch bedeuten, dass es keinen Alkohol geben soll. Und das geht gar nicht! Die Gäste möchten Bier. Am liebsten in rauen Mengen.«

»Und dann setzen sie sich angetrunken oder sogar total besoffen hinters Steuer«, krächzte Hubert. »Schon beim letzten Mal gab es einige kleinere Unfälle. Sogar mit leichtem Personenschaden. Außerdem passt Alkohol gar nicht zu der Forderung nach drogenfreiem Sport.«

»Ach, so ein Quatsch! Das mit dem Bier klappt ja beim Fußball auch.« Roderich ballte unbewusst kampflustig seine Fäuste, während er sprach.

»Halt!« Der Leiter der Gesprächsrunde unterbrach diesmal mit erhobener Stimme und eindeutiger Gestik die Diskussion, die an Fahrt aufzunehmen drohte. »Tagesordnungspunkt eins: Sicherung der Strecke. Das hat mit Ernährung nichts zu tun. Erst wenn wir das abgearbeitet haben, folgt ein neuer Punkt. Zum Beispiel: die Verköstigung der Teilnehmer und der Gäste. Ist ein gesonderter Themenkomplex.«

»Oh Mann! Darüber haben wir doch schon gefühlt 1000 Mal gesprochen. Polizei ist vor Ort, sichert die Zufahrtsstraßen. Dann übernehmen Ordner die Parkplatzzuweisung. Rettung ist geplant, wird wie immer präsent sein, aufmerksam das Publikum und die Läufer im Blick haben. Das große Sanitätszelt wird weithin sichtbar sein. Die Problemfelder von letzten Läufen sind bekannt – wir werden sie in diesem Jahr vermeiden.« Cordula seufzte genervt. »Mir ist es wichtig zu betonen, dass die Gäste, die an diesem Sportereignis nicht interessiert sind, von den Sportfreunden nicht wieder belästigt werden dürfen. Bei mir haben sich viele über Pöbeleien, Poklapse und ähnliche Grapschereien oder plumpe Anmache beschwert.«

»Wie wäre es mit einem bebilderten Infoblatt zum Thema? ›Wie benehme ich mich als Gast des Sports?‹« Der Einwurf klang höhnisch, fast giftig, und Cordula schenkte dem Sprecher einen vernichtenden Blick.

»Inzwischen dürfte sich herumgesprochen haben, dass man sich Frauen gegenüber respektvoll zu verhalten hat«, zischte sie wütend. »In Lübbenau sind sie nicht nur bei diesem Thema in der Planung des Marathons viel weiter. Wir sollten endlich vorankommen.«

Der Leiter übernahm an dieser Stelle erneut. »Es gibt noch ein anderes Problem, das wir zu lösen haben. Wie ihr alle wisst, gab es auch dieses Mal gelegentlich Schwierigkeiten mit den Toiletten. Es waren schlicht zu wenige, zu manchen fand man nicht problemlos hin, schon gar nicht, wenn es eilte. Einige der Sportler und der Gäste verrichteten ihre Notdurft in den privaten Gärten der Anwohner in der Nähe der Strecke. Es gab schon früher Beschwerden über Beschwerden! Das war ein Unding – einfach mal zack! Über den Zaun und dann … Wir müssen unbedingt sicherstellen, dass so etwas nicht mehr passieren kann. Schließlich muss der ganze Ort hinter dem Event stehen, wenn an allen Ecken gemeckert wird, schlägt das auf die Stimmung. Und schlecht gelaunte Freiwillige oder Bewohner von Burg: meiner Meinung nach eine Katastrophe. Also noch einmal: Wurden die Standorte für die mobilen Toiletten festgelegt? Haben wir diesmal genug davon angefordert, um die gesamte Strecke abzudecken? Anfahrt und Abtransport der Toiletten ist schon geregelt? Schließlich will niemand das Ding länger als nötig vor seinem Gartenzaun stehen sehen.«

»Yupp. Alles besprochen, alles bestellt, alles geklärt. Der Anbieter hat schriftlich zugesichert, dass Anfahrt und Abholung termingerecht stattfinden. Kostenvoranschlag ist schon bei deinen Unterlagen.« Cordula verdrehte die Augen.

»Und«, räusperte sich Klaus, »wir haben ein neues Problem.« Er legte die Stirn in ungewöhnlich dicke Falten, die wohl die Größe des Problems abbilden sollten.

Zehn Augenpaare wandten sich ihm gespannt zu, hefteten sich an das Gesicht des Sprechers.

»Es gab da einen Post. Heute Morgen. Auf einer der Websites der Klimaaktivisten. Man kann ihn auch auf der Seite von *Kipppunkt* finden.«

Genervtes Stöhnen folgte als kollektive Reaktion auf diese Einleitung.

Manch eine flache Hand wurde wütend auf die Tischplatte geschlagen.

»Schon wieder?«, ächzte Hubert gequält. »Mann! Ich glaube, wir haben inzwischen genug von diesen Quertreibern. Unser Sportevent ist ein Lauf! Dagegen können sie doch nun wirklich nichts einzuwenden haben – wo sollte der Grund für Protest liegen?«

Klaus zuckte mit den Schultern. »Sie drohen damit, sich auf die Zufahrtsstraßen zu kleben. Da die Kleberei an Attraktivität eingebüßt hat, steht auch eine neue Variante im Raum, die sich ›ungehorsame Versammlung‹ nennt. Dabei versammeln sich möglichst viele Aktivisten auf Gehwegen und Straßen, blockieren so Fußgänger, Rad- und Autofahrer. Auf diese Weise wollen sie verhindern, dass die Gäste oder Teilnehmer des Marathons rechtzeitig hier eintreffen. Es gibt auch Planungen die Bahnstrecke betreffend. Was ja nun wirklich ein völlig falscher Ansatz wäre. ›Nimm's Rad‹, soll der Slogan offensichtlich lauten.«

»Aha! Nun, ich glaube, jeder hier am Tisch weiß genau, auf wessen Mist diese Forderung gewachsen ist.« Roderich war tiefrot angelaufen, pumpte schwer atmend, hörte sich an wie ein Dampfdrucktopf knapp vor der Explosion. »Dieser Trottel! Der braucht wohl mal eine ganz besondere Abreibung, damit er wieder zu Verstand kommt.« Nun brüllte er wie ein brunftiger Stier. »Wir können nicht zulassen, dass dieser hirnlose Wicht unsere ganze Planung sabotiert!«

»Es muss in einer freien Gesellschaft schon möglich sein, so anzureisen, wie man das selbst für richtig und sinnvoll hält. Mag doch mit dem Rad kommen, wer will – die anderen nutzen das Verkehrsmittel ihrer Wahl. Das ist meine Meinung dazu«, stellte Hubert klar.

Und selbst Paul, dem ein kleines Hotel am Rand von Burg gehörte, meinte: »Es heißt meiner Meinung nach Individualverkehr, weil ein jeder individuell entscheiden kann, welches Transportmittel er zu welchem Zweck nutzen möchte.«

»Jawoll«, donnerte Roderich, und Hubert nickte verhalten, setzte nach: »Dieser Formulierung stimme ich zu.

Und nicht nur ich – wie ich an den vielen nickenden Köpfen unschwer erkennen kann.«

»Wir sollten darüber abstimmen«, forderte Klaus mit unglücklicher Miene.

»Vorschlag«, meldete sich Cordula zu Wort, »wir veröffentlichen zusammen mit der Eventwerbung einen Aufruf, für die Anfahrt möglichst CO_2-arme Verkehrsmittel zu nutzen. Das stünde uns gut zu Gesicht, würde die Forderung nach der individuellen Entscheidung berücksichtigen und könnte die Aktivisten ein wenig runterkühlen.«

»Guter Vorschlag!« Hubert nickte wieder und forderte: »Lasst uns darüber abstimmen, ob wir beide Anträge ins Protokoll aufnehmen wollen.«

Klaus seufzte schwer. »Ich bitte um Handzeichen. Wer ist für diesen Vorschlag?«

Er sah in die Runde.

Gut, dann war das eben so.

Mit diesem Votum wurde der Diskurs eröffnet.

»Ich stelle fest, dass dieser Antrag einstimmig angenommen wurde. Wir positionieren uns gegen die Blockierung der Anreisewege durch Aktivisten – und empfehlen gleichzeitig eine CO_2-neutrale Form der Anfahrt.«

»Hu«, flüsterte eine Stimme viel zu laut. »Das gibt mehr Ärger, als wir uns im Moment vorstellen können. Ihr werdet schon sehen.«

2

Beim Bäcker merkte er es sofort.

Er, Thoralf, für seine Freunde Thor, war der einzige Kunde.

Hinter der Theke standen gleich drei Fachverkäuferinnen und ignorierten ihn auffällig konsequent.

Er versuchte es mit lautem Räuspern.

Nichts.

Mit einem pointierten »Guten Morgen!«.

Keine Reaktion.

Dann mit: »Ich hätte gern ein Roggenvollkornbrot und vier von den Kürbiskernbrötchen.«

Nicht eine der Angestellten schaute überhaupt in seine Richtung.

Hatte er vergessen, das T-Shirt zu wechseln?

Ein schneller Blick genügte für die Erkenntnis, dass er sogar schon geduscht hatte und jetzt ein frisches sauberes Hemd trug.

Nachdem er eine Weile ratlos gewartet hatte, kamen andere Kunden hinzu, stellten sich neben ihm vor die Theke.

Wurden sofort und ausgesprochen freundlich bedient.

Er dagegen: nicht einmal bemerkt.

Was war denn nun schon wieder los? Thor war sich keiner Schuld bewusst, verließ verärgert die Bäckerei.

Beim Fleischer – dasselbe Phänomen.

Vielleicht war er über Nacht unsichtbar geworden? Er

schmunzelte. So etwas hatte er sich als Kind oft gewünscht – zu jener Zeit passierte ihm das leider nie.

Warum gerade jetzt? Unerbeten?

Mürrisch kehrte er in seine Wohnung zurück. Bereitete sich ein Frühstück mit Rührei ohne Schinken, ohne leckeres Brötchen, ohne frisches Brot.

Immerhin fand er noch eine trockene Scheibe Toast.

Setzte sich mit dem Teller vor den Computer, öffnete sein Mailprogramm.

Die Gabel blieb auf halbem Weg zum bereits geöffneten Mund in der Schwebe.

»Wow!«, entfuhr ihm, und er nahm überrascht zur Kenntnis, er habe mehr als 100 Mails in seinem Posteingang. Er checkte das Handy. Nachrichten über Nachrichten in seinem Account.

Ein noch nie dagewesenes Ereignis.

Nach dem ersten Blick in die einzelnen Nachrichten verflog seine Begeisterung vollständig.

»Du Volltrottel! Wir lassen uns von dir das Event nicht verderben!«

»Am besten, du verschwindest gleich – lös dich in Luft auf, bevor noch einer von uns nachhilft!«

»Wir lassen uns von dir und deinesgleichen keine Vorschriften machen! Du bist nur ein bedeutungsloses Würstchen! Pass bloß auf, dass du nicht in einer dunklen Ecke einen schweren Unfall erleidest!«

»Puh!« Er scrollte sich durch, las nur noch die ersten Worte, scrollte weiter. »Du liebe Güte – womit habe ich so viel Aufmerksamkeit und Wut verdient?«

Als es unerwartet an der Tür klingelte, überlegte er ernsthaft, ob er eingedenk der Drohmails wirklich öffnen sollte. Vielleicht stand irgend so ein gewaltbereiter Typ mit Brechstange auf seinem Fußabtreter. Quatsch, versuchte er den rasenden Puls nach einem Blick auf die Uhr zu beruhigen. Du erwartest deine Mitstreiter, der Gesprächstermin ist schon lange vereinbart.

Rationales Denken sollte die Angst vertreiben.

Wahrscheinlich kam nur einer der Freunde früher vorbei, weil es noch Privates zu besprechen gab. Nicht ungewöhnlich, nicht überraschend.

Als er leise zum Spion schlich und beim Blick durch den Sucher schon die Klinke hinunterdrückte, wie einen Vertrauensvorschuss, kam er sich höchst albern vor.

Zum letzten Mal in seinem Leben.

Der Rest war lodernde Panik.

3

An den Tischen der Eisdiele *Eiszeit* wurde neben der Schlemmerei ebenfalls heftig diskutiert.

»Wie kann man nur so eine idiotische Forderung in die Welt setzen? Beim Bäcker hat man mir heute früh gleich von dem Aufruf erzählt! Offenbar poppte der sofort auf, wenn man sich ins Internet einloggte. Und manche wurden dann über *WhatsApp* über den Text informiert. Ich bin ehrlich überrascht, wie schnell sich so eine Information dann bei uns verbreitet.« Traudels Stimme, durchdringend wie immer.

»Na ja, wenn du Aktivist bist und wahrgenommen werden willst, musst du die Medien zu nutzen wissen und natürlich Maximalforderungen aufstellen, die polarisieren. Sonst gibt es keine Diskussionen, niemand regt sich auf. Und du wirst am Ende gar nicht beachtet, deine Meinung spielt keine Rolle.«

»›Nimm's Rad‹! So ein Schwachsinn! Wenn die Leute aus Cottbus mit dem Rad kommen, sind sie müde. Dann haben sie keine Lust mehr auf Marathon. Und die Sportler werden sich wohl auch nicht auf dem Weg hierher auspowern wollen. Ganz abgesehen davon, dass dann Gäste aus Berlin, Dresden, Leipzig oder von noch weiter weg gar nicht anreisen können. Wäre doch schade, wenn an der Piste keiner mehr den Läufern zujubelt.« Traudel schob einen Löffel Johannisbeereis mit Sahne in den Mund. »Mmmhhhmm. Lecker!«

Die Freundin schüttelte nachdenklich den Kopf.

»Strecke, nicht Piste. Und sieh es mal so: Wenn wir nicht alle endlich verstehen, dass für das Klima und gegen die heraufziehende Katastrophe jetzt durchgreifend gehandelt werden muss, leiden wir alle. Und ein bisschen früher, als würden wir jetzt einschneidende Konsequenzen ziehen.«

»Ach, nun hör schon auf! Diese Panikmache geht mir ziemlich auf die Nerven. Ich sage dir, der Mensch hat sich all das selbst eingebrockt – wenn er nun die Suppe auslöffeln muss, ist das gerecht. Ist niemand anderer da, dem wir die Verantwortung überhelfen können.« Traudel zuckte mit den Schultern.

»Da ist was dran«, räumte die Freundin ein. »Deshalb sind solche Klimaaktionen wichtig. Damit die Menschen begreifen.«

Traudel hatte keine Lust mehr auf das Thema.

»Nun – alle reden hier über Thoralf, der wohl andere Aktivisten zu Aktionen gegen den Marathon angestiftet hat. Beim Bäcker, hat mir die Cordula erzählt, wurde er heute Morgen schon nicht mehr bedient – so was wird er wohl nicht noch einmal lostreten. Ist ja kein Dummer.«

»Niemand weiß, ob er wirklich hinter diesem Aufruf steckt. Das Schlimme an solchen Gerüchten ist, dass man sie, einmal in die Freiheit entlassen, nicht mehr einfangen und in eine Kiste stecken kann. Niemand wird Thoralf glauben, wenn er beteuert, mit der Sache nichts zu tun zu haben. Rauszureden, werden die Leute sagen, versucht sich ein jeder, wenn es unangenehm wird. Und je mehr er versucht, den Verdacht abzustreifen, desto mehr werden die Menschen an Nebelkerzen von ihm glauben. Eine echt vertrackte Situation.« Sie schüttelte den Kopf so heftig, dass die orangerote Dauerwelle nachhaltig in Schwingung versetzt wurde. »Schwierig.«

»Wenn er nicht schon die ganze Zeit über so unbequeme Forderungen … na ja, dann würde auch niemand bereitwillig angenommen haben, er sei in diese Aktion verwickelt.« Traudel fühlte sich eindeutig auf der richtigen Argumentationsschiene. »Wenigstens distanzieren hätte er sich können. Deutlich.«

»Wann denn? Dazu wäre doch notwendig gewesen, dass er von den Vorwürfen weiß. War der Aufruf nicht von ihm, wusste er wohl noch nichts davon, als er beim Bäcker stand.«

Traudel schnaubte verächtlich.

»Der wird natürlich behaupten, nichts gewusst zu haben. Strategie, mehr nicht.«

»Eben«, triumphierte die Freundin. »Das meinte ich ja gerade. Bei dir funktioniert es auch schon. Es ist egal, was er sagen wird – man wird es drehen und wenden, bis es zur ursprünglichen Schuldannahme passt.«

»Hast du eigentlich in letzter Zeit die Eveline gesehen? Die hat so abgenommen, bestimmt ist sie krank«, wechselte Traudel abrupt das sperrige Thema. »Sie sieht ein bisschen aus wie Selma, nachdem sie ihre Krebsdiagnose bekommen hat.«

Die Freundin seufzte tief. »Lars Friedrich vom Polizeiposten Burg hat mir vor ein paar Tagen voller Bewunderung von Evelines neuem Training erzählt. Sie besucht jetzt ein Studio, hat einen straffen Trainingsplan, dessen Übungen sie brav abarbeitet. Er meint, seine Schwester habe in den letzten Monaten deutlich abgenommen und sei wild entschlossen weiterzumachen.«

»Ach? Eveline ist seine Schwester? Ich dachte, sie seien nur entfernt verwandt. Aber wenn man durch Sport so schlecht aussieht, dass halb Burg glaubt, man sei schwer erkrankt, sollte man lieber bei uns sitzen und einen der tollen Eisbecher genießen. In Evelines Alter ist es eh vorbei mit dem Traum vom Muskelaufbau.«

»Äh, nein, nein.« Die Freundin hob sogar abwehrend die Hände. »Die These ist längst als falsch belegt. Man kann in jedem Alter Muskeln aufbauen und Erfolge beim Sport haben. Spaß macht es außerdem. Das Internet ist voll von Senioren, die Rennen gewinnen, die Gewichte stemmen und sogar Preise einheimsen. Es ist toll: Burg steht schließlich für Sport. In unserem Fall dem Marathonlauf. Ich habe mich auch im Sportstudio angemeldet. Bin gespannt, was ich noch erreichen kann.« Sie kicherte leise, setzte dann energisch nach: »Komm doch mit! Zu zweit macht es sicher noch viel mehr Spaß! Und man findet deutlich weniger Ausreden, um sich zu drücken.«

Traudel versteckte ihr Gesicht hinter dem Eisbecher.

Ihre Freundin wusste: Die Informationen musste ihr Gegenüber erst mal sacken lassen.

Zu neu, zu anstrengend.

4

Maja Klapproth, Kollegin von Peter Nachtigall, war von seinem Plan wenig begeistert.

»Wir sollen uns um diesen jungen Mann kümmern? Gut, wir haben den Fall damals nicht bearbeitet – warum glaubt man, es sei eine gute Idee, ein neues Team dranzusetzen?«

Der Kollege atmete tief durch: »Neues Denken, neuer Ansatz. Das Team von damals gibt es nicht mehr. Zwei der drei Kollegen sind inzwischen weggezogen, der dritte …«

»Genau, zwei von dreien. Dann könnte doch der dritte …«

Verwundert bemerkte sie, wie der Kollege den Zeigefinger über die Lippen legte, und verstummte sofort.

In der Tür stand Doktor März.

»Wie ich höre, sind Sie bereits dabei, den alten Fall aufzurollen. Nun – dann sehen Sie auch, wer der ermittelnde Staatsanwalt war: ich.«

Maja spürte eine unangenehme Hitze über ihren Körper schwappen. Für einen Moment befürchtete sie gar, sichtbar zu dampfen.

»Es ging um eine Vergewaltigung. Die junge Frau war erheblich verletzt und traumatisiert, konnte sich so gut wie gar nicht an das Geschehene erinnern. Das erschwerte die Ermittlungen erheblich.« Der Staatsanwalt fühlte sich offensichtlich unwohl.

»Zeugen?« Maja hatte die heiße Welle wieder im Griff.

»Es standen viele Menschen um das Opfer herum. Gesehen haben wollte keiner etwas. Angeblich habe man niemanden beobachtet, der vom Tatort flüchtete. Alle haben sich hinter diesem kollektiven Schweigen verschanzt.« Der Staatsanwalt wirkte bedrückt. »Wir haben Verdächtige ausgemacht, die nachweislich in der Nähe des Tatorts waren. Aber es passte alles nicht zusammen. Jedenfalls nicht so, wie sich das ein Staatsanwalt gewünscht hätte.«

»Und?«, fragte Klapproth. »So ungewohnt ist diese Situation doch auch wieder nicht.«

»Nein, stimmt natürlich, das ist sie tatsächlich nicht. Einer der Verdächtigen wurde letztlich für schuldig befunden. Wie Sie sich vorstellen können, war die Situation für den Verurteilten nicht angenehm. Das Opfer war bekannt, beliebt, die gesamte Familie sozial engagiert – auch ein Resozialisierungsprogramm für straffällig gewordene Jugendliche wurde von den Eltern der jungen Frau finanziell unterstützt.«

»Und nun wurde der Verurteilte von damals in der JVA angegriffen?« Nachtigalls Stimme war die Überraschung anzuhören. »Er sitzt doch schon seit drei Jahren ein.«

»So die Lage, ja.« Doktor März seufzte tief.

»Gibt es einen Hinweis darauf, warum der Angriff auf den jungen Mann gerade jetzt stattfand?« Maja war deutlich anzusehen, dass sich ihr Mitleid mit einem Vergewaltiger, der verprügelt wurde, in engen Grenzen hielt. »Seine Entlassung war geplant?«, hakte sie nach.

»Geplant, schon kommuniziert, stand direkt bevor? Das sind genau einige der Fragen, die nun beantwortet werden müssen. Wie hat er sich geführt? Wie belastbar waren die Indizien von damals aus heutiger Sicht? Hat er versucht, mit anderen Häftlingen ins Gespräch zu kommen? Was hat er über die Tat preisgegeben? Dazu werden Sie sicher in seiner Akte Aufzeichnungen und Vermerke finden. Vielleicht hat sich die junge Frau im Freundeskreis über neue Erinnerungen an den Abend geäußert.«

»Wir haben schon alle Vorgänge angefordert«, erklärte Nachtigall. »Mit der Mutter des Verurteilten habe ich ebenfalls gesprochen. Sie war, wie nicht anders zu erwarten, sehr wütend darüber, dass der brutale Angriff auf ihren Sohn unter den Augen der Staatsgewalt möglich war.« Er atmete tief durch. »Ich verstehe gut, dass man so etwas nicht erwartet.«

»Wurde er schwer verletzt?«, erkundigte sich Doktor März leise.

»Das wissen wir noch nicht. Die Informationen haben uns gerade erst erreicht.« Klapproth zuckte mit den Schultern.

»Damals hat der junge Mann heftig bestritten, dem Mädchen zu nahe gekommen zu sein. Sie seien beste Freunde, mehr nicht. Die Spurenlage war unübersichtlich. Nach einer Party, auf der jeder mit jedem getanzt hatte, man begrüßte und verabschiedete sich mit Küsschen und Umarmung. Spermaspuren gab es nicht. Wahrscheinlich benutzte der Täter ein Kondom. Alle Ergebnisse der Ermittlungen dürftig, sehr unbefriedigend. Basis der Anklage war, dass man den Angeklagten vom Tatort hatte weglaufen sehen, er dabei einen derangierten Eindruck machte.« Damit drückte der Staatsanwalt die Klinke energisch nach unten. »Weder er noch das Opfer hatten eine Erinnerung an das Geschehen«, setzte er hinzu und verließ das Büro. Nachtigall kam es vor, als ginge er ungewohnt gebeugt.

»Er nimmt es schwer«, murmelte der Cottbuser Hauptkommissar betroffen.

»Jeder macht mal Fehler.« Klapproth hob die Hände in Richtung Decke. »Und er hat das Urteil nicht gefällt.

Nur die Ermittlungsergebnisse gesammelt und ausgewertet. Offensichtlich haben die Indizien für eine Verurteilung ausgereicht. Ist sein Job.«

»Hoffen wir, dass der junge Mann nicht allzu schwer verletzt wurde.« Nachtigall öffnete eine Datei auf seinem Handy. »Hm. Bisher nur die Mitteilung, es habe eine gewaltsame Auseinandersetzung gegeben. Einer der Häftlinge sei dabei verletzt worden.«

»Mager«, kommentierte die Kollegin.

»Viel zu mager. So sehe ich das auch.«

»Wir teilen uns am besten auf. Du fährst in die JVA – ich ins Klinikum«, entschied Maja, die wusste, wie ungern der Kollege einen Besuch auf der Intensivstation übernehmen würde. Sie selbst besuchte ausgesprochen ungern die JVA. Mit gewaltbereiten Männern entglitt ihr das Gespräch leicht bis zur Unsachlichkeit.

»Ein sehr elegantes Arrangement, aber ich denke, wir fahren gemeinsam«, erwiderte der Kollege, ließ sich mit dem Vollzugsbeamten der JVA verbinden, der den frühmorgendlichen Angriff beenden konnte, und kündigte Gesprächsbedarf an.

Andreas Vollmert, der am sehr frühen Morgen zur Auseinandersetzung im Waschraum gerufen worden war, sah grau aus, das Gesicht verhärmt, der Blick, der zwischen den Besuchern und den Akten hin und her wanderte, war unruhig, die Lider zuckten heftig, die linke Augenbraue ruckte in unregelmäßigen Abständen in Richtung Haaransatz.

»Ich war sofort da. War ja deutlich zu hören, dass es Streit gab, eine handgreifliche Auseinandersetzung verläuft in den seltensten Fällen geräuschlos. Jemand schrie und stöhnte. Also bin ich rein und habe für Ruhe gesorgt, musste dann die Gruppe zur Seite drängen, damit ich sehen konnte, um wen man sich da versammelt hatte. Eine unglaublich aggressive, aufgeladene Stimmung. Der eine oder andere hat selbst dann noch versucht, nach dem am Boden Liegenden zu treten. Eine echt bedrohliche Lage, selbst für mich. Schließlich sah es für die anderen nach einer Vier-gegen-einen-Situation aus. Und bei testosteronvernebelten, gewaltbereiten Prüglern bedeutet das immer ein besonders hohes Risiko für uns Vollzugsbeamte. Natürlich habe ich sofort gehandelt. Wenn da einer auf dem Boden liegt und sich nicht rührt, während das Blut – also, da zögert man ja nicht«, versuchte der Vollzugsbeamte, die Situation nachvollziehbar zu schildern.

Nachtigall seufzte.

Hörte, wie Maja scharf die Luft einsog.

Ahnte, was nun folgen würde.

»Sie haben also den Ernst der Situation sofort realisiert, sich selbst erst einmal auf die Schulter geklopft, weil Sie sich überaus mutig in den Waschraum getraut hatten, um nachzusehen, was dort im Gange war – und dann? Was haben Sie konkret unternommen?« Klapproth genoss nicht den Ruf, besonders einfühlsam zu sein.

»Sofort die Kollegen verständigt, damit die einen Notruf absetzen konnten, und dann habe ich notiert, wer sich zur Zeit des Übergriffs im Waschraum befunden hatte. Natürlich habe ich überprüft, ob der Verletzte ansprechbar war, aber der hat das wohl gar nicht mitgekriegt.«

»Sie haben sofort die Gruppe auf Abstand gebracht, sofort geholfen, sofort die Namen der Anwesenden notiert, sofort die Kollegen alarmiert und sofort versucht, mit dem

Opfer zu sprechen. Ein bisschen viel sofort – meiner Meinung nach.« Maja stand auf, schob dem Kollegen einen Zettel zu und verschwand.

Vollmert sah ihr nach, wurde womöglich noch ein bisschen blasser.

In seinen Blick zog jedoch ein neues, aggressives Funkeln ein.

»Ich weiß sehr genau, wer da verprügelt wurde. Und mir war ziemlich klar, dass es nun jede Menge Ärger geben würde. Dabei treffen ja nicht wir die Entscheidungen – das tun andere.«

»Ihre Aufgabe ist es, die Inhaftierten im Auge zu behalten, Gewalt zu verhindern. Ohne dabei den Grund der Inhaftierung zu bewerten.« Nachtigall bemühte sich um einen neutralen Ton, las die Nachricht der Kollegin. »Hintergrund«, stand dort, mehr nicht.

»Schon«, grinste der Mann selbstgefällig, »es gibt aber Grenzen. Und so einer, der selbst ausgeteilt hat, und zwar so richtig widerlich – der darf dann auch mal dafür büßen.«

»Ich kann also davon ausgehen, dass Sie sich nicht verpflichtet fühlten, rechtzeitig in die Auseinandersetzung einzugreifen, sie vielleicht sogar zu verhindern? Sie hätten geeignete Maßnahmen ergreifen können, um diese Konfrontation, die sich bestimmt schon länger angekündigt hatte, zu verhindern. Es war Ihnen ziemlich egal, ob der junge Mann verletzt oder gar sterben würde?« Nachtigalls flache Hand auf dem zierlichen Klapptisch ballte sich zur Faust.

Überrascht sah Vollmert ihn an. »Glauben Sie wirklich, der hätte auch nur einen Gedanken an die Folgen für sein Opfer verschwendet? Er hat das Mädchen auf brutalste Weise vergewaltigt. Sie leidet, wenn man den Medien glauben darf, noch immer unter den Folgen.«

Nachtigall nickte. »Ja, die Medien erinnern sich gelegentlich an diesen Fall. Aber Sie wissen sicher auch, dass Phil Brand nur aufgrund von Indizien verurteilt wurde.«

»Und? Das Gericht sah ausreichenden Tatverdacht. Also?«

»Also – warum jetzt?«, hakte Nachtigall ein.

»Der Kerl sollte entlassen werden. Das wird wohl für die anderen ausreichend Grund gewesen sein. Ihrer Meinung nach sollte man den Kerl nie wieder auf junge Mädchen treffen lassen. Tatsächlich sitzen hier einige Väter von Töchtern im relevanten Alter ein.«

Der Cottbuser Hauptkommissar plante in Gedanken bereits das weitere Vorgehen. Silke Dreier, seine zweite Kollegin, würde Videos sichten, die die Situation vor und nach dem Übergriff festgehalten hatten. Augenscheinlich empfand Vollmert eine gewisse moralische Rechtfertigung – aber er selbst brauchte Beweise, um die eventuell vorliegende unterlassene Hilfeleistung oder gar eine Mittäterschaft Vollmerts belegen zu können.

Beim Abschied hatte er einen schlechten Geschmack im Mund, wusste, seinem Magen gefiel das Ergebnis dieses Gesprächs überhaupt nicht.

Als er das Autoradio einschaltete und Nachrichten hörte, wurde das Rumoren in seinem Inneren nicht besser.

Das Opfer von damals, Amelie Hausacher, hatte sich am Vorabend des Angriffs auf Phil Brand umgebracht.

Die Eltern der jungen Frau wurden mit der Aussage zitiert, sie habe sich zum Suizid entschlossen, als sie von der bevorstehenden Entlassung des Täters erfuhr.

Ihre Tochter habe befürchtet, das Verfahren werde neu aufgerollt, und plötzlich seien all die schlecht verheilten seelischen Wunden wieder aufgebrochen.

Nachtigall spürte das Gewicht dieser Entscheidung Amelies schwer wie Blei auf seinen Schultern lasten, atmete mit Mühe tief durch.

»Umgebracht, weil der verurteilte Vergewaltiger wieder entlassen werden sollte? Das war doch noch gar nicht endgültig entschieden – oder habe ich die Worte Vollmerts falsch verstanden? Und wer hat behauptet, der Fall solle neu aufgerollt werden? Eine Gruppe Inhaftierter, die von diesem Suizid erfahren und sich sofort zur Rache entschlossen hatte? Ist das wirklich ein vorstellbares Szenario?«, murmelte er vor sich hin, während er den Wagen startete und in Richtung Cottbus zurückfuhr. »Woher konntet ihr von diesem Selbstmord wissen?«, grübelte er halblaut.

Maja hatte vielleicht geahnt, dass die Situation für Ermittlungen unübersichtlich werden könnte. Immerhin blieb die Informationslage dünn, die Männer würden sich nicht gegenseitig belasten, und Vollmert wirkte ebenfalls nicht so, als würde er seine Aussage revidieren.

Waren sie auf der richtigen Spur, oder drängten die Aussagen ein Szenario auf, das es so nie gab?

Während der Fahrt zum Büro wurde er schwankend.

Logischer wäre es anzunehmen, überlegte er, die anderen Insassen hätten doch wohl eher ihre eigene Situation im Blick. Warum sollten sie diesen Mithäftling angreifen und schwer verletzen – mit der Folge, dass man sie womöglich dafür vor Gericht stellte? Welches Motiv wäre für völlig Fremde akzeptabel, um so zu reagieren?

Er beschloss nachzuprüfen, ob sich einige, eventuell sogar alle, der gewaltbereiten Gruppe aus dem Waschraum bereits vor Haftantritt kannten. War einer von ihnen mit Amelie oder ihrer Familie womöglich persönlich bekannt?

Irgendjemand hatte offensichtlich das Gefühl, er müsse die Bestrafung des Vergewaltigers in die eigenen Hände nehmen – den Suizid der jungen Frau rächen? Wussten sie überhaupt schon vom Tod der jungen Frau? Wenn ja – woher? Gab es eine Verbindung zur Außenwelt, über die jederzeit Informationen an die Häftlinge weitergegeben werden konnten?

Er schüttelte den Kopf. Fragen über Fragen. Wie immer zu Beginn einer Ermittlung.

5

Maja wartete bereits auf den Kollegen.

»Ich habe Neuigkeiten zur Hintergrundrecherche«, verkündete sie sofort. »Das Opfer konnte ich leider nicht befragen. Der Mann hat ein schweres Schädel-Hirn-Trauma, ist nicht ansprechbar. Und in seinem Körper wurden einige Knochen gebrochen, innere Organe durch mächtige Hiebe getroffen. Eine Prognose gibt es noch nicht, hat man mir erklärt. Was ich herausgefunden habe: Phil Brand stammte aus Kolkwitz, wie das damalige Opfer. Sie sind für einige Zeit in dieselbe Schule gegangen, ihre Eltern waren eng befreundet, man traf sich zum Grillen, zu Ausflügen und fuhr gemeinsam in Urlaub. Amelie und ihre Familie blieben in Kolkwitz, die Freunde zogen in ein Einfamilienhaus nach Kahren. Dadurch sahen sich auch die Kinder seltener, hielten aber wohl immer Kontakt. Seit der Vergewaltigung wohnt Amelies Familie in Werben. In der Akte steht nichts weiter dazu, aber ich könnte mir vorstellen, dass man in eine Gegend umziehen wollte, in der die Nachbarn nichts von der Tat wussten. In den Unterlagen steht allerdings auch, dass die junge Frau nicht sicher war, von ihrem Freund überfallen worden zu sein, im Gegenteil. Es gibt Aussagen, in denen sie meint, es sei vollkommen ausgeschlossen, dass *er* sie überfallen habe. ›Phil doch nicht!‹, war eine solche Äußerung. Konkret erinnern konnte sie sich allerdings weder direkt nach der Tat noch später.«

Sie setzten sich im Besprechungsraum an den Tisch, begannen die ersten Informationen zu sammeln und zu notieren.

»Sie hat sich umgebracht«, murmelte Nachtigall, griff nach einem Stift und notierte diesen Punkt auf einer Karteikarte.

»Was? Davon steht nichts in den Aufzeichnungen.« Maja wirkte irritiert, erschrocken und ratlos.

»Gestern Nacht wurde sie gefunden. Mehr weiß ich auch noch nicht. Es kam vorhin im Radio.« Nachtigalls Stimme war dumpf. »Ich verstehe das nicht. Noch war er doch gar nicht entlassen.«

»Du glaubst nun, die Häftlinge wussten davon, und es kam zu einer kurzfristigen Absprache? Verabredung zum Racheakt?«

»Ich weiß es nicht. Wir überprüfen, ob jemand angerufen wurde. Es würde die eigenartige Haltung Vollmerts erklären, oder? Denkbar, dass eine Stimmung entstand, die eine solch brutale Reaktion nach sich zog. Es erschien ihnen vielleicht logisch, den Vergewaltiger von damals, wie man es wohl nennen würde, krankenhausreif zu prügeln, wenn er in ihren Augen für den Suizid verantwortlich war. Aber um das herauszufinden, müssen wir mit den Männern aus dem Waschraum sprechen.«

»Ich glaube, er hatte von Anfang an einen schweren Stand. Immerhin ging es um den Tatvorwurf der brutalen Vergewaltigung einer Minderjährigen – die er auch noch sehr gut kannte. Täter und Opfer teilten sich einen Freundeskreis. In der Akte steht, nach der Party seien die beiden nach Aussagen der anderen Feiernden gemeinsam aufgebrochen. Als Amelie nicht nach Hause kam, starteten die besorgten Eltern eine groß angelegte Suchaktion. Alle wussten, dass

Amelie sehr zuverlässig war, niemals ihre Eltern in solche Sorge versetzen würde. Deshalb halfen so viele Nachbarn mit. Der Hund einer befreundeten Familie fand das schwer verletzte Mädchen im Gebüsch. Der Freund war längst zu Hause, gab sich von der Nachricht überrascht und schockiert, Amelie wurde in ein künstliches Koma versetzt und konnte sich später an nichts mehr erinnern.«

»Also wurde ihr Kumpel verurteilt«, murmelte der Kollege. »Zeugen, die das Mädchen in anderer Begleitung gesehen haben, gab es demnach nicht.«

»Ja, so kann man das zusammenfassen.« Majas Miene spiegelte ihre Unzufriedenheit mit dieser Entscheidung. »Der Freund konnte sich alkoholbedingt auch nicht genau erinnern. Allerdings war er sich sicher, er habe sich von ihr verabschiedet und sei dann auf direktem Weg nach Hause geradelt.«

»Okay. Wahrscheinlich hat ihn niemand gesehen. Die Eltern haben ihn nicht nach Hause kommen hören? Immerhin war er angeblich angetrunken.« Nachtigall klang gereizt.

»Nein. Die waren an diesem Abend nicht zu Hause, haben bei Freunden in Berlin übernachtet.«

»Kein Alibi.« Nachtigall runzelte die Stirn. »Rechtsmedizinisches Gutachten? Es wurde doch sicher eine gründliche Untersuchung durchgeführt.«

»Klar. Sie kam sofort ins Carl-Thiem-Klinikum. Dort wurden alle weiteren Maßnahmen sofort eingeleitet. Schwere Verletzungen oral und vaginal. Sperma negativ. Aber ein Spermizid konnte beim Abstrich nachgewiesen werden, vermutlich wurde ein Kondom benutzt. Gewalteinwirkung gegen Kopf, Gesicht und Hals. Schläge gegen den Körper. Eine brutale Vergewaltigung. Sie war sehr schwer verletzt.«

»Hat sie niemand bis nach Hause begleitet?«

»Doch, aber eben nur bis zum Bus. Ihr Freund, Phil Brand, damals gerade 23 Jahre alt, also sieben Jahre älter als das Opfer. Er behauptete, sich an der Haltestelle von ihr verabschiedet zu haben. Als man sie befragen konnte, gab Amelie an, keine Erinnerung an diesen Abend zu haben, nicht zu wissen, wer sie angegriffen hat, konnte allerdings nicht ausschließen, dass ihr Freund Phil der Täter war. Also wurde er schließlich für die Tat verurteilt, alle Indizien sprachen gegen ihn, er leugnete die Tat vehement. Auch während der Haft blieb er bei seiner Version.«

»Und das Mädchen?«

»Wurde psychologisch betreut. Über einige Jahre.«

»Und nun haben Mithäftlinge den Vergewaltiger beinahe zu Tode geprügelt. Warum jetzt?«

»Ihr Suizid wäre ein Erklärung. Ab sofort war er vielleicht in den Augen der anderen kein Vergewaltiger mehr, sondern ein Mörder. Für mich liegt nahe, dass er nicht nur verletzt, sondern getötet werden sollte.«

Es entstand eine Pause.

»Und, weißt du schon, wie sie sich gestern umgebracht hat?«, hakte Maja nach.

»Nein. Ich habe die Mitteilung auch gerade erst gehört.«

Klapproth startete den Rechner.

Suchte offensichtlich nach konkreteren Informationen, scrollte und klickte sich durch Berichte.

»Hier ist eine Kurzmeldung der Kollegen dazu, die den Tatort aufgenommen haben. Sie hat sich im Gartenschuppen erhängt. Huh! Ungewöhnlich. Eine Überdosis Schlaftabletten hätte ich eher erwartet«, erklärte sie dann.

Sie drehte den Bildschirm so, dass der Kollege die Bilder der Auffindesituation sehen konnte.

»Wir müssen klären, ob es gesichert ein Suizid war«, ächzte Nachtigall betroffen. »Nicht ungewöhnlich, dass im Konglomerat von Vorwürfen, echter und gefühlter Schuld ein Mord unentdeckt bleibt. Wer obduziert?«

»Thorsten. Es gibt aber noch keine Ergebnisse im Computer.«

»Noch zu früh. Hm, wir schreiben ihm eine Mail und bitten ihn, uns über alle Befunde zu informieren, haken auch beim Tatortteam nach. Vielleicht gab es auffällige Spuren, die noch nicht abgeklärt werden konnten.«

Sie klickte weiter.

»Oh, es gibt durchaus interessante Posts im Internet. Ich habe hier eine Seite gefunden, die nennt sich *Rache der Gesellschaft*. Da wird schon seit Tagen darüber diskutiert, ob Brand wirklich entlassen werden darf, ob es nicht einer klaren Maßnahme der Gesellschaft bedürfe, damit solche Typen nie wieder … Das Übliche eben.« Maja starrte auf den Bildschirm. »Du glaubst gar nicht, was die hier so empfehlen! Grundsätzlich sind sie sich einig darüber, dass es für das Opfer ein herber Schlag wäre. Bei der Frage: ›Wie können wir die Freilassung verhindern?‹, wird die Diskussion scharf und völlig unreflektiert geführt. Klarnamen Fehlanzeige.«

»Ist denn überhaupt schon sicher gewesen, dass er entlassen werden soll? Oder beruht der ganze Sturm auf vager Annahme? Einem gestreuten Gerücht? Bisher ging ich davon aus, dass die Kollegen vor Ort rechtzeitig im Vorfeld einer solchen Entscheidung informiert würden.«

»Hätte ich auch gedacht. Und die Familie des Opfers sollte ebenfalls darüber in Kenntnis gesetzt werden. Denn es ist ja nicht auszuschließen, dass sich die beiden beim Einkaufen begegnen. Die Mutter des Verurteilten ist nach der Verurteilung des Sohnes nach Burg gezogen.«

»Hm. In die direkte Nähe zur Familie des Opfers? Werben liegt, von Cottbus aus gesehen, auf der Durchfahrtstraße nach Burg. Wahrscheinlich Zufall. Falls man in der JVA vom Suizid wusste, bedeutet das, es gibt einen raschen Informationsfluss zu den Inhaftierten. Heißt, wir müssen herausfinden, wer gestern Abend telefonieren durfte – und welche anderen Möglichkeiten es gibt, Informationen in die JVA weiterzugeben.«

»Ist es denkbar, dass die Eltern sich nicht im Klaren über den psychischen Zustand der Tochter waren? Ist schwer vorstellbar, oder?« Maja runzelte die Stirn. »Wir brauchen mehr Informationen über Amelies Familie.«

»Hätte jemand die Möglichkeit gehabt, die Männer in der JVA zu informieren, läge es nahe anzunehmen, der Angriff auf den Häftling sei auf jeden Fall eine Form von Vergeltungsmaßnahme gewesen. Aber noch können wir die Situation nicht abschließend bewerten. Wir müssen klären, ob es eine private Beziehung zwischen den Angreifern und der Familie Amelies gibt. Der Vollzugsbeamte hat vieles offengelassen.«

»Ich verstehe schon, was du meinst. Aber wäre ein solcher Gewaltausbruch nicht zum Antritt der Haft logischer gewesen? Erst jetzt, nach dem Suizid …« Sie machte eine vage Geste. »Sieht ein bisschen so aus: Vergewaltigung ist schlimm, ja – aber dafür prügeln wir dich nicht krankenhausreif, so was kann mal vorkommen, ist irgendwie okay. Aber jetzt, nach dem Suizid, hat sich die Lage verändert, das ist nicht mehr okay?« Sie räusperte sich. »Ganz ehrlich: Da bekomme ich einen heftigen Schub von Übelkeit.«

Nachtigall nickte. »Genau. Ging mir auch so. Der Beamte war nicht gerade zugänglich. Für ihn ist alles korrekt gelaufen, er selbst habe sich nichts vorzuwerfen. Meint er jedenfalls.«

»Wir rufen noch einmal im Klinikum an. Vielleicht kann man uns sagen, wann wir mit dem jungen Mann sprechen dürfen.« Maja sprang auf.

»Hey, langsam, ist ja nicht so, dass wir ihn sofort befragen können, wie du weißt! Bestenfalls bekommen wir Einsicht in seine Krankenakte, sehen, welche Befunde bei der Einlieferung erhoben werden konnten. Möglicherweise können wir uns mit dem Ärzteteam darauf verständigen, dass man uns sofort informiert, wenn der Patient Fragen beantworten kann.« Nachtigall rappelte sich auf, streckte seine fast zwei Meter Körpergröße energisch zu voller Länge. »Haben wir die Akte aus dem Klinikum, versuchen wir, von Thorsten vor dem Gespräch mit Vollmert einige hilfreiche Informationen zum Tatablauf zu bekommen – schon damit wir beurteilen können, ob der Vollzugsbeamte wirklich sofort vor Ort war und eingegriffen hat.«

6

Gegen Mittag versuchte Benjamin, seinen Freund Thor über die veränderte Stimmungslage im Ort in Kenntnis zu setzen. Irgendetwas war unterschwellig im Gange, offensichtlich richtete sich eine große Portion Ärger gegen die Gruppe *Kipppunkt*, niemand antwortete auf seine tastenden Fragen, allgemeines Schweigen breitete sich aus, sobald er in die Nähe der Einwohner Burgs kam, feindselige Blicke begleiteten jeden seiner Schritte.

Sehr sonderbar.

Auf sein Klingeln bei Thor erfolgte keine Reaktion.

Ratlos wartete er eine halbe Stunde auf den Freund, der sich selbst auf die mehrfachen Anrufe hin nicht meldete.

Sonderbar.

Benjamin rutschte nervös auf der Treppenstufe vor der Wohnung hin und her.

Konnte das Handy hinter der Tür klingeln hören.

Wurde zunehmend kribbelig.

Immerhin waren sie für heute verabredet, die Mitglieder von *Kipppunkt* wollten neue Aktionen besprechen, er käme also nur zu früh. Nicht überraschend. Benjamin kam meist deutlich vor den anderen Teilnehmern.

Thor meldete sich sonst immer an seinem Handy!

Nahm es sogar mit ins Bad.

Sehr ungewöhnlich.

Schließlich konnte der Freund auf dem Display sehen, wer da versuchte, ihn zu erreichen.

Benjamin erinnerte sich daran, dass Thors Vater vor einiger Zeit verstorben war.

Schlaganfall.

Ein neuer Notfall in der Familie, die Mutter vielleicht gestürzt?

Oder Thor selbst – plötzlich erkrankt?

Seine Besorgnis erreichte einen neuen Höhepunkt. »Hysteriker!«, zischte er sich zornig zu. »Immer malst du dir gleich das schlimmste Szenario aus!«

Nach weiteren 15 Minuten beschloss er, sich auf die Suche nach Anna-Sophie zu machen, die, wie er vermutete, einen Schlüssel zur Wohnung hatte.

7

»Tja, wie schon erwähnt: Sie können nicht mit ihm sprechen. Wir haben ihn in ein künstliches Koma versetzt, damit er ...«

»Wir wissen das«, unterbrach Klapproth den Mediziner unfreundlich. »Es ist nur so, dass wir diejenigen sind, die herausfinden sollen, wer ihn so verprügelt hat, dass dieses künstliche Koma notwendig wurde.«

Entschlossen schaltete Nachtigall sich ein, übernahm an dieser Stelle die Kommunikation, formulierte ruhiger, aber eindeutig: »Sie haben den jungen Mann bei der Aufnahme sicher gründlich untersucht. Uns könnten diese Daten ermöglichen, Schlüsse zu ziehen, die uns auf die Spur des Täters führen. Ich gehe nicht davon aus, dass Sie Ermittlungen behindern wollen.«

»Sie brauchen dazu einen Beschluss. Ich werde sicher keine Daten von Patienten an x-beliebige Leute weitergeben.«

Für wenige Augenblicke beherrschte das Geräusch von Klapproths Atmung die Szenerie.

Ein Dampfdrucktopf hätte nicht deutlicher auf sich und seine Empörung aufmerksam machen können.

Hier war Imponiergehabe angebracht, entschied Peter Nachtigall, trat einen Schritt auf den Mann im weißen Kittel zu, brachte seine Größe optimal zur Geltung, schlug einen härteren und lauteren Ton an.

»Es bedarf wohl der Klarstellung einiger Fakten. Erstens:

Wir sind die Ermittler in diesem Fall, gehen von versuchtem Mord aus. Zweitens: X-beliebige Leute sind wir nicht – wir haben uns korrekt als Mitarbeiter der Ermittlungsbehörde ausgewiesen und Ihnen angeboten, unsere Identität per Anruf sofort zu überprüfen. Drittens: Beschluss brauchen wir gar nicht unbedingt, es könnte theoretisch eine Gefahr für Ihren Patienten, uns Ermittler oder noch nicht bekannte Dritte vorliegen. Aber natürlich haben wir einen mitgebracht.« Er öffnete eine Datei auf dem Handy. »Musste schnell gehen. Ich schicke Ihnen den Beschluss auf Ihren PC, dann können Sie ihn ausdrucken. Wie lautet Ihre Mailadresse?«

Der Arzt zeigte sich von dem wütenden Riesen unbeeindruckt. »Mag ja alles sein, aber hier ist mein Verantwortungsbereich. Ich muss also sicher sein, dass alles seine Richtigkeit hat. Während ich Ihren Besuch abkläre, warten Sie hier und rühren sich nicht von der Stelle.«

Er wandte sich um, ließ die beiden Beamten vor der Stationstür zurück und stürmte über den Gang des gesicherten Bereichs in sein Arztzimmer.

»Hm. Polizei, Kriminalpolizei. Das reicht dem Mann nicht mehr! Sollen wir vielleicht zusätzlich Ausweise von Pullach mit uns führen? ›Diese Beamten wurden geheimdienstlich überprüft und zugelassen‹«, tobte Maja und fixierte die Tür, als könne ein telepathischer Befehl sie zum Aufschwingen bringen.

Der Kollege atmete tief durch. »Sieh es doch mal so: Wären wir mit bösen Absichten hergekommen, könnten wir zum Patienten gelangen und den Mord vollenden. Oder alle Informationen sammeln und zur Erpressung der Täter oder des Täters verwenden. So gesehen ist es doch völlig in Ordnung, dass er misstrauisch ist. Wie oft siehst du in deinem Leben einen Polizeiausweis? Woher weißt du, wie der genau auszusehen hat? Am Ende zeigte er sich uns gegenüber freundlich und entgegenkommend und müsste dann an anderer Stelle für die leichtsinnige Verfehlung geradestehen.« Er versuchte, die Stimmung runterzukühlen, wusste, dass das ein schwieriges Unterfangen war.

Wenige Minuten später öffnete sich die Tür.

»Ich habe bei Ihrer Dienststelle nachgefragt. Dort hat man Ihre Identität bestätigt. Ich habe also die Daten aus der Akte für Sie ausgedruckt, darf Ihnen die gewünschten Informationen überlassen. Dieses Vorgehen ist mit der Leitung abgesprochen.« Er klang sehr unzufrieden, und seine Miene spiegelte deutlich seine Verärgerung über die Entscheidung, die er nun umsetzen sollte.

Eine einfache Pappmappe wechselte in Nachtigalls Finger.

Der Inhalt sicher mehr als leicht; er war dürftig.

Maja Klapproth würgte einen aufschwappenden bösen Kommentar hinunter.

»Sieht mir nicht nach viel Information aus«, monierte auch Nachtigall, wog das schmale Dossier demonstrativ in der Hand.

»Was erwarten Sie?«, fauchte der Arzt zornig. »Der Patient kam in den frühen Morgenstunden ohne Bewusstsein zu uns. Einzige Information neben dem Namen für die stationäre Aufnahme: Zustand nach brutalem handgreiflichem Übergriff von mehreren Personen. Wir haben das gesamte Programm durchgeführt, wie wir es immer tun. Es gibt schließlich Leitlinien. Schädel-CT, Röntgen der in Mitleidenschaft gezogenen Extremitäten, Blutabnahme wegen möglicher Intoxikationen et cetera. In den letzten Stunden hat sich an seinem Zustand nichts Wesentliches verändert. Die erhobenen Diagnosen finden Sie in diesem Ordner. Ach, jemand von der Rechtsmedizin war auch hier. Wegen der beweissichernden Fotos der Verletzungen für ein eventuelles Strafverfahren.«

Nachtigalls Nicken drückte deutlich Zweifel aus. »Gut, dann hat die Beweisaufnahme ja wie geplant begonnen. Nun, vielleicht werden uns die bisher erhobenen Befunde und Informationen nicht reichen. Wenn wir weitere Fragen haben, kommen wir wieder auf Sie zu. Bitte benachrichtigen Sie uns sofort, wenn sich der Zustand des Patienten verändert. Sollte er ansprechbar sein, versuchen wir mit ihm zu klären, was genau vorgefallen ist.«

Der Arzt nickte zwar, wirkte aber genervt. »Ich habe Ihre Karte. Wir werden uns melden, aber ganz ehrlich, ich fürchte, das wird noch ein bisschen dauern. Die Verletzungen sind durchaus lebensbedrohlich.« Damit drehte er sich um und verschwand eilig wieder hinter der Tür zur Intensivstation.

Maja schüttelte den Kopf. »Ist doch seltsam: Sie versuchen hier, den jungen Mann zu retten – aber die Umstände, die ihn in diese Situation gebracht haben, interessieren nicht, die Aufklärung ist eher unwichtig. Dabei verschiebt sich der Vorwurf inzwischen von gefährlicher Körperverletzung zu Mordversuch.«

»Das Retten seines Lebens ist der wichtigste Punkt. Unsere Ermittlungen laufen parallel. Also los! Wir besprechen die Befunde mit Thorsten, dann wissen wir mehr. Können möglicherweise die Tötungsabsicht belegen.«

Er schlug die schmale Kladde auf. »Subdurales Hämatom. Hm, schlecht in jedem Fall. Vielleicht kann er sich an den Überfall im Waschraum nicht mehr erinnern.«

»Fahren wir zunächst zur Mutter?«, erkundigte sich Maja. »Sie wird gerne wissen wollen, wie es ihrem Sohn geht.«

Nachtigall strebte in Richtung Fahrstuhl. »Ich denke, sie ist inzwischen informiert. Sie war verständlicherweise sehr, sehr aufgebracht. Sehen wir mal …« Sein Schritt verlangsamte sich, er wandte den Kopf zur Tür der Intensivstation um.

»Stimmt was nicht?« Klapproth klang verwundert. »Irgendetwas nicht in Ordnung?«

»Na ja, eigentlich würde ich erwarten, dass ein Beamter den Patienten im Auge behält«, murmelte der Kollege. »Falls es sich um einen fehlgeschlagenen Mordversuch handelt, sollte jemand aufpassen, dass der nächste Versuch gar nicht erst stattfinden kann.«

»Vielleicht sitzt der Kollege drinnen vor der Tür«, mutmaßte Klapproth, deutliche Ratlosigkeit breitete sich über ihre Züge aus.

Nachtigall blieb stehen. »Würde ein Kollege vor dem Zimmer sitzen, wäre doch der Arzt wohl kaum so erstaunt über den Besuch der Kriminalpolizei gewesen, oder?«

»Du glaubst, es wurde vergessen? Oder ist die Gefährdungslage doch nicht so hoch, wie wir sie einschätzen?« Maja sah Peter verblüfft an. »Liegt vielleicht daran, dass bisher nicht von einem Mordversuch ausgegangen wurde.«

Nachtigall schüttelte bedächtig den Kopf. Zog sein Handy hervor, tippte auf eine Kurzwahlnummer. »Doktor März, wir waren gerade beim Arzt, der den Patienten auf der Intensivstation betreut. Ein Beamter, der auf das Opfer achtet, ist uns nicht aufgefallen. Dabei ist doch Schutz notwendig, oder sehen wir das falsch? Immerhin gibt es offensichtlich einen nicht unterbundenen Informationsstrang zu den Häftlingen in der JVA. Ein weiterer Mordversuch erscheint zumindest denkbar.«

Maja beobachtete, wie es im Gesicht des Kollegen arbeitete, seine Kiefer mahlten, das Augenlid zuckte, die Brauen ruckten. Ganz eindeutig machte er sich erhebliche Sorgen.

Sekunden später war das Telefonat mit »Gut! Ab sofort? Wir bleiben vor Ort, bis der Beamte hier ist« beendet.

»Schutz kommt. Er hatte sich schon gekümmert. Geht alles nicht so schnell, wie wir beide es gerne hätten. Jetzt warten wir hier, bis der Kollege seinen Platz einnehmen kann.« Damit machte Nachtigall kehrt, informierte die Station über den zu erwartenden Polizisten und den Grund für seinen Einsatz sowie die weitere Organisation des Schutzes.

Wenig später stapfte der Hauptkommissar erneut mit energischem Schritt durch den Gang auf den Fahrstuhl zu. »Alles geregelt. Er hat jetzt einen Beschützer. Komm, wir fahren!«

8

»Ach, doch noch?«, war der trockene, leicht höhnische Kommentar der großen, hageren Frau, als die beiden Fremden, die auf dem Fußabtreter warteten, sich vorstellten. Sie beugte sich über die Ausweise, dabei schien ihre lange, gebogene Nase ruckartig auf und ab zu zucken, was den raubvogelähnlichen Eindruck verstärkte. Die blassgrauen Augen wirkten kalt, und als Frau Brand den Blick hob, schauderte Nachtigall leicht. Fast erwartete er, ein Raptorengebiss zu sehen, als sie frostig lächelte und antwortete: »Immer rein. Ich hoffe, die Idioten werden hart bestraft! Ist ja wohl klar, wer daran beteiligt war.«

»Ich war schon in der JVA und hatte ein Gespräch mit dem Vollzugsbeamten, der den Angriff auf Ihren Sohn beendete.« Nachtigall spürte, dass die Mutter eine Entschuldigung von ihm erwartete, fühlte sich in eine Verantwortung gedrängt, die er nicht zu übernehmen gedachte. »Er hat uns den Vorfall geschildert und versichert, sein sofortiges Eingreifen habe die Auseinandersetzung beendet.«

»Na, wenn er das so sagt«, erwiderte Frau Brand giftig, betonte bewusst, dass sie mehr als nur leise Zweifel an der Darstellung des Zeugen hatte.

»Sie waren an der Festnahme damals nicht beteiligt, oder? An Sie würde ich mich wohl sonst gut erinnern«, entschied sie nach einem Blick, der die gesamte Größe des Mannes erfasste, und ließ die beiden Ermittler eintreten.

Die kleine Wohnung schien mit Nachtigall und Klapproth deutlich überfüllt.

Der Cottbuser Hauptkommissar kannte diesen Effekt schon gut. Fast zwei Meter Hauptkommissar mit mittlerem Übergewicht erzeugten häufig diese beengende Wirkung.

Die verspannte Körperhaltung mit weit in den Nacken gelegtem Kopf wurde der Mutter schnell zu anstrengend, und sie wandte sich mit einem lauten Seufzen der Hauptkommissarin zu.

»Die wollen ihn umbringen. Hätten es wohl schon heute gern zu Ende gebracht. Ganz klar. Im Grunde geht das so, seit er einsitzt. Schikanen, Prügel, Verweigerung des Hofgangs, manchmal wurde er schlicht bei der Essensausgabe ›vergessen‹. Natürlich hat ihm nie einer seine Version der Geschichte abgenommen. Alle auf der Seite des armen Opfers, das sich leider nicht genau an die Vergewaltigung und den Täter erinnern konnte!« Sie schnaubte wie ein wütendes Pferd. »Setzen Sie sich auf die Couch. Ich mach mal eben Kaffee.«

Geschirr klapperte, die Kaffeemaschine startete mit lautem Gluckern. Marlies Brand trug ein Tablett ins Wohnzimmer, sah die beiden Ermittler missbilligend an. »Na, nun setzen Sie sich doch. Ist sonst so ungemütlich. Im Wohnzimmer rumzustehen wie eine beim Auszug vergessene Lampe bringt nix.«

Klapproth und Nachtigall nahmen auf dem verblichenen Sofa Platz, Frau Brand stellte die Tassen ab, ließ sich in den orangefarbenen Ohrensessel plumpsen und sah die beiden erwartungsvoll an.

Maja ließ ihre Augen durch den Raum und über die Möblierung wandern. Alles sehr praktisch eingerichtet, ohne jeden Nippes, ohne Pomp oder Glitzer.

Aber ein gut bestücktes Bücherregal.

Sie sah genauer hin. Thematisch geordnet, stellte sie überrascht fest, Politik sauber von Biografien, Romanen und Krimis getrennt. Die meisten ihrer Bekannten ordneten Bücher nach den Namen der Autoren oder gar nicht.

Nachtigall eröffnete das Gespräch. »Am Telefon haben Sie mir erklärt, Sie seien überzeugt davon, dass dieser Angriff auf Ihren Sohn ein Mordversuch war.«

»Ja, natürlich war es das! Was sonst?« Empörter Ton und ein wütender Blick begleiteten diese Worte.

»Warum sind Sie sich in diesem Punkt so sicher?«, hakte Klapproth nach.

»Mein Sohn hat seit einiger Zeit Hafterleichterungen. Er soll sich wieder in den normalen Alltag eingliedern. Dazu gehörte zum Beispiel auch eine Besuchserlaubnis für ihn bei mir.« Marlies Brands Stimme schwankte.

»Er war hier?«, staunte Nachtigall.

»Ja. Ich bin krank, verstehen Sie?« Die Mutter seufzte tief, die Hände in ihrem Schoß rieben energisch über die Oberschenkel, als müssten diese wiederbelebt werden. »Es wird nicht mehr lange dauern, dann trägt man mich mit den Füßen voran aus der Wohnung.«

»Das würde die Reintegration Ihres Sohnes nicht unbedingt erleichtern, oder?« Ein typischer Klapproth, dachte Nachtigall leicht frustriert. Der Kollegin mangelte es in den entscheidenden Situationen regelhaft an Einfühlungsvermögen, es gehörte schlicht nicht zu ihrem Verhaltensrepertoire.

Frau Brand nickte zaghaft. »Kann man so sehen«, keckerte sie trocken. »Abtreten müssen wir alle. Enkel, für die ich überleben müsste, gibt es nicht und wird es nicht geben. Ein Ex-Häftling, ha! Und auf eine lange Phase mit

Krankheit oder Pflege lege ich keinen gesteigerten Wert. Integrieren muss er sich im Zweifel dann ohne meine Mitwirkung.«

»Ist er während des Besuchs jemandem aus dem Ort begegnet?«, tastete Nachtigall sich an den Kern des Problems heran. »Eine Verabredung mit einem Freund?«

»Freund? Sie scherzen gern, oder? Wer ist schon gern der Freund eines verurteilten Vergewaltigers. Als sei dieser Verdacht nicht damals schon vollkommen abwegig gewesen. Mein Sohn vergewaltigt nicht. Zu jener Zeit hatte er einen sehr guten Freund, der hat sich aber nach der Anklageerhebung zurückgezogen, wollte nicht in die Sache verstrickt werden, wie er das nannte. Ist in Ordnung, war es von Anfang an. Mein Sohn verstand es und ich auch.«

»Der Name des Freundes?« Majas Ton war bemerkenswert unwirsch.

»Er wollte vor Jahren nicht hineingezogen werden und will es heute sicher auch nicht.« Marlies Brand verschränkte trotzig die Hände unter der Brust.

»Frau Brand«, Nachtigall schlug einen warmen, verbindlichen Ton an, »wir wollen den Freund nicht zur Rede stellen, aushorchen oder in die Presse bringen. Wir möchten etwas aus seiner Sicht über Ihren Sohn erfahren. Sie sind eine lebenserfahrene Frau und wissen, dass wir für jeden Menschen in unserem Umfeld ein eigenes Programm haben und es auf Abruf nutzen können. Deshalb möchten wir mit diesem Freund sprechen.«

Die herbe Frau wand sich sichtbar, die Entscheidung, den Namen preiszugeben, fiel ihr nicht leicht. Vielleicht fürchtete sie auch eine heftige Reaktion ihres Sohnes, wenn er von ihrer Indiskretion erfuhr. Die beiden Ermittler schwiegen, gaben Frau Brand Zeit, dieses Problem zu durchdenken.

»Bartholomäus Scholz. Genannt hat er sich immer nur Bart. Der wohnt hinter der Oberkirche in Cottbus, in einem langen Wohnblock. Ist, glaube ich, nie weggezogen.«

»Aber die Leute, die Ihren Sohn beim Einkaufen gesehen haben, erkannten ihn?«

»Nun, davon gehe ich aus. Einige sicher. Sein Bild war ja schon vor Prozessbeginn ständig in allen Medien zu sehen. Der bestgehasste Mann in Cottbus und Umgebung. Schließlich war er für mich einkaufen, man wusste, dass er hier war. Der Bäcker stand jedenfalls auch auf dem Zettel, und dort hätte man ihn ohnehin gekannt.«

»Als er die Einkäufe zu Ihnen brachte, erwähnte er dabei eine Begegnung oder ein Gespräch? War er verändert? Besorgt vielleicht?« Maja bohrte tiefer.

Die Mutter legte ihre Stirn in dicke Denkfalten.

Verschwand in die Küche, kehrte mit dem Kaffee zurück, schenkte den Ermittlern und sich selbst ein, reichte Milch und Zucker weiter.

Die Pause dehnte sich.

Majas Blick streifte das Gesicht des Kollegen, und sie erkannte, dass er ruhig abwarten würde, ohne ein weiteres Mal zu fragen.

Die Mutter zögerte mit der Antwort. Setzte an, verwarf, setzte erneut an. Rang sich schließlich doch zu einer Erwiderung durch.

»Gut, als er den Kühlschrank einräumte, benahm er sich etwas sonderbar. Schon als kleiner Junge konnte er nie vor mir verbergen, wenn er etwas Verbotenes getan hatte oder sich wegen etwas schämte.«

»Und genau so wirkte er bei der Rückkehr auf Sie? Es kam Ihnen so vor, als habe er eine unangenehme Begegnung gehabt?« Maja rutschte an die vordere Kante der Couch.

»Ja. Irgendwie schon. Erst hielt ich es für eine gewisse Traurigkeit, er musste ja wieder zurück in die JVA. Pünktlich, versteht sich, er wollte die vorzeitige Entlassung auf keinen Fall gefährden.«

»Sie haben nicht nachgefragt?« Maja war irritiert. »Wenn Sie schon spürten, dass etwas nicht in Ordnung war, haben Sie dennoch die Sache auf sich beruhen lassen?«

»Ich gehöre nicht zu den Menschen, die andere drängen. Ich warte ab, biete mich als Gesprächspartner an. Es ist nicht meine Art, andere auszufragen«, gab die Frau spitz zurück und setzte wütend hinzu: »Das fällt ja wohl eher in Ihr Ressort!«

9

Für einen beherzten Versuch, die Kette noch rasch vorzulegen, war es zu spät.

Wäre auch sinnlos gewesen.

Der Typ war gut ausgerüstet.

Hätte einen Seitenschneider parat gehabt.

Den stellte er nun im Flur ab und ging geschmeidig weiter.

Ein Versuch, sich ins Schlafzimmer zu retten, die Tür abzuschließen und die Klinke mit einem Stuhl zu fixieren, war ebenfalls erfolglos.

Mit brachialer Gewalt wurde gegen das Türblatt getreten, das simple Schloss ergab sich ohne nennenswerte Gegenwehr.

Wie ein Bulldozer arbeitete sich der Eindringling den Weg frei.

Als Thor zitternd im Schrank hinter der Winterkleidung hockte, das Beben fühlen konnte, das der Schlägertyp bei jedem Schritt auslöste, war ihm bewusst, dass sein Überleben im Szenario des Eindringlings schlicht nicht vorgesehen war.

Er war gekommen, um zu töten.

Und würde erst gehen, wenn das erledigt war.

Fieberhaft überlegte Thor, wofür er, nach Auffassung des Besuchers, sterben sollte.

Wurde der Einsatz fürs Klima jetzt gesellschaftlich so geächtet, dass man als Aktivist Besuch von einem Killer bekam?

Nein, das schied aus.

Ein hartnäckiger Zweifel blieb jedoch. Hatte man ihm heute nichts verkauft, um ihn auszuhungern?

Natürlich war unbestreitbar, dass es einen gehörigen Widerstand gegen die Aktionen der Klimaschützer gab, besonders über die der Klimakleber war man noch immer empört.

Mit ihm hatte das alles nichts zu tun.

Er besaß nicht einmal Kleber!

In dem Moment, in dem die Schranktür aufgerissen wurde, er den Typen vor sich hatte, war alles Denken sinnlos geworden.

Der vermummte Kerl mit der Statur eines pubertären, hormongesteuerten Grizzlys schob ihn mit der linken Hand ohne jedes Federlesen aus dem Versteck, wie ein lästiges Insekt.

»Wer sind Sie?«, stammelte Thor panisch. »Wer sind Sie? Ich verstehe nicht, warum Sie mir etwas antun wollen! Ich bin total harmlos, tue nie jemandem weh und …«

Eine knappe Armbewegung stoppte seinen Redefluss.

»Ich bin weder harmlos noch verzichte ich auf Gewalt«, stellte der Bär klar und holte mit einem Baseballschläger in der Rechten weit aus.

Thor versuchte wimmernd, rückwärts in den Schutz des Schrankes zurückzukriechen, doch schon der erste Hieb zerschmetterte seine Schienbeinknochen. Hörbar. Spürbar.

Er schrie laut auf.

Konnte sich nur noch schlängelnd über den Boden bewegen.

Jaulte bei jeder Bewegung.

Tränen rannen über sein Gesicht, Blut breitete sich in Lachen aus, behinderte seine Versuche, wenigstens das Bett zu erreichen, sich darunterzuschieben.

Der zweite Hieb zerstörte den linken Arm, der Schlag gegen den rechten erfolgte Sekunden später.

»Warum?«, schluchzte der Klimaaktivist. »Warum?«

»Weil du Schwein schuld bist!«

Der nächste Hieb traf den Rücken mit voller Wucht und zerstörte, was bisher noch Bewegung ermöglicht hatte.

Wie eine hilflose Schildkröte blieb er in seinem Blut liegen.

»Du mieses Stück Scheiße!«, brüllte der Eindringling, drehte den Schläger offensichtlich so, dass er punktgenau zustoßen konnte.

Ein heftiger Schmerz, der ihn mehr ein Gurgeln denn einen Schrei zu produzieren zwang, nahm ihm die Sprache. Der Schwall Blut, der wenig später seine Lungen füllte, überspülte den Atem.

Ohne emotionale Beteiligung beobachtete der Schläger, wie der junge Mann in seinem Blut ertrank.

Dann, als die ewige Ruhe sich ausbreitete, überprüfte er im Schlafzimmerspiegel seine Kleidung sorgfältig, wischte das fremde Blut mit einem der Kissenbezüge von der schwarzen Lederjacke und der ledernen Hose, rieb es aus dem Gesicht.

Als er fand, jetzt seien alle sichtbaren Spuren ausreichend beseitigt, warf er einen letzten abschätzigen Blick auf den Toten zu seinen Füßen.

»Du widerlicher Hanswurst! Als wüsstest du nicht genau, warum!«

10

Klapproth besuchte den Lebensmittelmarkt an der Durchgangsstraße.

Sah sich interessiert um.

»Hier hast du eingekauft?«, murmelte sie vor sich hin. »Deine Mutter hat jedenfalls angegeben, du kaufst hier ihre Lebensmittel.«

Sie orientierte sich.

Trat an das Regal mit den Backzutaten. Mehl, überlegte sie dabei, braucht man eigentlich immer – zumindest hat man es für den Notfall im Haus. Plins geht immer. Milch, Eier, Butter, Mehl. Bestimmt hatte der Sohn diese Dinge für die Mutter mitgenommen.

Ihre Augen streiften die Ecken, glitten über die Decke, suchten in der Nähe der Kassen.

Überwachungskameras.

Immerhin möglich, dass die Aufnahmen noch verfügbar waren.

Maja Klapproth stattete dem Geschäftsführer einen Besuch ab.

Nach kurzer Diskussion und dem Hinweis auf die Wichtigkeit dieser Informationen startete der Geschäftsführer die gewünschte Aufzeichnung.

Es dauerte nicht lange, und sie entdeckte den Gesuchten zwischen den Regalen.

Er wirkte entspannt.

Keine sorgenvollen oder ängstlichen Blicke über die Schulter, auch nicht, als er sich dem Kassenbereich näherte.

Maja seufzte. Sollte einer der Kunden den jungen Mann erkannt haben, so nutzte er zumindest nicht die Begegnung im Supermarkt, um einen Kontakt herzustellen.

»Kann ich bitte alle Bänder aus dem relevanten Zeitraum sehen?« Klapproth machte körpersprachlich deutlich, dass sie eine Ablehnung auf keinen Fall akzeptieren würde.

»Und was ist mit Datenschutz?«, versuchte der Marktleiter einen Vorstoß.

»Der junge Mann wurde schwer verletzt. Falls er den Angriff nicht überlebt, wird diese Ermittlung eine zu einem Tötungsdelikt. Sie sollten kooperieren. Aber ich kann auch direkt bei der Staatsanwaltschaft nachfragen.«

»Ich würde ja gern kooperieren.«

»Na dann.«

»Es ist nicht so einfach. Mir ist sehr bewusst, dass Sie und Ihre Kollegen bewerten werden, was Sie sehen. Ich will rechtlich abgesichert sein – könnte ja sein, dass sich jemand beschwert.«

Er zuckte mit den Schultern.

»Ehrlich gesagt, ich denke, ich brauche irgendein Schriftstück ...«

Klapproth nickte verständnisvoll. »Angst, der Petzer zu sein? Wenn Sie einen Ladendieb beobachten, nutzen Sie die Aufnahmen doch auch.«

»Klar, dann kann ich ihm auch eine konkrete Straftat nachweisen, die Aufnahmen sind ein Beleg. Sie aber möchten Bilder von Kunden, ohne dass ein gesicherter krimineller Hintergrund gegen einen von ihnen vorliegt. Alles nur unschuldige Einkäufer.«

»Okay.« Damit verließ sie das Büro, um zu telefonie-

ren, hielt sicherheitshalber durch die geöffnete Tür Sicht-
kontakt mit dem Leiter des Marktes, damit er nicht auf
den Gedanken kommen konnte, Aufnahmen zu löschen.

»Wir brauchen einen Beschluss, damit ich die Videos
aus dem Einkaufsmarkt vor Ort mitnehmen kann. Das
Opfer hat beim Freigang eingekauft, das habe ich bereits
gesehen. Aber mir fehlen die Aufnahmen vom Davor und
dem Danach. Möglich, dass er jemanden getroffen hat, den
er von der Zeit vor seiner Verurteilung kennt.«

Sie lauschte der Antwort und kehrte zum Marktleiter
zurück.

»So, einmal bitte Ihre E-Mail-Adresse. Der für unsere
Ermittlung zuständige Staatsanwalt erklärt Ihnen gern,
wie es nun weitergehen kann. Es handelt sich bei unseren
Nachforschungen um schwere Körperverletzung, eventuell um versuchten Mord.«

Sie zeigte dem überraschten Mann ihr Telefon, das über
Lautsprecher alle Informationen für beide hörbar weiter-
gab.

Der Marktleiter las sich wenig später das Schriftstück
durch, das man ihm geschickt hatte. Unterschrieben und
eingescannt.

»Sie haben es ausgedruckt. So verfügen Sie über einen
Nachweis. Und wir bekommen jetzt die Dateien mit den
Aufnahmen von Ihnen.«

Während Maja Klapproth mit dem Leiter der Filiale disku-
tierte, war Peter Nachtigall nach Werben gefahren.

Er erinnerte sich an einen Mordfall in einer Gurkendy-
nastie, den er hier vor einigen Jahren zu bearbeiten hatte,
überlegte, ob das wunderbare Herrenhaus wohl noch stand.

Wenn er Zeit hatte, würde er gern schnell vorbeifahren und nachsehen.

Er parkte am Straßenrand, näherte sich dem Haus der Familie Hausacher.

Ein zarter schwarzer Trauerflor wehte neben der Klingel im Wind.

Einige Blumengebinde waren neben dem Tor abgelegt, Grablichter entzündet worden.

Offensichtlich trauerten viele aus dem kleinen Ort mit der Familie.

Dem Hauptkommissar war sehr bewusst, dass er ungelegen kam. Wie so oft.

Nachdenklich klingelte er.

Beobachtete, wie eine Gardine leicht zur Seite bewegt wurde. Jemand wollte genau wissen, wer in dieser Situation störte.

Die Gegensprechanlage knackte, rauschte, fing sich dann und übermittelte die in aggressivem Ton vorgebrachte Frage: »Wer zum Teufel sind Sie? Und was wollen Sie von uns?«

»Kriminalpolizei Cottbus. Peter Nachtigall. Ich weiß, dass ich zu einer belastenden Zeit störe, aber ich habe ein paar Fragen an Sie.«

Das Tor sprang mit leisem Klacken auf.

Nach wenigen Schritten auf dem Weg entdeckte der Ermittler den Hausherrn vor der Eingangstür.

Ein stattlicher Mann, der einen gewaltbereiten Eindruck machte, hatte die Fäuste kampflustig an der wulstigsten Stelle des Körpers in die Seite gerammt, an der normalerweise eine Taille zu erwarten gewesen wäre, die Miene spiegelte seine aggressive Grundstimmung.

»Also? Haben Sie einen Ausweis? Nur um das klarzustellen: Mit der Presse rede ich nicht. Was wollen Sie von mir?«, empfing er den Besucher in entsprechendem Ton.

Nachtigall präsentierte seinen Ausweis. »Mir ist sehr bewusst, dass ich zur Unzeit komme, Herr Hausacher.«

Nach intensivem Check retournierte der bullige Mann den Ausweis und meinte: »Sehen Sie, Herr ... äh, Nachtigall, uns belästigen im Moment sehr viele Leute aus den unterschiedlichsten Motiven. Es wäre meiner Frau und mir nicht recht, wenn in einer Zeitung, einem Magazin oder in Social Media über unsere Familie berichtet würde. Man kann also nicht vorsichtig genug sein.«

»Das ist mir durchaus klar. Die Polizei ist nicht dafür bekannt, intime Informationen an die neugierigen Medien weiterzureichen. Tatsächlich bin ich hier, um den Angriff auf einen Insassen der JVA zu klären, der nach der Vergewaltigung Ihrer Tochter als Täter verurteilt und inhaftiert wurde.«

Für einen kurzen Moment sah es so aus, als wolle der Vater des damaligen Opfers den Ermittler handgreiflich vom Grundstück jagen.

»Sie kommen zu uns, weil jemand dieses Schwein angegriffen hat? Heute? Erwarten Sie ernsthaft, dass ich Mitleid mit dem Arschloch habe?«, erkundigte sich der Mann, dessen gesamter Körper vor unterdrücktem Zorn zu beben schien, mit hassverzerrter Miene. »Meine Tochter wurde von diesem perversen Schwein brutal vergewaltigt. Sie lag im Klinikum – auf der Intensivstation. In den Jahren nach der Tat war sie in psychiatrischer und psychotherapeutischer Behandlung. Unser gesamtes Leben änderte sich durch diesen unglaublich brutalen Überfall innerhalb weniger Stunden. Nur wegen dieses widerlichen Lüstlings, der sich als ihr Freund ausgegeben hatte.«

»Ich kann mir vorstellen, dass das alles ein großer Schock für Sie war.«

»Nichts können Sie!«, brüllte der Vater. »Gar nichts. Es war die Zeit, in der wir durch die Hölle taumelten. Und nun, als wir dachten, es ginge aufwärts, sie sei so stabilisiert, dass sie ein Studium beginnen könne – da trifft sie ohne jede Vorwarnung beim Einkaufen auf dieses Arschloch!«

Nachtigall zuckte heftig zusammen.

»Jaha«, höhnte der Vater, »da zuckt sogar der Hauptkommissar!«

»Sie hatten keine Kenntnis von diesem genehmigten Besuch bei seiner Mutter?«

»Nein! Glauben Sie denn im Ernst, wir hätten unsere Tochter aus dem Haus gehen lassen? Wissend, dass dieser Gewalttäter hier unbehelligt herumlaufen darf?«

»Wie hat Ihre Tochter denn auf die Begegnung reagiert?«, erkundigte sich Nachtigall und glaubte, die Antwort schon zu kennen.

»Na, was denken Sie wohl? Sie bekam einen hysterischen Anfall. Man rief uns an, wir sollten unsere Tochter abholen. Als wir ankamen, saß sie im Büro des Marktleiters, schrie und heulte gleichzeitig, hatte angefangen, sich rücksichtslos die Haut von den Unterarmen zu kratzen, und sogar im Gesicht schon breite, blutige Bahnen gezogen. Wir fuhren mit ihr zu unserem Hausarzt, der ihr ein Beruhigungsmittel gab und sie gern stationär einweisen wollte. Das lehnte unsere Tochter ab. Er riet uns, gut auf sie aufzupassen. Ha! Als ob wir das nicht schon seit Jahren täten! Seit der Vergewaltigung reduzierte sich unser Leben auf unsere Tochter, ihre Befindlichkeiten, ihre psychischen Veränderungen. Kein Kino, kein Theater, Urlaub nur in einem ihr bekannten Hotel, in dem sogar schon die Servicekräfte ständig ein

Auge auf sie hatten. Es fühlte sich an wie eine Vollbremsung aus 450 Stundenkilometern bei freier Autobahn.«

»Sie befürchteten, ihr Zustand könne sich nach der unvorbereiteten Begegnung wieder verschlechtern?«

»Natürlich. Als sie ihn sah, schwappte all die Angst, der Schmerz mit der gleichen Heftigkeit wieder hoch, wie damals, direkt nach dem sexuellen Überfall. Und dann hat sie geweint, als wolle sie eine Überflutung auslösen. Es war uns nicht möglich, sie zu beruhigen.«

Nachtigall nickte, wortlos.

Ratlos.

Was hätte er auch Tröstendes oder nur Verstehendes sagen können?

Aus dem Vater brach es eruptiv hervor: »Er hat sie auf dem Gewissen! Dieser Unmensch. Unsere Tochter schlich sich aus dem Haus, wir bemerkten es fast sofort, konnten sie in der einsetzenden Dunkelheit nirgends entdecken. Irgendwann in der Nacht kam sie zurück. Meine Frau saß im Wohnzimmer – Schlaflosigkeit quält sie schon seit damals. Sie meinte zu sehen, dass unsere Tochter schwankte, glaubte an Alkohol zur Betäubung des neu entflammten Schmerzes. Im Zusammenspiel mit Psychopharmaka durchaus ein gefährlicher Cocktail.«

»Haben Sie oder Ihre Frau Amelie auf ihren Zustand angesprochen?«

Plötzlich begann der Vater laut zu schluchzen, heulte gar auf, wischte sich mit den Handflächen über das Gesicht.

Warf dem ungebetenen Besucher einen verzweifelten Blick zwischen den Finger hindurch zu, die sich über das Gesicht spreizten.

»Nein. Wir konnten nicht mehr mit ihr sprechen. Sie war schon nicht mehr bei uns, völlig abgedriftet. Irgendwann später muss sie sich erneut weggeschlichen haben. Meine Frau macht sich heftige Vorwürfe, weil sie davon zunächst nichts bemerkt hat. Aber wer unentdeckt gehen will, der macht keinen Lärm! Der Rechtsmediziner vermutet einen tödlichen Cocktail, dann, um sicher zu sein, ein Strick über den Querbalken im Schuppen.«

Der große, schwere Mann schwankte beängstigend.

Nachtigall packte seinen Arm, versuchte, ihm Halt zu geben. Der gesamte Körper des Vaters krampfte und zitterte im Wechsel.

»Meine wunderbare Tochter wurde erst zerstört und dann vernichtet. Ausgelöscht«, stammelte er. »Sie wird nie mehr bei uns sein.«

Der Vater ließ sich auf die Wiese sinken.

»Es war gesichert ein Suizid?«

»Es war Mord! Das Schwein hat sie nun endgültig vernichtet.«

Der Cottbuser Hauptkommissar setzte sich neben den Verzweifelten. Telefonierte mit dem Interventionsteam, versprach zu warten, bis die Hilfe vor Ort einträfe, und stellte sich besorgt eine ganz andere Frage.

»Wo finde ich Ihre Frau?«

11

Soraya begann sich zu ärgern.

Offensichtlich wollte man ihr nicht öffnen!

»Du bist sehr wohl zu Hause. Und so was von hirnrissig! Erst bestellst du mich ein, dann machst du die Tür nicht auf. Dabei kann ich sehr gut hören, dass du da bist. Dein Handy ist ein verräterischer Freund. Nicht ranzugehen nützt dir nichts. Jeder weiß, dass du nie ohne dein Handy vor die Tür gehst«, zischte sie wütend. »Mir reicht's. Solche Typen kann ich nun gar nicht ab.«

Sie drehte sich um und stürmte durchs Treppenhaus davon.

Prallte im Hausflur mit Gregor zusammen, der gerade die Stufen aufwärts im Spurt nahm.

»Hoppla! Entschuldige bitte. Ach je, weißt du, ich bin manchmal so schrecklich unaufmerksam. Tut mir leid – habe ich dir wehgetan?«, versuchte er wortreich eine Erklärung für den Zusammenstoß. Dabei sah sie der agile junge Mann mit einem Blick an, der sie an ihren Setter erinnerte, der im Auto wartete – mit genau diesem weidwunden Ausdruck in den Augen.

»Hallo, Gregor. Ist ja nichts passiert. Alles prima. Ich hätte ja auch besser aufpassen können.«

»Wolltest du auch zu Thoralf? Große Teamberatung?«

Soraya nickte. »Klar. Ist doch heute. Oder habe ich mich im Datum geirrt? Er macht nicht auf. Handy klingelt aber.«

»Drogen im Spiel?« Gregor sah plötzlich besorgt aus. »Termin war um 12 Uhr, oder nicht? Ist nicht seine Art, das zu vergessen. Ich wurde schon von den anderen beiden informiert, die warten draußen. Schlüssel habe ich vorsichtshalber mitgebracht und gehe mal nachgucken.«

Hinter ihm erschienen plötzlich die Gesichter von Anna-Sophie und Benjamin.

»Na dann.« Soraya machte kehrt und stand nach wenigen Schritten wieder vor Thors Wohnungstür.

Umständlich fingerte Gregor den Schlüssel aus der engen Tasche der Jeans, schob ihn ins Schloss. »Ist schon seltsam, nix zu hören. Sonst läuft doch bei Thor immer Musik.«

Sie traten in den schmalen Flur.

»Hm, Kette durchgeknipst. Seitenschneider vielleicht. Aber warum knackt er die eigene Kette? Von innen?« Gregor schüttelte den Kopf und ging beunruhigt wenige Schritte weiter.

»Du liebe Güte, was ist denn mit der Tür zum Schlafzimmer passiert?«, ächzte Soraya.

»Völlig zersplittert, der Rahmen beschädigt. Was mag hier bloß abgegangen sein? Wer hat die Tür wohl derart demoliert? Thor war das ja sicher nicht.« Gregor klang ratlos.

Anna-Sophie und Benjamin, die den anderen beiden gefolgt waren, starrten erschrocken auf den Türrahmen und die aus den Angeln getretene Tür.

»Thor! Hey«, rief Gregor laut. »Thor! Wir sind da, du weißt schon, wegen der Absprachen.«

Keine Antwort.

Er drehte sich zu den anderen um. »Bleibt hier stehen – oder besser noch: wartet unten! Ich gucke mal eben um die Ecke, vielleicht ist er krank und liegt im Bett.«

Er trat zwei Schritte näher an die sonderbar instabil hängende Tür zum Schlafzimmer heran, lugte um den gesplitterten Türrahmen in Richtung Bett. Kehrte mit raschen Rückwärtsschritten zu den anderen zurück.

Seine Stimme taumelte, als er erklärte: »Äh, es ist so: Ich denke, ihr alle solltet die Wohnung sofort wieder verlassen. Betonung auf alle! Und wir brauchen die Polizei hier. Und den Notarzt. Die müsst ihr informieren! Sofort! Auf jeden Fall!«

»Ach ja? Warum?« Soraya hatte keine Lust, sich rumkommandieren zu lassen, und war geblieben. Die beiden anderen standen schon im Hausflur.

»Weil ich glaube, dass Thor einen sehr unangenehmen Besuch bekommen hat.« Gregor schob sich zögernd näher an das heran, was von der Tür zum Schlafraum noch übrig war. »Extrem unangenehm«, formulierte er krächzend erneut. »Geht alle runter und ruft die Polizei und einen Rettungswagen. Ist mein Ernst!«

»Und du?«, bohrte Soraya patzig nach, während Benjamin und Anna-Sophie bereitwillig der hektischen Aufforderung folgten und sich beeilten, über das Treppenhaus ins Freie zu kommen. »Du bleibst hier, weil du ein cooler Mann bist, der gern das Kommando an sich reißt?«

Gregor erkannte, dass er so nicht weiterkam, packte Soraya hart am Arm, zog sie zu sich heran und drehte mit sanftem Druck ihr Gesicht in Richtung Schlafzimmer, damit sie die Situation erfassen konnte. »So! Jetzt weißt du, was ich meine. Ja? Also? Wirst du jetzt zu den beiden anderen hinuntergehen, Polizei und Rettungswagen alarmieren?«

Die junge Aktivistin nickte wortlos.

Stürmte im Eingangsbereich an den überraschten Freunden vorbei, erbrach sich in die Hecke vor dem Eingang.

Benjamin und Anna-Sophie kümmerten sich besorgt um die Mitstreiterin bei *Kipppunkt*.

Gregor hörte ihre hysterische Stimmen bis in die Wohnung Thors hinauf.

Immerhin, registrierte er, Anna-Sophie verständigte Polizei und Notarzt.

Er ging in die Hocke, starrte auf das Bild, das sich ihm bot.

»Mensch, Thor«, murmelte er dann, »wer hat dich bloß so zugerichtet? Was hast du dir zuschulden kommen lassen? So ein freundlicher Kerl wie du bekommt doch keinen Besuch von einem Killer!«

Es sei denn, präzisierte sein Denken ein Erklärungsangebot, es ging gar nicht um Thor persönlich, sondern um uns als Gruppe. Ein Angriff gegen die Aktivisten. »Scheiße, Thor, warst du nur der Erste von uns, der diese Art Besuch bekommen hat?«

Eine heiße Welle von Übelkeit breitete sich als Folge der Überlegungen auch in seinem Körper aus. Er hielt die Luft an, warf einen letzten Blick auf das, was wahrscheinlich der Körper von Thor war, stürmte die Treppe hinunter und erbrach sich wild auf den Rasen vor dem Hauseingang.

Soraya reichte ihm wortlos eine Packung Papiertaschentücher.

Wies mit dem Finger auf das zweite Häufchen in der Hecke. »Braucht dir nicht peinlich zu sein. Wir haben mehr gesehen als die anderen.«

Es dauerte nicht lange, und die Straße war voller Fahrzeuge mit und ohne Blaulicht.

Ein Rettungsteam war zunächst in die Wohnung Thoralfs gestürmt, kam überraschend schnell zurück. Der Notarzt wandte sich an die Besatzung des Streifenwagens. Daraufhin stieg das Team aus und machte sich auf den Weg zu Thoralfs Wohnung.

Die kleine Gruppe vor dem Haus wartete schweigend und ahnungsvoll.

Als der Notarzt in ihre Richtung sah und vielsagend mit dem Kopf schüttelte, wurden für sie alle denkbaren Szenarien bedrohlich.

»Ach herrje, wegen Thor?«, erkundigte sich eine sensationslüsterne Mieterin aus dem Haus, die offenkundig gerade vom Einkaufen zurückkam und die Szene zu interpretieren versuchte. »Tja, was soll ich sagen? Natürlich tut es mir leid. Polizei vor Ort, totenbleiche Freunde vor dem Haus, das heißt wohl, Thor wurde getötet? Ermordet gar?« Gregor nickte vorsichtig, um keine neue Welle der Übelkeit heraufzubeschwören. »Er war ja ganz nett – aber nach dieser letzten Aktion von *Kipppunkt* hat er wohl auch selbst schuld an dem Schlamassel.«

Gregor sah die Sprecherin empört an und hätte sicher eine geharnischte Antwort gegeben, doch ein weiteres Auto hatte vor dem Haus gehalten, aus dem ein massiger Riese etwas ungelenk ausgestiegen war.

Die letzten Worte hatte er wohl gehört, denn er trat sofort zu der kleinen Gruppe und fragte: »Wie darf ich das verstehen, er habe nach der letzten Aktion an dem Schlamassel wohl selbst schuld?«

»Ach, das liegt an der Einstellung der jungen Leute heute. Die scheren sich nicht um die Dinge, die den älteren wichtig sind«, erklärte die Nachbarin. »Work-Life-Balance ist ihr Thema – klimaneutral natürlich. Ha! Und dann sitzen sie den ganzen Tag an Computer und Handy! Gerade neulich habe ich gelesen, wie hoch der CO_2-Ausstoß beim Versenden einer einzigen *WhatsApp* ist: zwei Milligramm.

Nur Text, ohne Fotos. Wenn man die verschickt ist man gleich bei zwei bis vier Gramm. Unfassbar. Und da haben sie weder Hemmungen noch Bedenken. Appen ständig hin und her. Und jetzt diese im Internet angekündigte Aktion zum Marathon! Aber – wer sind Sie überhaupt? Wem muss ich all diese Fragen beantworten?«

»Peter Nachtigall, Kriminalpolizei Cottbus.« Der Riese zeigte seinen Ausweis. »Man hat mich verständigt. Der Arzt, der hinzugerufen wurde, geht von Mord aus – in diesem Fall kommen wir und sehen uns alles genau an. Und da Sie es für möglich halten, dass man jemanden nach einem ›Schlamassel‹ ermordet, interessiert uns das sehr. Ich bin sicher, ich würde gern von Ihnen noch mehr erfahren, also hätte ich gern Ihren Namen und Ihre Adresse plus Telefonnummer.« Dabei nickte er der älteren Dame freundlich und aufmunternd zu, notierte dann ihre Angaben.

Wandte sich danach der Gruppe der jungen Leute zu. »Ich gehe davon aus, dass Sie uns verständigt haben?«

Gregor nickte stellvertretend für alle.

»Ihr Freund war sehr beliebt im Ort?«, wollte eine sportliche Frau wissen, die plötzlich neben dem Riesen aufgetaucht war. »Klapproth. Die Kollegin«, stellte sie sich knapp vor, zog den Ausweis aus der Jacke. »Der Erkennungsdienst hat mich mitgenommen«, setzte sie mit Blick auf den Kollegen hinzu.

»Nun, im Grunde sind wir schon akzeptiert, einige sogar echt beliebt. Wir sind eben Klimaschützer, und da eckt man schon mal an. Aber in der Regel gab es keine Schwierigkeiten.«

»Ach, das ist doch alles nur Klimapanikblödsinn! Erst heute hat man mir erzählt, Thoralf habe einen Aufruf gestartet, der den Marathon im Fokus hatte. Eine Klebeaktion oder Ähnliches auf den Zufahrtstraßen, damit weder die

Sportler noch die Zuschauer kommen können. Geplant sei, Burg und Lübbenau unerreichbar werden zu lassen. Kleber und andere Aktivisten auf allen Zufahrtstraßen. Das hat viele hier im Ort sehr aufgebracht! Ich glaube, beim Bäcker hat er heute Früh schon keine Brötchen bekommen«, stellte die alte Dame spitz klar.

»Und woher wusste man im Ort, dass er der Urheber des Klebeplans war?«, hakte Nachtigall nach.

»Hä? Fragen Sie das im Ernst?« Die Zeugin lachte böse. »Wer hätte es wohl sonst gewesen sein sollen? Diese vier bleichen Figuren sicher nicht, dazu braucht man schon eine große Traute.«

Maja sah sich in der Wohnung des jungen Mannes um.

»Okay. Wie eine Studentenbude sieht das nun wirklich nicht aus. Meine erste Bleibe ist mit den Räumen hier nicht einmal im Ansatz vergleichbar. Alles hier riecht nach Bürschchen aus gutem Hause. Die Eltern übernehmen Miete und Unterhalt, der Sohnemann kümmert sich um sein Studium. Und in diesem Fall rettet er nebenbei noch das Klima. Ich bin beeindruckt.« Das klang nicht nach einem positiven Resümee.

»Ich denke, er sollte in Ruhe studieren können und schnell einen qualifizierten Abschluss vorweisen.« Nachtigall seufzte.

»Er sollte also in Ruhe studieren – und was macht er? Gründet eine Aktivistengruppe und bringt den Ort gegen sich auf. Studieren und Ruhe sehen anders aus.«

»Klar. Und dann lässt er sich auch noch umbringen. So einer ist das!«, gab Nachtigall zynisch und wütend zurück. Maja und ihre Schnellbeurteilung! »Also ehrlich, Maja. Er hat jedes Recht, sich für irgendwelche Aktionen einzusetzen, solange es legal ist. Für wohlhabende Eltern kann er nichts. Wir wissen nicht, welches Motiv der Täter hatte, den jungen Mann zu töten. Noch können wir keinerlei Mutmaßungen formulieren. Hörensagen und Vorurteile sind keine Basis für Ermittlungen – das muss ich dir doch wirklich nicht erklären!«

Maja verdrehte genervt die Augen.

»Wir sind hier erst mal fertig. Wenn ihr wollt, könnt ihr jetzt ins Schlafzimmer.« Einer der Tatortsicherer reichte zwei Schutzanzüge an die beiden Ermittler weiter, unterbrach damit die Diskussion. »Jede Menge Spuren. Blut, Fasern, Haare. Passt auf, wenn ihr euch umseht. Der Scan ist fertig, aber es wäre dennoch besser, nicht in die Spuren zu treten«, mahnte er und reichte einige Asservate in Beuteln an einen anderen Tatortspezialisten weiter.

»Na dann!« Nachtigall nickte Klapproth zu.

Plötzlich stand Lars Friedrich vom örtlichen Polizeiposten mit bekümmerter Miene neben ihnen. »Ich habe gerade davon gehört. Ein Mord. Ist ja wohl für die Gruppe ein schwerer Schock. *Kipppunkt*, die hat Thoralf bei lokalen Aktionen geleitet. Und nun das! Ist ja für so junge Leute nicht alltäglich, dass einer aus ihrem Kreis plötzlich stirbt; und dann auch noch auf diese Weise. Wahrscheinlich können die anderen Mitglieder des Bündnisses nicht gut damit umgehen.« Er sah sich die Verwüstung kopfschüttelnd an. »Die Schlafzimmertür ist gewaltig ramponiert. Raubüberfall? Rambo?«

»Wir wissen noch nicht, was genau hier passiert ist und warum. Allerdings steht der Rechner noch auf dem Tisch. Spricht nicht für einen Diebeszug, der aus dem Ruder gelaufen ist.« Maja. Knapp und scharf.

»Habt ihr jetzt mal einen Moment?« Der Kollege vom Tatortteam stand wieder neben Nachtigall. »Dann könnte ich versuchen, euch zu zeigen, was hier möglicherweise abgelaufen ist. Wie immer unter Vorbehalt. Aber die Spuren sind unserer Meinung nach schon ziemlich gut interpretierbar.«

Die beiden Hauptkommissare nickten Friedrich zu und folgten dem Kollegen ins Schlafzimmer.

»So. Unseren ersten Auswertungen nach hat es sich ungefähr so abgespielt – wie gesagt, alles noch vage: Wir gehen davon aus, dass der junge Mann den Täter hereingelassen hat. Als er bemerkte, was der Besucher plante, rannte das Opfer ins Schlafzimmer, versteckte sich im Schrank, nachdem es die Schlafzimmertür hinter sich abgeschlossen und einen Stuhl unter die Klinke geschoben hatte. Das konnte den Eindringling allerdings bestenfalls kurz aufhalten. Er hat mit brachialer Gewalt das Schloss aus dem Türblatt geschlagen, vielleicht eher rausgetreten. Danach konnte er den Stuhl natürlich wegschieben. Offensichtlich hat er auch die Tür aus der oberen Angel geschlagen, sie hängt nur noch über der unteren. Das Opfer im Schrank aufzuspüren, war eher kein Problem. Gibt kein anderes Versteck. Der Angriff begann dort, das Opfer blutete wohl nach den ersten Schlägen mit einem harten Gegenstand sofort heftig. Ihr seht eine Art von Schleifspuren, die quer durch den Raum führen. An einigen Stellen ist deutlich mehr Blut als an anderen. Spricht vielleicht dafür, dass erneut mit diesem schweren Gegenstand zugeschlagen wurde. Der Rechtsmediziner wird wohl erkennen können, welche Art Schlagwaffe benutzt wurde.«

»Der junge Mann versuchte, das Bett zu erreichen?«, erkundigte sich Nachtigall mit belegter Stimme.

»Möglich. Nicht logisch, aber denkbar. In solch einer Lage will das Opfer nur noch weg. Ist vielleicht so eine Art kindlicher Instinkt, unter dem Bett verschwinden zu wollen. Der Fluchtversuch hat diesmal eindeutig nicht funktioniert.« Der Kollege musterte den Hauptkommissar nachdenklich und ergänzte: »Ja, es sieht schlimm aus. Das war keine ganz schnelle Aktion. Für das Opfer sehr qualvoll, würde ich meinen. Vielleicht haben die Mieter der anderen Wohnungen etwas gehört, durch den Türspion jemanden weglaufen sehen?«

»Das klären wir gerade. Kollegen befragen die anderen Hausbewohner. Was hat er sich wohl zuschulden kommen lassen? Jemand war der Meinung, er verdiene einen schrecklichen Tod. Und er sollte wohl auch wissen, wer ihn wofür tötet. Wie alt mag der junge Mann gewesen sein? Mitte 20?«

Maja warf Peter Nachtigall einen schnellen Blick zu. Seine Dünnhäutigkeit kannte sie schon, aber diesmal wirkte er deutlich stärker betroffen denn je.

»Klimaaktivist«, murmelte sie nachdenklich. »Gerüchte, die ihn in Verbindung mit einer geplanten Aktion bringen sollten, Besuch von einem Mörder. Meinst du, die Gerüchte über eine Klebeaktion zum Marathon waren Teil des Plans?«

»Wenn ich die Freunde richtig verstanden habe, hat sich das Gerücht über den Aufruf zur Klebeaktion erst heute Morgen verbreitet. Und dann erfolgt eine solch brutale Reaktion? Prompt? Könnte natürlich sein, dass der Mörder das Gerücht selbst in die Welt gesetzt hat. Damit wir glauben, wir wüssten, in welchem Milieu wir nach ihm fahnden müssen.« Nachtigall schüttelte ratlos den Kopf.

Lars Friedrich meinte grantig: »Na, das mit dem Androhen einer Sperrung der Zufahrtsstraßen war schon starker Tobak. Der ganze Ort weiß schon seit dem frühen Morgen davon, der Post ist Gesprächsthema Nummer eins! Was ich meine, ist: Davon zu reden ist ein Ding – einen Aufruf zu starten und konkret damit zu drohen, ein ganz anderes. Da hat er plötzlich auf einen Schlag jede Menge Feinde. Aber der Thor war ja kein Idiot. Der hat mit Sicherheit gewusst, dass ihm solch ein Coup jede Menge Ärger einbringt.«

»Du meinst, es war nicht möglich, den Ärger zu unterschätzen, den solch ein Post mit sich brächte?«, fasste Maja zusammen.

»Genau.« Lars Friedrich freute sich augenscheinlich darüber, dass er verstanden worden war.

»Wir nehmen natürlich den Computer mit. Die Mails werden uns vielleicht darüber Auskunft geben können, ob er tatsächlich in die Planungen verwickelt war. Handy habt ihr eingetütet? Gibt es einen Festnetzanschluss? Liegt irgendwo noch ein Tablet? Alle Kommunikationsmedien müssen gecheckt werden.« Nachtigall sah zwar nicht so aus, doch seine Stimme klang, als habe er sich vom ersten Schock erholt. »Die Kollegen sollen von Tür zu Tür gehen und fragen, ob nicht doch jemand etwas gehört oder beobachtet hat. Wir sollten vielleicht mit Regina Schwarz sprechen, der Nachbarin, die dem jungen Mann vorwarf, er sei selbst schuld an dem tödlichen Überfall.«

Klapproth nickte, versuchte sich an einer Kurzform der Abläufe. »Es klingelt. Hat er den Kerl reingelassen? Oder ist die Eingangstür auch beschädigt?«

»Die Kette wurde mit einem Bolzenschneider durchtrennt.«

»Aha. Er hat ihn also wohl nicht reingebeten. Er muss ziemlich schnell erfasst haben, dass ihm Gefahr droht. Vielleicht gab es einen verbalen Schlagabtausch. Dann haben die Nachbarn wohl etwas davon mitbekommen. Der Typ dringt ein, das Opfer versucht, die Tür zu verbarrikadieren, versteckt sich im Schrank, wird aufgestöbert und auf der Flucht, die er nur kriechend durchführen konnte, vom Täter getötet. Ein brutaler Typ, der nur zum Töten gekommen ist. Danach verließ der Mörder den Tatort. Niemand hat ihn aufgehalten. So ist die Lage?«

»Ja. So ziemlich.«

»Keiner hat die Polizei verständigt? Es muss ziemlich laut zugegangen sein. Warum hat niemand etwas gehört und Hilfe organisiert?«, hakte der Hauptkommissar erneut nach.

»Baulärm? Die Straße hier ist morgens viel befahren. Die Leute haben die Geräusche einem der üblichen Verursacher zugeordnet.« Friedrich zuckte mit den Schultern.

»Und was ist mit der Kleidung des Täters? Ein Mann, der in blutverschmierten Klamotten durch die Stadt läuft, der fällt doch auf. Habt ihr schon im Bad nach Spuren gesucht?«

»Nix. Zahnpastaspritzer im Waschbecken, Restfeuchte in der Dusche und im Handtuch. Mehr nicht. Überbleibsel eines Frühstücks in der Küche.«

»Hinweise auf die verwendete Schlagwaffe?«, fragte Nachtigall nach.

»Nicht konkret. Schwer war sie wohl.«

»Ein großes Beil? Ein schwerer Knüppel?« Lars Friedrichs Stimme; seltsam kleinlaut. »Du liebe Güte, so etwas findet man ja in vielen Haushalten.«

»Warten wir auf das Ergebnis der Rechtsmedizin.« Nachtigall warf einen nachdenklichen Blick ins Innere des Schranks. »Warum ist er in diese Ecke geflüchtet? Er musste damit rechnen, sofort entdeckt zu werden. Warum hat er nicht einfach ein Fenster geöffnet und laut um Hilfe geschrien? Oder Feuer! Da reagieren die Nachbarn meist sehr schnell. Möglicherweise wäre der Täter sofort verschwunden, weil er fürchten musste, gesehen zu werden. Hätte den jungen Mann unbehelligt gelassen.«

Maja musterte den Kollegen der lokalen Polizeistation, fragte dann: »Es sind doch sicher noch mehr Menschen in dieser Gruppe organisiert. Wie heißt die? *Kipppunkt*? Wurde das Opfer mit jemandem verwechselt?«

Lars Friedrich wurde schlagartig blass. »Äh, möglich. Einer, der ständig Ärger hat, ist Arno. Der wohnt ein Stockwerk höher. Hat aber mit den Klimaaktivisten nichts zu tun. Der ist anders schwierig. Aber wenn er den Falschen … Dann kommt der Angreifer vielleicht zurück und …«

Nachtigall nickte. »Ja, wäre denkbar. Sobald die Medien berichten, könnte der Täter seinen Irrtum bemerken.«

»Den Herrn aus dem nächsten Stockwerk laden wir zu uns ein. Name?« Klapproth notierte die Angaben und schickte den uniformierten Kollegen Friedrich zu Arno, um ihn ins Präsidium einladen zu lassen.

»Wir brauchen Namen und Adresse der Eltern des Opfers. Wir müssen sie rasch informieren, bevor neugierige Nachbarn das übernehmen.«

12

Maja telefonierte mit der Kollegin Silke Dreier, die den Hintergrund des Aktivisten checken sollte.

»Wir brauchen die Adresse der Eltern, die wissen noch nicht, dass ihr Sohn Opfer eines brutalen Anschlags wurde. Leider hat die Presse wohl schon Wind davon bekommen, als wir aus dem Haus kamen, standen erste Reporter auf dem Weg. Und es werden bei dir drei der Umweltaktivisten erscheinen, die ihre Aussage machen müssen. Sie haben den Toten gefunden.«

»Okay. Ich kümmere mich darum. Adresse kommt gleich auf dein Handy. Kannst du mir die Namen der drei Zeugen noch schicken?«

»Ja, klar. Ach, und Arno Menzel kommt auch zu dir. Der wohnt über dem Mordopfer. Setz ihn irgendwohin, er soll auf uns warten!«

Nachtigall murrte. »Ist doch eigentlich völlig sinnlos, einen der Aktivisten umzubringen, weil er in die Planung einer Klebeaktion verwickelt ist. Ist der Aufruf erst im Netz, kann man ihn nicht einfach wieder zurückholen. Dann übernehmen andere, außerdem bekommt das Ganze eine neue Dynamik – heißt, der Täter erreicht unter Umständen genau das Gegenteil.«

»Man kann das Ziel der Aktion wechseln. Ist ja noch eine ganze Weile hin bis zum Startschuss. Vielleicht ging es nur darum: Aktion ja, aber nicht bei uns. Der Marathon hat viele Austragungsorte.« Majas Handy brummte.

»Aha, hier die Adresse. Ich dachte, einer der Freunde hätte von Frankfurt-Oder gesprochen. Aber da wohnen die Eltern nicht mehr. Seit ein paar Monaten wohnt die Familie am Rand des Spreewalds. Ist in Steinitz gemeldet. Das ist in der Nähe von Drebkau, schreibt Silke.«

Nachtigall parkte aus der Schlange der abgestellten Einsatzfahrzeuge aus und fuhr los. »Ich weiß, wo das ist. Hoffentlich ist jemand zu Hause.«

Das neue Heim lag etwas versteckt in der Nähe einer Ruine.

»War mal ein tolles Gutshaus. Eindrucksvoll wie ein Schloss, trutzig. Leider ist es vor einiger Zeit bei einem Brand zerstört worden. Ob es tatsächlich wieder aufgebaut wird, steht in den Sternen«, erklärte Nachtigall. »War eine Art Wahrzeichen für die Gegend hier.«

»Brandstiftung? Blitzeinschlag?« Maja musterte die Reste des Gebäudes nachdenklich. »Ist ja wirklich schade, dass solch ein Bau zerstört wird. Das Dach auf dem Turm war aus Kupfer?«

Sie erreichten eine Art Vorstadtvilla.

Modern, quadratisch, etwas unterkühltes Ambiente.

»Na, das würde mir auch gefallen. So für die Zeit nach der Berufstätigkeit. Conny würde es sicher mögen, und die Katzen könnten hier überall herumstreifen. Bei Casanova allerdings macht sich jetzt das Alter deutlich bemerkbar. Er mag's seit einiger Zeit gern häuslich gemütlich und warm, mit regelmäßiger Futterversorgung durch die Zweibeiner.«

»›Nach der Berufstätigkeit‹ ist bei mir noch eine ganze Weile hin. Und wenn du hier draußen wohnst, kommst du nicht ohne Auto irgendwohin. Theater, Kino, Ausstellungen – alles in Cottbus. Mindestens eine halbe Stunde mit dem Auto – und ob eng getaktet regelmäßig ein Bus fährt? Hm. Ich würde wohl eher von hier aus in die große Stadt ziehen, damit ich das volle Angebot von Kneipe über Restaurant zu Kultur nutzen kann.«

»Dir wäre es hier zu einsam?«

»Allemal!«, bekräftigte die Kollegin.

»Einkaufen ist nicht weit weg. Ausgedehnte Spaziergänge wären möglich – und es ist wunderbar ruhig hier. Stressarm. Hier gibt es einen eindrucksvollen Aussichtspunkt, vielleicht kannst du mit Nicola mal hinfahren: Die Steinitzer Treppe ist allemal einen Ausflug wert. Sie bietet einen fantastischen Blick über die Umgebung. Braunkohleland.«

»Nun, im Moment bringen wir gerade jede Menge Stress in eine Familie. Vorbei mit Ruhe und Beschaulichkeit.« Maja schwang sich aus dem Auto.

Ein Viertel, das aussah, als habe ein und derselbe Architekt all diese Häuser geplant.

»Wohnungen für Senioren. Zumindest wurden sie auch so angeboten und beworben. Barrierefrei«, wusste Peter.

Maja musterte die Bauten neugierig. Würde sie sich hier auch später mal wohlfühlen? Wenn ihr der Trubel in der Stadt auf die Nerven ging?

Weiße Fassaden, klar strukturiert durch bodentiefe Fenster, maximal vier Geschosse. Die unterste Wohnung mit Gartengrundstück.

Ganz in der Nähe, hinter einem engen Lattenzaun, der so hoch war, dass auch sportliche junge Menschen ihn nicht mit einem kühnen Sprung hätten überwinden können, lag ein allein stehendes würfelförmiges Haus.

»Gut, das Haus würde mir gefallen«, kommentierte Maja. »Aber eben zu weit weg von Cottbus, Berlin, Dresden, Leipzig …«

Nachtigall klingelte.

»Ja bitte?«, meldete sich eine weibliche Stimme. Überrascht. Vielleicht von der Störung um diese Tageszeit.

Er runzelte die Stirn. »Kriminalpolizei Cottbus.«

Der Summer ertönte unangenehm laut, das Tor sprang selbsttätig auf.

Unter dem Vordach erwartete sie eine herbe, schlanke Person, die das Rentenalter noch nicht erreicht haben konnte. Die grau melierten Haare trug sie mittig gescheitelt als inzwischen wieder in Mode gekommenen, fest gewickelten Knoten am Hinterkopf. Den besonderen Effekt setzte sie durch eine schicke Brille mit wuchtiger grellroter Fassung, deren Farbe perfekt zu Lippenstift und Nagellack passte.

»Frau Baumgert?«, erkundigte sich der Hauptkommissar tastend.

»Ja. Warum interessiert sich die Kriminalpolizei für mich?«, fragte sie schnörkellos und sah die beiden Besucher auffordernd an, machte keinerlei Anstalten, sie etwa ins Haus zu bitten.

Nachtigall fühlte sich unwohl bei dem Gedanken an die Nachricht, die er zu übermitteln hatte.

»Frau Baumgert, es tut mir leid, aber ich fürchte, wir haben keine gute Nachricht für Sie. Wir müssen uns mit Ihnen über sehr private Dinge unterhalten. Dürfen wir bitte kurz eintreten?«, formulierte er zunächst vage.

»Hören Sie, Herr …«, begann Frau Baumgert seufzend, nahm den Ausweis kurz entgegen, gab ihn zurück, »… Herr Nachtigall. In meinem Leben hatte ich nicht das Glück, nur mit positiven Nachrichten überschüttet worden zu sein. Tatsächlich gibt es wenig, das mich aus der Bahn werfen könnte.«

»Gut«, begann Maja, die sich über das Gebaren der Frau ärgerte, während sie sich vergeblich klarzumachen versuchte, dass die Mutter ja nichts vom Tod des Sohnes und den Umständen seines Sterbens wusste. Sie konnte froh sein, ihn nicht dort liegen gesehen zu haben. »Dann klären wir das alles jetzt sofort vor Ihrer Haustür.«

Der Kollege legte Maja beruhigend die Hand auf den Unterarm.

»Ja. Ist mir sehr recht«, gab die Mutter des Opfers patzig zurück, musterte die beiden Besucher kalt und desinteressiert.

Nachtigall seufzte, gab sich einen sichtbaren Ruck.

»Wir müssen Ihnen leider mitteilen, dass wir Ihren Sohn Thoralf heute leblos in seiner Wohnung aufgefunden haben«, übernahm er die Aufgabe selbst, diese schreckliche Nachricht zu übermitteln.

»Thoralf?« Unglauben war deutlich herauszuhören. »Nonsens.«

»Es tut uns leid. Die Umstände, die wir vorfanden, legen nahe, dass er einem Tötungsdelikt zum Opfer gefallen ist.« Er hörte selbst, wie verschwurbelt das klang, aber es gab nur geringen sprachlichen Spielraum, solch eine Nachricht schonend zu überbringen.

»Mein Sohn? Getötet? Von wem?«, ächzte die Mutter, wurde blass, trat zur Seite und ließ die ungebetenen Besucher nun doch eintreten.

Sie führte die beiden in ein geräumiges Wohnzimmer, dessen Fensterfront den Blick auf einen wunderbar angelegten Garten freigab.

»Kaffee?«, erkundigte sie sich geschäftig, während sie versuchte, das Zittern ihrer Hände zu verbergen. »Nehmen Sie Platz.«

Auf einem Beistelltisch entdeckte Nachtigall ein Foto mit Trauerflor. Das Porträtbild eines älteren distinguierten Herrn mit weißem Haar und entschlossenen Gesichtszügen. Der Ehemann? Musste sie nun zwei Todesfälle in kürzester Zeit bewältigen?

»Mein Mann. Ist vor einigen Monaten verstorben.« Frau Baumgert war offensichtlich dem Blick des Ermittlers gefolgt.

»Es tut uns sehr leid, aber tatsächlich wurde Ihr Sohn heute tot aufgefunden. Er hatte eine Begegnung mit einem Mörder, der gnadenlos handelte.«

Diesmal schrie die Mutter auf. Laut. Schrill.

Kreischte: »Nein! Nicht auch noch mein Sohn! Das kann nicht sein! Er tut nie jemandem etwas zuleide, ist nett zu jedermann, freundlich, hilfsbereit. So ein Mensch wird nicht ermordet!«

Sie warf Maja einen flehenden Blick zu, hoffte auf eine Korrektur der Aussage.

»Bitte! Nicht mein Sohn! Das ist ein Irrtum!«

»Es tut uns leid, aber er wurde eindeutig identifiziert. Freunde von ihm haben ihn entdeckt.« Nachtigall hatte seine Stimme zu heiserem Flüstern gesenkt.

Frau Baumgert tastete nach der Armlehne eines Sessels, ließ sich in das Polster fallen, verschränkte ihre Finger ineinander. Fest. Bis sie weiß wurden. Versuchte offenkundig, den Schock in den Griff zu bekommen.

Kämpfte gegen sich selbst.

Ließ keine Träne zu.

Mit schwankender, leiser Stimme erkundigte sie sich: »In seiner Wohnung?«

Die beiden Ermittler nickten.

»Aber wie konnte er jemanden in seine Wohnung lassen, der ihn töten wollte? Das kann nicht sein, ist nicht logisch. Mein Sohn ist Fremden gegenüber immer sehr vorsichtig.«

Die herbe Frau streckte den Rücken, saß nun kerzengerade auf der vorderen Kante des Sessels. Strich sich prüfend über die Frisur, bemerkte eine Strähne, die sich aus dem Knoten am Hinterkopf gelöst hatte, schob sie ordentlich unter die anderen, klemmte sie erneut fest. Strich den eng anliegenden dunkelgrauen Rock über dem Schoß glatt, ruckelte die Manschetten der weißen Bluse zurecht. Es wirkte, als wolle sie nicht zulassen, dass diese Nachricht etwa Unruhe in ihr Leben bringen würde, nicht einmal in Frisur oder Kleidung.

»Im Ort glaubt man, das Motiv für den Angriff sei in seinem Engagement für die Klimaschutzbewegung zu suchen. *Kipppunkt*«, erklärte Klapproth. »Hat er in letzter Zeit von Streitigkeiten innerhalb der Aktionsgruppe gesprochen?«

»Ach, in solch inhomogenen Gruppen kommt es schon mal zum verbalen Schlagabtausch. Ja, manchmal auch zu echten Wortgefechten. Nicht alle Mitglieder gewichten die unterschiedlichen Aspekte gleich. Das ist nichts, was man ernst nehmen muss.«

»Worum ging es konkret bei solchen Streitereien?«, setzte Maja nach, die es nicht leiden konnte, mit Allgemeinplätzen abgespeist zu werden.

Schon gar nicht bei einer Mordermittlung.

Erst recht nicht, nachdem sie gesehen hatte, was dem jungen Mann angetan wurde.

»Er hat manchmal erzählt, dass diese Klimaklebeaktionen innerhalb der Gruppe sehr umstritten waren. Manchen war das schlicht zu viel Drama, andere verwiesen darauf, dass man das Klima eher schädige, wenn jede Menge Autos mit laufendem Motor hinter den Klebenden darauf warteten, dass die Polizei die Aktivisten ›wegräumt‹. Manchen war es zu viel, anderen noch bei Weitem nicht genug, die wollten gern noch deutlich mehr Ärger provozieren.« Die Mutter wischte sich über die Augen, gestattete sich aber noch immer keine Tränen. »Auch divergierende Ansichten über die gesellschaftlichen und persönlichen Herangehensweisen an das Thema ›Klimawandel‹ sorgten gelegentlich für Streit. Sagen Ihnen Begriffe wie ›Redlichkeit‹ und ›Lauterkeit‹ etwas? Dazu gibt es wohl Abhandlungen in Büchern.« Offensichtlich versuchte sie, über Sprache eine Barriere zur Wirklichkeit zu errichten.

Die beiden Besucher schwiegen.

Frau Baumgert nahm die Brille ab, fischte ein Putztuch aus der engen Rocktasche, begann angelegentlich, die Brillengläser zu bearbeiten, legte dann die Sehhilfe auf den Couchtisch.

Eine lange Phase des Schweigens entstand.

»Wie?«, fragte sie dann.

Nachtigall hätte ihr die Antwort auf diese Frage gern erspart, zögerte einen Moment.

»Schlimm?« Der Klang der Stimme hatte sich deutlich verändert. Entsetzen wurde hörbar.

Es gab kein Zurück mehr, die Frage hing im Raum.

»Der Täter benutzte offensichtlich ein schweres Schlaginstrument. Er war unerbittlich«, versuchte der Hauptkommissar eine abgemilderte Umschreibung.

Damit war die Grenze des Erträglichen offensichtlich überschritten.

Die Mutter starrte ihn sekundenlang an.

Ihre Lippen bebten, die Atmung hatte sich verändert.

Unerwartet warf sie sich in ein Kissen, um den lauten Schrei, der sich Bahn brach, zu dämpfen, schlug mit ihren knochigen Fäusten auf das Polster des Sessels ein.

»Erschlagen wie einen Hund!«, brüllte sie plötzlich. »Wie einen Straßenköter! Nein! Mein Kleiner darf nicht tot sein! Niemand darf einen anderen Menschen totschlagen, niemand! Niemand!«

Nachtigall machte Klapproth rasch ein Zeichen, lief eilig in den Flur, trat in den Garten hinaus.

»Hallo, Peter Nachtigall. Ich stehe vor dem Haus der Familie eines Mordopfers in Steinitz. Adresse schicke ich euch. Ich brauche unbedingt ein Kriseninterventionsteam vor Ort, das sich um die Mutter des Opfers kümmern kann. Erst vor Kurzem ist der Ehemann verstorben, und nun wurde der Sohn ermordet aufgefunden.« Er wartete auf die Antwort. »Ja, genau. Das Mordopfer in Burg. Das Team soll sich beeilen.«

Er klärte einige Dinge mit dem Koordinator, schickte die Adresse, kehrte dann zu den beiden Frauen zurück.

Die Mutter schrie noch immer, wollte sich nicht beruhigen lassen.

Der Hauptkommissar warf der Kollegin einen fragenden Blick zu, war sich nicht sicher, ob sie überhaupt versucht hatte, beruhigend auf die Frau einzuwirken.

»Die Kollegen bringen auch einen Arzt mit«, erklärte er ihr flüsternd.

Sprach dann die Schreiende an.

»Frau Baumgert? Ich hole Ihnen ein Glas Wasser aus der Küche. Können wir jemanden anrufen, der Ihnen in dieser schrecklichen Situation beisteht? Vielleicht eine Freundin oder eine nette Nachbarin?«

»Nein! Ich will niemanden sehen. Nur meinen Kleinen. Wann kann ich zu ihm?« Die Worte entstanden einzeln, unterbrochen von tiefem Schluchzen. Der Knoten
hatte sich aufgelöst, das grau melierte Haar fiel in Sträh-
nen über die Schultern, das Make-up war weitestgehend in
den Kissenbezug geschmiert, nur einige bunte Bahnen und
schwarze Striemen zogen sich über die Wangen.

»Im Moment geht das nicht«, erklärte Nachtigall schnell,
ehe die Kollegin Klapproth von Obduktion und kaum zu
erkennenden Gesichtszügen, einem zerschmetterten Körper sprechen konnte.

Dies war nicht der Moment für Details.

»Wie einen Hund? Meinen Sohn? Meinen hübschen
Kleinen? Mein geliebter Junge ist tot?«

Nachtigall setzte sich vorsichtig auf die Armlehne des
Sessels. »Es fällt schwer, so eine Nachricht zu glauben.
Sie kommt überraschend, man kann sich nicht mental auf
den Verlust vorbereiten. Hat er bei einem seiner Besuche
von Feinden erzählt? Von jemandem, der ihm mit Gewalt
gedroht hat?« Er flüsterte, bemühte sich um einen ruhigen
Grundton bei diesen Worten. Wusste, die Mutter versuchte
noch immer, sich der Realität zu widersetzen.

Frau Baumgert richtete sich auf. »Er hat sich von Anfang
an um ein gutes nachbarschaftliches Verhältnis bemüht. Ist
auch mal als Babysitter eingesprungen. Streitigkeiten ist er
ausgewichen. Er war ein richtig lieber Junge! Ein Sonnen-
schein, immer gut gelaunt, immer nett, immer zugewandt.
Mein Kleiner – warum hat man ihm das angetan? Was soll
jemanden an ihm so gestört haben, dass er sterben musste?«
Sie fiel auf das Kissen zurück und heulte laut auf.

13

Der Rechtsmediziner Doktor Thorsten Pankratz starrte auf den entstellten Körper, der nackt auf dem Edelstahltisch lag.

Mit zunehmendem Entsetzen diktierte er all die Verletzungen, die er bei der äußeren Inspektion entdeckte, in das kleine Gerät über dem Sektionstisch. Warf gelegentlich einen Blick auf die Röntgenbilder, die ihm zeigten, was im Inneren des Körpers dem Ansturm des Mörders nicht hatte standhalten können.

»Hämatome sind das Harmloseste, was dir zugefügt wurde«, murmelte er vor sich hin. »Vom Kopf angefangen: Man hat dir so ziemlich alle Knochen gebrochen. Als hätte dich eine Walze überrollt.«

Er warf einen Blick auf die Fotos der Auffindesituation, las den Bericht der Tatortspezialisten, ihre Anmerkungen zum denkbaren Tathergang. Schob die Haube über der Glatze zurecht, tastete mit seinen langen, schlanken behandschuhten Fingern über den Nackenbereich des Opfers.

Nickte leicht mit dem für den dünnen Hals zu großen Kopf.

»Da ist auch eine Menge zu Bruch gegangen. Das sehe ich mir dann genauer an.« Er griff nach dem linken Arm, tastete vorsichtig an ihm entlang, trat dann an die andere Seite, verfuhr hier ebenso.

»Der Besucher hat nicht gezögert, hm. Selbst die Finger sind Ziel geworden, er ist mit derben Schuhen draufgetreten, hat den Fuß noch hin und her bewegt ... Alles zerstört. Du hast versucht, dich zu schützen? Hast versucht, mit ihm zu sprechen? War wohl in deinem Fall eine blöde Idee. Hat er oder sie dir erklärt, warum du sterben musstest? Oder hat dich die ganze Situation überrascht?«

Nachtigall und Klapproth waren nicht zu überhören.

Der Rechtsmediziner runzelte die Stirn.

Mit »Eure Art zu kommen fällt schon unter Störung der Totenruhe«, begrüßte er die beiden schimpfend und reichte ihnen Kittel, Hauben, Überschuhe.

»Liegt nicht an uns«, gab Maja zurück. »Ist euer Bodenbelag, der sorgt für Krach bei der Annäherung.«

»Klar. Hätte ich auch selbst bemerken können.« Doktor Pankratz zwinkerte dem Ermittler zu. »Frauen tragen ja eh immer nur leise Sohlen.«

»Gut beobachtet. Außerdem werden deine Kunden reingerollt. Und die meisten haben dann keine Schuhe mehr an.« Maja eben. Typisch.

In Nachtigall perlte Ärger wie Kohlensäurebläschen auf, machte sich neben dem allgemeinen Unwohlsein im Magen breit, das ihn an einem Ort wie diesem immer zu schaffen machte.

»Kannst du uns schon ein bisschen über ihn erzählen?«, lenkte er die Aufmerksamkeit auf den Grund ihres Hierseins.

»Ja. Also ...« Der Rechtsmediziner fasste seine ersten Diagnosen und Beurteilungen der am Körper sichtbaren äußeren Verletzungen zusammen.

»Der Täter, die Täterin ist gekommen, um zu töten. Ein Besuch, der nur dieses eine Ziel hatte und es konsequent verfolgte?«, versicherte sich Nachtigall. »Kein aus dem Ruder gelaufener Streit um Fragen des Klimaschutzes?«

»Wir waren nicht dabei. Möglicherweise haben sie kurz diskutiert. Tatsächlich ist dieser Besucher mit großer Kraft und Gewalt vorgegangen. Und aus dem Tatortbericht kann man ersehen, dass der Eindringling sehr pingelig versucht hat, keine Spuren zu hinterlassen. Das spricht durchaus dafür, dass der Besucher zum Töten kam. Wer erst diskutiert und dann plötzlich die Contenance verliert, achtet nicht von Anfang an drauf, keine Fingerabdrücke zu hinterlassen.«

»Freunde haben ihn gefunden. Sie waren verabredet, und Thor hat nicht geöffnet. Untypisch für ihn. Das Handy hat im Inneren der Wohnung geklingelt. Noch ungewöhnlicher; er nahm es immer mit, wenn er die Wohnung verließ. Also haben sie jemanden aktiviert, der einen Schlüssel hat – und als sie eintraten …«

»Ein ziemlicher Schock für die jungen Leute.« Eine Augenbraue ruckte bis zum Gummizug der Haube.

»Klar. Junge Leute, die noch nie zuvor live einen Toten gesehen haben. Den Tod nur vom Bildschirm des Fernsehers oder aus Computerspielen kennen, von Orten, an denen kein Blutsee entsteht, der ganz typisch nach Tod riecht. Es tropft nix vom Blut auf den heimischen Boden. Natürlich waren sie vollkommen fassungslos. Immerhin haben sie die Polizei verständigt und die Wohnung sofort verlassen. Fernsehen bildet eben doch«, grinste Maja.

»Konnten die Freunde ein Motiv nennen?« Thorsten warf den beiden einen neugierigen Blick zu.

»Nein«, gab Nachtigall zurück. »Aber ›Klimaaktivisten leben gefährlich‹ war eine der Aussagen.«

»Mag sein. Aber sie bekommen eher keinen Besuch von entschlossenen Mördern, sondern werden bei einer Straßenklebeaktion von handgreiflichen Autofahrern verletzt.

Oder geraten bei einer *Greenpeace*-Aktion in Gefahr.« Der Rechtsmediziner schüttelte den Kopf. »Das ist eine gezielte Tötung. Ihr werdet auf einen eiskalt planenden Täter stoßen.«

Doktor Pankratz setzte das Skalpell unterhalb des Kinns an und eröffnete den Körper mit einem langen Schnitt bis zum Schambein.

Peter Nachtigall versuchte wie so oft, mit einem kräftigen Kneifen durch das Futter der Hosentasche in den Oberschenkel für eine gewisse Ablenkung vom Geschehen zu sorgen. Es funktionierte diesmal nur bedingt, und er suchte hilflos nach einem Fixpunkt für seine Augen, weit von dem geschundenen Körper entfernt.

»Wenn du zum Leuchtschirm guckst, erkennst du auf den Röntgenaufnahmen deutlich, was an Knochen zertrümmert wurde. Natürlich wurden dabei auch einige der wichtigen Organe in Mitleidenschaft gezogen. Wir werden Quetschungen sehen, massive Einblutungen und vieles mehr«, erklärte der Mediziner dem Freund, der sich ertappt fühlte.

»Ich versuche herauszufinden, in welcher Reihenfolge die Verletzungen gesetzt wurden. Vielleicht finden wir Hinweise auf das Schlagwerkzeug. Wie ich aus dem Bericht vom Tatort ersehe, wurde es nicht dort zurückgelassen. Wir präparieren Wundränder, beurteilen die Einblutungen – wie immer. Ich gehe davon aus, dass die ersten Schläge gegen die Beine ausgeführt wurden. Bewegungsunfähigkeit des Opfers war offensichtlich sein Ziel. Der letzte Hieb traf wohl Genick und Schädelbasis. Das kontrollieren und verifizieren wir jetzt.«

Mit lautem Knacken brach der Mediziner das Sternum und öffnete den Brustkorb, indem er die Rippen auseinanderzog.

»Ein Bild der Verwüstung«, stellte er dann kopfschüttelnd fest. »Das gesamte Abdomen ist voller Blut. Überall kleine und größere Knochensplitter, die bei dem Angriff frakturierte Wirbelsäule.« Er griff mit einer langen Pinzette nach einem Knochenfragment und legte es in eine Nierenschale aus Edelstahl. »Da kommen noch viele mehr«, prophezeite er, deutete auf die Aufnahmen am Lichtschirm und konzentrierte sich auf das Sichern der Bruchstücke, griff nach einer Art Kelle, um das Blut aus dem Bauchraum zu schöpfen.

Es schien Ewigkeiten zu dauern, bis er sich wieder an die beiden Ermittler wandte.

»Ich habe nun Proben gesichert, und Fotos werdet ihr auch in den Aufzeichnungen finden. Kurz zusammengefasst ergibt sich, zusammen mit den Tatortaufnahmen, erst mal folgendes Bild: Hat er im Schrank gehockt, so wurde er dort aufgestöbert. Erste Hämatome sind im Bereich der Schultern und der Handgelenke zu sehen. Heißt, der Täter hat ihn dort rausgezerrt, vor sich auf den Boden geworfen. Danach hat er sich die Beine vorgenommen, um eine Flucht des jungen Mannes zu verhindern. Der konnte sich danach aber noch immer weiterwinden. Also Rücken, dann der Nacken und der Hinterkopf. In Speiseröhre, Luftröhre, Lunge und Magen finden sich kleinere Mengen Blut. Er hat es eingeatmet und geschluckt, was bedeutet, dass er zu diesem Zeitpunkt noch gelebt hat. Hemmungslos, brutal und gnadenlos würde ich wählen, wenn ich dieses Vorgehen beschreiben müsste.«

Nachtigall fragte mit gepresster Stimme: »War er nach dem Schlag ins Genick sofort tot? Oder ging der Kerl weg und ließ ihn dort einfach hilflos zurück?«

»Er ist sehr schnell nach den Schlägen ins Genick gestorben. Sein Stammhirn wurde stark verletzt. Ihr wisst schon: Dort sitzen die Steuereinheiten für rudimentäre Fähigkeiten, die Mensch zum Leben braucht. Und wenn ich korrekt sein will: Die beiden letzten Angriffe wurden senkrecht von oben zielgenau gesetzt. Die Spuren sind deutlich von den anderen zu unterscheiden. Verwendet wurde eine Waffe mit rundem Querschnitt, sehr schwer. Für die beiden finalen Stöße hat der Täter das Schlaginstrument nicht mehr quer zum Körper, sondern senkrecht nach unten geführt. Die Abmessungen findet ihr in meinem Bericht. Analysen von Blut und Urin laufen.«

»Eine Schlagwaffe, schwer, mit rundem Querschnitt klingt für mich nach einem Knüppel oder einem Baseballschläger.« Klapproth runzelte die Stirn. »Der Mörder kam am helllichten Tag. Trug einen Baseballschläger oder Knüppel über der Schulter. Als er ging, war die Waffe sicher blutverschmiert. Den Typen muss jemand bemerkt haben! Bei uns ist es nicht üblich, mit so etwas durch die Straßen zu gehen.«

»Der junge Aktivist war gezielt ausgewählt, oder?« Nachtigall flüsterte beinahe.

»Tja, immerhin hat der Täter ihn direkt aufgesucht, womöglich geklingelt. Also wusste er wohl, zu wem er wollte. Aber sicher könnt ihr euch dabei nicht sein. Erfahrungsgemäß folgen einem Mordopfer aus Cottbus und Umgebung stets weitere nach – besonders dann, wenn ihr ermittelt.« Doktor Pankratz grinste schief. »Hoffen wir, dass es diesmal nicht so ist.«

Als die beiden Ermittler sich zum Gehen umwandten, ergänzte er: »Der Patient im Klinikum könnte auch Opfer eines geplanten Angriffs geworden sein, der zum Tod führen sollte. Kommt mal mit nach nebenan, dort liegen die Röntgenbilder aus der Akte und die Fotos, die ich gemacht habe, um die Verletzungen gerichtsfest zu dokumentieren.«

Wenig später starrten die beiden Ermittler auf Fotos von Verletzungen, die so erschreckend waren, dass selbst Maja keinen Kommentar dazu abgeben wollte. Klar erkennbar wurde mit brutaler Gewalt auf das Opfer eingeprügelt, das Gesicht war kaum noch als solches zu erkennen, der blutverschmierte Körper wirkte sonderbar verformt.

»Ich kann die Tat nur ansatzweise im Ablauf schildern, aber mit den Verletzungsbildern haben wir wenigstens einen Überblick. Mehrere Täter, alle haben zugeschlagen, so entstanden sehr unterschiedliche Verletzungsbilder. Ich glaube, dass einer der Angreifer einen Duschkopf verwendete oder einen vergleichbaren Gegenstand. Sicher ist, dass nicht geplant war, dem Opfer zu ermöglichen, eine Aussage zu machen.«

»Sein Tod war das Ziel?«, ächzte Nachtigall und setzte schockiert hinzu: »Tatsächlich haben wir genau das befürchtet. Umso erleichterter bin ich darüber zu wissen, dass nun jemand über den Verletzten wacht.«

»Nun, Amelie Hausacher hat sich stranguliert. Das ist bisher die Grundannahme, an der ich allerdings noch Zweifel habe. Die Autopsie wurde angeordnet. Ich werde obduzieren, erst danach kann ich eindeutige Aussagen treffen – die toxikologische Analyse läuft schon. Natürlich halte ich euch auf dem Laufenden, melde mich sofort, wenn mir etwas als eigenartig auffällt.« Damit brachte er die beiden Ermittler in den Gang zurück, nahm ihnen die Kittel, Überschuhe und Hauben ab.

»Eine Warnung möchte ich noch gern loswerden. Ihr wisst, ich bin nicht so der Angsthase. Aber ihr solltet gut auf euch aufpassen. Jemand, der keinerlei Hemmungen kennt, hat vielleicht auch kein Problem mit einem Mord an den Ermittlern, die ihm zu nahe kommen.«

Betroffen sahen Maja und Peter dem Rücken des Rechtsmediziners nach.

14

Die Mitglieder von *Kipppunkt* versammelten sich bei Soraya.

Schweigend saßen die acht, die zum Kern der Gruppe gehörten, um den Tisch in der Küche der WG, in dessen Mitte ein großes Windlicht mit brennender Kerze stand.

»Für Thor«, hatte jemand an die Memotafel neben dem Kühlschrank geschrieben.

Die junge Frau war noch immer ungewöhnlich blass, wirkte nervös und angespannt. Zupfte ständig an ihrer Lippe, kaute an den Fingernägeln, zog die Ärmel ihrer Strickjacke über die Hände, zerrte sie zurück, zupfte wieder an der Lippe.

Auch Gregor wirkte nicht so, als habe er ein gesteigertes Interesse daran, die anderen Aktivisten detailreich über die Situation zu informieren, die sie in der Wohnung vorgefunden hatten.

Aber natürlich mussten nun alle Mitglieder gewarnt werden.

»Thor wurde brutal ermordet.« Gregor sah in die erschrockenen Gesichter, die ihn anstarrten, als sei das Aussprechen dieser Tatsache schon ein Frevel.

Anna-Sophie schniefte laut, zog den Pulloverärmel über die Hand und wischte damit unter den Augen entlang, um die stetig nachrollenden Tränen wegzuwischen.

»Na, was soll das Glotzen!«, polterte Gregor. »Wir haben ihn gesehen, wir wissen, wie es in der Wohnung aussah, vor allem, wie *er* aussah. Das kann er sich unmöglich selbst angetan haben – also hatte er einen brutalen Besucher mit Tötungsabsicht. Das war auch der Polizei sofort klar. Was für uns nun wichtig ist: Kam der Killer wegen Thors Kampf für ein besseres Klima?«

»Na, warum wohl sonst?«, fragte eine kleine blonde Schülerin aggressiv, schleuderte mit einer schnellen Kopfbewegung den Pferdeschwanz über die Schulter zurück. »Die Sache mit dem Kleben ist nicht so gut angekommen. Da hat jemand freigedreht. Dabei kam die mit Sicherheit nicht von uns!«

»Gut, manch einer von denen, die ein gutes Geschäft gewittert haben, sind vielleicht ein bisschen zusammengezuckt. Aber deshalb bringt man doch keinen um!« Wurzel, der einen Bio-Gemüse-Betrieb führte, kratzte sich am Kopf, starrte dann wieder in die kleine Flamme, murmelte: »Der Thor, der hatte nicht mal Kleber im Haus. Weder fürs Basteln noch für die Straße. Er hat immer gesagt, er kann den Geruch nicht ab.«

»Was nur deutlich zeigt, dass das Schwein den Falschen erwischt hat!«, fauchte die Schülerin zurück. »Ich glaube echt nicht , dass der Post von Thor kam. Nicht sein Style. Nicht der Ansatz von *Kipppunkt*! Thor hielt die Kleberei für einen komplett schwachsinnigen Weg!«

»Ich kann mir nicht vorstellen, dass es eine Verwechslung war. Der Kerl hat schon wirklich Thor gemeint. Er ist doch nicht aus Versehen bei ihm gelandet.« Soraya schniefte und fummelte ein Taschentuch aus der Jackentasche, putzte sich die Nase.

»Aber über ihm wohnt doch dieser Typ …«, begann Malte, der einen Fahrradshop betrieb, und sah in die Runde, zuckte dann mit den Schultern. »Ich meine ja bloß. Wir können jetzt nicht alle immerzu über die Schulter gucken und bei jedem Klingeln vor Angst über den Balkon springen! Wäre doch bescheuert. Vielleicht hat das Ganze mit *Kipppunkt* gar nichts zu tun!«

Unmut regte sich um den Tisch.

»Na, aber ist doch wahr!«, legte der Sprecher nach.

»Dieser Typ wird von dir einfach mal eben in die Diskussion geworfen – dabei kannst du gar nicht wissen, ob er mit dem Mord zu tun hat. Das ist nicht in Ordnung! Wir wissen bisher nur, dass man Thor heute weder beim Bäcker noch beim Fleischer bedient hat. Und zwar nur, weil jemand unverantwortlicherweise das Gerücht aufgebracht hat, *Kipppunkt* wolle den Lauf sabotieren! Also sollten wir uns vielleicht wirklich darauf beschränken zu überlegen, wer dieses Gerede aufgebracht hat und wie es sich derart schnell verbreiten konnte.« Sorayas Stimme vibrierte vor unterdrückter Wut.

»Okay, da fallen mir auf den ersten Biss die üblichen Gewinner einer solchen Veranstaltung ein. Hotels, Versorger, Freizeitgestalter.« Gregor sah in die Runde. Alle nickten. »Wir sollten vielleicht warten, bis erste Ermittlungen den Kreis der Verdächtigen etwas eingrenzen. Sind sonst unglaublich viele.«

»Gut. Machen wir schon mal eine Liste. Dann können wir ja nach und nach die streichen, bei denen wir relativ sicher sind, dass sie nichts mit dem Gerücht zu tun haben.« Die Schülerin dachte pragmatisch.

»Mich wundert, dass jemand glaubt, er könne eine Aktion der Klimaaktivisten verhindern, indem er einen von ihnen tötet. Ist doch so, als würde man denken, wenn man einen begeisterten Fleischesser killt, werden plötzlich alle Veganer oder wenigstens Vegetarier. Vielleicht denken wir nicht genug um die Ecke.« Soraya sah fragend in die Gesichter der Versammelten. »Wenn wirklich jemand davon ausgeht, es reiche, den einen oder anderen Klimaschützer umzubringen, damit sich nichts ändern muss«, sie machte eine dramatische Pause, »dann bedeutet das, dass jeder von uns zum Opfer werden könnte, wir alle in Gefahr sind.«

15

»Es ist einfacher, wir fahren in die JVA und sprechen dort mit den am Angriff beteiligten Männern«, entschied Nachtigall.

Klapproth seufzte tief. »Muss das sein? Die werden sich längst auf eine relativ harmlose Geschichte verständigt haben. Wir brauchen einen Nachweis dafür, dass sie von dem Suizid wussten. Sonst stecken wir schon nach den ersten Fragen in einer Sackgasse.«

Diesen Einwand konnte der Kollege nicht von der Hand weisen.

»Von wem könnten sie die Information bekommen haben? Vater? Mutter? Dann versuchen wir, den Anbieter ausfindig zu machen. Telefonlisten können wir auch für die Telefone der Beteiligten anfordern. Dann können sie sich nicht rausreden. Wir rufen Silke an, die kümmert sich um die Anfragen bei den Telefonanbietern – und wir besuchen inzwischen die Männer in der JVA.«

Silke Dreier hatte bereits mit ihrer Recherche zu *Kipppunkt* begonnen.

»Ihr seid also eine Neugründung. Hm. 25 Mitglieder, davon etwa zehn aktiv an verschiedenen Aktionen beteiligt. Na, mal sehen, was das konkret war«, murmelte sie vor sich hin und begann, sich handschriftlich Notizen zu machen.

Dabei hatte sie wohl das Klopfen an der Bürotür überhört.

Mit einem kleinen Aufschrei zuckte sie zusammen, als sie unerwartet angesprochen wurde.

Sah empört auf.

Vor ihrem Schreibtisch stand ein junger Mann, den sie nicht kannte, der aber den Eindruck machte, bei ihr an der richtigen Stelle zu sein.

»Hallo!«, fuhr sie ihn unfreundlich an. »Ich habe nicht Herein gerufen, oder?«

»Nein«, bestätigte der junge Fremdling freundlich. »Aber ich habe auch gar nicht geklopft.«

Das wurde ja immer besser! Wut schäumte in Silke auf. Schnell versuchte sie, sich daran zu erinnern, was der Therapeut ihr für solch einen Fall geraten hatte. Jetzt könnte sie endlich von ihrem Anti-Aggressions-Seminar profitieren.

»Nicht geklopft. Aha! Ich bin Silke Dreier.«

»Freut mich«, gab der Fremde zurück.

»Ihr Name ist? Ich kann Sie ja schließlich nicht Herr Freutmich nennen – und ich wüsste gern, was Sie bei mir …«

»Doktor März, den ich vorhin zufällig getroffen habe, schickt mich. Er hat gesagt, er habe die Information über mein Kommen weitergegeben.«

»Doktor März? Wieso?« Silke hörte, wie patzig sie klang, konnte aber nicht alles auf einmal abstellen. Ratlosigkeit, Wut und Tonfall ließen sich nicht zeitgleich anpassen.

»Ich bin der Neue«, informierte der junge Mann die Kollegin weiter, die inzwischen hektisch im Postfach des Computers die angebliche Info-Mail zu finden versuchte.

»Mein Name ist Marten. Marten Klausing. Ich bin dieser Abteilung zugeordnet worden.«

»Aha. Das mag ja für irgendjemanden eine wichtige Information sein.« Silke konzentrierte sich auf ihren Monitor. Keine Mail. »Für mich jedenfalls nicht. Keine Mail. Wahrscheinlich haben Sie sich in der Etage vertan.«

Sie ging davon aus, dass damit das Gespräch beendet sei. Schließlich hatte sie nun wirklich genug zu tun!

Doch der fremde Mann blieb unbewegt vor ihrem Schreibtisch stehen.

Ignorieren schied aus.

Schon das verwendete Deo machte das unmöglich. Vielleicht After Shave, korrigierte sie in Gedanken. Sobald der Knilch draußen war, würde sie durchlüften.

»Sehen Sie, ich bin Herrn Peter Nachtigall und seinem Team zugeordnet worden. Ich verstehe, dass alle sehr beschäftigt sind, es wird gerade ein neuer Fall bearbeitet. Aber tatsächlich bin ich genau richtig hier.«

Silke seufzte genervt, holte tief Luft, um den Störenfried endgültig aus dem Büro zu pusten, da öffnete sich die Tür erneut.

»Ah, da sind Sie ja schon«, freute sich der ermittelnde Staatsanwalt. »Sie haben sich schon bekannt gemacht?«

»Ja«, antwortete der Fremde.

»Nein!«, behauptete Silke.

»Oh, ich sehe schon, es gibt Klärungsbedarf. Gut, dann gehe ich davon aus, dass das Team noch nicht informiert wurde.«

»Möglich, ich war eigentlich erst für morgen eingeplant, dachte aber …«

»Also übernehme ich das mit der Vorstellung: Dies ist der neue Kollege, Marten Klausing, der ab sofort das Team unterstützen wird. Dies ist Silke Dreier, Mitarbeiterin von Maja Klapproth und Peter Nachtigall. Die beiden sind noch unterwegs, mussten eine Mutter über den Mord an ihrem Sohn informieren. Keine leichte Aufgabe, aber es gehört nun mal zum Job dazu.« Doktor März sah von einem zum anderen.

Fühlte sich offensichtlich nicht wohl in seiner Rolle.

»Ich denke, damit ist das geklärt«, er lächelte betont freundlich in Silkes Richtung.

»Gut. Marten wird hier bei mir seinen Schreibtisch haben? Das heißt dann, Maja zieht rüber zu Peter?«

»Wie Sie das handhaben wollen, ist Sache des Teams. Warten Sie auf die beiden Kollegen und sprechen Sie alles in Ruhe ab. Ich muss los! Auf einen guten Start!« Damit drehte er sich um und verschwand auf den Gang, schloss die Bürotür leise.

»Okay, Marten also?« Silke stand auf, zog den Stuhl, der sonst für Zeugen bereitstand, zu sich hinter den Schreibtisch. »Na, komm her! Wir checken gerade die Mails, die das Opfer eines brutalen Überfalls in den letzten Tagen bekommen hat. Vielleicht hat ihm ja jemand gedroht. Ich zeige dir, an welchem Fall wir gerade arbeiten.« Sie warf dem schlanken dunkelhaarigen Mann mit der auffälligen, asymmetrischen Tolle einen schnellen Seitenblick zu, registrierte langgliedrige Finger, gepflegte Hände, grüne Augen und spürte, wie ihre Aggression echtem Interesse Platz machte. »Du weißt schon, dass wir eine Mordkommission sind, oder?«

Marten nickte.

Setzte sich auf die vorderste Kante des Stuhls und sah zu, wie Silke die Tatortfotos aufrief.

»Das sind die Bilder, die uns das Tatortteam geschickt hat. Der Mieter der Wohnung wurde brutal erschlagen. In Burg. Ist ein kleiner Ort, normalerweise friedlich. Eine solch brutale Tat ist für die Bewohner sicher ein Schock. Die beiden Kollegen, die du noch nicht kennst, sind wahrscheinlich noch in der Rechtsmedizin. Möglich, dass sie von dort aus noch einmal in die JVA gefahren sind. Dort gab es einen Angriff auf einen Häftling. Aber am Ende kommen die beiden immer wieder ins Büro zurück, du musst also nicht mit mir allein ermitteln.«

Während der Neue interessiert auf die Bilder starrte, brachte Silke ihn auf den neuesten Stand in beiden Ermittlungen.

Maja saß einem vierschrötigen Muskelprotz gegenüber, der sie interessiert musterte.

»Okay, Sie sind Herbert Meistner. Ihrer Akte entnehme ich, dass Sie wegen schwerer Körperverletzung hier Quartier bezogen haben.«

»Ja. Und? Manchmal sind der Worte genug gewechselt, da klärt man die offenen Punkte am besten direkt. Faustisch, wie man das hier nennt.«

»Der Diskussionspartner wurde damals ins Klinikum gebracht, bekam eine Anschlussreha. Sie sind hier, weil es nicht das erste Mal war, dass Sie den ›direkten Weg‹ bei einer Diskussion gewählt haben. Es gab fünf Vorfälle dieser Art. Sie nehmen an einem Programm zur Impulskontrolle teil. Steht jedenfalls so in der Akte hier.« Sie ignorierte die Blicke des Mannes, die sich kaum von ihrer Brust lösen konnten. Ihr war sehr bewusst, dass er nur versuchte, sie zu verunsichern. Nun, er würde gleich bemerken, dass dieses Starren bei ihr nicht funktionierte. »Wenn Sie auch solch einen schönen Busen haben möchten, können Sie sicher mit dem Arzt hier darüber sprechen. Vielleicht kriegen Sie einen Termin beim Plastischen Chirurgen. Nur für Selbstzahler allerdings.«

Der Typ reagierte angefasst. »Ich warne dich, wenn du so etwas Verlogenes in der JVA rumtratschst, werde ich dir einen vorbeischicken, der dich so zurichtet, dass du selbst einen Plastischen Chirurgen brauchst, damit dein Mann dich wiedererkennt.«

»Da machen Sie sich an der falschen Stelle Sorgen. Ich möchte wissen, was hier im Duschraum vorgefallen ist und wie es kommt, dass Phil Brand nun auf der Intensivstation liegt.« Emotionslos der Ton, kalt der Blick.

Herbert Meistner hatte deutlich den Eindruck, einfach abgetropft zu sein.

»Der Typ ist ein widerlicher Vergewaltiger! Und nun wollten die den einfach wieder rauslassen. Der sollte nicht einmal die ganze Strafe absitzen müssen. Das ist doch unvorstellbar. Absolut unfair!«

»Dass er wegen Vergewaltigung einsaß, haben Sie doch alle gewusst. Als er herkam, haben Sie ihn nicht verprügelt.«

»Der wurde ja eingeknastet wie wir. Aber nun sollte er einfach so als freier Mann raus. Vorzeitig. Mir bietet auch keiner an, dass ich einfach mal eben rausspazieren darf.«

»Oh, er wurde verprügelt, um die Ungerechtigkeit aus der Welt zu schaffen. Er raus – Sie drinnen.«

»Das kann ja wohl nicht sein! Das Mädchen hat Jahre gebraucht, um das Trauma zu verarbeiten – und dann kommt der Kerl raus und zieht womöglich wieder zu Mutti. Trifft dann die junge Frau beim Einkaufen.« Das Gesicht des Mannes war inzwischen wutverzerrt, und die Hände lagen zu mächtigen Fäusten geballt auf dem Tisch.

»Haben Sie schon mal daran gedacht, dass Sie deshalb noch nicht rauskommen, weil die Sache mit der Impuls-kontrolle nicht funktioniert?«, erkundigte sich Maja in sachlichem Ton.

»Der Typ hat sich beim Prozess in einer Tour rauszu-reden versucht. Er wisse nicht genau, wie er nach Hause gekommen ist, könne sich nicht an eine Straftat erinnern, schon gar nicht an eine brutale Vergewaltigung. So ein widerliches Arschloch.« Die Faust krachte auf den Tisch, und für einen Moment sah es so aus, als wolle das Möbel alle viere von sich strecken. »Wir kriegen hier drinnen alles mit! Ist ja nicht so, dass wir Kontaktverbot hätten.«

Maja Klapproth war mit solchen Aktionen nicht zu beeindrucken.

»Sie alle haben gewusst, dass Amelie sich das Leben genommen hat.« Eisig waren Ton und Miene.

»Woher sollen wir das gewusst haben? Hä?«

»Wie Sie selbst sagen: Sie erfahren alles. Nun, wir checken gerade alle Kanäle. Und wir werden die Information finden. Sie wussten, dass Amelie sich erhängt hat.« Klapproths Augen musterten das Gesicht aufmerksam. Keine Überraschung. Wie erwartet hatte er also auch das gewusst. »Sie alle haben sich zum Mord verabredet. Der Vollzugsbeamte war eingeweiht. Er sollte den Retter spielen. Und natürlich käme er leider zu spät.«

»Ach, was die Kriminaler so alles zu wissen glauben!«, ätzte der Muskelprotz.

»Wir glauben nicht. Wir beweisen.«

Damit schickte sie den Mann aus dem Raum und wartete auf den nächsten Gesprächspartner.

Peter Nachtigall gegenüber saß Heiko Zuber.

Der Häftling sah auch tatsächlich aus wie ein -ling. Zarte Statur, klein, ein schütteres grau meliertes Bärtchen am Kinn, wenig Resthaar auf dem Kopf, eher piepsige Stimme.

Nachtigall kam sich seltsam riesig neben dem Mann vor, den er in Gedanken »Männlein« nannte.

»Sie sind Heiko Zuber?«

Nicken.

»Und Sie waren auch in den Überfall auf Phil Brand verwickelt?« Nachtigall konnte nicht verhindern, dass man das Erstaunen darüber in seiner Stimme mitschwingen hören konnte.

»Nun«, zögerte der Mann. »Vielleicht können wir uns darauf einigen zu sagen, ich sei zugegen gewesen.« Nervös sah sich der Zeuge um, als habe er Angst, aus dem Hintergrund belauscht zu werden. »Also, ich war auch gerade duschen.«

»Und als Phil reinkam, wurde er von den anderen attackiert?«

»Nun, schon irgendwie.«

Nachtigalls Seufzen klang wie das Schnauben eines Stiers vor dem Angriff.

»Gut, gut!« Der kleine Mann hob abwehrend die Hände hoch. »Ich war unter der Dusche. Und tatsächlich war ich ganz zufrieden, dass sich die Aufmerksamkeit auf Phil konzentrierte. Es dauerte ein bisschen, bevor ich merkte, was da abging.«

»Aha«, ungeduldig trommelten die Finger des Riesen auf dem Tisch. »Was genau ging ab?«

»Sie haben Phil angesprochen. Wohl irgendetwas gefragt. Jedenfalls hat er den Kopf geschüttelt. Und dann ging die Prügelei los. Er hatte keine Chance. Herbert ist so groß und stark, da ist Gegenwehr eh zwecklos. Und manchmal auch besser – es langweilt ihn, wenn sich der andere nicht wehrt. Dann spielt er mit was anderem und lässt denjenigen gehen.«

»Mit was anderem? Mit einem anderen Häftling?«

»Nö, nicht unbedingt. Er spielt mit so einem kleinen Ball. Kennen Sie den Film, wo der Typ ununterbrochen mit einem Ball gegen die Wand spielt? So macht er das dann. Nervt total. Und der eine oder andere Insasse reagiert dann übellaunig, beschwert sich womöglich. Und so kommt Herbert dann doch noch zu seiner Schlägerei.«

»Aha.«

»Ja. Er macht ja in einem Impulskontrollkurs mit. Mir scheint aber, er ist irgendwie therapieresistent.« Zuber versuchte ein Grinsen. Erkennbar wurde dadurch aber eher seine Verzweiflung. »Ja, was soll ich jetzt sagen? Am Ende liege ich morgen neben Phil auf der Intensivstation.«

»Konkrete Einschüchterung. Klappt offensichtlich.«

»Es traut sich eben keiner, dem Herbert entgegenzutreten. Selbst das Personal legt sich nicht mit ihm an.«

»Sie alle haben gewusst, dass Phil entlassen werden sollte, dass er schon vorher Freigang bekommen hatte, sie wussten auch, dass sein damaliges Opfer sich umgebracht hat, nachdem es davon erfuhr. Sie alle haben den Tod der jungen Frau gerächt.«

»Ne, ganz so war das nicht. Ursprünglich hatte ich keine Ahnung von der ganzen Geschichte. Aber nach und nach hat man mich eingeweiht. Und natürlich ist es für die Gruppe besser, wenn viele schweigen müssen. So kommt nicht viel raus bei euren Ermittlungen. Und dass die junge Frau tot ist, habe ich erst unter der Dusche mitgekriegt.« Er zuckte mit den schmächtigen Schultern. »Bevor Sie fragen: Ich weiß nicht, wer zuerst davon gesprochen hat. Ich war total damit beschäftigt, möglichst unsichtbar zu bleiben. Am Ende wurde ich dann doch verwickelt.«

»Der junge Mann liegt in bedenklichem Zustand auf der Intensivstation. Im Moment ist er nicht ansprechbar. Er hat immer behauptet, nicht an der Vergewaltigung beteiligt gewesen zu sein. Was, wenn das gestimmt hat?«

»Ach, der war natürlich schuldig! Das Gericht verurteilt keinen, der die Tat nicht begangen hat.«

»Und warum wurde er jetzt angegriffen und nicht direkt nach seinem Einzug hier? Wäre es nicht logisch gewesen, ihn gleich zur Rechenschaft zu ziehen, wenn man die junge Frau rächen wollte?«

»Ja, vielleicht. Aber an der Vergewaltigung ist sie ja nicht gestorben.«

Nachtigall seufzte. »Mord ist ein Kapitalverbrechen. Sollte der junge Mann sterben, wird gegen alle, die im Duschraum waren, ermittelt – und dann kann sich keiner rausreden. Unterlassene Hilfeleistung ist kein Kavaliersdelikt. Schon gar nicht, wenn der Angriff als Mordversuch eingestuft wird.«

Als sein Handy brummte, war er froh, das unergiebige Gespräch beenden zu können.

Er traf im Gang auf Maja.

»Wir haben einen neuen Mitarbeiter bekommen?«, fragte sie beim Kollegen nach. »Wusstest du davon?«

»Nein. Silke hat mir auch geschrieben, dass er eigentlich erst morgen bei uns anfangen sollte. Vielleicht hätte man uns heute noch informiert. Kranker Leiter der Abteilung ›Mord‹, wirkt sich eben aus.«

»Wäre auch dann ganz schön kurzfristig gewesen. Ein paar Informationen hätte ich mir schon vorab gewünscht. Zum Beispiel, wo er bisher eingesetzt war, was er erwartet …«

»Nun, das werden wir erfahren, wenn wir zurück im Büro sind. Ich habe Silke geschrieben, dass wir noch in der JVA Gespräche führen und danach zurückkommen.« Er warf Klapproth einen fragenden Blick zu. »Wie war die Unterhaltung?«

»Unergiebig. Ein gewaltbereiter Muskelprotz, der bei Diskussionen gern mit der Faust argumentiert. Er ist in einem Antiaggressionstraining. Aber ehrlich gesagt ist man wohl noch weit von einem positiven Wandel entfernt.«

»Ach, von dem hat mein Zeuge gesprochen. Ein zarter Mann, der sicher gegen einen Muskelprotz nicht ankämpfen könnte. Defensiver Typ. Musste mitmachen, weil er Zeuge des Übergriffs war. Damit später niemand vermuten müsste, er habe die Gruppe verraten.«

»Der Herbert würde ihm sonst einen Besuch in der Zelle abstatten? Hm. Hat er auch erzählt, warum der Vollzugsbeamte erst so spät eingegriffen hat?«

»Nein. Nicht konkret. Er möchte es sich erkennbar nicht mit Vollmert verderben, der sichert sich in alle denkbaren Richtungen ab.«

»Na dann, zweite Runde!« Damit drehte Klapproth sich um und machte einem der Uniformierten ein Zeichen, nickte ihm zu und erklärte: »Alles bereit für den nächsten Talk-Partner.«

Als Nachtigall zu seinem nächsten Gast kam, war er sehr überrascht.

Es wartete dort ein distinguierter Herr auf ihn, der eher wie ein Rechtsanwalt denn wie ein Schläger aussah.

»Hallo, guten Tag. Peter Nachtigall, Kriminalpolizei«, stellte er sich vor.

»Volker Probst. Sie wollten mich sprechen?« Dabei nahm der durchtrainierte Mann seine Brille ab, putzte umständlich die Gläser, setzte sie wieder auf. Die Nase war sehr schmal, und so verlieh die runde Brille dem Gesicht etwas Eulenhaftes. »Ich nehme an, es geht um Phil.«

»Stimmt. Wir möchten gern wissen, was genau im Waschraum passiert ist.«

»Das glaube ich sofort«, lautete die Antwort.

Danach herrschte Schweigen.

»Ihre Version der Vorkommnisse würde mich sehr interessieren. Bitte schildern Sie mir, wie es zu dem Vorfall kam und warum.«

»Phil hat vor einigen Jahren eine junge Frau vergewaltigt. Das Gericht verurteilte ihn, ein Indizienprozess. Nun hatte er Freigang. Er traf das Mädchen von damals zufällig. Oder auch absichtlich. Das wissen wir natürlich nicht genau. Die junge Frau brachte sich daraufhin um. Das Trauma kehrte wohl zurück. Die Information wurde uns zugespielt, von wem genau, ist mir nicht bekannt. Mehr kann ich nicht dazu sagen.«

»Wann haben Sie vom Tod der jungen Frau erfahren?«

»Noch in der Nacht. Kurz nachdem man ihren Körper entdeckt hatte. Wir konnten das nicht auf sich beruhen lassen. Amelie hieß die junge Frau.«

Nachtigall sah sein Gegenüber nachdenklich an. »Wer von Ihnen erhielt die Nachricht vom Tod Amelies? Und wer informierte?«

»Herbert. Herr Hausacher schickte ihm eine Nachricht. Herbert wollte Phil am liebsten sofort zur Rede stellen. Aber das hätte zu viel Aufmerksamkeit erregt. Also haben wir uns ruhig verhalten und bis zum Morgen gewartet.«

»Wie muss ich mir die Kommunikation unter ihnen vorstellen? Sie können sich ja wohl kaum einfach mal eben besuchen?«

»Nein, so ganz einfach nicht. Wir haben mit Vollmert einen Spieleabend vereinbart. *Mensch ärgere dich nicht* bei Herbert.«

»Heiko war auch dabei?«

Volker Probst lachte laut. Ein wohlklingendes Partylachen. Man konnte sich diesen Mann gut in einem edlen Zwirn mit Sektkelch in der Hand als unterhaltsamen, sympathischen Gast vorstellen.

»Nein. Der war nur zur falschen Zeit duschen.«

»Warum kam der Angriff nicht schon vor Jahren, zu der Zeit, als Phil hier untergebracht wurde?«

»Viele hier sitzen wegen ähnlicher Delikte. Auch Herbert war übergriffig. Aber eben nicht so unglaublich brutal. Wissen Sie, dass Phil wieder über Amelie hergefallen ist, nachdem er ihr vom Supermarkt aus nachgeschlichen ist?«

»Nein.«

»Dann fragen Sie bei dem untersuchenden Rechtsmediziner nach. Er hat es wieder getan. Deshalb jetzt.«

Maja Klapproth sprach mit Lauritz Blum.

Er war nervös, leckte sich ständig über die Lippen, hielt den Blick gesenkt.

Sein rechtes Bein zuckte permanent hoch, wurde unter den Tisch gedrückt, zuckte wieder hoch. Eine Endlosschleife.

Die blonden Haare waren asymmetrisch geschnitten, die Hände ungepflegt.

»Ja, ich weiß, warum Sie mich sprechen wollen. Ist ja kein Geheimnis. Der Phil wurde etwas ramponiert, und wir sollen nun erzählen, warum ihm das passiert ist.«

»So in etwa.« Klapproth konnte ebenfalls knapp.

»Gut. Der Typ hatte Freigang und hat sich an die Frau rangemacht, die er vor Jahren vergewaltigt hat. Wofür er zu Recht einsaß. Die junge Frau brachte sich daraufhin um. Und da wir glauben, dass er das verursacht hat, haben wir ihm eine tüchtige Abreibung verpasst. So funktioniert das hier.«

»Sie wussten alle, dass Amelie sich umgebracht hat?«, kam Maja zielstrebig zum Punkt. »Wer hat Ihnen denn davon erzählt?«

»Herbert. Der Vater hatte ihn angeschrieben. Kommunikation findet hier ständig und in alle Richtungen statt. Und so wussten wir, dass dieses Schwein den Freigang benutzt hatte, um sich wieder an die arme junge Frau ranzumachen. Das konnte sie nicht wegstecken und hat sich erhängt. Schon das zeigt ja wohl, wie schlimm es für sie war.«

»Also haben Sie sich am Morgen im Waschraum getroffen und den Kerl zusammengeschlagen. Andreas Vollmert war auch eingeweiht?«

»Klar. Sonst geht das nicht. War ja zu hören, was bei uns abging. Und: Wie damals im Prozess hat er auch jetzt behauptet, das sei alles nicht wahr! Aber nicht mit uns! Richter, pffff. Immerhin haben sie sich dann doch noch zu einem Urteil durchgerungen. Aber einer muss doch verhindern, dass solch ein Schwein wieder auf junge Frauen losgelassen wird. Es gibt schließlich so was wie kollektives Verantwortungsbewusstsein!«

Auf dem Weg zurück ins Büro werteten die beiden Ermittler die neuen Informationen aus.

»Vollmert war eingeweiht. Hat den Angriff auf Phil gedeckt. Das wird ihn seinen Job kosten«, mutmaßte Maja. »Es muss ihm also entweder wichtig gewesen sein, den anderen den Übergriff zu ermöglichen, oder man hat Druck auf ihn ausgeübt. Private Dinge? Er wurde von den Prüglern erpresst? Oder hatte er eine freundschaftliche Beziehung zur Familie des Opfers?«

»Möglich ist vieles. Im Zweifel steht Aussage gegen Aussage. Wir müssen ihm nachweisen, dass er von den

Plänen wusste und Phil bewusst nicht gegen die anderen schützte. Das müssten die anderen dann prozessfest aussagen.« Nachtigalls Zorn nahm mit jedem Wort zu. »Wahrscheinlich wird er dann auch noch behaupten, er habe ihn aus Verantwortungsbewusstsein nicht vor dem Angriff bewahrt. Ha!«

»Warum hat Hausacher ausgerechnet Herbert angerufen? Kennen die beiden sich? Sind sie womöglich befreundet oder verwandt? Wir müssen das abklopfen.«

»Du meinst, der Vater hat bewusst Herbert angerufen, weil er davon ausging, dass der sofort aktiv würde? Er wollte, dass Phil stirbt.«

»Denkbar. Er ist bei Weitem der eindrucksvollste Schläger der Vierergruppe. Wer soll sich schon einem Typen wie Herbert entgegenstellen?«

»Dieses Kommunikationshandy ist sicher dem Personal nicht bekannt – oder man wollte von der Existenz nichts wissen. Angst vor Herberts Fäusten oder seiner gefühlt großen Reichweite nach draußen. Aber wir können natürlich eine Liste der Anrufe von Hausachers Handy anfordern. Vielleicht gelingt es so, Herberts Handy als Empfänger zu identifizieren. Dann haben wir einen Nachweis darüber, dass Amelies Vater Herbert angerufen hat.«

»Versuchen wir.«

Schweigen machte sich breit.

Anhaltend.

Erst kurz vor Cottbus brummte Majas Handy.

»Ach, die Technik hat weder eine Mail noch den Post oder einen Entwurf dafür mit der Aufforderung zu einer Klebeaktion zum Termin des Marathons auf dem Rechner oder dem Handy von Thor gefunden.«

»Kann bedeuten, dass auch das Gerücht um Thors Urheberschaft eventuell ganz bewusst in Umlauf gesetzt wurde. Zum Beispiel, um die Ermittlungen zu erschweren, weil der Kreis der Verdächtigen sich auf diese Weise dramatisch erweitert.« Nachtigall war hörbar genervt.

»Und dann auch noch Arno Menzel. Die Kollegen haben ihn gewarnt. Er wird also nicht einfach für Unbekannte die Tür öffnen.«

Das Handy brummte erneut. »Thorsten?«, meldete sich Maja, schaltete dann auf Lautsprecher um.

»Wir haben in einer der Wunden des Mordopfers aus Burg einen Holzspan gefunden. Rot und blau lackiert. Die Holzart wird tatsächlich für Baseballschläger verwendet.« Doktor Pankratz seufzte. »Guckt also bei Verdächtigen in alle Schränke, und wenn ihr einen solchen Schläger mit Beschädigung findet, nehmt ihn mit; der Besitzer ist dann immerhin verdächtig. Die Wundränder im Nacken und am Hinterkopf würden auch zum Griff eines solchen Schlägers passen. Ihr müsst ihn also nur noch finden.«

16

Silke Dreier hatte dem neuen Kollegen einen Stuhl hinter ihren Schreibtisch gezogen und ihn an den Recherchen teilhaben lassen.

Arno Menzel war einschlägig vorbestraft.

Er selbst hatte in den letzten Monaten mehrere Anzeigen auf den Weg gebracht, weil man ihn bedroht, belästigt, angepöbelt oder durch Mails und Kommentare in den sozialen Netzwerken beleidigt und diffamiert hatte.

»Hm. Ist die AfD auch in Brandenburg gesichert rechtsextrem? Oder steht die Bewertung noch aus?«, erkundigte sich Marten erstaunt. »Ich hätte nicht gedacht, dass man solche Statements öffentlich abgeben darf und dann die Empörten wegen Diffamierung anzeigen kann.«

»Gebracht hat es ihm nichts. Vielleicht eine Schlagzeile irgendwo im Netz.« Silke konzentrierte sich auf die Akte des Opfers aus dem Waschraum der JVA. »Der junge Mann war nicht auffällig. Phil Brand hat sich an die Umgangsregeln gehalten, wurde nicht laut, hat sich in Streitereien nie eingemischt. Er war offensichtlich darum bemüht, nicht negativ aufzufallen. Klar, verurteilte Vergewaltiger haben es nicht immer leicht im Umgang mit den Mithäftlingen. Zumal es wohl einen direkten Draht zur Familie des Opfers gab. Aber auch hier: Er wurde nicht angegriffen, als er dort sein Bett beziehen musste. Es gab wohl verbale Attacken, aber der körperliche Angriff folgte erst jetzt. Nach Jahren!«

»Vielleicht waren die anderen wütend darüber, dass er entlassen werden sollte und sie nicht?« Marten zuckte mit den Schultern. »So nach dem Motto: Der hat so was Schlimmes getan und kommt raus. Und ich arme Sau muss drinbleiben, dabei habe ich niemanden vergewaltigt, nur einem Idioten mal kurz gezeigt, wessen Faust das Sagen hat. Und mich lassen sie nicht raus – mein Gegner war immerhin ebenbürtig. Kein Mädchen ohne Muckis!«, lieferte der Neue eine bildhafte Darstellung der möglichen Überlegungen der Mithäftlinge.

Silke schmunzelte. Der neue Kollege würde Peter gefallen, da war sie sicher. »Ja, wenn man so denkt, erscheint es fast logisch.«

Amüsiert beobachtete sie, wie eine leichte Röte über das Gesicht des jungen Mannes strich.

»In den drei Jahren seiner Haft gab es keine Auffälligkeiten. Er war weder aufsässig noch schwierig. Bei den Gesprächen mit den anderen waren Aggressionen nicht spürbar. Gut. Vielleicht hat er von Tag eins an auf eine vorzeitige Entlassung wegen guter Führung gesetzt. Wäre immerhin ein denkbares Motiv. Allerdings erklärt das natürlich nicht, warum ihn die anderen …« Sie gab einen neuen Suchbegriff ein.

Als Peter und Maja im Büro eintrafen, versammelte Nachtigall sein Team.

»So, unser neuer Kollege wurde bei Silke schon eingeführt. Marten, willkommen im Team! Wir hoffen, dass die Arbeit bei der Mordkommission dir gefallen wird. Bisher warst du für große und kleine Betrügereien zuständig. Deine neue Aufgabe wird sich deutlich von dem unterscheiden, was du bisher gemacht hast. Maja«, er deutete auf die Kollegin, »Silke und ich, Peter, werden dich bei Fragen oder Problemen selbstverständlich gern unterstützen. Wie du vielleicht schon weißt, haben wir im Augenblick zwei akute Fälle zu bearbeiten. Einen körperlichen Angriff auf einen Häftling der JVA und einen brutalen Mord an einem Klimaaktivisten in Burg. Wir tragen jetzt kurz zusammen, was wir zu den einzelnen Fällen recherchieren konnten, und besprechen, wie die Ermittlungen fortgesetzt werden sollten.« Er nickte dem Kollegen freundlich zu.

»Ich freue mich auf die Arbeit mit und bei euch. Ein bisschen habe ich schon mitbekommen, Silke hat mich teilhaben lassen.« Marten eben, konstatierte Silke: freundlich, höflich, sprachgewandt.

»Gut. Dann beginnen wir mit der Hintergrundrecherche zu Phil Brand.« Nachtigall sah kurz in die Runde.

Silke ordnete einige Papiere vor sich auf dem Tisch.

»Von euch habe ich die Informationen zur Krankenakte von Phil Brand bekommen. Da er offensichtlich stark sediert werden musste, in der Auswirkung ist das einem künstlichen Koma ähnlich, ist er nicht ansprechbar. Also können wir ihn nicht befragen, aber die vier Angreifer schon. Bei denen wart ihr. Wir konnten uns in der Zwischenzeit mit der Akte aus der JVA befassen.« Sie stieß dem Kollegen leicht den Ellbogen in die Seite, damit er sich einbringen konnte.

»In der Begleitakte gibt es keinerlei Hinweise auf inadäquates Verhalten. Offensichtlich war er bisher nie Opfer von Übergriffigkeiten durch die Mithäftlinge, wurde dem Personal gegenüber zu keiner Zeit patzig oder beleidigend. Silke und ich spekulierten, dass er wohl darauf setzte, vorzeitig wegen guter Führung entlassen zu werden. Was ja nun auch tatsächlich geplant war«, ergänzte Marten die Zusammenfassung.

»Natürlich erklärt das den brutalen Angriff zum jetzigen Zeitpunkt in keinster Weise«, seufzte Maja. »Die junge Frau hat sich gestern umgebracht. Das momentan genutzte Narrativ behauptet, Täter und Opfer von damals sind sich überraschend begegnet, die Familie sei nicht darüber informiert worden, dass der Verurteilte seine Mutter besuchen würde. Daraufhin habe die junge Frau sich in einem Schuppen des Familiengrundstücks erhängt. Dazu brauchen wir eine Stellungnahme des behandelnden Psychiaters oder Psychotherapeuten. Zur Labilität gibt es im Moment nur die Aussage des Vaters.«

»Es gibt einen direkten Draht in die JVA?« Silke notierte sich diesen Punkt. »Haben wir die Handynummern der Häftlinge, die an dem Angriff beteiligt waren?«

»Ich gehe davon aus, dass einer der Beteiligten ein nicht bekanntes Telefon hat. Herbert vielleicht, nein, wahrscheinlich. Einer der vier Prügler erzählte, Herbert habe alle über den Tod von Amelie informiert. Wir brauchen die Angaben zum Telefon des Vaters vom Provider. Dann finden wir den angewählten Kontakt.«

Silke schrieb mit. »Ich kümmere mich um Beschluss und Liste.«

»Also gehen wir nicht länger von einem diffusen Gefühl der ungerechten Behandlung durch die Justiz aus?«, hakte Marten nach. »Kein schierer Neid der anderen auf den miesen Vergewaltiger, der nun entlassen werden soll?«

»Wenn wir nachweisen können, dass zumindest einer der Beteiligten vom Suizid wusste, gibt es ein konkretes Motiv. Die Gespräche habt ihr ja aufgezeichnet. Wir wissen also, wer behauptet, er sei von Herbert informiert worden. Sobald alles unterschrieben ist …« Silke notierte einen weiteren Punkt auf ihrer Liste. »Dann wird aus der schweren Körperverletzung möglicherweise eine Tötungsabsicht. Mordversuch.«

»Und derjenige, der angerufen wurde, hat die drei weiteren Schläger für seine Zwecke rekrutiert? Rache für den Tod eines Mädchens, das sie womöglich gar nicht kannten? Warum sollten sie sich daran beteiligen?« Marten seufzte. »Wenn sie auffliegen, werden sie sich in einem Prozess verantworten müssen. Warum sollten sie ihre womöglich baldige Entlassung gefährden? Wenn ich euch richtig verstehe, können wir ihnen eine konkrete Tötungsabsicht bisher nicht nachweisen?«

Silke fügte ihrer Liste einen weiteren Punkt zu. »Wir werden klären, wie lange die Schläger noch bis zu ihrer Entlassung warten müssen. Peter, glaubst du, sie haben den Vergewaltiger verprügelt, weil sie sicher waren, nicht belangt zu werden? Dann steckt womöglich das Versprechen von Vollmert dahinter, sie zuverlässig zu decken. Er hat nichts gesehen, kann niemanden belasten, weiß nicht, was passiert ist, hat nur rettend eingegriffen. So etwa?«

»Ja. Ich könnte mir auch dieses Szenario vorstellen. Wir müssen alle Beteiligten auf Kontakte zur Familie abklopfen.« Nachtigall strich über die Ärmel seines schwarzen Hemdes, als sei ihm kalt.

Maja wusste, es bedeutete, dass er sich mit diesem Ansatz nicht wohlfühlte.

Sie selbst empfand das ähnlich.

»Wir können ein ›Wegsehen‹ Vollmerts nicht einmal im Ansatz belegen – und haben ein weiteres Problem bei dieser Basis der Ermittlungen, das wir lösen müssen: Wer hat die Macht, die anderen zu zwingen, sich zu beteiligen? Und:

Phil Brand wurde in einem Indizienprozess schuldig gesprochen. Weder das Opfer noch er konnten sich an die Ereignisse dieses Abends genau erinnern. Zeugen wollen gesehen haben, dass die beiden gemeinsam aufbrachen – aber auch hier blieb vieles unklar. Natürlich fanden die Ermittler Faserspuren seiner Kleidung an der des Opfers. Aber die können auch beim Tanzen übertragen worden sein. Es wurde ein Kondom benutzt. Das wurde nicht gefunden. Als man Phil Brand zu einer Untersuchung abholte, war er längst frisch geduscht. Spuren des Spermizids nicht zu finden. Der Richter verließ sich im Prozess auf die Aussagen von Gästen der Party, die Phil und Amelie gemeinsam hatten aufbrechen sehen. Sie seien sehr vertraut gewesen. Aber das haben die beiden auch nie bestritten. Wenn man bereitwillig jemanden beinahe tot schlägt, sollten dann die Beweise seiner Schuld am Tod des Mädchens nicht wenigstens überzeugend sein?«, warf sie deshalb in die Diskussionsrunde.

»Nun, Überzeugung und Wahrheit decken sich nicht in jedem Fall.« Silke klang, als sei ihr eine solche Situation durchaus bekannt. Marten musterte sie nachdenklich.

»Ja. Eben«, meinte er dann, »und oft ist es doch so, dass etwas für die Menschen immer wahrer wird, je öfter sie es gehört haben. Das ist genau das System der Fake News. Einer redet Unsinn, viele hören es, halten es für möglich, geben es weiter. Schließlich ist die falsche Info so verbreitet, dass alle glauben, okay, so viele reden darüber, also stimmt es.«

»Ein Indizienprozess, in der Wahrnehmung der Betroffenen unbefriedigend. Wir sollten schnell erneut mit den Häftlingen reden. Fragen, ob Phil vielleicht mit einem der anderen über den Tatverdacht oder die Verurteilung gesprochen hat. Möglicherweise hat er jemanden dabei belastet, der damals gar nicht im Fokus der Ermittlungen stand.« Nachtigall notierte sich diesen Punkt. »Und wir müssen mit dem Therapeuten von Amelie sprechen. Immerhin war sie über Jahre in Therapie. Hat sie sich irgendwann doch an Details erinnert? Was wäre, wenn sie wusste, dass Phil nicht der Vergewaltiger war? Hatte sie Schuldgefühle, konnte aber auch ihre neue Version niemandem erzählen, nachdem der junge Mann verurteilt und inhaftiert wurde? Angst vor Gesichtsverlust? Angst vor den Eltern, die unter der Belastung durch die psychischen Probleme der Tochter litten?«

»Ich sehe eine Parallele zum zweiten Fall. Ein Klimaaktivist in Burg, Thoralf Baumgert, wurde brutal getötet. Erschlagen. Zeitgleich ging im Ort das Gerücht um, Thoralf habe einen Post abgesetzt, der die Aktivisten zu Aktionen auffordere, die den Marathon gefährden könnten. Doch die Technik kann bisher nicht bestätigen, dass der junge Mann diesen Aufruf tatsächlich abgesetzt hat. Vielleicht wurde er erschlagen – und hatte keine Ahnung, warum.« Maja wies auf die Fotos vom Tatort. »Der Mörder glaubte dem Gerücht, schaltete den angeblichen Absender aus.«

»Vielleicht hat der Täter das Gerücht sogar selbst gestreut, versucht, seine wahren Gründe für den Angriff zu verschleiern«, gab Nachtigall in die Runde. »So konnte er hoffen, dass die Ermittlungen sich auf das Aktivistenumfeld beschränken werden. Wir tappen nicht in diese mögliche Falle. Die Mutter des Opfers konnte in der Situation des Schocks über seinen Tod keinerlei Angaben zu möglichen Streitigkeiten oder anderen Problemen ihres Sohnes machen. Vielleicht hat sie dem Interventionsteam gegenüber etwas geäußert. Wir werden die Betreuer und auch sie selbst noch einmal befragen müssen.«

»Was genau enthielt der Post?«, fragte Marten nach.

»Den Aufruf zu einer Klebeaktion. Die Zufahrtsstrecken

sollten blockiert werden, damit weder die Sportler noch die Zuschauer zum Event gelangen könnten.« Maja zuckte mit den Schultern. »Das verstehe ich ohnehin nicht. Dieser Marathon findet an verschiedenen Tagen an verschiedenen Orten in verschiedenen Disziplinen statt. Der Lauf ist in Burg. Lübbenau zum Beispiel ist auch beteiligt. Davon war aber nicht die Rede. Es ging nur um Burg.«

»Vielleicht verbinden die meisten den Spreewaldmarathon mit Burg und nicht mit den anderen Disziplinen irgendwo im Spreewald?«, fragte Marten nach.

»Das ist eine wichtige Frage, der wir nachgehen müssen. Wenn alles gleich gewichtet ist, wäre der Aufruf gegen Burg speziell gerichtet gewesen. Wen hätte diese Aktion am stärksten getroffen? Die Gastronomie, die Hotellerie?«, fasste Silke zusammen und notierte sich diesen Punkt ebenfalls.

Nachtigall schwieg.

Wartete.

»Gut. Das waren alle Erkenntnisse für den Moment. Marten, du ermittelst den Hintergrund des Mordes in Burg mit mir, Silke und Maja kümmern sich um den Angriff in der JVA. Silke hat die Punkte notiert, die es in Bezug auf die Bewertung der Aussagen von damals gibt. Theoretisch sehen wir eine Parallele – Gerüchte als Basis für einen tödlichen und einen potenziell tödlichen Angriff. Marten und ich suchen nach Zeugen, die jemanden haben ins Haus gehen sehen, befragen Arno Menzel und versuchen, die Quelle des Gerüchts zu finden, suchen nach Motiven des Angriffs im Lebensumfeld von Thor. Wir bleiben in engem Kontakt und klopfen alle Ergebnisse sorgfältig daraufhin ab«, entschied er dann.

Allgemeines Nicken.

»Silke, die Telefondaten aus der JVA und die des Telefons von Amelies Vater sind wichtig. Die Videos aus dem Supermarkt sehen wir uns jetzt gemeinsam an, versuchen auszuwerten, was wir beobachten können. Die Zusammenfassung des Gesprächs mit Amelies Vater findet ihr heute noch in der Datei. Wir sehen uns am Abend noch einmal, stimmen das Vorgehen weiter ab. Ansonsten Kontakt über Handy.«

Er startete die Überwachungsvideos auf dem Rechner, projizierte das Bild an die Wand des Raumes.

Vier Augenpaare starrten gebannt auf die Einkaufenden.

»Hier! Das ist der junge Mann auf Freigang.« Maja wies auf eine schlanke Person vor dem Regal für Backzutaten. »Und hier, einige Regale weiter, sehen wir Amelie. Offensichtlich arbeitet sie einen Einkaufszettel ab.«

Nachtigall beobachtete die zarte Person, die ein Glas mit Pilzen aus dem Regal nahm und es in den knochigen Fingern drehte. Vielleicht auf der Suche nach dem Haltbarkeitsdatum? Mit langsamen Bewegungen stellte sie das Glas in den Einkaufswagen, griff in ihre langen glatten Haare, band sie erneut mit einem Gummiband fest. Schob den Wagen drei Schritte weiter.

Das Bild wurde unscharf, Maja startete eine andere Aufnahme.

Phil Brand. Schlank, blass, mit Dreitagebart und Kurzhaarschnitt. Unauffällig. Er legte eine Packung tiefgekühlten Fisch in den Wagen, griff dann nach einer großen Pizzapackung. Zu diesem Zeitpunkt wusste keiner der beiden von der Anwesenheit des anderen.

Das dritte Video zeigte, dass Phil auf den Gang zur Kasse einbog.

Sich hinter drei anderen Kunden einreihte.

Plötzlich trat Amelie aus dem Gang vor dem Süßigkeitenregal heraus.

Das Erschrecken war nur auf Seiten von Amelie groß.

Phil blieb unbeteiligt, zeigte keinerlei Reaktion, die ein Erkennen hätte andeuten können.

Amelie dagegen ließ den Wagen stehen und rannte kopflos durch die Gänge davon. Deutlich war zu sehen, dass eine der Mitarbeiterinnen des Markts ihr rasch folgte.

Phil spürte offensichtlich die Unruhe in der Warteschlange, fühlte sich beobachtet, wandte den Kopf und sah sich um, wich den Blicken der anderen Kunden aus. Ganz offensichtlich war er beunruhigt, fühlte sich sichtbar unwohl, hatte wohl den Eindruck, etwas verpasst zu haben.

Als er die Waren auf das Kassenband legte, vermied er jeden Blickkontakt zu den Kunden und der Kassiererin. Doch dieses defensive Gebaren war durchgängig auf den Aufnahmen zu beobachten, die ihn beim Einkauf zeigten. Hatte er Amelie bemerkt? Nachdem er seine Einkäufe in einem großen Beutel verstaut hatte, verließ er den Einkaufsmarkt zügig.

»Es muss doch eine gewissen Unruhe entstanden sein, als Amelie davonstürmte, jemand ihr hinterherlief.« Silke runzelte die Stirn. »Er scheint davon nichts mitzukriegen. Seltsam.«

»Nein.« Maja spulte zurück. »Kopfhörer. Er hat in beiden Ohren Musik. Ist ja denkbar, dass er von den anderen gar nichts mitbekommen wollte. Kommentare zum Beispiel. So was wie: Guck mal, dass dieses Schwein sich hertraut.«

»Amelie musste nach Angaben des Marktleiters vom Personal beruhigt werden. Man rief die Eltern des Mädchens an, die ihre Tochter abholten«, fasste Maja zusammen.

»Der Vater glaubt, seine Tochter habe das zufällige und unvorbereitete Treffen völlig verstört und sie zu einer Kurzschlusshandlung veranlasst. Sie beging Suizid durch Erhängen im Schuppen auf dem Gelände der Eltern«, ergänzte Nachtigall.

»Suizid ist gesichert?«, bohrte Marten auch hier nach. »Gibt es einen Abschiedsbrief? Oder ist Selbsttötung erst nur ein Verdacht?«

»Bisher ist Suizid die Ausgangsbasis. Aber selbstverständlich wird nach Anhaltspunkten für Fremdverschulden gesucht. Drogenscreening läuft sicher längst. Wir wollen nichts übersehen. Unter jungen Frauen ist Erhängen nicht unbedingt die favorisierte Methode bei einem solchen Schritt.«

»Die Eltern haben bemerkt, dass die Tochter psychisch sehr instabil war, als sie von diesem Einkauf zurückkamen. Sie hat ihnen, nach eigenen Aussagen, in Dauerschleife erzählt, sie habe Phil gesehen. Und danach haben die Eltern Amelie sich selbst überlassen, nicht bemerkt, dass sie das Haus verlassen hat? Der Strick lag griffbereit im Schuppen?« Auch Maja empfand diese Reaktion der Eltern zumindest sonderbar.

»Das ist alles noch zu klären. Gestern Abend hat Amelie sich im Schuppen erhängt, der Vater hat seinen Kontakt in der JVA darüber informiert, und der schaltete sich mit den anderen kurz, weihte auch den Vollzugsbeamten in die Pläne ein. Es kommt zum Angriff auf Phil, der nun bewusstlos im Klinikum liegt. So der bisher angenommene Ablauf. Wir warten nun auf die ersten Berichte der Kollegen und hoffen darauf, dass Phil bald eine Aussage machen kann. Das ist nicht sehr befriedigend, das gebe ich zu. Wir tun das, was wir immer machen: Wir ermitteln in alle Richtungen«, stellte Nachtigall klar. »Das tun wir auch im Fall des Angriffs in Burg. Ich denke, es ist geschickt, zwei Ermittlerinnen in die JVA zu schicken. Ist eine ungewohnte Situation für die Inhaftierten. Möglicherweise verleiten sie ihre Vorurteile zu einem anderen Aussageverhalten, denkbar, dass sie aus verschiedenen Gründen leichtsinnig Informationen geben. Ihr solltet euch gegen toxische männliche Arroganz wappnen«, riet er dann und schloss die Besprechungsrunde.

Maja und Silke kehrten den beiden männlichen Kollegen den Rücken zu, und Silke fragte leise: »Wie meint er das? Aus verschiedenen Gründen?«

Maja gab patzig zurück: »Na, ist klar: Entweder halten die Zeugen uns für doof, weil weiblich, oder sie werden versuchen, uns zu beeindrucken, und erzählen zu viel von der Begeisterung beim Angriff, der Brutalität der Ausführung. Sexistische Reaktionen.«

»Ach so. Na, dann sollen sie das mal probieren. Bei uns funktioniert weder a noch b«, kicherte Silke leise.

»So, Marten, wir kümmern uns um den Klimaaktivisten. Viel wissen wir noch nicht über ihn, nur, dass er durch ein Gerücht für eine geplante Aktion verantwortlich gemacht wurde. Da die Techniker den Text nicht in seinen Dateien finden konnten, müssen wir anders versuchen, an den Absender heranzukommen. Die eine Mieterin erzählte, der junge Mann sei schon beim Bäcker nicht bedient worden, beim Fleischer auch nicht. Also fragen wir mal bei denen nach, woher sie von der geplanten Klebeaktion wussten.«

Marten nickte. »Ich sammle nur noch meine Jacke bei Silke ein«, erklärte er und stand nur Sekunden später aktivitätshungrig in Nachtigalls Büro.

Der Cottbuser Hauptkommissar stellte den Wagen auf einem ausgewiesenen Parkplatz gegenüber der imposanten Kirche ab.

»So, wir gehen an der Hauptstraße nach rechts. Fragen zuerst beim Bäcker, dann beim Fleischer nach. Vielleicht gibt es mehrere Bäcker, mal sehen. Danach besuchen wir Arno Menzel und sprechen mit ihm über seine eigene Gefährdung. Ich nehme nicht an, dass er an eine Verwechslung glaubt.«

Marten nickte und passte sich dem flotten Schritt des Vorgesetzten an.

Die erste Bäckerei fand sich in einer Querstraße.

Nachtigall hielt entschlossen darauf zu.

»Guten Tag!«, grüßte er die Damen hinter dem Tresen freundlich. »Kriminalpolizei Cottbus. Ich wüsste gern, ob Thor heute Morgen seine Brötchen bei Ihnen kaufen wollte.«

Er wies seinen Ausweis vor, die Fachverkäuferinnen zeigten sich beeindruckt.

»Nein. Er kauft bei der Konkurrenz…«, gab die blonde Frau errötend zurück. »Aber bei uns hätte er seine Brötchen bekommen, trotz des Posts zum Klimaprotest.«

»Sie kannten den Post?«

»Klar. Der poppte heute Morgen gleich auf, als ich den Rechner hochfuhr. Geht ja in allen Bäckereien alles nur noch digital. Um zu sehen, wer etwas bestellt hatte, musste ich … na ja. Und da habe ich den Text gelesen. Natürlich war mir gleich klar, dass das Ärger im Ort geben wird. Gerade belegte Brötchen sind am Rand der Strecke bei den Gästen beliebt. So eine Aktion würde den Bäckern das Geschäft gründlich verderben.«

»Und das wäre Grund für einen Mord?«, fragte Marten erstaunt.

»Nein, natürlich nicht! Aber die Stimmung gegen die Aktivisten wurde von lau auf heiß hochgeregelt.«

»Heißt, man hat sich gewaltig über den Post geärgert. Kann ich den Text mal sehen?«, bat Nachtigall freundlich.

»Ja, zum Glück habe ich den gleich ausgedruckt. Inzwischen poppt er bei uns nicht mehr beim Starten auf. Wir haben das vorhin schon mal ausprobiert.« Sie drehte sich um und verschwand hinter dem Regal mit der Brotauswahl, kehrte nach wenigen Minuten zurück. »Hier ist er. Ich musste ihn beim Chef abholen, der hatte ihn ins Büro mitgenommen.« Sie lächelte, als sie den Ausdruck über die Theke reichte.

Marten unterdrückte ein breites Grinsen.

Er erkannte das »Darf es noch etwas sein?«-Lächeln, professionell und alltagserprobt im Umgang auch mit schwierigen Kunden.

Nachtigall überflog die Zeilen, suchte nach der Mailadresse des Absenders.

Stutzte.

»Hier steht an keiner Stelle, diese Mail sei von Thoralf Baumgert oder der Organisation *Kipppunkt* versandt worden. Eine sonderbare Mixtur aus Buchstaben und Zeichen ist zu finden. Woher wussten Sie überhaupt, dass diese Nachricht von Thoralf gepostet wurde?«

»Nun, im Umkehrschluss erschien es logisch. Und dass er seine eigene Adresse für solch einen Post nicht verwenden wollte, erscheint nachvollziehbar. Er war nicht daran interessiert, in den Fokus der Reaktion zu geraten«, entgegnete die junge Frau schnippisch. »Wer sonst sollte so eine blöde Idee entwickeln?«

»Andere Geschäfte bekamen ebenfalls diesen Post?«, erkundigte sich Marten.

»Ja. Der Fleischer ganz sicher, die Restaurants und Hotels bestimmt auch. Sollten wohl alle gleich wissen, welch geniale Idee hier wieder ausgebrütet wurde!« Nun wurde der Ton aggressiv. »So eine idiotische Maßnahme.«

»Nun, immerhin hat sie mit einem Wurf jede Menge Menschen auf das Problem der CO_2-Belastung durch die gewählte Anreiseform hingewiesen. Es wären noch ein paar Monate Zeit gewesen, diese Anregung der Aktivisten, falls sie diesen Post wirklich abgesetzt haben, ernst zu nehmen und in die Werbung zu integrieren.« Marten schenkte der Fachverkäuferin ein gewinnendes Lächeln.

»Schon«, räumte sie, noch immer patzig, ein und fauchte dann hitzig. »Aber eigentlich stören diese Typen immer nur das friedliche Zusammenleben im Ort. Wollen Streit provozieren. Es nervt gewaltig, wenn dir ständig irgend-jemand Vorschriften machen will, wie du deinen Alltag zu organisieren hast. Ich meine: Thoralf benutzt einen Com-puter, kommuniziert mit anderen über *WhatsApp* und isst gerne gelegentlich Fleisch oder Wurst, kauft Milch und Eier. Also mal ehrlich: Wenn sich einer breitbeinig auf irgend-welche Barrikaden für mehr Klimaschutz stellt, sollte er den schon korrekt vorleben – und nicht immer nur über Einschränkungen für andere nachdenken!«

»Das ist sicher ein wichtiger Punkt«, räumte Nachti-gall widerstrebend ein. »In Burg hatte man also eher das Gefühl, gegängelt zu werden?«

»Ja, so kann man das auch nennen.« Die Verkäuferin nickte.

Die beiden Ermittler bedankten sich höflich und räum-ten den Platz vor der Theke für hereindrängende Kunden.

Im Rausgehen hörten sie, wie eine der Kundinnen lobte: »Das hast du fein gemacht, Astrid. Wird Zeit, dass sich mal einer traut zu sagen, was Sache ist. Die Aktivisten mit ihren überzogenen Forderungen! Das konnte so ja auch nicht weitergehen. Wir sollen auf Komfort und bestimmte Nahrungsmittel verzichten, schlimm genug, aber jetzt auch noch in den Geldbeutel der Burger grapschen, indem man die Gäste vom Besuch des Marathons abhält. Das geht zu weit!«

Das zustimmende Raunen der anderen Kunden wirkte wie ein heraufziehender Sturm.

Als die beiden Ermittler beim Fleischer eintraten, waren die Reaktionen ähnlich.

»Aha! Die Polizei, stimmt, oder? Sie habe ich doch schon vor dem Haus von Thoralf gesehen. Das wird aber auch Zeit, dass die Polizei sich mal um diese Verrückten kümmert«, lautete der erste Kommentar einer Kundin, als Peter und Marten eintraten. »Kann ja so nicht weitergehen!«

Der Cottbuser Hauptkommissar warf Marten einen warnenden Blick zu, wusste, es war besser, nicht darauf zu antworten, sondern das anderen zu überlassen.

»Na, wenn die von *Kipppunkt* sich nicht kümmern würden, wäre es wohl gar nicht üblich, sich auch nur einen halben Gedanken ums Klima zu machen. Ihr glaubt doch alle, das Problem interessiere nicht, weil wir die Folgen unseres Handelns ja gar nicht mehr selbst ausbaden müssen. Ihr fallt auf die Beruhigungssprüche der Industrie rein«, keifte giftig eine Dame um die 40.

»Genau«, schaltete sich ein wohlgenährter älterer Herr ein. »Ihr solltet aufhören, euch in die eigene Tasche zu lügen. Das 1,5-Grad-Ziel ist nicht mehr zu erreichen. Die Wendepunkte, die sich angeboten haben, wurden von den Menschen nicht genutzt. Nun ist es für eine echte Kehrtwende zu spät. Es kann nur noch um Schadensbegrenzung gehen. Und selbst darüber wird nicht geredet.«

»Jawoll!«, stimmte die Frau zu. »Wir tun so, als wäre bei uns alles in Ordnung! Lächerlich. Zu wenig E-Autos auf den Straßen, zu wenig Radler, zu viel Abgase aus der industriellen Produktion, zu hoher Energieverbrauch und Ressourcenverschleiß in der Industrie. Das alles fassen wir nicht an.«

»Ach, und was wäre, wenn?«, bohrte die erste Sprecherin weiter. »Wir kriechen mit E-Autos durch die Landschaft, die bei der Herstellung auch CO_2 freisetzen. Das ganze Auto rechnet sich erst ab circa 60.000 Kilometern. So viel fährt manch einer im ganzen Leben nicht! Und die prosperierenden Staaten mit hohem Bevölkerungswachstum? Blasen munter ihren Dreck in die Atmosphäre, verdienen viel Geld mit den produzierten Dingen: Geld, das unserer Industrie, unserem Handel dann fehlt. Und durch Verzicht deren Ausstoß auffangen zu wollen, ist eine Utopie!«

Die Verkäuferin hinter der Fleischtheke machte ein zunehmend verzweifeltes Gesicht.

Die Sprecherin sah sich um, lachte spöttisch: »Und das Fleisch aus industrieller Produktion fresst ihr doch auch alle gern, oder nicht? Wenn wir in die Auslage gucken, sehen wir, Bio ist hier kaum vertreten. Wenn wir dieses Fleisch kaufen, unterstützen wir die Viehzucht allgemein und Massentierhaltung im besonderen. Wer zahlt schon gern einen höheren Preis fürs Steak oder Schnitzel? Gewaltiger CO_2-Ausstoß. Aber dann das Gewissen damit beruhigen, dass zum Nach-Hause-Tragen ein Stoffbeutel benutzt wird!«

»Und das Methan? Soll ich jetzt glauben, Bio-Rinder rülpsen und pupsen nicht bei der Verdauung?«, erkundigte sich ein kräftiger junger Mann und sah kampfeslustig in die Runde.

»Peter Nachtigall, Kriminalpolizei, mein Kollege Marten Klausing. Wir hätten ein paar Fragen.« Die beiden Ermittler hatten nun einen nachhaltigen Eindruck von den Diskussionen im Ort, es war an der Zeit, sich einzuschalten.

Unerwartet trat der Chef hinter die Theke, überblickte die Situation, nickte Nachtigall zu und machte eine einladende Handbewegung zu einer Nebentür. »Kommen Sie mit mir. Ist wohl besser.« Dann wandte er sich an die Kunden. »Wer von euch Fleisch kaufen möchte, der erledige das – ohne schlechtes Gewissen. Menschen sind von der Anlage her Allesfresser. Wer lieber diskutieren statt kaufen möchte, versammle sich besser anderswo.«

Das Klingeln an der Tür bewies, dass der Aufforderung nachgekommen wurde.

Offensichtlich ging es einigen der Kunden zu weit, auch noch beim Fleischer über hohen Fleischkonsum und Klimaschutz nachdenken zu müssen.

Im hinteren Bereich befand sich ein kleines Büro.

Wie immer, wenn Nachtigall in kleine Räume trat, verursachte das unbehagliche Enge bei den Anwesenden. Diesmal dadurch beflügelt, dass der Fleischer auch nicht zu den Mageren gehörte. Marten drückte sich in eine Ecke. Wartete.

»Also, ich habe schon gehört, dass Sie überall blöde Fragen stellen. Dann legen Sie mal los!«, grantelte der Fleischer schlecht gelaunt.

»Thoralf wurde bei Ihnen nicht bedient. Können Sie das erklären?«

»Wer behauptet, wir würden unsere Kunden ignorieren?«, polterte der Chef, stemmte die Fäuste in den Bereich oberhalb der Hüfte.

»Es gab Zeugen des Vorfalls. Thoralf wurde nicht bedient.«

»Nun, das hing dann wohl mit diesem blöden Post zusammen. ›Nimm's Rad!‹ So ein vermaledeiter Schwachsinn.«

»Sie hatten Angst um das Geschäft beim Verkauf während des Marathons?«

»Quatsch! Wenn meine Existenz davon abhinge, na dann gute Nacht! Nein! Aber solche idiotischen Posts mischen den ganzen Ort auf, und urplötzlich wird wieder an allen möglichen Orten über Klima, Klimaschutz, Klimasünder und so weiter diskutiert. Unser Glück ist, dass dieses Ersatzfleisch hoch verarbeitet ist, nicht wirklich schmeckt und somit als Alternative zum echten Braten oder Steak ausfällt.«

Er atmete tief durch. »Sehen Sie, früher war Fleisch auf dem Teller selten. Es kostete viel Geld. Heute ist es fast schon eine tägliche Selbstverständlichkeit. Es zeigt, dass man es sich leisten kann – Gemüse, ha, das kann ja jeder haben!«

»Und Thoralf Baumgert war besonders aktiv? Hat immer wieder den Finger in die Wunde gelegt? Gemahnt?«

»Klar! Und er hat keinen Hehl daraus gemacht, dass es manchmal eben auch eine Scheibe Schinken im Rührei sein darf. Klar, das Brötchen zum Ei war Bio, das Ei eines vom Biobauern mit Brüderaufzuchtgarantie. Aber ab und zu eine Scheibe Kochschinken, die hat er sich gegönnt. Wir haben Bio-Schinken. Aber natürlich betrifft das die Ernährung und Haltung der Tiere. Methan stoßen die Viecher logischerweise dennoch aus, obwohl es inzwischen schon interessante Methoden gibt, Einfluss zu nehmen. Jetzt werden gar Algen ans Vieh verfüttert, um den Methanausstoß wenigstens zu verringern . Aber zu guter Letzt werden sie ebenfalls geschlachtet. Na, ist doch wahr!«

»Wir würden gern diesen Post sehen, der so breit verschickt wurde.«

Knurrend öffnete der Fleischermeister eine Datei. »Ich habe mir gleich gedacht, das könne Schwierigkeiten geben. Deshalb habe ich diese Nachricht im Ordner *Sonderbarkeiten* gespeichert. Hier!« Er schwenkte den Monitor so, dass die Besucher den Text sehen konnten.

Nachtigall beugte sich weit vor, las, seufzte. »Gut, egal, wer das geschrieben hat: Es war ihm mit Sicherheit klar, dass es Ärger geben würde. Können Sie mir den Text bitte ausdrucken?«

Marten schob eine weitere Frage nach: »Sehen Sie in Ihrer Mailingliste auch, von welcher Adresse der Post kam?«

»Nein. Das ist aber gelegentlich so bei diesen politischen Dingern«, murrte der Fleischer. »Ist so, dass die unter einer Adresse versandt werden, die es nicht gibt oder nur kurz existiert. No Reply.«

Der Drucker sorgte mit lautem Rattern dafür, dass seine Aktivität deutlich wahrnehmbar wurde.

»Nun haben wir den genauen Wortlaut. Zweimal. Es wurde wohl an alle der gleiche Text versandt. Auf dem Rechner von Thoralf finden sich die Antworten, die man ihm geschickt hat. Der wird wohl gestaunt haben, konnte er sich doch nicht erklären, warum man ihn auf diese Weise beschimpfte.«

»Er hat die Mails gecheckt, bevor er seinem Mörder die Tür öffnete. Man hat ihn in unzähligen Kommentaren auf übelste Weise beschimpft und bedroht. Wir werden die Absender auflisten und abarbeiten. Vielleicht finden wir bei einem mehr als nur den Anruf zur Blockade als Ursache für Ärger.«

»Du meinst, der Post hat bei jemandem ein volles Fass zum Überlaufen gebracht? Bei einem, der auch unter anderen Aktionen von *Kipppunkt* zu leiden hatte?« Marten sah sich um. »Einer, der durch Aktionen um Einnahmen gebracht wurde?«

»Wir checken die Aktionen der Gruppe. Problem dabei ist, dass Thor zwar für Klimaschutz war, aber eben selbst nicht konsequent vorgelebt hat, was er befürwortete. Das macht ihn ein Stück weit unglaubwürdig, sogar angreifbar. Und offensichtlich war das im Ort bekannt.«

»Ich verstehe, was du meinst: Wenn er schon nicht alles so ganz ernst genommen hat, warum wurde dann genau bei diesem Post geglaubt, er könne oder wolle den Plan tatsächlich umsetzen.«

»Genau. Warum tötet ihn der Eindringling, er hätte ja in Ruhe abwarten können, ob sich real feststellen lässt, dass sich im Hintergrund solch eine Bewegung ›Nimm's Rad‹ formiert. Aber der Täter wollte gleich Klarheit schaffen? Ehrlich gesagt, erscheint mir das nicht nachvollziehbar.« Nachtigall zuckte mit den Schultern. »Sehen wir, was uns die Touristinformation anbieten kann. Wer ist wirklich nennenswert involviert in die Vorbereitungen, wer investiert bereits in die erwarteten Gäste. Zimmerrenovierung, neues Personal, Angebote aus der Küche …«

»Nun, der Bäcker erwartete einen Einbruch beim Zusatzverdienst. Allerdings können wir nicht beurteilen, wie dringend er genau den bräuchte. Beim Fleischer könnte es ähnlich aussehen. In der Gastronomie ist der Verdienst zum Event möglicherweise dringend notwendig. Corona-nachsorge sozusagen«, grinste Marten.

»Große gastronomische Betriebe, sogar weit über den Spreewald hinaus bekannt, gibt es in Burg gleich drei. Beliebt ist zum Beispiel das Landhotel *Sorbisches Haus*. Wir fragen mal nach, ob sie durch eine solche ›Klimaret-tungsmaßnahme‹ in Schieflage gekommen wären.« Peter stieg in den Wagen und startete. »Erst zur Touristinforma-tion, dann zum *Sorbischen Haus*, vielleicht noch zu den anderen beiden. Danach fahren wir nach Cottbus zurück und tragen alles zusammen, checken, ob die Forensik schon neue Ergebnisse anzubieten hat.«

Marten stieg zögernd ein.

»Eine andere Idee?«, erkundigte sich der Cottbuser Hauptkommissar.

»Fährhafen? Andere Hotels, ein bisschen vom Stadtkern entfernt? Ruhe liebende Begleiter oder Begleiterinnen der Marathonfans oder gar der Teilnehmer, die mit dem gan-zen Rummel nichts zu tun haben wollen«, meinte Marten nachdenklich.

»Klar, die überprüfen wir ebenfalls. Ich kann deinen Gedanken nachvollziehen: Wenn die großen Beherber-gungsbetriebe betroffen sind, sieht es bei den eher kleinen wahrscheinlich direkt prekär aus.«

In einem Konferenzraum versammelte sich das Planungs-team für den kommenden Spreewaldmarathon. Diesmal allerdings wirkten alle bedrückt, von Kämpferpose keine Spur.

»Die von *Kipppunkt* behaupten, dieser Post stamme nicht von Thoralf. Er habe damit nichts zu tun, *Kipppunkt* auch nicht. Es sei nie geplant gewesen, für den nächsten

Marathon eine Klebeaktion oder anderweitige Blockade zu errichten. Klebeaktionen seien sowieso out, würden nicht mehr stattfinden. Und: Stimmt, ich habe schon lange nichts mehr davon gehört.« Klaus sah ratlos von einem zum anderen.

»Fakt ist, dass der Aktivist nun tot ist. Brutal zu Tode geprügelt«, die Mitarbeiterin der Pressestelle wirkte nervös. »Was soll ich denn jetzt sagen, wenn jemand eine Stellungnahme von uns möchte?«

»Die Polizei ist schon im Ort unterwegs und fragte sich bei den Anbietern des Caterings durch. Beim Bäcker haben sie nach den Einbußen gefragt, die eine Klimaaktion bedeuten würde, und in den Hotels waren sie auch. Nach Zimmerbelegung wurde gefragt und ob man sich Sorgen mache. Bisher haben wohl alle abgewinkt. Niemand glaubte, dass die Aktion wirklich durchgezogen würde.« Der Sprecher rutschte nervös auf dem unbequemen Stuhl hin und her.

»Also, es muss klar sein, dass dieser Mord nichts mit unseren offiziellen Planungen zu tun hatte. Die Mitteilung an die Presse muss auf die Wichtigkeit des Klimaschutzes hinweisen, darauf, dass die Stadt sich sehr bemüht, den CO_2-Ausstoß so gering wie möglich zu halten. Vielleicht können wir sogar noch eine Art Wettbewerb ausloben. Die Menschen sollen sich Gedanken über Maßnahmen machen, die umsetzbar sind. Die besten drei werden umgesetzt, die Gewinner bekommen eine goldene Marathongurke.«

Dieser Vorschlag wurde einstimmig angenommen.

»Und was sagen wir nun zu Thoralf Baumgerts gewaltsamem Tod?«, bohrte die Mitarbeiterin der Pressestelle erneut nach. »›Wir bedauern seinen viel zu frühen Tod‹ kann ja bei solch einem brutalen Mord nicht ausreichen.«

»Stimmt auffallend«, räumte Klaus ein. »Vorschläge?«

»Nun, auf jeden Fall muss erwähnt werden, wie dankbar wir für die Denkanstöße im Bereich Klimaschutz dem jungen Leiter von *Kipppunkt* sind. Sein gesellschaftliches Engagement für eine Erhaltung des Biotops Spreewald und all seinen Freizeitangeboten, von Paddeln und Laufen und Radeln bis zu einer kulinarisch anspruchsvollen Küche, die alle Gäste begeistert.«

»Darüber sollten wir abstimmen!« Klaus wollte gerade das Zeichen geben, da schaltete sich die Mitarbeiterin wieder ein: »Er wurde erschlagen. Brutal. Wurde nicht Opfer der Klimakatastrophe, sondern eines Mordanschlags. Das können wir doch nicht einfach in der Widmung zu seinem Tod verschweigen.«

»Sollten wir aber. Wir möchten in der kommenden Saison fröhliche Gäste begrüßen können. Sie sollen sich keine Sorgen machen, weil bei uns ein Mörder frei herumläuft.«

»Ach, bis die nächste Marathonrunde beginnt, hat die Polizei den längst erwischt. Mord hat eine enorm hohe Aufklärungsquote. Es überrascht mich eigentlich immer wieder, dass es trotzdem noch versucht wird, Probleme auf diese Art zu lösen. Wir stimmen jetzt über den angedachten Text für den Nachruf ab. Also: Wer findet diesen Text ausreichend? Ich bitte um Handzeichen.«

17

Silke und Maja waren auf dem Weg in die JVA.

»Warum schickt er uns Frauen dorthin?«, fragte Silke mit aggressivem Unterton, wirkte immer gereizter, je näher sie dem Ziel kamen. »Die vier Männer werden uns gar nicht für voll nehmen. Die glauben, wir seien dumme Weibchen, von der Evolution vernachlässigt und für einen Job bei der Kriminalpolizei ohnehin untauglich. Wahrscheinlich werden sie uns die abenteuerlichsten Geschichten erzählen – mit null Wahrheitsgehalt.«

»Möglich. Dann müssen wir uns eben als kompetent erweisen und die Lügen aufdecken. Peter hat uns diesen Part zugewiesen, weil er glaubt, die Jungs machen im Gespräch gravierende Fehler, gerade weil sie uns nicht für voll nehmen. Dann liegen sie heute Nacht auf den Pritschen und lachen sich ins Fäustchen, weil sie davon ausgehen, sie hätten uns grandios vorgeführt. Heißt für uns: Unschärfen müssen wir sofort hören, nachhaken und nachbohren. Beleidigungen lassen wir uns nicht gefallen, belügen erlauben wir nicht. Alle Sinne scharf gestellt, werden wir merken, wenn man uns was vormacht.« Maja, voller Selbstbewusstsein und Tatendrang. »Mach dir keine Sorgen. Man wird dich, wenn überhaupt, nur verbal bedrängen. Und vor der Tür steht ein Bewacher!« Sie schmunzelte.

»Zwei gegen einen? Oder Gespräche eins zu eins?« Silke klang noch immer wütend.

»Eins zu eins. Die sollen ja denken, sie hätten leichtes Spiel mit uns.«

Herbert taxierte die Frau auf der anderen Seite des Tisches.

Grunzte. Starrte. Grunzte.

Silke wusste nicht, ob er das aus Unmut oder Zufriedenheit tat.

Ihre Körbchengröße war nicht bemerkenswert, aber doch, wie ihr Freund das vor Kurzem genannt hatte: appetitanregend.

Plötzlich fühlte sie sich nicht mehr wohl in dieser Situation.

Der Blick schien ihr die Kleidung Schicht um Schicht vom Körper zu wischen.

Sie beschloss, gar nicht erst den Verdacht aufkommen zu lassen, sie sei ein scheues Reh.

Also wählte sie ihren Ton mit Bedacht und fragte scharf: »Wie wäre es, wenn Sie nun endlich meine Frage beantworteten, statt nur zu starren? Ich gehe davon aus, dass Sie des Sprechens mächtig sind – jedenfalls hat mein Kollege erzählt, er habe von Ihnen einige Dinge über den Angriff im Waschraum erfahren. Also?«

Herbert grunzte weiterhin nur.

Es klang wie Schnarchen.

»Es wird eine Anzeige gegen Sie geben.«

Herbert sah Silke mitleidig an. »Tjach, und? Soll mich das erschrecken? Ich sitze eh schon ein. Meine persönliche Situation wird es eher verbessern denn verschlechtern.«

»Ach, echt jetzt?«, tat Silke erstaunt.

»Na klar. So eine wie Sie weiß das natürlich nicht. Unbedarft eben, ist nicht zu ändern, das Leben wird Ihnen noch so manches erklären, sind ja noch jung. Aber wenn der Typ nun im Klinikum als Höhepunkt des Dramas den Löffel abgibt, wird mich das zum Helden krönen.«

Silke hatte Mühe, ihre uninteressierte Miene beibehalten zu können.

»Zum Helden?«, tat sie blond und blauäugig, ganz im Sinne des gängigen Vorurteils.

»Klar doch! Ich habe den miesen Vergewaltiger und Mörder an der kleinen Amelie ins Gras beißen lassen. Es war eine entschlossene Reaktion auf die Entscheidung der Behörden nötig. Keiner hat sich an den Kerl rangetraut – bis auf den einen Aufrechten! Das bin ich.«

Silke war sehr zufrieden darüber, dass ihr Gesprächspartner offensichtlich aus dem Blick verloren hatte, dass dieses Gespräch aufgezeichnet wurde.

»Hier konnte doch keiner wissen, dass Amelie sich getötet hatte«, wieder mit unschuldigem Augenaufschlag. Silke verstand nun sehr gut, warum Peter die beiden weiblichen Ermittler in die JVA geschickt hatte.

»Ne, konnte keiner. Außer mir.« Herbert warf sich stolz in die Brust.

Er verschränkte die Arme vor dem Bauch, was wegen des Umfangs nicht ganz einfach war, sah Silke belustigt an. »Kennen Sie diese lustigen Vampirfilme? Dracula? In einem fällt der Satz: Eine gute Lage ist eine gute Lage, ist eine gute Lage. Mehr werde ich dazu nicht sagen, denken müssen Sie schon selbst.« Er grinste anzüglich und setzte hinzu: »Auch wenn es vielleicht schwerfällt.«

Maja Klapproth sprach mit Heiko Zuber.

»Wir sind bei der Rekonstruktion des Angriffs im Waschraum auf Unstimmigkeiten gestoßen, die wir nun ausräumen möchten. Schließlich müssen wir gut verstehen, was dort abgelaufen ist, damit wir das Geschehen einordnen können.« Sachlich der Ton, kalt der Blick.

»Aha. Dem anderen hat nicht gereicht, was er erfahren hat?«

»Es ergibt sich noch kein schlüssiges Bild. Eine Racheaktion, um den Tod von Amelie zu rächen, bleibt denkbar. Auch, dass der Tod des Opfers eingeplant war.«

»Und?«

»Dann ermitteln wir gegen die vier Beteiligten wegen Mordes.«

»Wieso vier? Was ist mit Vollmert? Der hätte ja auch eher einschreiten können.«

»Er wusste über Ihre Absicht, Phil Brand zu töten, Bescheid?«

Der Zeuge wiegte den Kopf.

Warf einen schnellen Blick auf das kleine Aufnahmegerät auf dem Tisch.

Schwieg.

»Er hat die Aktion vorgeschlagen.« Das war keine Frage.

Der Zeuge blieb mundtot, gab allerdings zustimmende körpersprachliche Signale.

»Sie kannten das Mädchen?«

»Ja. Wir alle kannten Amelie und ihre Familie. Wir wussten um die Probleme, die nach dieser schrecklichen Nacht die ganze Familie betroffen haben. Wie kann man auf die Idee kommen, einen solch brutalen Vergewaltiger einfach wieder laufen lassen zu wollen?«

Er sah Maja an, deren Miene unbewegt blieb, zuckte dann mit den Schultern. »Ist doch wahr. Da musste einer einschreiten.«

»Und? Woher wussten Sie vom Tod des Mädchens?«

»Hat der andere auch schon gefragt. Jeder wusste davon. Wer zuerst – das weiß ich nicht. Ich jedenfalls nicht. Als ich das mit dem Suizid mitkriegte, war ich wohl einer der Letzten, der es erfuhr.«

»Und wer hat schließlich den schlagkräftigen Trupp in den Waschraum bestellt? Ist ja ziemlich früh am Morgen gewesen. Nicht die normale Duschzeit, nehme ich an.«

Zuber musterte die herbe Frau nachdenklich. »Gut, bei Ihnen sind die Arbeitszeiten nicht so klar geregelt wie bei uns. Kann ja immer mal ein neuer Fall dazwischenkommen. Aber bei uns ist klar, wer wann wo zu sein hat. Wir sind die erste Gruppe im Waschraum. Denn: Wir sind für die Frühstücksausgabe zuständig, helfen auch gelegentlich in der Küche mit. Bei uns ist klar, dass wir länger einsitzen werden, also zeigt man uns alle möglichen Einsatzgebiete, damit wir auf Abruf und ohne Einarbeitungsschwierigkeiten wechseln können. Logisch, oder?«

»Wo war Andreas Vollmert, als die Prügelei losging?«

»Keine Ahnung. Bei uns jedenfalls nicht.«

»Sie waren alle in derselben Schicht eingeteilt – am selben Ort?«

»Zur selben Zeit. Selber Ort, kann ich nicht sagen. Ich kümmere mich nur um meinen Einsatz, der ist mal in der Küche, mal beim Austeilen. Wenn ich zu spät erscheine, gibt es Ärger. Wohin die anderen müssen, ist mir ziemlich egal. Manche arbeiten neben mir, andere im Vorratsbereich oder bei der Vorbereitung für Mittag.«

»Wie ist es genau abgelaufen im Waschraum? Einer muss doch das Kommando zur Prügelei gegeben haben.«

Schweigen.

»Das ist schließlich nicht unbemerkt an Ihnen vorübergegangen. Sie haben mitgeprügelt.«

»Ja. In so einer Situation kann man sich nicht wirklich bedeckt halten. Man muss Stellung beziehen.« Die Stimme schwächelte wie der ganze Mann, registrierte Klapproth.

»Sie hätten sich ja auch auf die Seite des Schwächeren stellen können.«

»Nein.« Der Mann atmete tief durch. »Er sollte vorzeitig entlassen werden – nicht ich. Ich würde weiter mit den anderen hier zu tun haben. Wähle ich die falsche Seite, bin ich der Nächste, der auf die Krankenstation muss.«

»Hat Phil Brand nach seinem Freigang etwas über diese paar Stunden in Freiheit erzählt?«

Der Blick aus den blassblauen Augen war überraschend geringschätzig.

»Wir sind doch mit Weibern nicht zu vergleichen! Die müssen immerzu mit anderen über ihre ›Erlebnisse‹ quatschen! Männer tun das nicht. Sollten Sie in Ihrem Alter eigentlich auch schon rausgefunden haben!«

Andreas Vollmert war nach Schichtende nach Hause gefahren, erfuhren die beiden Ermittlerinnen wenig später.

Sie würden ihn also an seiner privaten Adresse besuchen müssen.

Die beiden anderen in die Prügelei verwickelten Insassen waren angeblich wegen eines Anwaltstermins nicht abkömmlich, stünden aber am Nachmittag wieder zur Verfügung.

»Okay. Das bedeutet wohl, dass man ihnen einen Maulkorb verpasst. Wir werden uns also auf die ersten Ergebnisse der Forensik stützen müssen.« Maja schimpfte leise vor sich hin.

»Fahren wir nun bei Vollmert vorbei?«

»Auf jeden Fall. Schon damit er nicht den Eindruck bekommt, wir hätten ›das Vorkommnis‹ schon ad acta

gelegt. Er muss spüren, dass wir nicht lockerlassen werden.« Majas Schritt war energisch, und Silke wusste, dass
Widerspruch zwecklos sein würde. »Wenn wir ihn bedrängen, fühlt er sich nicht wohl. Und genau das wollen wir
erreichen.«

18

Ein sportlich-dynamisch wirkender, schlanker Mann im besten Alter näherte sich den beiden Beamten in der Lobby des Landhotels *Sorbisches Haus*.

»Guten Tag, mein Name ist Meistermann. Man hat mich darüber informiert, dass Sie mich wegen des Mordes an unserem Umweltaktivisten sprechen möchten.« Dabei streckte er die Hand energiegeladen und fordernd aus, schüttelte die Hände der Besucher energisch und mit festem Griff.

Nachtigall registrierte mit innerem Amüsement diesen Versuch, die Ermittler in eine Art Würgegriff zu nehmen, die eigene Dominanz herauszukehren.

Ein schneller Seitenblick zeigte ihm, dass Klausing diese Begrüßung ähnlich wahrnahm.

»Genau, deshalb sind wir hier. Es geht um den Post, den Herr Baumgert angeblich abgesetzt hatte. Sie haben ihn ebenfalls bekommen.« Nachtigall hatte beschlossen, dem Herrn vom Management keine Widerspruchschance zu geben.

»Kommen Sie bitte mit in mein Büro. Dort können wir alles ungestört besprechen«, erklärte der Mittdreißiger beflissen und machte mit einem Zuviel an Dramatik eine einladende Geste.

»Ich denke, das wird nicht nötig sein. Es sind nur ein paar Fragen, auf die wir gerne eine belastbare Antwort hätten.« Nachtigall wies auf die Sitzgelegenheiten in der Lobby.

»Ist mir recht«, gab der andere zurück, eine steile Falte bildete sich in Verlängerung der Nase Richtung Stirn, und die blauen Augen schienen etwas von ihrem Strahlen einzubüßen. »Ich würde vorschlagen, wir setzen uns in die Gruppe dort hinten, dort ist es ungestörter als direkt im Eingangsbereich.«

Nachdem sie Platz genommen hatten, erkundigte sich Meistermann, der seine Mimik wieder unter Kontrolle hatte und nun nichtssagende Züge präsentierte: »Wie kann ich helfen?«

»Manche im Ort gehen davon aus, dass der junge Mann wegen des Posts getötet wurde. Eine anhaltende Behinderung auf den Zufahrtsstraßen, der Autobahnabfahrt, der Zugstrecke seien ein Anschlag auf die Einnahmemöglichkeiten der Gewerbe Genuss, Beherbergung, Unterhaltung und Souvenirs. Auf den ersten Blick scheint das wenig logisch, eine solch brutale Tat stünde wohl in keinem Verhältnis zu dem möglicherweise entstehenden Schaden. Um das beurteilen zu können, sind wir nun dabei herauszufinden, wie hoch der Einnahmeverlust in den einzelnen Branchen wohl tatsächlich wäre.«

»Aha.«

»Wie viele Gäste im Jahreslauf buchen ihr Zimmer bei Ihnen tatsächlich zum Marathon? Wie viele nur für eine oder zwei Nächte, für wie viele ist es der Start- oder Endpunkt eines Urlaubsaufenthalts in Ihrem Haus?«, präzisierte Marten die Frage.

Der Mann im edlen Zwirn zögerte.

Wand sich sichtbar in seinem Sessel.

»Das sind Daten, die wir so direkt nicht weitergeben können. Außerdem waren die letzten Jahre wegen Corona keine echten Vergleichsjahre. Es wurde zwar innerhalb Deutschlands gereist – aber nicht unbedingt zu einem Event. Menschenmassen sind vielen Reisenden noch immer unangenehm. So wie sie sich an das Kontaktverbot gewöhnen mussten, an das Vermeiden von Enge oder Berührung, so schwer fällt es ihnen nun, sich wieder umzustellen.«

»Ich frage jetzt noch einmal deutlich: Wäre es für Ihr Hotel ein gravierender Verlust, wenn Menschen zum Marathon nicht anreisen würden, weil sie befürchten, ausgebremst oder besser ausgeklebt zu werden und sich deshalb gar nicht erst auf den Weg machen?« Nachtigalls Stimme spiegelte seine wachsende Ungeduld.

»Natürlich würde sich der Verlust in der Jahresbilanz niederschlagen. Sichtbar. Der Marathon findet in mehreren Orten statt und wird in unterschiedlichen Disziplinen ausgetragen. Oft ist es so, dass die Gäste sich bei einem Hotel für die gesamte Veranstaltung einmieten. Wir sind dabei ein beliebter ›Hafen‹, wenn Sie so wollen, in den man am Ende des Tages zurückkehrt, den Tag beim Schwimmen, Massage, Sauna und einem ausgezeichneten Essen mit exklusiven Weinen beschließt.«

»Profitieren Sie auch von Tagesgästen?«, hakte Marten nach.

»Ja. Selbstverständlich. Manches Paar reist gemeinsam an, einer geht zum Marathon, der andere gönnt sich einen Tag Luxus und Entspannung pur. Auch für diese Gäste sind wir die richtige Adresse.«

»Und nun? Nach dem brutalen Mord, über den morgen in allen Zeitungen und auf Webnachrichtenanbietern, Infokanälen und in Chats berichtet werden wird? Werden die Kunden ihre vielleicht schon getätigten Buchungen stornieren?«

»Denkbar. Und falls die Anreise nicht sicher funktioniert, könnten viele potenzielle Gäste sich dazu entschließen, auf eine Buchung ganz zu verzichten.«

»Der Mord an diesem jungen Mann, dessen Motiv möglicherweise in der Klimabewegung liegt, wird sie nicht abschrecken?«, kratzte Nachtigall den bildlichen Schorf von der blutenden Wunde. »Ich denke, es ist keine Werbung für Burg, wenn man hier nicht einmal eine abweichende Meinung äußern darf, ohne möglicherweise Opfer eines Mörders zu werden.«

»Oder steht hier Gesinnung gegen Profit?« Marten sah den Herrn aus der oberen Etage langsam erblassen.

Er stützte die Hände auf den Oberschenkeln auf und drückte sich aus dem Polster in den Stand. »Unser Gespräch endet hier. Es gibt sicher einen bunten Strauß persönlicher Motive, denen Sie nachgehen können. Bei uns sind Sie an der falschen Adresse. Ein Sohn aus gutem Haus, der Vater Jurist, die Mutter früher Professorin in Berlin. Da können ganz andere Probleme zu diesem Angriff geführt haben. Wir hier jedenfalls leiden nicht an Sozialneid und haben keinerlei Kontakt zu extremen Gruppen egal welcher Couleur, informieren uns gründlich, bevor wir uns positionieren.«

Damit drehte er sich um und ließ die beiden Ermittler zurück.

»Und nun?« Marten sah Nachtigall ratlos an. »Was fangen wir nun mit den paar Informationen an? Wir haben kein Interesse an einer Reaktion auf diesen Post? Geld ist nicht alles, wichtig aber schon? Wir haben kein Interesse daran, dass einer der Aktivisten getötet wird – aber sehen Sie mal an uns vorbei, dann werden Sie viele andere entdecken, denen der Mord ›in den Kram passt‹? Von dem Gerede über sonderbare Vorkommnisse an der Schule sind wir schockiert, wollen uns aber nicht daran beteiligen, das Thema aufzublasen?«

»So in der Art. Aber tatsächlich dürfen wir uns nicht zu sehr auf den finanziellen Aspekt beschränken. Sportler, die ihren Ruhm mehren wollen, ihre Karriere durch einen Sieg bei genau dieser Veranstaltung krönen möchten. Grundsätzliche Neider, die schon lange auf eine Chance gewartet haben, dem Sohn aus guten Verhältnissen zu zeigen, was ihm sein Geld im wahren Leben nützt?«, zählte Nachtigall auf, machte mehr als deutlich, dass sie noch ganz zu Beginn der Ermittlung standen.

Andreas Vollmert reagierte deutlich gereizt, als die beiden Ermittlerinnen ihn auf dem Parkplatz vor dem Wohnhaus in der Straße der Jugend erwarteten.

»Sie? Schon wieder? Eigentlich waren wir doch mit Ihren Fragen durch!«, schimpfte er, realisierte aber schnell, dass die beiden Beamtinnen sich nicht würden vertreiben lassen. »Also? Was noch?«

»Wir versuchen noch immer, den Ablauf der Ereignisse zu rekonstruieren. Wir möchten gern verstehen, wie es zu dem Angriff kam, wer derjenige war, der alle in den Waschraum gerufen hat. Schließlich ist es schwer vorstellbar, dass alle die gleiche Startzeit zum Arbeitsbeginn am sehr frühen Morgen hatten.« Maja Klapproth fixierte den Vollzugsbeamten kalt.

»Nein, hatten die natürlich nicht, die stehen freiwillig so früh auf«, höhnte er. »Und wer die Gruppe zusammengetrommelt hat? Woher zum karierten Geier soll ich das wissen?«

»Sie wissen alles. Herr Vollmert, es wäre besser, Sie kooperierten mit uns. Im Moment steht der Verdacht im

Raum, Sie könnten der Kontakt zur Außenwelt gewesen sein. Dann würde das Szenario so aussehen: Sie bekommen einen Anruf des Vaters von Amelie, der Ihnen vom Suizid der Tochter berichtet. Er ist aufgelöst, weint vielleicht, gibt die Schuld dem Verurteilten von damals. Sie sehen eine Verbindung zu den Planungen, den Häftling vorzeitig zu entlassen. Wut steigt in Ihnen auf. So heftig, dass Sie Herbert vom Suizid des Mädchens erzählen und auch gleich die theoretische Verbindung deutlich machen. Herbert informiert die drei anderen. Sie lassen alle gemeinsam mit Phil Brand in den Waschraum. Hören weg. Erst als klar wird, die vier könnten an einer endgültigen Lösung des Problems arbeiten, schalten Sie sich ein. Beenden die Prügelei und informieren den Rettungswagen.« Silke lächelte freundlich, während sie sprach. »So könnte es gewesen sein.«

Vollmert blieb äußerlich weitgehend unbeeindruckt. Nur der Schweiß am Haaransatz und auf der Oberlippe verriet seine emotionale Anspannung.

»Könnte. So war es aber nicht!«, fauchte er knapp.

»Dann haben Sie sicher einen Kollegen als Zeugen, der diese Behauptung stützen kann? Sie hatten gerade zu der Zeit einen kurzen Schwatz mit ihm?«, bohrte Klapproth.

»Ich brauche ein Alibi für die Zeit um den Angriff herum?« Jetzt tobte Vollmert förmlich. Er zerrte ungestüm sein Handy aus der Gesäßtasche der Jeans, wollte eine Nummer eintippen. Doch Maja riss ihm entschlossen das Mobiltelefon aus der Hand, stellte klar: »Nein! So funktioniert das nicht. Sie geben uns den Namen des Kollegen und wir rufen ihn an!«

»Bernhard Klumper. Nummer ist im Adressbuch.« Der inzwischen sehr blasse Vollmert hatte plötzlich eine große Portion Selbstbewusstsein eingebüßt. Die Finger flatterten über die Henkel der Einkaufstasche, die Glasflaschen darin produzierten leise klirrende Geräusche, die beinahe gut gelaunt klangen. Allerdings gerade deswegen nicht zur Situation passten.

Silke kopierte die Nummer auf ihr Handy. Bald war nur noch das Geräusch des Klingeltons zu hören.

Als Silke gerade den Beenden-Button antippen wollte, hörte sie eine jugendliche Stimme. »Klumper hier«, meldete sich der Kollege und setzte sofort nach: »An Werbung bin ich nicht interessiert, und der Mama-Papa-Trick funktioniert bei mir genauso wenig wie der Enkeltrick. Ich habe weder das eine noch das andere.«

»Hier ist die Polizei, Herr Klumper. Sie sprechen mit Silke Dreier, Kriminalpolizei Cottbus. Falls Sie sich vergewissern möchten, dass ich echt bin, können Sie gern bei meiner Dienststelle nachfragen.« Silke hätte gern beobachtet, wie dem Gesprächspartner nach dieser Eröffnung die Mimik entglitt. »Wir ermitteln in einem Fall versuchter Tötung und haben ein paar Fragen an Sie.«

»W-Was? An mich? W-Wieso?«, stammelte Klumper nervös und spielte im Kopf einige denkbare Szenarien durch. »Habe ich etwas falsch gemacht?«, erkundigte er sich dann, setzte verzagt hinzu: »Ich habe in meinem bisherigen Leben noch nie versucht, jemanden zu töten.«

»Möglich. Es geht um die Prügelei von heute Morgen im Waschraum. Haben Sie heute Ihren Kollegen Vollmert schon gesprochen?«

»Nö. Heute nicht. Gestern hatte ich bis zum Nachmittag Schicht, dann bin ich nach Hause. Und kurz bevor ich ging, habe ich den Andreas getroffen. Wir haben ein bisschen gequatscht, nichts Dramatisches, nur so dies und das über die allgemeine politische Situation. Dann bin ich los.«

»Von dem Angriff auf Phil Brand wissen Sie also nichts?«, bohrte Silke weiter.

»Phil Brand? Wer sollte den denn angreifen wollen? Das ist doch nur wieder so ein Märchen für die Presse.« Seine Stimme gewann an Sicherheit, und der Ton wurde herablassend.

Vollmert reagierte zunehmend nervös, rieb mit den Handflächen über die Oberschenkel, ließ die Finger über die Kniescheibe gleiten, zog die Hände zurück, begann von vorn.

»Es gab einen Angriff im Waschraum. Phil Brand liegt mit schweren Verletzungen im Carl-Thiem-Klinikum. Können Sie sich vorstellen, warum eine Gruppe von vier Mithäftlingen ihn so heftig verprügelte, dass er nun um sein Leben ringt?«

»Echt? Das haben die gemacht? Dann war sicher der Herbert mit von der Partie. Der neigt zu ziemlichen Ausbrüchen – deshalb ist er ja auch im Anti-Aggressionstraining. Einen konkreten Grund braucht es für ihn manchmal gar nicht. Aber falls er einen hatte, dann sollten die anderen drei Beteiligten das wohl wissen.«

»Ihr Kollege hat erst sehr spät eingegriffen.«

»Vielleicht hat er es nicht mitbekommen, dass im Waschraum was lief. Aber eigentlich steht schon aus allgemeinen Sicherheitsgründen einer in der Nähe. Sie kennen ja sicher das Gerede über heruntergefallene Seifenstücke, die vom Schwächsten wieder aufgesammelt werden müssen – und der Konsequenz daraus. Lauter Gerede, wie das Geplapper über den Weihnachtsmann.«

»Wenn eine Gruppe am sehr frühen Morgen zum Duschen geht, ist auch jemand in der Nähe? Verstehe ich das richtig?« Silke ließ sich nicht so schnell auf einen

Nebenschauplatz schicken. »Es war noch vor Tagesanbruch!«

»Nun«, Klumper dehnte das Wort so in die Länge, dass Klapproth sich ungeduldig auf die Oberschenkel schlug.

»Herr Klumper, schließen Sie die Überlegungen zu Ihrer Antwort jetzt ab!«

»Okay, okay. Es ist ungewöhnlich, dass die alle so früh zum Duschen waren. Frühschicht in der Küche fiele mir da als Grund ein. Herbert hat drei ›Freunde‹. Waren die üblichen drei Kumpel beim Prügeln dabei? Einer von denen kann unmöglich zum Küchendienst eingeteilt gewesen sein. Der hat eine Salmonellose, hat sogar die Auflage, nur sein Klo in der Zelle zu benutzen. Damit scheidet er für die Küche aus. Verseuchungsgefahr!«

»Wie kann man dann seine Anwesenheit im Waschraum erklären?«

»Versehen. Kommt vor.«

»Versehen?« Silkes Stimme bekam einen schrillen Oberton.

»Ja. Oder er hatte einen anderen sehr frühen Termin. Zum Beispiel gleich nach der Frühstücksrunde. Beim Anwalt vielleicht.«

»Danke. Wir klären das.« Damit beendete Silke das Gespräch.

Klapproth warf Vollmert einen durchdringenden Blick zu. »Anwalt, gleich nach dem Frühstück? Ja?«

»Das finden Sie sowieso schnell raus: nein.«

»Wieso war er dann im Waschraum?«

»Wenn ich die Vierergruppe gemeinsam duschen lasse, gibt es keine Probleme. Herbert benimmt sich denen gegenüber. Bei einer anderen Zusammensetzung eben nicht. Also versuche ich, Ärger zu vermeiden.«

»Hat aber nicht geklappt. Wie war es möglich, dass Sie übersehen haben, dass Phil Brand ebenfalls für die Küche eingeteilt war, wo doch auch Sie gewusst haben, dass Amelie sich umgebracht hat?«

»Klar, für Sie ist das alles ganz einfach. Der Idiot Vollmert hat die vier ausgerechnet mit dem Vergewaltiger zusammen in den Waschraum gelassen! Der Vollmert hätte besser aufpassen müssen, der ist für den reibungslosen Ablauf zuständig – das heißt, solche Übergriffe kann und darf es nicht geben! Ha! Sie und Ihr Schreibtischjob! Sie haben doch keine Ahnung, wie unsere Seite aussieht, nachdem die von Ihnen geschnappten Täter verurteilt wurden und bei uns landen!«

Vollmerts Hände zitterten und sein Gesicht verfärbte sich wie nach einem zu langen Sonnenbad. Selbst die Augen quollen hervor.

Silke registrierte die Veränderung. »Och nee! Sie als verkannter Retter der Gesellschaft. Ging das so weit, dass Sie eine Rachemaßnahme gedeckt haben? Weil der Typ es nicht anders verdient hat?«, erkundigte sie sich giftig.

Vollmert seufzte, lehnte sich zurück. Drückte mit Daumen und Zeigefinger neben der Nasenwurzel gegen beide Augenwinkel. Stöhnte dann: »Was haben Sie nur für eine verklärte Vorstellung«, und setzte eine arrogante Miene auf. »Unsere Arbeit ist kein Nine-to-Five-Job mit den immer gleichen Abläufen, Handlungen, Vorkommnissen. Bei unserem Alltag muss man auf jede Menge Überraschungen gefasst sein. Und damit umgehen. Manches verfolgt einen noch nachts in die Träume. Schicksale kannst du nicht mit der Jacke an die Garderobe hängen!«

»Oh ja. Das ist eine Plattitüde. Jeder weiß von den Hürden in Ihrem und unserem Job. Damit können Sie nirgendwo punkten. Wenn die Probleme Ihnen über den Kopf wachsen, suchen Sie den Kontakt zu unseren Psychologen«, konterte Maja ungerührt.

Wenn Blicke verletzen könnten, würde er jetzt an vielen Stellen bluten, dachte Silke, die den Worten der Kollegin durchaus zustimmte.

»Es wäre für Sie besser, Sie könnten sich dazu entschließen, uns die Wahrheit anzubieten. Wir werden herausfinden, welche Absprachen es gab. Mit unserem Wissen wird sich Ihre Situation verschlechtern. Denn es steht dann im Raum, dass Sie versucht haben, etwas von Relevanz zu vertuschen, zu verheimlichen – unsere Ermittlungen zu behindern.«

»Ich behindere niemanden! Sie haben alle Informationen zum Ablauf von mir bekommen. Es waren genau die Personen im Waschraum, die nach meinen Informationen um diese Zeit dort sein sollten. Weder Manipulation noch Unaufmerksamkeit ist mir vorzuwerfen. Und natürlich kann ich nicht die ganze Zeit bei den Insassen stehen, es gab einen Notruf aus einer der anderen Zellen. Als ich dort hinkam, fand ich einen der Häftlinge in bedenklichem Zustand vor und alarmierte den Arzt. Als ich zurückkehrte, hörte ich sonderbare Geräusche aus dem Waschraum, schritt sofort ein und beendete die Prügelei. An welcher Stelle also wollen Sie mir einen Vorwurf machen?«

Klapproth musterte Vollmert nachdenklich.

»Nun, von dem Notfall in einer der anderen Zellen war bisher nicht die Rede. Warum nicht? Sie haben doch mit unserem Kollegen gesprochen. Das wäre der richtige Zeitpunkt gewesen, den Notruf zu erwähnen.«

»Meine Güte, nach den Ereignissen habe ich an den Notruf gar nicht mehr gedacht! Ihr Kollege hat von Anfang an signalisiert, er misstraue mir. Also versuchte ich, ihm die Vorgänge so genau wie möglich zu beschreiben, damit er nachvollziehen könnte, was passiert war. Dabei habe ich mich auf das Geschehen im Waschraum konzentriert, den Notruf schlicht vergessen. Ich denke nicht, dass Ihr Kollege meinen Angaben glauben wollte, und bestimmt zweifelt er noch immer. In seinen Augen war ich von Anfang an in die Sache verwickelt, das habe ich sofort gespürt.«

»Was für ein Notfall war es denn?«, erkundigte sich Silke. »Zahnschmerzen, Rückenprobleme, Hunger?«

»Nichts davon. Der Häftling glaubte, er habe akute Herzprobleme. Es handelte sich aber nur um Schmerzen, die von der Wirbelsäule ausgingen. Ich verständigte die Rettung, die dann zum Glück gleich Brand mitnehmen konnte, nachdem der Arzt bei dem Notrufer keine wirkliche Gefahr erkennen konnte. Er wies mich an, den Herz-Rücken-Patienten in die Poliklinik bringen zu lassen, dort werde man sich kümmern.«

»Und dieses Team nahm Phil Brand sofort mit in die Notaufnahme?«

»Ja. Die Verletzungen waren auch ohne medizinische Vorkenntnisse als schwerwiegend zu erkennen. Also war es keine Frage, dass er medizinische Hilfe dringend brauchte. Und ich habe schon gehört, dass er auf der Intensivstation liegt, wohl im künstlichen Koma.«

»Welcher Rettungsdienst kam zu Ihnen?«, hakte Silke nach, ließ die Mutmaßung Vollmerts unkommentiert. »Wir werden dort natürlich Erkundigungen einholen, das Team befragen.«

»Rotes Kreuz – denke ich. Die kommen meistens. Manchmal auch die Feuerwehr.«

Silke versuchte, ihre Genervtheit in den Griff zu kriegen.

Auch Maja war um Kontrolle ihrer aufbrodelnden Aggression bemüht.

Der Typ war aalglatt, hatte immer eine Erklärung oder, wenn es eng wurde, einen Vorwurf an die Ermittler bei der Hand. Mit konkreten Informationen war er sparsam wie eine Hausfrau kurz vor Ultimo. Es wäre ihr ganz recht gewesen, ihm Handschellen anlegen zu dürfen und ihn abzuführen.

Vor den Augen der neugierigen Nachbarschaft.

Nun, tröstete sie sich, jetzt reicht es noch nicht für eine Verhaftung – aber das konnte noch werden.

19

»Haben wir die Adressen aller Mitglieder von *Kipppunkt*?«, erkundigte sich Nachtigall bei Klausing.

»Yupp. Zumindest von denjenigen, die wirklich aktiv in der Gruppe mitarbeiten. Darunter die vier, die den Toten gefunden haben. Anne-Sophie, Soraya, Gregor und Bernhard. Wir könnten bei denen anfangen. Ganz bestimmt kennen die die Adressen aller *Kipppunkt*-Mitglieder.«

»Gut. Beginnen wir mit Gregor. Er hatte einen Schlüssel zu Thors Wohnung. Es gab eine Verabredung mit dem harten Kern der Gruppierung. Deshalb waren die beiden Ersten, Anne-Sophie und Bernhard, so überrascht, niemanden anzutreffen. Auf ihr Klingeln erfolgte keine Reaktion. Unter der Dusche? Musik zu laut und Kopfhörer auf? Beim Einkaufen aufgehalten worden? So beschlossen sie, noch eine Weile zu warten, denn die anderen würden sicher auch gleich kommen. Thoralf müsste auf jeden Fall in der nächsten halben Stunde zu Hause auftauchen. Schließlich hatte er ja den Termin vorgeschlagen. Doch nach einer Viertelstunde des Wartens einigten sie sich darauf, nach Gregor zu suchen. Wegen des Schlüssels«, fasste Marten zusammen, was sie von den Aktivisten über das Auffinden von Thor erfahren hatten.

Bei Gregor öffnete eine ältere Frau die Tür nur so weit, wie die vorgelegte Kette es erlaubte.

»Was? Kriminalpolizei? Mein Gregor ist ein anständiger junger Mann, der hat mit der Polizei nichts zu tun«, ließ sie die beiden Beamten wissen und machte Anstalten, die Tür wieder zu schließen.

»Wir kommen wegen des getöteten Klimaaktivisten. Er war ein Freund von Gregor.« Nachtigall hielt seinen Ausweis vor den Spalt, damit die Mutter einen Blick darauf werfen konnte.

»Wedeln Sie hier nicht mit so einem Ding rum. Das kann man fälschen. Machen Kriminelle schon seit mehr als einem Jahrhundert. Denken Sie nur an Haarmann, den Serienmörder! Wieso glauben Sie, so ein Plastikding könne eine lebenserfahrene Frau wie mich beeindrucken?«, zischte sie böse durch den Spalt.

»Dieser Ausweis ist echt. Meiner und seiner auch«, damit wies Nachtigall auf Marten. »Sie können unsere Dienststelle anrufen und nachfragen, ob es uns wirklich gibt.« Hoffentlich, dachte er zeitgleich, fragt sie jetzt nicht nach Marten Klausing. Könnte sein, dass dieser Name bisher nur wenigen Kollegen geläufig war und sie im Computer nachsehen mussten.

»Mein Sohn ist nicht hier. Der hockt lieber mit diesen Aktivisten zusammen, bei Soraya. Die alte Mutter darf gerne die Wäsche versorgen, kochen, einkaufen, putzen. Dabei muss man ihr ja nicht auch noch zusehen oder – schlimmer noch – im Weg stehen. Besonders dann, wenn man selbst Wichtigeres zu tun hat. Wie zum Beispiel eine Klebeaktion auf der Straße zu initiieren. Ist eigentlich nicht anders als es früher mit meinem Mann, Gott hab ihn selig, war. Ein Leben lang Hausmütterchendasein und Putz-Koch-Wasch-und-Bügel-Service. Und jetzt darf ich auch noch den Ärger der Nachbarn abbekommen wegen irgendeiner blöden Aktion der Gruppe.«

Damit knallte sie die Tür zu.

Betreten blieb Nachtigall einen Moment auf dem Treppenabsatz stehen.

Wahrscheinlich hatte sie recht. In ihrem Leben hatte sich seit der Eheschließung nicht sehr viel verändert. Nur der Auftraggeber war inzwischen eine jüngere Ausgabe des älteren.

Wehmut breitete sich in ihm aus. Die Frau tat ihm leid. Immer für die anderen da, wurde sie nicht einmal bemerkt, wenn sie nicht gerade den Blick auf das Fernsehbild oder den Computermonitor verstellte, war nicht in Planungen Gregors für den aktuellen Tag eingeweiht.

»Nun«, schaltete sich Marten in die Gedankengänge des Kollegen ein, »du meinst, sie sei zu bedauern. Ist sie vielleicht auch. Aber im Leben hast du meist mehr als eine Option: Sie könnte den Sohn auch vor die Tür setzen. Das wäre vielleicht für dessen Persönlichkeitsentwicklung genau der richtige Schritt.« Er lachte leise und ergänzte: »Eine junge, intelligente, aktive Frau, die zu dieser Stellenbeschreibung passt, wird er wohl nicht finden.«

Nachtigall seufzte schwer.

Seine eigene Tochter lebte auch mit Mann und den beiden Kindern ein unabhängiges Leben. Sie meldete sich nicht mehr so häufig bei ihrem Vater, war mit der Erziehung der Kinder gut ausgelastet. Sicher, sein Schwiegersohn war Fachmann für operative Fallanalyse und deshalb gelegentlich in ihre Ermittlungen eingebunden. Sie hatten Kontakt, meist aber beruflicher Natur.

Und ein mulmiges Gefühl breitete sich in seinem Magen aus.

Conny, seine zweite Ehefrau, hatte ihre Hautarzt-Praxis an einen Nachfolger übergeben, war nun zu Hause.

Er selbst dagegen in spannende, aufregende, oft genug gar lebensgefährliche Ermittlungen eingebunden. Ging es Conny manchmal wie Gregors Mutter?, überlegte er besorgt.

Marten beobachtete schweigend das Mienenspiel des Vorgesetzten.

Hatte Peter überhaupt gehört, dass er, Marten, mit ihm gesprochen hatte?

Unerwartet fixierte ihn Nachtigall und fragte ungeduldig: »Nun? Besuchen wir Soraya? Sie war in der Gruppe, die heute den Leichnam gefunden hat, wir wissen also, wo sie wohnt. Wahrscheinlich treffen wir dort den gesamten aktiven Kern der Gruppierung *Kipppunkt*.«

»Ja, klar, die Adresse haben wir«, stammelte Marten überrascht, beeilte sich mit dem Aufrufen der Information in seinem Handy. »Hier. Sie wohnt Brandenburger Straße 12.«

»Gut. Das ist nicht weit von hier entfernt. Mal sehen, ob wir dort tatsächlich die aktiven Mitglieder von *Kipppunkt* antreffen. Dann finden wir vielleicht heraus, wer den Post tatsächlich abgeschickt hat. Und hören uns die Darstellung der möglichen Hintergründe aus deren Perspektive an. Die andere kennen wir ja schon.«

Die Brandenburger Straße lag in der Nähe der Burger Reha-Klinik.

Sie parkten direkt vor dem Haus am Straßenrand.

Nachtigall sah sich überrascht um.

»Hat sich manches verändert, seit ich das letzte Mal hier ermittelt habe. Viele der Häuser wurden umgebaut, modernisiert oder haben ein neues Dach.«

»Was war das für ein Fall?«

»Eine demente alte Dame war der Fürsorge der Familie entflohen. Winter. Schneefall, eisige Kälte, die Flüchtige im Nachthemd. Wir fanden sie nach Stunden der Suche auf einer Wiese nahe dem Wald. In ihrem Schoß lag der Körper eines jungen Mannes, dem nicht nur sämtliche Kleidung, sondern auch der Kopf fehlte. Sehr bizarre Situation.«

»Der Kopf fehlte?« Marten blieb abrupt stehen und sah Nachtigall mit offenem Mund an. »Abgetrennt von der alten Dame?«, keuchte er.

»Lassen wir das jetzt. Unser Fall ist aktuell, da behindern Geschichten von gestern nur die Ermittlungen. Schauen wir mal, was die jungen Leute uns an Theorien zum Tod des Freundes erzählen können.« Er klopfte dem neuen Kollegen aufmunternd auf den Rücken und klingelte an der Tür.

»Soraya!«, rief der Vater aus dem Nachbarzimmer. »Mach mal eben die Tür auf. Ich bin in einer Telko.«

Unzufrieden brummend stand die Tochter auf und öffnete.

»Ach ne! Sie schon wieder! Wir halten gerade ein Treffen ab. Fragen uns natürlich, ob wir alle in Gefahr sind, ob wir die anderen Gruppen informieren und warnen müssen. In Lübben, Lübbenau und den anderen Marathon-Orten. Oder ob Thor ein ganz persönliches Problem mit jemandem hatte und wir nur Pferde scheu machen, wenn wir warnen.« Während sie sprach, machte sie eine einladende Geste. Nachtigall und Klausing traten ein und folgten ihr in die Küche. »Ist eine schwierige Situation für uns, wer denkt schon daran, dass einer der Aktivisten brutal ermordet werden könnte. Klar ist bisher nur, dass der Post weder von ihm noch einem von uns kam. Thor war für absolut gewaltfreie Aktionen. Die Kleberei empfand er als falschen Weg.«

»Prima, dass wir Sie alle gemeinsam antreffen. Sie sind die Führungsgruppe von *Kipppunkt*? Wir suchen noch immer nach ein paar Antworten auf unsere Fragen.«

Zwei Aktivisten räumten ihren Stuhl für die Ermittler der Kriminalpolizei, quetschten sich zum jeweiligen Nachbarn mit auf die Sitzfläche.

»Tatsächlich können wir uns auch keinen Reim auf die Sache machen.« Gregor seufzte. »Thor hat unsere Kleingruppe geleitet. Aber das vollkommen okay und zuverlässig. Einer muss ja den Kontakt zu den anderen halten und sich zum Beispiel auch um Material für geplante gemeinsame Aktionen kümmern. Und natürlich kann jetzt auch nicht jede kleine Gruppe machen, was sie will. Wir stimmen uns miteinander ab. Thor hat uns dann eingewiesen, die Werbemittel verteilt – solche Dinge eben. Wenn wir selbst eine gute Idee für eine Aktion hatten, nahm er Kontakt mit den anderen auf, und es wurde besprochen, wie man diesen Protest durchführen könnte. Dadurch stand er natürlich öfter im Rampenlicht als wir anderen. Er gab Interviews, sprach mit den regionalen und überregionalen Zeitungen, war im Radio Gesprächspartner für Moderatoren und Journalisten.« Gregor sah ratlos in die Runde. »Er war unser Aushängeschild. Aber mal ehrlich: Den seltsamen Post zur Klebeaktion beim Marathon hat nicht Thor abgesetzt!«

»Nein? Wer dann?«, fragte Marten in unschuldigem Ton.

»Wir wissen es noch nicht. Die Absenderadresse gibt es gar nicht. Sieht täuschend echt aus, ist aber Fake. Wenn man antwortet, bekommt man nur eine Fehlermeldung. Quelle ist nicht identifizierbar. Wir arbeiten dran, den Schutz zu knacken.« Anna-Sophie nickte beim Sprechen rhythmisch mit dem Kopf, was ihr Ähnlichkeit mit einem aufgeregten Huhn verlieh.

»Was tat Thor, wenn er nicht gerade als Aktivist Pläne schmiedete?« Marten sah Soraya auffordernd an.

»Was soll ich nun darauf antworten«, gab sie zurück. »Er studierte. Angeblich Jura. Das war die Formulierung für seine Mutter. Er selbst wollte mit Rechtswissenschaften nichts zu tun haben, meinte, einer in der Familie, der sich damit auskennt, sei schon mehr als genug. Er hat echt darunter gelitten, dass sich die geballte Aufzuchtaufmerksamkeit ganz auf ihn konzentrierte. Einzelkind eben. Tatsächlich studierte er Informationstechnik, hatte große Pläne. Wollte nicht weniger, als die digitale Welt zu reformieren. Zuverlässig sollte sie arbeiten, auf den Nutzer zugeschnitten sein, ihm bei mangelnden Fähigkeiten im Umgang mit dem Rechner hilfreich zur Seite stehen, das Surfen sollte sicher werden, Verstöße wollte er hart bestrafen. Jeder hat ein Recht auf Arbeiten und Spielen am und mit dem PC. Das muss ohne Probleme möglich sein. Abzocke, Phishing und andere Tricks von bösen Mädchen und Jungs unmöglich machen – das war sein Ziel.« Sorayas Stimme schwankte, Tränen liefen über ihre Wangen. »Die zauberhafte, hilfreiche und erlebnisreiche Welt Internet sicher und beherrschbar für jeden. Nur Mutti sollte davon nichts wissen. Wenn er die ersten Preise erhielte, meinte er, würde er sie einweihen.«

»Oh weh.« Gregor zog den Kopf zwischen die Schultern. »Nun wird sie es wahrscheinlich von anderen erfahren. Ein zweiter – nein, eigentlich dritter Schock für sie.«

»Wussten Sie, dass Thoralfs Vater vor ein paar Monaten gestorben ist?«, erkundigte sich Marten in zurückhaltendem Ton.

»Ja. Thor hat uns davon erzählt, ist aber länger her als nur ein paar Monate, denke ich. Er war traurig, ja, aber nicht verzweifelt. Meinte, seine Mutter käme schon klar, er würde sich um sie kümmern. Hat er auch gemacht. Etwa zwei Wochen lang. Dann kam er zu mir und erklärte: ›Sie hat gesagt, wenn ich noch mal zum Trösten vorbeikomme, schmeißt sie mich raus und streicht mir mein Monatsgeld.‹«

»Oh, er hat genervt? Die Mutter war nicht so trostbedürftig, wie er erwartet hatte?« Marten grinste schief.

»Tja, offensichtlich nicht. Im Gegenteil. Sie verkaufte das Haus über einen Makler, zog praktisch sofort um. Wohnt jetzt in Steinitz. Gelegentlich haben sie miteinander telefoniert. Mehr war nicht.«

Nachtigall dachte an die Frau, die schluchzend ins Kissen geweint, ihren Schmerz in die Welt geschrien hatte. Alles Show? Oder war der Tod des Sohnes ein viel schmerzvollerer Schock als der des Gatten?, überlegte er und beschloss, nach diesem Gespräch beim Interventionsteam nach dessen Eindruck zu fragen.

»Hat Thor erzählt, warum sie das tat?«, fragte er nach.

»Ja. Und sie meinte, sie sei in jenem Haus nie glücklich gewesen. Zu groß, zu ordentlich, ohne wahres Leben. Sie wolle sich einen Hund anschaffen und vielleicht auch gleich eine Katze dazu. In einer Dokumentation hatte sie gehört, es sei kein Problem mit Hund und Katz, wenn man sie schon als Welpen ab dem ersten Tag im neuen Zuhause an das Zusammensein gewöhnt. Ein jeder lerne dann die komplizierte Zeichen- und Lautsprache des anderen, und so käme es nicht zu Missverständnissen. Thor erzählte, sie sei voller Vorfreude.« Soraya lächelte mild. »Mütter stecken manchmal voller Überraschungen.«

»Hat Thor sich nach dem Tod seines Vaters Sorgen um seine finanzielle Absicherung gemacht?«

»Sie meinen, er hat befürchtet, dass Mutti das Geld mit vollen Händen zum Fenster rauswirft?« Gregor lachte leise, merkte, dass die Reaktion im Moment unpassend war, und verwandelte das Lachen mit schuldbewusster Miene in ein Räuspern.

»Nein, das nicht. Aber sie könnte ja – vor der Anschaffung von Hausgenossen – eine Weltreise planen wollen. Ich habe gerade neulich gelesen, dass man sich für fast ein ganzes Jahr auf große Fahrt begeben kann. Braucht man nur jemanden, der einen Blick aufs Haus, die Habe und den Briefkasten wirft. Für mich wäre das nichts, aber offensichtlich gibt es ausreichend Kunden dafür.« Nachtigalls Augen huschten wachsam von einem zum anderen.

»Ach wo. Seine Mutter war wohl anders gestrickt. Sie hat das Thema Klimarettung überhaupt nicht interessiert. Thor war gelegentlich ziemlich entsetzt über ihre Aussagen. Fatalismus pur, meinte er dann.« Anna-Sophie schniefte. »Sie verließ sich darauf, die Klimakatastrophe nicht mehr erleben zu müssen. Überschwemmungen, Völkerwanderung und ähnliche Unannehmlichkeiten, wie sie das nannte, kämen erst weit nach ihrer Zeit, war einer ihrer Lieblingssprüche.«

»Tja. Soll heißen, sie meinte, es sei egal, was wir hier bei uns unternehmen. Wir könnten niemals den CO_2- Ausstoß von China und Indien kompensieren.« Gregor zuckte mit den Schultern. »Stimmt. Aber wir könnten eben zeigen, dass es auch ohne klimaschädliche Abgase funktionieren kann, die Wirtschaft am Laufen zu halten.«

Marten beschloss, das Thema zu erweitern. Motive gab es in jedermanns Umfeld, auch wenn derjenige das womöglich gar nicht ahnte. »Gut. Thor hat diesen Post nicht abgesetzt. Von seinem eigenen Computer jedenfalls nicht. Die Technik ist dran. Wir werden herausfinden, wo der genutzte Computer steht.« Er machte eine kurze Pause. »Könnte ja aus einem Internet-Café oder einer Bibliothek geschickt worden sein.«

»Thor war weder der Typ für solch einen Post – noch der Typ, der sich nachts in einer Bibliothek einschließen lässt, um einen Post abzusetzen.« Soraya machte eine wegwerfende Handbewegung. »Die Theorie ist voll für die Tonne.«

»Es muss ja nicht wirklich Thor gewesen sein, unsere Ermittlungen gehen von einem anderen Absender aus. Jemand wollte, dass alle glauben, die Nachricht käme von ihm.« Der massige Hauptkommissar erhob sich. »Immerhin war das Gerücht in Windeseile verbreitet, Thor wurde schon vor dem Frühstück nicht mehr bedient.«

»Das haben wir auch schon gehört. Wir werden zum Boykott der Geschäfte aufrufen, die ihn haben stehen lassen. Ich weiß, dass er mit Sicherheit ohne ein Wort wieder gegangen ist, sich fragte, was *er* falsch gemacht haben könnte – nicht etwa, ob jemand boshaft ein Gerücht über ihn gestreut habe. Er hat stets bei sich die Schuld gesucht, wenn sich etwas nicht so entwickelte wie gedacht oder geplant.« Sorayas Züge verzerrten sich vor Zorn. »Ich war neulich bei einem Vortrag über unser Hirn und seine Möglichkeiten, auf bedrohliche Situationen zu reagieren. War sehr interessant. Und hat deutlich gezeigt, dass wir in unserem Denkvermögen schon rein evolutionsbiologisch stark eingeschränkt sind. Offensichtlich gilt auch das für einige mehr als für andere!«

Marten erhob sich ebenfalls.

Die beiden Ermittler bedankten sich bei der Runde, notierten sich die E-Mail-Adressen.

Soraya begleitete Nachtigall und Klausing zur Tür.

»Thor war einer von den Guten. Er war kein Anhänger radikaler Maßnahmen. Seiner Meinung nach brachte so etwas eher eine falsche Art von Aufmerksamkeit, die der Sache des Klimaschutzes entgegenwirke. Die Leute stehen nicht gern morgens auf dem Weg zur Arbeit in einem kilometerlangen Stau – verursacht von selbst ernannten Klimaschützern. Positive Verstärkung bei Bewegung in die richtige Richtung, das sei der Schlüssel zum Erfolg. Seine Worte, sein Plan.«

Dann schloss sie leise die Tür hinter den Besuchern.

20

»Gut«, murmelte Nachtigall, »so kommen wir nicht weiter. Wir wissen, dass der Post nicht aus Thors Rechner verschickt wurde, haben aber bisher noch keine Informationen, von welcher IP-Adresse diese Nachricht in die Welt entlassen wurde. Wenn es ein öffentlich zugänglicher Rechner war, sind wir keinen Schritt weiter.«

»Mit ein bisschen Glück finden wir einen Zeugen, der jemanden im relevanten Zeitraum an diesem Computer beobachtet hat, eine Überwachungskamera oder ähnliches Equipment.«

»Bleibt Hintergrundrecherche. Die Nachbarn sind sicher inzwischen alle befragt worden, wir fahren zurück und sehen mal, ob nicht doch jemandem etwas aufgefallen ist. Dann brauchen wir einen Check der finanziellen Situation der betroffenen Gastwirte et cetera. Wer brauchte die Einnahmen aus dem Marathongeschäft dringend? Dieser Marathon findet ja an und in mehreren Orten statt. Zum Beispiel auch in Lübbenau. Und wir müssen prüfen, ob es an den anderen Marathon-Orten ebenfalls eine Aktivistengruppe gibt, die sich dem Klimaschutz verschrieben hat. Soraya deutete so etwas an. Sollte sich dieser Zusammenhang als relevant erweisen, müssen wir andere Gruppen eventuell warnen. Wer rechnet schon mit einem brutalen, wild entschlossenen Mörder vor der Wohnungstür, gegen den man keine Chance zur Gegenwehr hat.« Nachtigall steckte die Ziele für die weiteren Schritte ab.

Marten nickte. »Okay. Die Disziplinen sind verteilt. Laufen findet in Burg statt – sehen wir mal, wer die anderen abdeckt.« Er fischte das Handy aus der Hosentasche, begann zu tippen.

»Auf dem Weg ins Büro sollten wir vielleicht den Freund von Phil Brand besuchen.«

»Das ist das Opfer aus der JVA?«

»Ja. Die Mutter meinte, ihr Sohn habe nur diesen einen Freund gehabt. Echten Freund. Er wollte damals nicht in den Trubel um die Vergewaltigung verwickelt werden und hielt sich bedeckt. Wir könnten ihn fragen, warum er so reagierte.«

»Okay. Feigheit? Öffentlichkeitsscheu? Enttäuschung, weil er an die Schuld des Freundes glaubte?«

»Nun, wir fahren hin und finden es raus.«

Wenig später parkte Nachtigall den Wagen auf dem Parkplatz hinter der Oberkirche.

»Ah, ich glaube, dort drüben ist das Haus.«

»Aha. Innenstadt ist ganz nah. Perfekt für Theater oder Kinobesuch.« Marten sah sich interessiert um.

»Früher war hier unten ein Laden. Zum Schluss hieß der *Pfennigfuchser* oder so ähnlich. Und direkt um die Ecke war ein Kino. Auch schon lange verschwunden. Da habe ich mit meiner Frau und meiner Tochter *Schindlers Liste* gesehen.« Nachtigall seufzte. »Ich war schon lange nicht mehr hier.«

Nach wenigen Schritten hatten sie den Hauseingang erreicht.

Nachtigall klingelte.

Ohne jede Nachfrage wurde der Summer betätigt, und die beiden Ermittler betraten das Haus.

»Welches Stockwerk?«

»Erstes Obergeschoss.«

Auf dem Treppenabsatz wurden sie bereits von einem Mann etwa Mitte 20 erwartet.

Mittelgroß, modisch gekleidet, auffälliger Haarschnitt, deutliches Übergewicht registrierte Nachtigall mit einem kurzen Blick.

»Kriminalpolizei, nehme ich an.«

»Ja. Hauptkommissar Nachtigall und mein Kollege Klausing. Wir haben ein paar Fragen an Sie, die einen Freund von Ihnen betreffen: Phil Brand.«

Für einen Moment sah es aus, als wolle Scholz den beiden die Tür vor der Nase zuschlagen. Doch dann überlegte er es sich offensichtlich anders, trat in den Flur zurück, hielt die Tür auf.

»Na dann: bitte.«

In der Wohnung roch es intensiv nach Knoblauch.

Der junge Mann bemerkte wohl das Schnuppern und erklärte: »Mein momentaner Mitbewohner ist Knoblauch-fan. Er behauptet, es helfe gegen Zahnfleischentzündun-gen. Ich denke, es wird gegen seine aktuellen Zahnschmer-zen nicht so richtig helfen. Er wird, trotz seiner panischen Angst vor dem Bohrer, wohl oder übel zum Zahnarzt gehen müssen. Aber immerhin: Vampire werden wir wohl in nächster Zeit nicht zu Besuch bekommen.«

»Momentaner Mitbewohner?« Nachtigall sorgte für eine Betonung, die eine Erklärung für beide Worte forderte.

»Ja, was soll ich sagen? Er ist der Freund meiner Schwes-ter. Und meine Eltern mögen ihn nicht. Also ist er hier und wartet drauf, doch noch eingeladen zu werden. Eltern kön-nen ein ganz normales, überschaubares Leben unglaublich verkomplizieren. Dabei kennen sie ihn gar nicht, haben nur ein Foto gesehen!«

Er öffnete eine Tür, meinte: »Hier ist es ganz gemütlich. Wir werden von dem Knobi-Fan sicher nicht gestört.«

Nachtigall setzte sich, weil die Möbel eher zart denn belastbar wirkten, vorsichtig auf einen der Stühle, die um einen langen Esstisch herum gruppiert waren. Eröffnete dann: »Wir sind hier, weil Phil Brand in der JVA von anderen Häftlingen angegriffen und brutal verprügelt wurde. Seine Mutter hat uns an Sie verwiesen. Wir wüssten gern, was für ein Mensch Ihr Freund ist.«

»Er wurde angegriffen?«, fragte Bartholomäus Scholz mit deutlich hysterischem Oberton. »Warum das denn? Ich hatte gehört, er solle demnächst vorzeitig entlassen werden.«

»Ja, das stimmt auch. Aber im Augenblick liegt er im Klinikum. Da wir nicht mit ihm sprechen können, besuchen wir Menschen, die uns etwas über ihn erzählen können.« Nachtigall bemühte sich um einen freundlichen Ton, sah, dass der Freund deutlich schockiert von der ungeheuerlichen Neuigkeit war.

»Wie kann denn so etwas passieren? Ich dachte, in der JVA gibt es Aufseher, die solche Dinge verhindern.« Der junge Mann begann leicht zu zittern.

»Es war das Ergebnis eines Auftrags von außen. Das nehmen wir zumindest als mögliche Erklärung an.«

»Von außen? Warum sollte jemand von außen eine Attacke auf Phil beauftragen? Wozu? Er sitzt doch schon.«

»Ja, das ist wahr. Sie sind mit dem Fall vertraut. Also wissen Sie sehr genau, warum Phil zu einer Haftstrafe verurteilt wurde.«

Bartholomäus Scholz nickte kurz, wirkte vollkommen verunsichert.

»Sie wollten mit dem ganzen Fall nichts zu tun haben.« Marten sah sein Gegenüber interessiert an.

»Ja. Solche Verbrechen sind schrecklich für alle Beteiligten. Selbst die Freunde bleiben nicht ungeschoren.«

»Das ist wahr«, räumte Nachtigall leise ein. »Besonders die Freunde, die zwischen allen Stühlen sitzen.«

»Ja, genau. Was sollte ich denn tun? Phil hat Amelie nie und nimmer vergewaltigt. Aber wenn ich … dann hätte das die Lage nur verschlimmert – meine auch. Deshalb hat Phil, also er hat gesagt, ich solle ihn nicht verteidigen, das gäbe nur ein schreckliches Desaster für alle Beteiligten. Am besten sei, ich würde die Klappe halten, den Kontakt zu ihm abbrechen und niemandem etwas erzählen. Daran habe ich mich gehalten. Und tue es auch jetzt noch.«

»Amelie ist tot.«

»Ja, das habe ich gehört. Mag sein, dass ihr Tod nun etwas ändert. Aber ich bin raus und will auch draußen bleiben.«

»Okay. Sie sind sich aber sicher, dass Phil Amelie nicht vergewaltigt hat.«

Keine Reaktion.

»Wir finden allein zur Tür hinaus.« Nachtigall legte eine Visitenkarte auf den langen Tisch. »Falls Sie mir etwas erzählen wollen, zögern Sie nicht. Egal, um welche Zeit. Ich glaube, ich weiß sehr genau, um was es hier geht – haben Sie einfach ein bisschen Vertrauen.«

Ratlos sah Marten von einem zum anderen.

»Ihr Freund liegt im Carl-Thiem-Klinikum. Vielleicht freut er sich über Ihren Besuch. Bedecken Sie einfach Mund und Nase mit einer FFP2-Maske, und niemand wird Sie erkennen. Auf Wiedersehen.«

Auf dem Parkplatz angekommen, fragte Marten: »Was war das denn? Warum haben wir nicht mehr Druck gemacht? Vielleicht hat er uns etwas sehr Wichtiges verschwiegen, etwas für die Ermittlungen Relevantes. Warum gehen wir einfach leise wieder?«

»Weil er weiß, dass Phil nicht der Täter sein kann. Doch wenn er das bezeugt, geraten andere in Schwierigkeiten. Das möchte er auch nicht. Aber er wird mit uns reden, er braucht nur ein bisschen Bedenkzeit.«

Marten ließ sich ziemlich genervt in den Beifahrersitz fallen.

Im Büro trafen sie auf Maja und Silke, die ebenfalls einen frustrierten Eindruck machten.

»Gut, da wir zeitgleich wieder hier sind, können wir auch gleich auswerten, was sich bei den bisherigen Befragungen ergeben hat.« Nachtigall wusste, neue Impulse mussten gesetzt werden – seine Aufgabe.

Sie versammelten sich.

»Diese Schläger haben sich offensichtlich auf eine gemeinsame Version geeinigt.« Silke ließ sich auf den Stuhl plumpsen. »Kein echtes Rankommen. Wir glauben, Herbert ist derjenige, der alle Fäden in der Hand hält.«

»Herbert. Das ist der große, schwere Mann mit dem stechenden Blick, nicht wahr?« Nachtigall sah die Ermittlerinnen fragend an.

»Ja. Genau der. Jedes Wort eine einzige Provokation: Na los, ihr kleinen Mäuschen, dann beweist mir doch mal was!« Maja fauchte wütend.

»Der andere ist auch so.« Silke seufzte. »Die haben uns nicht wirklich ernst genommen.«

»Perfekt«, kommentierte Nachtigall. »Die sollen ja das Gefühl haben, dass sie euch das Blaue vom Himmel erzählen können. Wir werten hier aus, finden die Löcher im Blau. Dort könnt ihr dann wieder einhaken und die Lücke erweitern. Ich bin sicher, einer wird sich verplappern. Ihr habt mit zweien der vier gesprochen? Wo waren die anderen beiden?«

»Beim Zahnarzt. Und danach angeblich Anwaltsgespräch.«

»Habt ihr gefragt, bei welchem Zahnarzt?«

»Klar. Praxis Doktor Federbusch. Sielower Landstraße.«

»Nun, dann solltet ihr nachfragen, ob die beiden wirklich dort zur Behandlung waren – und was genau gemacht werden musste. Ist ja nicht auszuschließen, dass sie tatsächlich eine Behandlung brauchten, könnte im Zusammenhang mit der ›Schweigepflicht‹ innerhalb des Quartetts Probleme gegeben haben.« Nachtigall nickte den beiden aufmunternd zu. »Zahnreinigung ist zum Beispiel nicht unbedingt unaufschiebbar. Sie wussten, wir würden nicht lockerlassen, und entfernten die beiden schwächsten Glieder aus der Gefahrenzone – denkbar.«

Majas Stimme klang verärgert, als sie erklärte: »Vollmert fühlt sich vollkommen sicher. Er habe schnell reagiert, als er den Krach hörte, sei energisch dazwischengegangen, habe für Ruhe und Distanz gesorgt. Danach sei sofort die Rettung alarmiert worden, die auch innerhalb weniger Minuten eintraf und den Verletzten mitnahm. Andere Version: Der Notarzt sei ohnehin gerade im Haus gewesen, ein anderer Häftling habe über Herzschmerzen geklagt, die sich aber als ausstrahlende Rückenschmerzen erwiesen. Deshalb konnte der Notarzt sofort einen Blick auf den Verletzten im Waschraum werfen und ihn im Rettungswagen zur Notaufnahme mitnehmen. Alles nach Leitlinie. Und mit uns geht er herablassend um. Aber da wir nun seine Schilderung der Vorgänge ins Wanken gebracht haben, wird er wohl beim nächsten Gespräch vorsichtiger sein.«

Silke nickte, schrieb mit. Meinte dann: »Ich habe inzwischen mit zwei Aktivisten aus Lübbenau Kontakt aufgenommen. Die kennen den Post auch. Sie sind gleich von einem Fake ausgegangen, Thor sei intelligent, käme nie und nimmer auf so einen Scheiß, war der Kommentar. Dass ihn jemand wegen dieses Aufrufs umgebracht haben könne, erschien den Aktivisten vollkommen abwegig. Wenn du die beiden befragen möchtest, schicke ich dir die Mail- und die Postadresse aufs Handy.«

Nachtigall fragte verblüfft: »Die haben Thoralf direkt ausgeschlossen? Hm. Wenn das für alle so klar war, warum sollten sich dann die Burger derartig aufgeregt haben, dass er getötet werden sollte? Das ergibt keinen Sinn.«

»Die Burger hatten doch nicht genug Zeit, jemanden zu einem Mord ...« Maja ließ den Satz in der Schwebe.

»Fakt ist, dass der junge Aktivist ermordet wurde. Brutal und gnadenlos.« Alle hörten, wie sehr Nachtigall noch immer unter dem Eindruck der Bilder bei Doktor Pankratz stand. »So schnell kann man niemanden anheuern, der diese Aufgabe übernimmt. Und tatsächlich ist bei dieser Tat erkennbar eine Menge Emotion im Spiel gewesen. Bei einem gedungenen Killer eher nicht zu erwarten, oder? Es gibt wahrscheinlich ein sehr persönliches Motiv, möglicherweise eines, das mit dem Marathon gar nichts zu tun hat. Dieser Post sollte uns ablenken.«

Marten setzte hinzu: »Nicht nur ablenken, diese Nachricht sollte unsere Ressourcen binden. Dem Täter mehr Raum geben, ein Alibi zu konstruieren oder seine Verbindungen zu Thor zu verschleiern.«

»Wäre möglich, dass er auf einen stockenden Informationsfluss hofft. Bisher gibt es so viele neue Erkenntnisse zu dieser Tat nicht«, räumte Nachtigall ein. »Aber das wird sich schnell ändern. Lars Friedrich geht davon aus, dass sich Zeugen melden werden, die den Mörder auf der Straße oder auf dem Weg ins Gebäude gesehen haben. Wenn du mit einer schweren Schlagwaffe, Thorsten geht von einem Baseballschläger aus, auf der Schulter unterwegs bist, fällst du im Allgemeinen auf. Außerdem habe ich widersprüchliche Informationen über die Beziehung zwischen dem Opfer und seiner Mutter. Dazu werde ich mich mit dem Interventionsteam ins Benehmen setzen. Maja und mir kam die Mutter sehr schockiert vor – andere berichten von einer eher unterkühlten Beziehung innerhalb der Familie. Das überprüfen wir. Mir kommt die Verbindung zu *Kipppunkt* als Mordmotiv zu konstruiert vor, man hat es uns praktisch mit der Todesnachricht gemeinsam angeboten. Bei einer solchen Konstellation weckt man damit mein Misstrauen.« Er sah in die Gesichter seiner Teamkollegen, entschied dann: »Jedes Team fertigt eine kurze Zusammenfassung an. So sind alle in beiden Fällen immer auf dem neuesten Stand, können zu einzelnen Fragen nachlesen. Danach ist erst mal kurze Pause. Wir treffen uns in drei Stunden wieder hier.« Damit beendete er die Auswertungsrunde.

Silke und Marten eilten auf den Gang hinaus.

Maja wartete, bis ihre Schritte verklungen waren.

»Peter, wir arbeiten nun schon seit vielen Fällen Seite an Seite. Ich verstehe, dass du uns getrennt ermitteln lässt, ich erinnere mich an die Berichte über den Fall mit dem falschen Kollegen, der deinen Freund und seine Familie fast das Leben gekostet hätte. Deshalb ist Marten mit dir unterwegs, alles gut«, wehrte sie seinen Widerspruch ab. »Aber ich weiß auch, dass dich noch etwas anderes beschäftigt. Kann ich helfen?«

Nachtigall sah die Kollegin verblüfft an. Meist fiel sie nicht gerade durch ihr unglaubliches Einfühlungsvermögen auf. Im Gegenteil. Ihre oft sehr emotionslose, direkte Art war für Kollegen sowie Zeugen und Tatverdächtige immer wieder eine enorme Herausforderung. Und jetzt so eine Frage?

»Oh nein, nicht wirklich«, stotterte er, ärgerte sich im selben Moment darüber, räusperte sich. »Nein, es ist nur so, dass ich mit Doktor März über diesen Fall sprechen muss. Wie war es möglich, dass der junge Mann verurteilt wurde? Nach der Zusammenfassung muss man doch annehmen, dass die Beweislage unbefriedigend war. In dubio pro reo – im Zweifel für den Angeklagten? Ausschlag gab wohl, dass Brand am Tatort gesehen wurde. Und ich denke, wir brauchen jemanden, der die Aufzeichnungen, Analysen und Sitzungsprotokolle des Psychiaters zum Täter und die über den Zustand des Opfers für uns übersetzen kann. Auch darüber spreche ich mit Doktor März. Emile? Der könnte uns von Nutzen sein.«

»Dann frage doch an, ob er uns unterstützen kann. Ich fand seine Analysen immer ausgesprochen hilfreich.« Maja wieder schnörkellos.

»Nach dem letzten Fall wird er vielleicht nicht mehr so frei agieren, wie wir es gewohnt sind. War eine neue Erfahrung für ihn, derart zugerichtet zu werden. Meine ganze Familie war wütend auf mich – dabei war es Emiles eigene Entscheidung gewesen. Meine Tochter hat mir vorgeworfen, ich hätte sie um ein Haar zur Witwe und ihre Kinder zu Halbwaisen gemacht.«

Maja lachte leise. »Nun, vielleicht haben sich die Wogen inzwischen geglättet. Außerdem können wir ja versuchen, ihn am Schreibtisch festzuketten, damit er nicht wieder in Gefahr gerät.«

»Gut, ich werde mich auf deinen Vorschlag berufen, wenn ich bei Emile vorfühle. Du hast ein Protokoll zu schreiben, und dann ist kurze Pause. Dein Kater wartet sicher schon ungeduldig auf dich.«

»Ist ja nicht so, dass du nicht auch eine Gruppe von Wartenden zu Hause hast«, schmunzelte sie.

Nachtigall zögerte kurz, fragte dann aber doch: »Ich habe ein Problem: Bald ist Hochzeitstag. Kein so ganz super großer, aber ich möchte gern mit Conny einen tollen Abend erleben, einen, der sich deutlich vom Alltag unterscheidet. Ich weiß aber noch nicht, wie ich diesen Plan umsetzen kann.«

»Heißt? Du hast keine Karten fürs Theater oder ein Konzert im Blick? Oder ist das nur ein Teil der Planung, und du suchst nach einer Erweiterung?«

»Wir gehen gern in schöne Restaurants. Aber, nun ja, wir kennen uns in Cottbus und Umgebung im Bereich des kulinarischen Angebots gut aus. Ich möchte sie mit etwas ganz Besonderem überraschen.«

»Verstehe. Okay, ich frage bei Fabian nach. Der ist immer für Neuentdeckungen zu haben. Bestimmt hat er einen Tipp. Wäre ohnehin gut, ich möchte nämlich mit Nicola auch schön ausgehen. Er wird mich Ende der Woche besuchen.« Maja bemühte sich um einen neutralen Tonfall.

Dem Kollegen entging die Vorfreude auf den Besuch dennoch nicht. Er wusste, wie schwierig es für Maja war, von ihrem Bruder Fabian auf Distanz gehalten zu werden, aber nach den Vorkommnissen im Rahmen der letzten Ermittlung hatte Fabian eine neue Grenze gezogen. Weniger Abhängigkeit von Maja, mehr Privatsphäre. Es wäre sicher eine wunderbare Zeit für sie, wenn der Freund aus

Südtirol sie besuchen käme und sie wieder jemanden zum privaten Austausch um sich hätte.

Nachtigall griff nach seiner To-do-Liste, die noch auf dem Besprechungstisch lag, schob sie in die Jackentasche und beendete das Gespräch mit: »Ich sehe mal nach, wie Marten mit unserem Protokoll des Tages zurechtkommt, dann nehme ich Kontakt mit Emile und Doktor März auf und besuche meine Familie.« Er lachte leise beim Verlassen des Raumes.

Maja trollte sich zu Silke.

21

Conny und die Katzen erwarteten Peter schon.

Wie üblich leiteten die beiden Fellträger seine Schritte in die Küche um, setzten sich vor die Tür des Kühlschranks und starrten sie schweigend, aber intensiv an.

Als sie das Gefühl hatte, Starren allein würde heute wohl nicht genügen, begann Domino, um Nachtigalls Beine zu tänzeln, maunzte dabei leise zwischen Forderung und Bitte.

Casanova, der alte Kater, blieb ruhig sitzen. Er wusste um die Trägheit des menschlichen Denkens, die oft zu verspäteten Reaktionen führte. Am Ende hatte es bisher noch immer mit der Kommunikation geklappt, Katze und Kater mussten nur ausreichend Geduld aufbringen, dann wurde die Kühlschranktür geöffnet und ... Na bitte!

Der Hauptkommissar griff nach einem kleinen runden Käsestück, teilte es unter den Katzen auf. Conny sah ihm dabei über die Schulter. »Und ich? Werde gar nicht begrüßt?«

»Doch, natürlich! Möchtest du auch ein kleines Stück Käse?«, fragte Peter lachend und schloss seine Frau in die Arme. »Kurze Pause. Wir haben gleich zwei neue Fälle und einen neuen Kollegen.«

»Neue Fälle – gut, das gehört zur Stellenbeschreibung. Neuer Kollege ist interessant. Offensichtlich ein junger Mann? Mit Erfahrung?«

Sie löste sich aus der Umarmung und begann mit den Vorbereitungen für ein leichtes Abendessen.

»Wie man's nimmt. Er hat schon in einer anderen Abteilung gearbeitet, weiß Bescheid. Mord ist ein neues Terrain für ihn. Aber er stellt seine Fragen deutlich und formuliert klar, zieht auch sinnvolle Schlüsse aus dem, was er hört. Marten heißt er. Da wir gerade zwei Fälle bearbeiten, habe ich ihn mit mir gemeinsam eingeteilt. So kann ich am besten beurteilen, ob er zu uns passt.«

»Sicher. Aber erwarte nicht, dass er ein zweiter Michael Wiener wird. Ich weiß sehr genau, dass du ihn, auch nach all den Jahren, immer noch vermisst.« Sie klopfte ihrem Mann tröstend auf die Schultern. »Er denkt sicher auch oft und gern an die Zeit in Cottbus zurück.«

Sie begann, kleine Putenstücke anzubraten. Es zischte laut.

»Du hast sicher kontrolliert, ob der Neue echt ist?«, bohrte sie nach.

»Klar. Doktor März hat ihn bei Silke abgegeben und kannte ihn schon. Einer der neuen Fälle hat mit einem seiner eigenen zu tun. Ist ein paar Jahre her. Ein Indizienprozess.«

»Aha. Er hat also ein besonders kritisches Auge auf euch?« Conny bereitete eine große Schale Salat für ihren Mann vor.

»Kann man so sehen. Prügelei in der JVA. Maja und Silke sind dran.«

»Ich nehme an, Marten und du seid mit dem Mord in Burg befasst? Kam schon im Radio. Ein brutaler Überfall auf einen Klimaaktivisten.«

Die Katzen schnurrten noch immer um Peters Beine. »Sieh dir das an. Sie hoffen auf einen Nachschlag«, lachte er, ging in die Hocke und kraulte die beiden Mitbewohner – jeden so, wie er es liebte.

»Ja. Und den Nachschlag kannst du ihnen auch geben, aber Katzenfutter in die Schälchen, nicht Menschenfutter direkt von der Hand.« Conny sah zu, wie ihr Mann den Katzen die Näpfe erneut füllte. Hungrig senkten sich die beiden Köpfe darüber und seliges Schmatzen war zu hören. »Siehst du? Es geht nur um die Rückversicherung, von allen geliebt zu werden. Beide sind zufrieden.«

Sie stellte die Bowl mit Salat neben einen Teller mit kleinen, gut gewürzten Fleischstückchen. »Alles Bio, Haltungsform 4+, direkt vom Hofbauern gekauft. Du kannst dir den kritischen Blick sparen. Wenn ich Fleisch kaufe, dann selten und nur von Tieren, die bis zu ihrem Tod in sehr guten Verhältnissen leben durften.«

»Gut. Wenn wir sicher bei den Angaben sein können, ist es sogar besonders gut.« Der Hauptkommissar genoss sein Abendessen sichtlich. »Ich muss natürlich wieder los. Du kennst das ja. Wir haben viele Aussagen zu bewerten und müssen Hintergründe abklopfen. Ich melde mich zwischendurch. Ach, Emile werde ich ebenfalls einbinden, falls er abkömmlich ist. Wir hätten gern seine Einschätzung in beiden Fällen.«

Connys erste Reaktion war ein verhaltenes Zischen.

Dann begann sie nervös, ihre Haare aus dem Gesicht zu streichen.

Peter selbst fühlte sich schließlich auch nicht wohl dabei, ging davon aus, dass Conny sehr genau wusste, wie unangenehm ihm diese Situation war. Dennoch hatte er plötzlich das Gefühl, er müsse diese Entscheidung erklären, mehr noch, sie begründen. »Er kennt sich hier aus, ist mit dem Team vertraut, weiß genau, wie sein Schwiegervater an seine Fälle herangeht. Einen besseren Profiler könnten wir nicht anfordern. Ich weiß selbst, dass es zu Unruhe innerhalb der Familie führen wird, aber ich kann nicht aus privaten Gründen auf eine Hilfestellung verzichten, die unsere Ermittlungen weiterbringt.«

»Das weiß ich. Dennoch wird es wohl gewaltigen Ärger geben.«

»Ich frage bei ihm direkt an. Er wird mir sagen, ob er einsatzbereit ist.«

Schweigen breitete sich in der Küche aus.

Verbissen, vorwurfsvoll, ungemütlich.

Selbst die Katzen spürten das und verdrückten sich lautlos ins Wohnzimmer.

Wortlos räumte Conny den Tisch ab, sah ihrem Mann nach, der nun seinen Schwiegersohn anrufen würde.

Besorgt und bedrückt flüsterte sie vor sich hin: »Hoffentlich entzweit das die Familie nicht vollständig. Mir wäre es so wichtig, dass wir regelmäßig Kontakt haben können, mit Kindern und Kindeskindern.«

»Emile Cuvier«, meldete sich die Stimme des Fachmanns für operative Fallanalyse. »Hallo, Peter! Wie schön, dass du dich meldest«, setzte er dann herzlich fort, hegte offensichtlich keinen Groll mehr, seine Stimme hatte eher einen schuldbewussten Unterton. »Ich habe schon im Netz erste Berichte über den Mord in Burg gelesen. Klingt ziemlich spektakulär. Und einen Angriff in der JVA gab es auch. Eigentlich glaubt man ja, so was passiert nur in amerikanischen Filmdramen. Bist du eingebunden?«

Nachtigall atmete geräuschlos auf.

»Ja, tatsächlich in beide. Und wir würden uns über deine Unterstützung freuen, denn es gibt jede Menge Fragen und viele Akten voller Analysen zur psychischen Situation des Opfers und der möglichen Täter.«

»Das weiß ich längst«, lachte die jugendliche Stimme Emiles. »Ich wurde bereits angefordert. Sitze schon im Zug und werde, wenn alles reibungslos läuft, in etwa einer Stunde bei euch im Büro eintreffen.«

Nachtigall schmunzelte erleichtert. »Dann weiß deine Frau Bescheid?«

»Klar. Kein Problem. Sie ist die Tochter eines Hauptkommissars! Was erwartest du? Klar, erst war sie furchtbar erschrocken, dann unglaublich wütend, aber natürlich weiß sie genau, dass ich freiwillig mit Silke zu diesem Verdächtigen gefahren bin. Meine Entscheidung, mein Risiko, meine Verletzung. Ist fast nichts mehr davon zu sehen. Sie weiß, dass man mich zu den unterschiedlichsten Fällen an verschiedene Orte schickt. Eben diesmal wieder nach Cottbus.«

»Wann genau kommst du an? Ich sammle dich ein!«

»Nein, das ist nicht notwendig. Ich wohne im Hotel, fahre mit dem Taxi hin, checke ein und komme sofort zu euch ins Büro. Schließlich stehst du sonst möglicherweise sinnlos auf dem Bahnsteig und wartest auf den Zug.«

»Okay, wenn du … Conny wird traurig sein, wenn du nicht bei uns übernachten willst.«

»Nein. Wird sie nicht. Die Kinder und Jule kommen nämlich nach. Alles gut.«

Erleichtert beendete Peter das Gespräch, stöberte seine Frau und die Katzen im Wohnzimmer auf.

Alle drei aneinandergekuschelt.

»Emile wusste schon von den Fällen in Cottbus, war schon angefordert worden und sitzt im Zug. Er wohnt im Hotel. Aber am Wochenende ist ein Besuch der gesamten Familie bei uns geplant. Er hat gesagt, Jule ist längst nicht mehr wütend auf mich.«

Dann kehrte er in die Küche zurück und rief Doktor März an.

»Wir haben noch ein paar offene Fragen zu dem damaligen Vergewaltigungsfall. Um das Gesamtbild beurteilen zu können, benötigen wir zum Beispiel die Prozessakten, die konkreten Aussagen der Zeugen. Mit Emile habe ich schon gesprochen, er wird sich durcharbeiten und versuchen herauszufinden, was genau an jenem Abend passiert ist. Möglicherweise gibt es dann neue Zeugen.«

Nach wenigen Minuten war das Gespräch beendet.

Nachtigall küsste seine Frau liebevoll, streichelte die beiden Fellbündel zärtlich und machte sich sehr erleichtert auf den Rückweg zu seinem Team.

22

Soraya wälzte sich unruhig im Bett herum.

Beschäftigt mit der Frage, ob sie selbst, ob gar die ganze Gruppe in den Fokus eines verrückten Killers geraten war.

Mord als Mittel der Abschreckung? Aktivisten von *Kipppunkt* sollten davor zurückschrecken, sich an Aktivitäten zu beteiligen? Warum dann ausgerechnet *Kipppunkt*?

Eine kleine Gruppierung, die bisher nicht für großes Aufsehen gesorgt hatte.

Musste jetzt jeder von ihnen um sein Leben fürchten, wenn es an der Tür klingelte?

Warum hatte der Mörder sich Thor als erstes Opfer ausgesucht?

Sicher, überlegte sie weiter, er war so etwas wie der Leiter und Sprecher der Gruppe, aber auf der anderen Seite auch nicht. Schließlich wurden alle Aktionen vorab besprochen, Texte für Websites gemeinsam erstellt – alle arbeiteten gleichberechtigt daran mit.

Und wenn der Mord gar nichts mit *Kipppunkt* zu tun hatte?

Sie schlug die Bettdecke zurück, ging leise in die Küche, machte sich einen heißen Tee.

Der Polizist aus Burg hatte ja eine Verwechslung nicht ausgeschlossen.

Ihr Handy begann sich vibrierend über die Arbeitsfläche zu schieben.

»Hi, Gregor«, meldete sie sich, »kannst wohl auch nicht schlafen?«

»Ne. Ich muss dauernd an Thor denken. Was muss der für Schmerzen gehabt haben! Und niemanden, den er zu Hilfe rufen konnte. Er hat doch bestimmt geschrien. Wie ist es möglich, dass keiner der Nachbarn etwas gehört hat?«

Das Problem hatte Soraya auch beschäftigt.

Normalerweise waren die Nachbarn am Morgen zu Hause. Ausgerechnet gestern wollten nun alle einen Termin gehabt haben, behaupteten, eine wichtige Besorgung habe erledigt werden müssen, ein Krankenbesuch bei einer Freundin sei fällig gewesen. Sie selbst glaubte kein Wort dieser offensichtlichen Ausreden, nahm als wahrscheinlicher an, dass einfach niemand involviert werden wollte.

»Unterlassene Hilfeleistung ist kein Kinderkram. Und wenn der andere dann auch noch stirbt, wird es juristisch verfolgt. Da waren sie lieber alle gar nicht zu Hause, haben eingekauft, den Hund ausgeführt, die Musik lauter gedreht, weil ein Live-Konzert auf *arte* zu sehen war. Dem geht die Polizei sicher nach. Auch der Frage, ob dieser Mieter von oben eigentliches Ziel war.«

»Das glaube ich nicht.« Gregor atmete tief durch. »Also ich glaube schon, dass man der Frage nachgeht, aber ich denke nicht, dass dieser Ansatz taugt. Stand doch Thors Name an der Klingel. Da denke ich mir doch was dabei, kontrolliere erst noch mal, ob ich wirklich richtig bin.«

»Hm.« Soraya zögerte, erklärte dann aber doch: »Könnte sein, dass der Killer diesen Mieter beobachtet hat. Macht man doch eigentlich, bevor man so einen Mordauftrag umsetzt, oder? Wäre ja möglich, dass die eigentliche Zielperson Thor besucht hat. Und der Killer glaubte, draußen an der Wohnung stehe absichtlich ein falscher Name?«

»Na komm, das wird ja langsam eine echte Räuberpistole! Das ist alles Quatsch. Wer auch immer ihn besucht hat, der meinte schon Thor. Wir sollten lieber versuchen herauszufinden, in was unser Freund da verstrickt gewesen sein könnte. Schon damit wir wissen, wovor oder vor wem wir uns fürchten sollten.«

Soraya nahm einen Schluck Tee.

Der Duft der roten Flüssigkeit legte sich wie ein Pflaster über ihre Ängste.

»Vielleicht machen wir uns sinnlos Sorgen.«

»Sorgen«, erklärte Gregor mit fester Überzeugung, »sollten wir uns auf jeden Fall machen. Es ist nie falsch, vorbereitet zu sein.«

»Wie soll man sich bitte auf solch eine Situation vorbereiten«, fragte sie gereizt zurück.

»Nun, du wohnst im Erdgeschoss. Wenn bei dir einer klingelt, der dir suspekt ist, lässt du ihn im Hausgang stehen und türmst sofort durchs Fenster. Die Notfalltasche mit allen wichtigen Dokumenten, einer warmen Jacke und deinen Ausbildungsnachweisen hast du doch schon längst gepackt, oder etwa nicht?«

»Du meinst die Hochwasser- und Feuersbrunsttasche?«, hakte sie kichernd nach.

»Genau. Die brauchst du jetzt. Stell dir vor, der Typ bricht die Tür auf, du bist übers Fenster raus, er ist stinksauer und legt Feuer.«

»Halt, Gregor, es stimmt, wir haben Schreckliches gesehen und haben nun Schwierigkeiten mit dem Schlafen. Aber deshalb müssen wir nicht gleich hysterisch werden.« Die entspannende Wirkung des Tees war verflogen, das Gefühl einer unbekannten Bedrohung aus dem Dunkel kehrte zurück.

»Mach, was du für richtig hältst.« Damit beendete Gregor das Gespräch.

Soraya zuckte mit den Schultern.

Kehrte in ihr Schlafzimmer zurück, angelte die kleine Reisetasche vom Schrank und begann zu packen.

Sicher ist sicher, dachte sie dabei, kam sich dennoch albern vor, beschloss, Gregor nichts von dieser Aktion zu erzählen. Und wenn die Gefahr vorbei war, konnte sie ja problemlos alles wieder an seinen angestammten Platz räumen.

23

Peter Nachtigall saß hinter dem großen Besprechungstisch und starrte auf die Berichte, die Maja und Silke eingestellt hatten.

»Ihr vier! Aalglatt habt ihr versucht, euch rauszuwinden.
Das nützt euch nichts. Mir zeigt es allerdings, dass im Hintergrund jemand die Hand über euch hält, der glaubt, er
könne euch vor Strafverfolgung schützen. Oder ihr glaubt
nur, dass ihr von ihm oder ihr beschützt seid. Wir werden
alles herausfinden. Vollmerts Geschichte ist schon geplatzt.
Und das ist erst der Anfang.«

Er scrollte sich durch die Akten, die auch die Aussagen
zum damaligen Tathergang enthielten.

»Hm. Der junge Mann konnte sich nicht daran erinnern,
seiner Freundin etwas angetan zu haben, er schloss einen
brutalen Übergriff kategorisch aus. Behauptete, sie hätten
sich auf dem Heimweg getrennt und seien jeder für sich
weitergegangen. Ist das glaubhaft?«

Erinnerungen schwappten aus tieferen Schichten des
Gedächtnisses hoch.

Klar, wurde ihm bewusst, die Eltern bewerteten Gefah-
renlagen in einem bestimmten Alter der Kinder vollkommen anders als die Nachkommen selbst. Seine Tochter
fühlte sich in diesem Alter auch häufig jeder Situation
gewachsen, hielt die Warnungen des Vaters für eine poli-
zeiberufsbedingte Zwangsneurose und reagierte regelmäßig aggressiv, wenn er warnte, fühlte sich durch idioti-

sche Ammenmärchen gegängelt. »Was soll schon passieren? Wenn mich einer angrapscht, trete ich ihm in die Eier. Sollste mal sehen, wie der dann jaulend Fersengeld gibt!«, war eine der Lieblingsdarstellungen ihrer Verteidigungsfähigkeit – in, wie der Vater wusste, vollkommener Selbstüberschätzung. Selbst als sie die Erfahrung gemacht hatte, in eine lebensbedrohliche Lage geraten zu sein, aus der sie sich nicht selbst befreien konnte, hatte sich an ihrer Grundhaltung nichts geändert. Erst als sie selbst Mutter wurde, verschoben sich Bewertungen.

Amelie hatte also möglicherweise keinerlei Gefahr darin gesehen, ohne Begleitung weiterzugehen, fühlte sich allem Unbill wehrhaft überlegen.

Und Phil hatte nach eigener Aussage ebenfalls nicht erwartet, Amelie könnte in Schwierigkeiten geraten, gar vergewaltigt werden.

Der Cottbuser Hauptkommissar seufzte.

Er scrollte weiter.

Selbst das Opfer des brutalen Angriffs hatte keine Aussage zum Täter machen können.

Sie wurde im Zuge der Tat erheblich am Kopf verletzt, klagte in der Folgezeit über Gedächtnisstörungen und Gedächtnisverluste. Allerdings gab es einige Indizien, die Phil tatsächlich mit dem Geschehen in Verbindung brachten. Blut auf der Jacke, die er an jenem Abend nach Zeugenaussagen getragen hatte, seine Haare auf der Kleidung des Opfers. Kondome mit dem nachgewiesenen Spermizid in seinem Zimmer, Verletzungen an den Armen. Phil konnte Erklärungen geben. Denen man im Prozess keinen Glauben schenkte. Zeugen hatten ihn mit dem Opfer gemeinsam gehen sehen. Und nur kurze Zeit später wurde Amelie Opfer einer Vergewaltigung. Die Öffentlichkeit hatte sofort eine logische Erklärung, während sich die Eltern des Beschuldigten nicht öffentlich äußerten und auf das Gerichtsverfahren verwiesen. Alkohol sei schließlich im Spiel gewesen, wurde gemunkelt – und betrunken agierten Menschen manchmal vollkommen anders, als sie es sich in nüchternem Zustand je ausmalen könnten. Amelies Eltern trieben Presse und Nachrichtenportale zu Stellungnahmen, die dann über alle möglichen Nachrichtenportale verbreitet wurden. Tenor: Wir Eltern haben schon immer geahnt, dass mit dem Typen was nicht stimmt, aber auf uns wollte ja niemand hören. Und nun hat dieser Unmensch unsere Tochter vergewaltigt und lebensgefährlich verletzt. Phil und Amelie schwiegen. Auch als Mitschüler erzählten, es habe noch am Tag der Party einen mächtigen Streit zwischen den beiden gegeben. Freundinnen behaupteten gar, die beiden wollten nichts mehr miteinander zu tun haben. Nicht platonisch als beste Freunde, schon gar nicht in einer Liebesbeziehung.

Nachtigall notierte sich, dass man bei den Mitschülern noch einmal nachfragen solle. Möglicherweise würden die Zeugen von damals ihre Aussage heute so nicht mehr stehen lassen wollen.

Als es hart klopfte, schreckte er auf.

»Herein!«

»Emile! Wie schön, dass du schon hier bist«, begrüßte er Sekunden später den Schwiegersohn herzlich, sprang auf und schloss ihn kurz in die Arme, bevor er ihn etwas auf Abstand schob, um das Gesicht besser in Augenschein nehmen zu können.

»Fast nichts mehr zu sehen. Perfekt. Du hast am Telefon gesagt, man habe dich schon vor meinem Anruf zu uns geschickt?«

»Ja. Doktor März hat bei uns nachgefragt, ob ich abkömmlich sei. Ein *Cold Case*, der nun unerwartet wieder zum *Hot Case* geworden ist. Ich habe mich während der Fahrt bereits mit den wesentlichen Fakten des Falls vertraut gemacht. Du hast die beiden Ermittlerinnen hingeschickt?«

»Ja. Ich habe gehofft, der eine oder andere würde sich gern ein wenig brüsten, versuchen, die beiden zu beeindrucken. So ganz hat das noch nicht funktioniert, aber ich gehe davon aus, dass Maja und Silke einen bleibenden Eindruck hinterlassen haben. Beim nächsten Gespräch werden sich die vier Prügler hoffentlich um Kopf und Kragen prahlen.«

»Der Vollzugsbeamte ist auch beteiligt gewesen? Durch aktives Wegsehen?«, erkundigte sich Emilie, zog sich einen zweiten Stuhl neben den des Schwiegervaters und sah nachdenklich auf die Daten, die der Monitor anbot.

»Warum waren die vier mit ihrem Opfer um diese Zeit allein im Waschraum? Ist ja wohl sehr früh am Morgen gewesen?«

»Angeblich waren alle zum Küchendienst eingeteilt. Die einen zum Richten, die anderen zum späteren Verteilen. Vollmert hat angegeben, er sei kurz bei einem Kollegen gewesen, um ihm einen schönen Tag zu wünschen, sei zu einem Notfall gerufen worden – Verdacht auf Herzinfarkt –, habe den Notarzt verständigt, sei aber sofort zurückgekommen, als er bemerkte, dass ein Tumult losbrach. Er gibt an, es habe eine Weile gedauert, bis die Ruhe wiederhergestellt war und er sich um den Verletzten kümmern konnte. Zum Glück sei der Notarzt schon vor Ort gewesen, so konnte der Verletzte umgehend ins Klinikum gebracht werden. Schluss.«

»Aha. Und niemand weiß, worum es wirklich ging?«
Emile Couvier war verblüfft. »Also normalerweise hal-

ten die Prügelnden nicht mit Begründungen hinterm Berg. Sie wollen sich ja mit einem guten Grund von eventueller Schuld reinigen und unbestraft bleiben, weil das Motiv nachvollziehbar ist.«

»Wahrscheinlich mussten sie das nicht, weil in ihren Augen deutlich war, dass Phil ein Vergewaltiger ist. Ausgerechnet der, dieser miese Typ, bekam nun Hafterleichterungen und sollte sogar vorzeitig entlassen werden. Ungerecht aus ihrem Blickwinkel.« Nachtigall atmete erneut tief durch. »Viele Zufälle haben dazu geführt, dass Phil beim Einkaufen für seine Mutter wohl auf Amelie stieß. Auf dem Video sind beide zu sehen. Amelie erschreckt sich offensichtlich. Ob Phil sie überhaupt bemerkte, ist nicht deutlich zu erkennen.«

»Die vier behaupten, die Behörden hätten versagt und dieser Mann sei ein hemmungsloser Vergewaltiger, der seine Strafe mehr als verdient habe?«

»Ja. Amelie hat sich in jener Nacht im Schuppen auf dem elterlichen Grundstück erhängt. Wir gehen davon aus, dass dieser Suizid der Auslöser der Gewalt war. Jemand muss einen der Häftlinge darüber informiert haben.«

»Und die haben den Tod des Mädchens gerächt. Klar. Du möchtest jetzt von mir wissen, ob diese Theorie trägt? Und ob ein kritisches Verhalten des jungen Mannes denkbar wäre: Er hat sie gesehen, weiß, dass er unschuldig im Gefängnis saß, will Rache.«

»Wäre jedenfalls auch denkbar.«

»Er lauert ihr auf dem Heimweg auf, stellt sie zur Rede, sie ist verzweifelt und begeht Suizid.« Couvier beschrieb mit seinen feingliedrigen Händen eine langsame, allumfassende kugelförmige Bewegung. »So schließt sich der Kreis, das Universum kehrt in seine Balance zurück.«

»Nein. Eben nicht. Die vier anderen waren möglicherweise ausgesprochen wütend darüber, dass ausgerechnet der brutale Vergewaltiger früher als geplant entlassen wird, für sie selbst ist ein solches Verfahren, zumindest noch, nicht vorgesehen. Sie haben nur ihren Frust abgearbeitet«, beschrieb Nachtigall ein anderes Szenario. »Nun kapern sie das edlere Motiv der Vergeltung des Todes eines unschuldigen Opfers.«

»Auch denkbar. Ein sehr egoistisches Motiv wird in ein edles umgemünzt. Sie hoffen vielleicht auf Verständnis für diese Tat, denken, sie könnten straffrei aus der Sache rauskommen? Okay, ich sehe mir die Beurteilungen der Persönlichkeit des Mannes an. Phil? Wie weiter?«

»Phil Brand.«

»Und ich versuche herauszufinden, wie es wirklich um die Psyche der jungen Frau stand. Amelie Hausacher, nicht wahr? Es wird ein bisschen dauern. Gut wäre, wenn verschiedene Kollegen ihn zu unterschiedlichen Zeiten begutachtet haben, so würde das Bild facettenreicher.«

Couvier öffnete seinen Rucksack und förderte einen Laptop zutage.

Nachtigall zögerte, erklärte dann aber doch: »Doktor März war damals der Vertreter der Anklage. Ihm war nicht recht wohl bei diesen Indizien, den Begründungen, den Beweisen. Ein Indizienprozess, in dem sich weder Opfer noch Täter an diese Tat erinnern konnten. Schwierige Situation. Der Richter und die Kammer kamen dennoch zu einem Urteil gegen Phil Brand.«

»Diese momentane Entwicklung belastet Doktor März, das habe ich ihm deutlich angehört. Vielleicht können wir Licht ins Dunkel bringen. Wenn ich dich richtig verstanden habe, liegt der junge Mann im Klinikum? Intensiv?«

»In einer Art künstlichem Koma. Thorsten hat ihn sich gleich nach der stationären Aufnahme angesehen und war ziemlich schockiert über die brutale Prügelei, in der Phil nicht die geringste Chance zur Gegenwehr hatte. Einer gegen vier, pa! Unfairer geht es kaum. Ein Beamter passt auf, dass kein ungebetener Besuch an sein Bett schleicht.«

»Ja, sinnvolle Maßnahme. Wer weiß, wen die anderen hier draußen mit einbeziehen können.« Couvier strich sich die schwer zur linken Seite fallenden, wie poliert glänzenden schwarzen Haare aus dem Gesicht und warf dem Schwiegervater einen interessierten Blick zu. »Du bearbeitest einen zweiten Fall? Zusammen mit einem neuen Kollegen?«

»Ja. Das ist ein Mord im Klimaaktivistenmilieu, wenn man das so sehen will. Der Leiter einer kleinen Aktivistengruppe wurde getötet. Noch ist alles offen. Marten und ich arbeiten an diesem Fall, Maja und Silke am anderen.«

»Thorsten? Der Rechtsmediziner, mit dem du so gern zusammenarbeitest? Der hat den Aktivisten schon obduziert?«

»Ja, hat er. Du kennst ihn ja auch. Er hat bei der Obduktion des Studenten genau erklärt, wie der brutale Besucher vorgegangen ist, in welcher Reihenfolge er die Knochen des Opfers zerschlagen hat. Die Mutter des Getöteten war natürlich vollkommen entsetzt, als wir ihr die Nachricht überbringen mussten. Sie meint, es gäbe für diese Tat keinerlei Erklärung, die Freunde sehen ebenfalls kein Motiv. Ich werde Marten die Mails von Thoralf checken lassen – der Rechner ist noch in der KTU, aber wir bekommen sicher schnell Zugriff auf seinen Mailaccount, seine *Whats-App*-Nachrichten vom Handy und Bankdaten. Thoralf Baumgert heißt der junge Mann.«

Während Couvier zuhörte, richtete er sich einen kleinen Arbeitsbereich ein.

»Baumgert? Der Sohn eines Juristen? Und der ist Klimaaktivist? Nun, das ist im Augenblick nicht gerade die beliebteste Gruppe innerhalb der menschlichen Spezies. Besonders die Klebeaktionen haben für jede Menge Verärgerung gesorgt. In Berlin ist es vereinzelt zu tumultartigen Szenen gekommen, wenn versucht wurde, die Klimakleber einfach von der Straße zu zerren. Ist fraglich, ob solche Aktionen der Klimadiskussion förderlich sind.« Couvier schmunzelte verschmitzt. »Noch sind unsere zu klein, um sich für diese Aktionen zu interessieren. Wer weiß, worüber wir Eltern in ein paar Jahren beim Frühstück mit unserem Nachwuchs diskutieren.« Er warf dem Schwiegervater einen raschen Seitenblick zu und ergänzte: »Wenn es uns zu schwierig mit ihnen wird, schicken wir sie zu Oma und Opa nach Cottbus. Die sind nervenstark und kriegen die Kinder in null Komma nix wieder geerdet.«

Er setzte sich etwas entfernt von Nachtigall an den Tisch, verband seinen Laptop mit der Steckdose und loggte sich ins System ein.

»Okay, ich sehe mir alles an, und dann werten wir aus.«

»Ich checke einen Bericht des Kriseninterventionsteams. Es haben sich bei einer Zeugenbefragung abweichende Einschätzungen ergeben. Dem gehe ich nach – ist ja nicht ganz irrelevant, ob die Trauer und der Schock über eine Todesnachricht des eigenen Sohnes gespielt oder echt sind.«

Für einen langen Zeitraum war das Klicken beim Tippen auf den Tastaturen das einzige Geräusch im Raum.

24

Maja stand unter der Dusche.

Ihr Kater sah gelangweilt zu, wie sie Schaum aus den praktisch kurzen Haaren spülte, prustend das Gesicht mit sehr viel Wasser reinigte. Erst als sie damit begann, ein Lied vor sich hin zu singen, war er der Meinung, ein Einschreiten sei notwendig.

Jeffrey Dahmer konnte sehr laut maunzen.

Und das tat er nun auch.

Protestmaunzen pur.

»Ist ja gut!«, hörte er die Stimme aus der Dusche. »Ich dusche, und du hast Hunger. Ist eine echte Frechheit, dass du nun warten musst. Aber ich erinnere dich daran, dass dein Schälchen gut gefüllt ist. Du musst nur hingehen.« Maja lachte leise. Ihr Kater. Ein sehr dominanter Mitbewohner.

Jeffrey konnte locker noch an Lautstärke zulegen.

»Jeffrey, nun ist es aber gut! Wenn du so laut um Hilfe rufst, kommt womöglich jemand! Ich habe heute gesehen, was dann passieren kann, wenn andere glauben, sich kümmern zu müssen. Gefährlich. Also lass das Geschrei besser bleiben.«

Jeffrey erhob sich, streckte seinen Körper nach Katzenart vom hoch gereckten Schwanz in einer perfekten Schräge über die lang gestreckten Vorderbeine bis in die Zehen, zeigte seine imposanten Krallen. Ließ dabei die Mitbewohnerin nicht eine Sekunde aus den Augen.

Sie stellte das Wasser ab, angelte nach dem Handtuch. »Willst du mir drohen?«, lachte Maja und rubbelte die Haare kräftig durch.

»Mau!«

Da es dieses Mal fast freundlich klang, musste es sich um ein Lob gehandelt haben. Wahrscheinlich, weil sie ihn nun endlich verstanden hatte.

Die Kurzhaarfrisur benötigte nicht viel mehr Zuwendung.

Ein paar Minuten Föhnen waren genug.

Der Kater beobachtete mit deutlicher Arroganz, wie sich die Mitbewohnerin die nach Katzenmaßstab spärliche Behaarung oberhalb der Ohren striegelte, sich in ihren Fellersatz schob und schlängelte. Die Knöpfe der Bluse schloss und einen Pulli über den Kopf und die Fellinsel zog.

Wie immer, zum Ende der Prozedur, trug die Menschenfrau noch sonderbare Flächen in verschiedenen Grautönen und Striche im Gesicht auf.

»Mau!«, erinnerte Dahmer sie mit unterschwellig hörbarer Ungeduld an seine Bedürfnisse.

»Gleich. Jetzt noch schnell aufräumen, und dann bekommst du eine neue Portion Futter. Aber ehrlich, ich muss dann wieder los. Es wäre daher sinnvoll, nicht wieder alles stehen zu lassen, bis es angetrocknet ist. Ich kann nicht versprechen, dass ich bald zurück bin.«

Der Kartäuser strich um ihre Beine.

Versuchte, sie aus dem Bad in Richtung Küche zu drängen.

Willig folgte sie dem Druck und versorgte den Kater mit frischem Futter.

Als er zufrieden schmatzte, setzte sie sich auf die Couch, sah ihm beim Genießen zu und tippte auf die Kurzwahltaste von Nicola.

Schnell waren ihre Gedanken mit angenehmen Planungen befasst – der Ärger über das arrogante Auftreten der Zeugen wurde zugedeckt.

Zwei Stunden später, als Jeffrey Dahmer schnarchend eingerollt neben ihr auf der Couch lag, schlich sie sich mit leiser Wehmut zur Tür hinaus.

Silke saß auch schon hinter dem Computer.

»Willkommen zurück«, begrüßte sie die Kollegin und feixte. »Hat dein Kater dich schon erwartet?«

»Ach, du weißt ja. Serientäter von diesem Kaliber sind immer so ungeduldig«, gab Maja, auf den Namen ihres Mitbewohners verweisend, schmunzelnd zurück.

»Ich habe die Telefonnummern der Handys gecheckt, die man uns genannt hat. Eigentlich sind wir davon ausgegangen, dass einer der Schläger eine Nachricht bekommen hat, aber wenn das so war, kam sie nicht auf das übliche Telefon. Vollmert wurde angerufen. Wir versuchen herauszufinden, wem man die Nummer zuordnen kann. Wahrscheinlich klappt das eher nicht. Alle wissen, dass man besser ein Prepaid benutzt, wenn man nicht enttarnt werden will.« Silke seufzte frustriert.

»Okay. Prepaid ist wahrscheinlich. Aber das heißt nicht, wir könnten Vollmert nicht dennoch nach dem Anrufer fragen. Um welche Zeit ging der Anruf bei ihm ein?«

»20 Minuten vor dem Anruf beim Notfallteam. Zeit genug hätte er also gehabt. Aber es ist sicher schwierig, die Gruppe zu überreden, jemanden zu verprügeln, ohne dass man genügend Infos hat.«

»Es gibt eine Verbindung von Herbert zu den Eltern Amelies. Wenn er angerufen wurde, hatte er sicher keine Schwierigkeiten, Argumente für die Aktion zu finden. Sein

Imponiergehabe hätte sicher beeindruckt.« Majas Ton war eisig, und Silke wusste aus Erfahrung, dass das arrogante Auftreten Herberts die Hartnäckigkeit und Unbeugsamkeit in der Ermittlung noch vertiefen würde.

Sie tauchte hinter ihrem Monitor ab, damit die Kollegin ihr Grinsen nicht sehen konnte.

»Was wir jetzt in Angriff nehmen, ist eine Zeitachse. Wann genau könnten sich Phil und Amelie begegnet sein? Sie hat ihn beim Einkaufen gesehen. Er sie auch? Tatsächlich wirkt es auf dem Video nicht so. Wann ist die junge Frau aus dem Haus gegangen, wann kehrte sie zurück? Hatten die Eltern den Eindruck, es sei etwas Erschreckendes vorgefallen? Stimmt die Geschichte, dass sie ihre Tochter abholen mussten? Wie lange hat es gedauert, bis sie bemerkten, dass ihre Tochter nicht mehr im Haus war? Warum hat der Vater in diesem Schuppen nachgesehen? Hat das Team Spuren von Handlungen eines Dritten gefunden – oder hat sich das Mädchen tatsächlich selbst erhängt? Was für einen Knoten hat sie gemacht? Wie konnte sie sich an dieser Stelle ohne fremde Hilfe umbringen? Schließlich musste sie das Seil über den Balken werfen, befestigen, brauchte etwas, auf das sie steigen konnte, um den Hals in die Schlinge zu legen. Stuhl? Holzblock? Wir haben noch keine Bestätigung aus der Rechtsmedizin, dass es ein Suizid war. Gab es Hinweise, die solch eine Handlung hätten erwarten lassen? Dann hätten doch die Eltern Amelie nicht aus den Augen gelassen – oder?«

»Hui, so viele Fragen. Okay, ein paar davon können wir schon klären, bevor wir die anderen treffen. Ich suche im Tatortbericht nach den Antworten. Wenn ein umgestürzter Stuhl oder Ähnliches gefunden wurde, steht das dort. Andere Dinge müssen wir durch Befragen herausfinden. Aufmerksame Nachbarn haben Amelie vielleicht gesehen. Da sie eher selten allein aus dem Haus ging, hätte man eine Begegnung mit ihr sicher als besonderes Ereignis registriert. Toxikologische Analyse fehlt noch teilweise. Barbiturat oder ein nennenswerter Alkoholspiegel wurden nicht gefunden. Weitere Ergebnisse kommen im Laufe des Tages. Bei der äußeren Inspektion fielen Narben auf, die von Selbstverletzungen stammen könnten. Kaum frische Kratzspuren. Hämatome um die Taille und im Nackenbereich. Auch hier stehen einige Untersuchungen noch aus.«

»Im Bericht der Kollegen müsste stehen, wann der Vater den Notruf getätigt hat, wie lang man für die Anfahrt brauchte, wie lang es dauerte, bis die Polizei benachrichtigt wurde. Wurde ein Kriseninterventionsteam verständigt? Dann könnten wir dort nachfragen, ob sich Widersprüche in der Erzählung ergaben.« Maja klickte sich durch die Unterlagen zum aktuellen Fall. »Hm. Das Interventionsteam wurde vom Vater des Grundstücks verwiesen. Er hat zu Protokoll gegeben, er käme allein sehr gut mit schwierigen Situationen klar, und seine Frau sei bei der Nachbarin, das reiche als Intervention vollkommen.«

»Peter hat doch erzählt, der Vater habe eine Art Schwächeanfall erlitten, als er mit ihm gesprochen hat, und die Mutter habe er nur ganz kurz hinter einer Gardine erkennen können. Das deckt sich nicht mit der ersten Selbsteinschätzung des Elternpaares.«

»Gut, das stimmt. Hier gibt es möglicherweise einen Widerspruch. Tatsächlich stellt sich die Schockwirkung bei manchen Menschen nicht sofort ein, kommt zeitverzögert. Aber dem müssen wir nachgehen.«

Peter und Marten hatten sich mit den Berichten zum Mordfall in Burg beschäftigt.

Die ersten Ergebnisse der Obduktion zeigten das ganze Ausmaß der Gewalt, die gegen den Aktivisten ausgelebt worden war. Nachtigall war blass geworden, als er sich vorstellte, wie sehr Thoralf gelitten haben musste, welche Panik von ihm Besitz ergriffen haben mochte. Das Bild, das sich aus den Tatortspuren und den Ergebnissen der Obduktion ergab, war eindrücklich.

»Der junge Aktivist hatte nicht den Hauch einer Chance, diesem Täter zu entkommen. Wahrscheinlich klingelte es an der Tür. Thor ging nachsehen. Öffnete mit vorgelegter Kette. Das ist sicher ungewöhnlich für ihn, er wartete ja auf seine Mitstreiter – wir müssen das mit den Freunden klären. Der Mörder war jedenfalls darauf vorbereitet, dass er eine Kette würde durchtrennen müssen, und hatte ein entsprechendes Werkzeug dabei.« Nach einer kurzen Pause setzte er hinzu: »Die Kollegen meinen, die Kette war nicht vorgelegt. Die Spuren deuten darauf hin, dass der Täter sie erst zerschnitt, als er ging. Die Schnittflächen beweisen, dass das entsprechende Kettenglied von innen mit dem Seitenschneider durchtrennt wurde.«

»Ein riesiger Seitenschneider wäre zu auffällig gewesen, aber mit einer normalen Zange dauert es schon ein bisschen, bis die Schneiden sich durchgebissen haben. Wenn die Kette nicht vorgelegt war und erst vor dem Verlassen der Wohnung vom Täter ... hat der sie dann benutzt, als er dem Opfer folgte. Was hat ihn dazu veranlasst? Angst vor Störungen während der Tat durch Nachbarn?«

»Oder er wollte verhindern, dass sein Opfer entkommen kann.« Nachtigall atmete tief durch. »Im Bericht steht, der Computer sei eingeschaltet gewesen. Die Kollegen haben uns einen Screenshot geschickt. Darauf sieht man, dass er Mails gecheckt hat, als es klingelte.« Nachtigall vergrößerte den Shot. »Okay«, meinte er dann gedehnt, »wenn ich so viele Drohmails in meinem Posteingang hätte, würde ich die Kette in jedem Fall vorlegen. Oder noch besser: erst gar nicht öffnen. Eine lange Mailliste von Leuten, die dir den Tod wünschen! Du liebe Güte, ich dachte immer, Burg sei beschaulich, ein bisschen verträumt. Das nehme ich zurück. Es gibt hier ein Problem mit Rechten an der Schule. Schmierereien und Drohungen gegen zwei Personen, die man regelrecht vertrieben hat.« Der Hauptkommissar schüttelte irritiert den Kopf. »Ein Mord wegen des Laufs?«

»Wenn du hart trainierst, dich mit anderen messen willst – nun, dann bist du schon sauer, wenn man dir das Event verhageln will. Es bringt nur nichts, den Absender des Posts zu töten. Also suchen wir nach jemandem, der hoch emotional reagiert und dabei die Sinnhaftigkeit aus dem Blick verliert?« Marten klang nicht überzeugt, warf einen prüfenden Blick auf den Kollegen und wusste, der sah das auch so.

»Wir werden noch einmal mit der Mutter und den Freunden sprechen. Wenn er emotional so wenig ausbalanciert war, müsste das jemandem schon früher aufgefallen sein. Aber niemand hat erwähnt, Thoralf sei ungeduldig, reizbar oder aggressiv gewesen. Auch das Personal beim Bäcker hat nichts von einer wütenden Reaktion berichtet, dabei muss der junge Aktivist ja gemerkt haben, dass man ihn absichtlich nicht bedient. Für mich wäre das durchaus ein Grund, verärgert zu sein und das auch zu kommunizieren.«

Marten runzelte die Stirn. »Du meinst, wir graben an der falschen Stelle.«

»Der Post wurde nicht vom Rechner des Opfers geschickt. Heißt: Ein Dritter hat das erledigt, der vielleicht nur einen Ablenkungsballon für die Polizei losschicken wollte, um eine falsche Fährte zu legen. Das hätte ja dann auch erst mal gut funktioniert. Im Ort sind viele auf das Thema angesprungen. Dieser Marathon ist ein wichtiges Event im Jahr und sorgt dafür, dass Burg lange vor Beginn und weit über das Ende hinaus dauerhaft im Denken der Menschen präsent bleibt. Das gilt natürlich auch für die anderen Veranstaltungsorte. Es war eine logische Überlegung, auf Empörung und heftige Reaktionen zu setzen.«

»Wir suchen also nach einem Motiv im privaten Bereich? Sehr privaten Bereich? Liebes-Aus, Eifersuchtsdrama, Tricksereien im Studium?«

»Können wir alles nicht ausschließen. Unsere Liste wird lang ...«

Die Tür öffnete sich, und die beiden Kolleginnen im Besprechungsraum hoben grüßend die Hände.

»Na, ihr seht aus, als wären die ersten Ergebnisse der Ermittlung nicht befriedigend gewesen«, analysierte Maja, verzog unwillig die Lippen und erweiterte, »unsere auch nicht. Hast du einen Blick auf den Bericht von Thorsten zu unserem Opfer geworfen? Ja? So ziemlich jeder Knochen wurde gebrochen, er hat ein Schädel-Hirn-Trauma, die rechte Schulter wird er vielleicht nie wieder richtig einsetzen können, Gelenke luxiert, Hämatome all over! Die Jungs haben brutal hingelangt. Vollmert hat im wirklich letzten Moment eingegriffen, und wir gehen davon aus, dass er hoffte, der Häftling würde im Krankenhaus nicht mehr gerettet werden können.«

Die beiden Kollegen setzten sich.

»Bei uns sieht es auch nicht besser aus. Der Täter hat mit größter Gewaltbereitschaft gehandelt. Der junge Aktivist sollte sterben. Und wir glauben nicht an eine mögliche Verwechslung. Thorsten hat skizziert, wie die Tat wohl abgelaufen ist. An keiner Stelle war vorgesehen, dass Phil diesen Angriff überlebt. Ein erster Bericht der Techniker zeigt, dass Thor wohl den Posteingang auf seiner Internetseite gecheckt hat, dabei gestört wurde. Er hat also all die vielen Mails gesehen, in denen man ihn übel beschimpfte und sogar bedrohte. Die Kette wurde mit einem Bolzenschneider durchtrennt, beim Verlassen der Wohnung – also noch eine falsche Spur. Die Mitstreiter von *Kipppunkt* meinen, das sei ungewöhnlich. Thor habe oft genug nur aufgeklinkt und sei an den Computer zurückgeeilt, ohne sich zu vergewissern, dass der andere auch wirklich der war, den er erwartete.«

»Retrospektiv würde man das leichtsinnig nennen. Er hatte ja schon einen Teil seiner Mails gelesen, ahnte vielleicht, welcher Ärger auf ihn zukam. Selbst dann erwartest du nicht, dass plötzlich ein Rächer vor deiner Tür steht! Auf der anderen Seite wissen wir, dass ein Teil der Gruppe bei ihm zum Gespräch verabredet war. Er musste davon ausgehen, einer der Freunde sei einfach ein bisschen früher dran, habe vielleicht ein persönliches Anliegen, das er nicht mit der Gruppe, sondern nur mit Thor teilen wollte.«

Die Tür öffnete sich erneut, Emile kam dazu.

»Hallo, Emile«, freute sich Silke, musterte ihn scharf, lachte dann befreit. »Mann, es ist ja praktisch nichts mehr von den Verletzungen zu sehen. Wow. Das haben die Ärzte aber super hingekriegt!«

»Ja, ich freue mich auch, dich wiederzusehen. Das bedeutet, du wirst uns nun etwas über die Protagonisten in den beiden Fällen erzählen können, damit wir gut gerüstet ins nächste Gespräch mit den Verdächtigen einsteigen können.« Maja nickte dem Fachmann für operative Fallanalyse erfreut zu. »Toll, dass du weiter mit uns zusammenarbeiten willst und dich nicht abschrecken lässt.«

»Berufliche Risiken treten immer dann auf, wenn man sie nicht erwartet«, antwortete Emile. »Ich habe meine Erwartungshaltung angepasst.« Er wandte sich Marten zu: »Du bist der Neue im Kreis. Marten. Gut, ich bin Emile und unterstütze das Team. Um die Reaktion der anderen zu erklären: Bei meinem letzten Einsatz in Cottbus wurde ich von einem der Täter rücksichtslos angegriffen und übel ramponiert. Offensichtlich war man im Team besorgt, ich könnte wegen dieser Erfahrung Anfragen aus Cottbus in Zukunft ablehnen.«

Er streckte dem Neuen seine Hand entgegen, und der schlug ein. »Willkommen im Team. Ich denke, du wirst dich hier wohlfühlen.«

Nachtigall legte eine Liste mit Einzelpunkten vor sich auf den Tisch, die es abzuarbeiten galt.

»Gut, Emile ist an Bord und wird uns erklären, was die Therapeuten zum Zustand des Opfers Amelie Hausacher festgehalten haben. Er hat auch die Einschätzung des Therapeuten von Phil Brand vorliegen. Es geht uns im Wesentlichen um die Frage, ob die Beurteilung seines Zustandes eine vorzeitige Entlassung mittragen konnte. Und wir möchten Genaueres über den psychischen Zustand und die Belastbarkeit von Amelie Hausacher wissen. War sie so labil, dass sie einen Suizid beging, nur weil sie dem möglichen Vergewaltiger begegnete? Wir haben das Video gesehen. Brand hat nicht einmal gewusst, dass sie im selben Geschäft ist wie er, sie dagegen hat ihn entdeckt. Ist sie erschrocken, weil der Täter von damals dort war, oder war sie schockiert darüber, den Mann zu treffen, den ihre Erinnerungslücken ins Gefängnis gebracht haben?«, eröffnete er die Besprechung und gab den Ball auf diese Weise an Emile weiter.

»Ich beginne mit der Einschätzung des Therapeuten, der Phil Brand betreut. Festgestellt wurde eine hohe Anpassungsbereitschaft bei ihm. Deshalb überraschend, weil er möglicherweise unschuldig im Gefängnis war. Er hat darüber nicht lamentiert, sondern ab Tag eins versucht, sich in die neue Situation hineinzufinden. Aggressives Verhalten zeigte er zu keiner Zeit. Der Therapeut notierte, sein Patient zeige keine Gewaltbereitschaft, reagiere unerwartet umgänglich selbst dann, wenn andere versuchten, ihn zu reizen oder zu provozieren. Allerdings bestehe tatsächlich eine deutliche Erinnerungslücke für den Partyabend. Der Gutachter glaubt, man habe dem Patienten möglicherweise eine Droge in die Cola oder ein anderes Getränk gemischt. Denkbar. Motive für solch eine Tat sind multipel. Vielleicht wollten die anderen beobachten, ob sich die beiden auf dem Heimweg näherkamen, hätten gern Fotos von einem heftig knutschenden Paar bei Social Media eingestellt.«

»Das könnte auch der Grund sein, warum andere sich ebenfalls nicht erinnern können, was nach der Party … Einige hatten nichts mitgekriegt, andere lauerten auf die Fotos der Sensation. Das erzählt man natürlich nicht gern rum.« Silkes Ton war deutlich anzuhören, wie sehr sie diese Vorstellung anwiderte.

»Die Eltern von Phil waren nicht zu Hause, fallen als Zeugen aus. Im Bericht des Therapeuten steht, der Patient habe immer wieder heftige Schuldgefühle, wenngleich er keine Erinnerung hat. Er war eng mit Amelie befreundet, eine sexuelle Annäherung allerdings hatte nicht stattgefunden. Und er konnte durch die Gedächtnislücke seiner selbst nicht mehr sicher sein. Grundsätzlich hat der Therapeut die vorzeitige Entlassung befürwortet.«

»Das deckt sich mit dem, was wir herausgefunden haben. Phil Brand hat sich sehr angepasst verhalten. Möglicherweise, um genau diese vorzeitige Entlassung zu erreichen«, bestätigte Silke. »Ist ganz im Einklang mit den Informationen aus der Akte.«

»Irgendjemandem war diese Entscheidung ein Dorn im Auge.« Maja sah in die Runde. »Wir müssen beim Tatortteam nachfragen, ob sich Ungereimtheiten bei der Einschätzung der Auffindesituation im Gartenhaus der Hausachers ergeben haben.«

»Der Bericht ist noch nicht verfügbar?«, staunte Marten. »Ist doch wichtig zu wissen, ob es tatsächlich ein Suizid war.«

»Manchmal dauert es ein bisschen. Wenn eine zweite Person involviert war, melden sich die Kollegen bei uns.«

»Wir bestellen die Mutter ein«, entschied Nachtigall. »Vielleicht hat sie eine abweichende Version der Vorgänge. Es kam mir so vor, als wolle der Vater nicht, dass ich mit ihr spreche.«

»Zu sehr aufgewühlt? Es war erst ein paar Stunden her, dass sie ihre Tochter gefunden hatten. Erscheint mir nicht ungewöhnlich, dass man mit Außenstehenden nicht über solch eine Entwicklung sprechen möchte. Suizid hat für viele Hinterbliebene oft einen Touch von Vorwurf. Sei es gegen die Eltern, Freunde oder andere Personen aus dem Umfeld«, gab Emile zu bedenken.

»Sie wollte mich nicht sprechen, weil sie sich diffus schuldig fühlte?«, fragte Nachtigall nach. »Ist das ein logischer Gedanke, wenn man schon seit Jahren die Tochter zu Therapien wegen des Traumas begleitet?«

»Ist eine nicht unbedingt rationale Reaktion«, meinte auch Marten. »Da sie sich auf dem elterlichen Grund umgebracht hat, ist die emotionale Annahme einer Schuld nachvollziehbar.« Marten zuckte mit den Schultern. »Würde mir auch so gehen.«

Es klopfte.

Zögernd öffnete ein Kollege die Tür und reichte Nachtigall eine Liste, nickte kurz und verschwand geräuschlos.

»Oh. Eine Information zu den Telefondaten. Tatsächlich gab es einen Anruf von Hausachers Handy an eine Prepaidnummer. Uhrzeit 23.45 Uhr. Wann genau wurde Amelie gefunden?«

Silke blätterte in ihrem Notizbuch. »Hier. Ich habe die Zeit des Anrufs beim Notruf. 23.05 Uhr hat Hausacher einen Krankenwagen angefordert, erzählt, er habe seine Tochter erhängt aufgefunden, brauche sofort einen Arzt. Die Leitstelle hat prompt reagiert. Einsatzfahrzeug, Notarzt und Polizei losgeschickt.«

»Wir fragen beim Rettungsteam nach Auffälligkeiten bei diesem Einsatz. Silke, finde die Namen der Besatzung, damit ihr mit ihnen sprechen könnt, und frage nach, welcher Notarzt hingefahren ist. Mit dem müsst ihr euch auch unterhalten.«

Seine Gestik deutete einen Cut an.

»Bei uns gab es auch keinen echten Durchbruch. Der Post kam nicht von Thoralf Baumgerts PC, das ist sicher. Die Info über die geplante Klebeaktion war schnell in Burg verbreitet. Der Student, den man allgemein für den Absender des Aufrufs zur Blockade hielt, wurde schon vor dem Frühstück nicht mehr in den Geschäften bedient. Er hat seine Mails geöffnet, die über die Seite von *Kipppunkt* kamen, und lauter Hassnachrichten gefunden. Im Grunde war er gewarnt. Hat auf ein Klingeln an der Wohnungstür geöffnet – die Klingel wurde sorgfältig abgewischt, dort konnten keinerlei fremde Spuren gesichert werden – und so seinen Mörder hereingelassen. Ich gehe davon aus, dass der Besucher erst nach dem Klingeln Handschuhe übergestreift hat, um niemandem aufzufallen. Von der nachfolgenden Tötung hat angeblich niemand etwas bemerkt, die Nachbarn hatten Musik an, telefonierten wohl gerade zu der Zeit mit Freunden, waren unterwegs ... Das Übliche. Lars vom Polizeiposten hatte ja eine Verwechslungstheorie ins Spiel gebracht. Doch der angesprochene Mieter fühlte sich nicht gemeint, war kein bisschen beunruhigt. Eine Verwechslung erscheint sehr unwahrscheinlich. Die Mutter des Opfers konnte nicht weiterhelfen, auch die anderen Mitglieder von *Kipppunkt* sind ratlos und schockiert. Nachfragen von uns bei den Gastronomen, Hoteliers und den Lebensmittelanbietern haben nicht zur Entdeckung eines Motivs geführt.«

»Das ist die Lage der Dinge?«, fragte Emile stirnrunzelnd nach. »Ist nicht viel. Keine Feindschaften, Animositäten, Liebeleien?«

»Bisher nicht«, räumte Marten ein. »Die Aktivisten von *Kipppunkt* machen sich Sorgen, dass auch die anderen Gruppen in Austragungsorten des Marathons betroffen sein könnten, dort sind ebenfalls kleine Aktivistengruppen unterwegs. Wir haben sie über den Mord in Burg informiert und sie zu besonderer Wachsamkeit und gesteigertem Misstrauen bei der Bewertung von Posts aufgefordert.«

»Die Vergangenheit von Thoralf weist keine Besonderheiten auf. Er ist auch während der Pubertät nicht auffällig geworden, es gibt keine Hinweise auf straffällige Aktionen, Teilnahmen an verbotenen Demonstrationen et cetera. Sein Vater war Jurist, er ist vor fünf Monaten verstorben. Daraufhin zog die Witwe nach Steinitz.«

»Bei Phil Brand sieht es ähnlich aus.« Marten zuckte mit den Schultern. »Er war unauffällig, freundlich. Sicher, seine Mutter ist streitbar, aber ich glaube nicht, dass sie damit auffällig ist. Viele ältere Damen sind auf die Durchsetzung ihrer Rechte bedacht. Ist nicht wirklich ungewöhnlich. Außerdem ist ihr Zorn im Moment nur allzu verständlich.«

Emile nickte. »Klar, die Vollzugsanstalt muss überprüft werden, die Abläufe, die Regelungen für die Häftlinge, ihr Verhältnis untereinander und zum Wachpersonal. Gibt es für einige bevorzugte Behandlung und für andere nur den Seelsorger als Ansprechpartner bei Problemen?«

Es klopfte.

Ein uniformierter Beamter trat ein: »Ich habe gerade einen Sack mit den privaten Dingen des Überfallopfers aus der JVA bekommen. Man hat seine Habe aus der Zelle entfernt, weil er ohnehin vorzeitig entlassen werden soll, und sich bei uns als Dienststelle erkundigt, wohin man seinen persönlichen Besitz überstellen solle … nun, ich bat darum, ihn zu uns zu bringen. Das ist nun erfolgt. Phil Brand muss nach einer Wiederherstellung im Klinikum nicht mehr in die JVA zurückkehren. Äh, ich dachte, vielleicht ist in dem Sack etwas, das für die Aufklärung hilfreich ist.«

»Vielen Dank, das ist gut möglich, ja. Wir sehen uns alles an und geben den Inhalt dann umgehend an die Mutter weiter.« Nachtigall nahm dem Kollegen den großen Beutel ab. »Wir dachten nicht, dass die JVA so schnell reagieren würde. Für heute Nachmittag war ein Termin vereinbart.«

Maja hatte inzwischen einen ersten Blick auf die Habe geworfen. »Briefe. Hier ist eine ganze Mappe voller Korrespondenz.« Sie griff danach, legte den schwarzen Dokumentenordner auf den Tisch. »Hm. Rücksendungen. Er hat offensichtlich immer wieder versucht, mit Amelie in Kontakt zu treten, doch die junge Frau hat die Annahme seiner Briefe verweigert.«

»Vielleicht wusste sie gar nichts von den Briefen.« Silkes Stimme spiegelte die Verzweiflung, die der Absender empfunden haben musste – bei jeder Rücksendung aufs Neue. »Ist doch denkbar.«

Nachtigall starrte auf den hohen Stapel der Umschläge.

»Wir können das tatsächlich nicht ausschließen. Der Vater wirkt auf mich so, als käme er für eine solche Aktion in Betracht. Die Tochter wurde bewacht, jede ihrer Aktionen besorgt verfolgt. Warum sollte man dem vermeintlichen Vergewaltiger erlauben, diese Wunde immer wieder aufzureißen? Also war er die Instanz, die genau das verhinderte und die Briefe kassierte, sie der Tochter gegenüber niemals erwähnte? Erscheint nicht unlogisch«, knurrte er betroffen.

Fragte dann: »Hat Phil Brand auch versucht, telefonisch zu Amelie Kontakt aufzunehmen?«

»Wir haben die Liste angefordert.« Silke überprüfte diesen Punkt auf ihrer To-do-Liste. »Allerdings wurde nach der Tat weder am Tatort noch in der näheren Umgebung das Handy von Amelie gefunden. Allgemein nahm man an, der Täter habe es mitgenommen, weil vielleicht etwas dort gespeichert war, das zu ihm hätte führen können. Das Gerät wurde, nach Aktennotiz, nicht wieder eingeschaltet.«

»Möglicherweise hat der Täter es also vernichtet. Oder der Vater Amelies hat es an sich gebracht, damit Phil sich nie mehr ohne sein Wissen bei ihr melden kann.« Nachtigall wollte gerade fortsetzen, da brummte sein Handy. »Ja, Nachtigall.«

»Es gibt einen weiteren Mord. Und da der Tatort dem in Burg ähnelt ... Sie und Ihre Leute sollten sich das ansehen«, erklärte der Anrufer mit schwankender Stimme. »Opfer ist eine junge Frau.«

»Wo? Mit wem spreche ich?« Nachtigall war schon aufgesprungen, gab Marten ein Zeichen zum Aufbruch.

Wandte sich dann an sein Team: »Eine weitere Leiche. Wir fahren hin. Maja, Silke, ihr fahrt im Klinikum vorbei. Versucht, erneut mit diesem Arzt ins Gespräch zu kommen, mit der Mutter, Marlies Brand, müsstet ihr auch noch einmal sprechen – und versucht herauszufinden, wer die Annahme der Briefe aus der JVA verweigert hat, das könnte die Mutter von Amelie wissen oder der lokale Zusteller. Könnte sein, dass er sich gewundert hat, dass Amelie ihre Post nicht wenigstens gelegentlich selbst aus dem Briefkasten geholt hat. Zustellern fällt so manches Detail auf. Klärt auch, wo die beiden abwesenden Gesprächspartner tatsächlich waren, fragt bei anderen nach dem Verhältnis zu Phil. Hakt nach, ob er Gespräche mit dem Seelsorger geführt hat – vielleicht spricht der mit euch über den jungen Mann.«

Emile wartete, bis sein Schwiegervater die Aufgaben verteilt hatte. »Ich besuche die Therapeutin von Amelie. Versuche herauszufinden, wie sie die Suizidgefahr eingeschätzt hat, spreche auch mit den Freunden von Thoralf. Ihr hattet doch einen von ihnen ausfindig gemacht? Bartholomäus Scholz, oder? Vielleicht erzählen die Freunde der Polizei nicht alles, sind mir gegenüber weniger misstrauisch. Wenn ihr zurückkommt, setzen wir uns zusammen und sehen uns an, wie alles abgelaufen sein könnte. Die Akten von den Ermittlungen zur Vergewaltigung des Mädchen liegen bei dir, Silke?«

»Nein, noch nicht.« Sie runzelte die Stirn. »Was seltsam ist. Die hatte ich gleich angefordert.«

25

Marten keuchte.

Nachtigall klopfte ihm beruhigend auf die Schulter. »Gehört dazu. Das war dir klar.«

Der junge Kollege nickte.

»Sind nicht alle Tatorte so belastend. Aber natürlich ist es für dich eine gewaltige Umstellung. Ich tröste mich immer mit der Aussicht, dass unsere Arbeit, wenn wir sie richtig und gut erledigen, am Ende den Täter enttarnt. Und da ich in Burg am Tatort war, kann ich dir versichern, dort sah es ziemlich ähnlich aus.«

Marten räusperte sich. »Heißt«, das klang viel zu verzagt und so hoch wie die Stimme eines Counter-Tenors. Er räusperte sich erneut. »Heißt also«, die Stimme wenigstens war wieder unter Kontrolle, registrierte er erleichtert, »dass wir einen Täter für beide Morde suchen?« Dabei starrte er unverwandt auf die breite blutige Spur, die sich über den Boden zog. Marten wusste schon, dass an deren Ende ein schrecklich zugerichteter Frauenkörper lag, und vermied deshalb, seinen Blick zu weit schweifen zu lassen.

Ein Albtraumszenario.

Sein Schutzanzug knisterte irritierend bei jeder Bewegung, das Laufen mit Schuhüberzug war für ihn ungewohnt.

»Wir können sehen, dass der Täter mit großer Entschlossenheit vorging. Der Kollege, der uns angerufen hat, lag wohl in seiner Einschätzung genau richtig. Die Tür wurde mit sehr viel Schwung aufgestoßen. Die Klinke hat sich in die Trockenbauwand gedrückt. Wahrscheinlich ist der Bewohnerin sofort klar gewesen, dass sie in eine brenzlige Lage geraten war. Sie rannte ins angrenzende Zimmer, das einen Balkon hat. Wollte sie um Hilfe rufen? Wissen wir noch nicht.«

Er sprach einen der vorbeieilenden Kollegen des Forensikteams an. »Habt ihr die Tatwaffe gefunden?«

Kopfschütteln war Antwort genug.

»Meinst du, hätte der Täter die Waffe zurückgelassen, wäre das ein Zeichen dafür, dass er fertig ist?«, flüsterte Marten.

»Das wäre eine mögliche Deutung. Tatsache ist, dass die Waffe wohl nicht hier sichergestellt wurde. Kann eine wichtige oder auch gar keine Bedeutung haben – ist vielleicht Ergebnis einer praktischen Überlegung. Der Täter wird sie weiter nutzen oder entsorgt sie lieber an einer sicheren Stelle, zu der wir keinen Zugriff haben, alle Optionen sind denkbar. Möglicherweise könnten wir ihn anhand der Waffe finden und sicher identifizieren. Das würde bedeuten, dass er sie auf jeden Fall verschwinden lassen muss, falls er sie nicht weiter nutzen will. Gewässer als Entsorgungsort zum Beispiel finden sich im Spreewald allemal genug.«

Marten nickte langsam.

»Wer von euch hat uns angerufen?«, fragte Nachtigall die Mitarbeiter des Tatortteams.

»Ich«, rief ein schlaksiger Mann aus dem Hintergrund. »Ich habe gestern auch den Tatort in Burg gesehen. Als wir ankamen, hatte ich das Gefühl, es gäbe Parallelen.«

»Wie ist deine Interpretation des Hergangs? Im Unterschied zum Mord gestern sieht es hier anders aus.«

»Ja. Das ist schon richtig. Aber nur graduell. Der Täter ist mit großer Vehemenz vorgegangen, hat schnell und skrupellos seinen Plan umgesetzt und sich dann unauffällig vom Tatort entfernt. Das ist zumindest untypisch, spricht nicht für einen Menschen, dem das Töten nicht vertraut ist. Schon in Burg war auffällig, dass niemand ihn beim Verlassen des Hauses gesehen hat. Er läuft also nicht kopflos vom Ort des Verbrechens davon, sondern agiert sehr kontrolliert.«

»Die junge Frau wohnt schon länger hier?«

»Seit einem knappen Jahr, haben wir von der Mieterin erfahren, deren Wohnung direkt über dieser liegt. Sie war nach ihren Angaben eine ruhige Frau, hatte selten Besuch, arbeitete nach eigener Aussage ausschließlich im Home-Office. Wenn sie die Wohnung verließ, war sie innerhalb kurzer Zeit zurück. Post bekam sie wenig, Päckchen oder Pakete holte sie entweder immer postlagernd ab – oder sie bekam in all der Zeit keine solche Sendung. Gelegentlich hörte sie klassische Musik. Leise. Sie war sehr darauf bedacht, nicht aufzufallen.«

»Und war doch für jemanden so hassenswert, dass sie auf solche Art sterben musste? Seltsam.« Marten sah ratlos auf die breite Blutspur, die auf dem hellen Bodenbelag schrecklich deutlich hervorstach. Leicht mäandernd hatte sich die Frau, wahrscheinlich unter größten Schmerzen, in Richtung Balkontür geschoben. Sicher hatte sie geschrien, geweint, um ihr Leben gebettelt. Je mehr er sich die Situation vorstellte, desto deutlicher spürte er die Wut, die diesen Täter antrieb, und das Ausgeliefertsein des Opfers.

»Der Täter hat geklingelt, und Miela Trepter ließ ihn herein. Denkbar ist, dass sie die Tür nur einen Spaltbreit öffnete, der Besucher sie aber brutal zur Gänze aufstieß, in den Flur eindrang. Sie muss sofort bemerkt haben, dass dies kein Höflichkeitsbesuch war. Nach wenigen Schritten brachte der Eindringling die junge Frau zu Boden, zerschmetterte ihr die Unterschenkel und arbeitete sich bis zu Nacken und Kopf vor. Danach ließ er sie einfach im Flur liegen und verließ die Wohnung, zog die Tür hinter sich zu. Ihre Schwester wollte mit ihr heute nach Cottbus zum Bummeln fahren. Sie hat einen Schlüssel. Sie öffnete die Tür und sah das Bild, das sich euch auch geboten hat. Noch vor dem Betreten der Wohnung alarmierte sie die Polizei. Ihrer Aussage nach gab es für sie keinen Zweifel daran, dass ihre Schwester nicht mehr am Leben war. Der Notarzt konnte tatsächlich nur den Tod feststellen.«

»Genaueren Zeitpunkt hat er nicht genannt?«

Der Kollege reichte Nachtigall den Totenschein. »Schon seit mindestens acht bis zehn Stunden tot, eher länger?«

»Ja. Er meinte wohl, es sei nur noch dem Rechtsmediziner möglich, den Todeszeitpunkt konkreter zu bestimmen.«

»An die Fingerspuren vom Klingelknopf habt ihr gedacht? Wurden die Angehörigen schon verständigt?«

»Klar, wir haben versucht, sie zu sichern. Unten an der Haustür und ebenso hier an der Klingel neben der Wohnungstür. Sind schon in der Auswertung. Vielleicht haben wir den Kerl in der Datenbank. In Burg gab es nicht einmal Fingerspuren, da hat der Kerl wohl ein Taschentuch zum Drücken benutzt. Die Angehörigen verständigt? Ich denke, ja. Immerhin hat die Schwester die Tote entdeckt und identifiziert. Auch wenn das schwierig war. Sie wird sicher die Familie informiert haben.«

»Gut, ich möchte, dass bei jeder Wohnung geklingelt und nach Besuchern gefragt wird. Nach Unbekannten, die jemandem im Treppenhaus begegnet sind, nach sonderbaren Geräuschen, Schreien, die man vielleicht fälschlich dem Fernsehprogramm zuordnete. Möglich, dass jemand vor mehreren Tagen einen Fremden bemerkte, der zum Beispiel Fotos machte oder die Klingelschilder gründlich studierte. Fragt auch in der Nachbarschaft. Alles, was irgendwie ungewöhnlich erscheint, ist wichtig«, instruierte er wenig später zwei Teams der Polizei, die sofort ausschwärmten.

Dann griff er nach dem Handy und informierte sein Team über den neuen Mordfall und all die Ähnlichkeiten zum gewaltsamen Tod von Thoralf.

»So, Marten, nun suchen wir nach der Schwester und sprechen mit der Familie von Frau Trepter. Adresse kommt auf mein Handy. Ah, da ist sie schon: Lausitzer Straße. Vielleicht in einem der beeindruckenden alten Häuser. Liegt in der Nähe des Theaters. Und die Kollegen schreiben, die Tochter sei ebenfalls auf dem Weg dorthin. Nun gut, das ist nicht zu ändern, ich hätte mir eher gewünscht, mit ihr allein sprechen zu können. Im Kreise der Familie werden viele Dinge verharmlosend dargestellt, damit das Bild vom Tatort für die Eltern zum Beispiel eher unscharf bleibt. Wenn die Schwester gar nicht sprechen will, bestellen wir sie ein. Wir werden sehen, was notwendig ist. Wir gehen zum Wagen und informieren die Kollegen und Doktor März.«

Wie Nachtigall vermutet hatte, waren die Angehörigen inzwischen informiert und hatten sich in der Wohnung der Eltern des Opfers versammelt. Um den Couchtisch herum saßen sieben Personen, bei denen sich mehr oder weniger Betroffenheit in den Gesichtszügen abbildete.

Die Mutter schluchzte, der Vater hatte tröstend seinen Arm um ihre Schultern gelegt. Nachtigall wusste, dass diese

Geste nur selten wirklich Halt und Kraft geben konnte. Ein solch großer Schmerz ließ sich nicht einhegen.

»Das sind Hauptkommissar Nachtigall und sein Kollege Klausing«, stellte der junge Mann, der die Tür geöffnet hatte, die beiden ungebetenen Besucher vor. Zu Nachtigall gewandt, meinte er ergänzend: »Ich bin Johannes, ein Schwager von Miela.«

»Wer hat meine Tochter umgebracht?«, fragte der Vater in herrischem Ton. »Meine Tochter ist eine freundliche Person, sie hat noch nie Anlass zu Ärger gegeben. Warum also sollte jemand auf die Idee kommen, sie zu töten?«

Die Frau in seinem Arm schluchzte laut auf, und eine der anderen Anwesenden um den Tisch murrte: »Aber Vater! Nun sei doch nicht gleich so patzig. Die Herren sind von der Polizei und werden sich um den Fall kümmern. Sie können unmöglich jetzt schon einen Namen präsentieren.«

»Wir haben gehört, dass Ihre Tochter sehr zurückgezogen gelebt hat. Gab es dafür einen besonderen Grund?«

»Was soll sie für einen Grund gebraucht haben? Und seit wann braucht man überhaupt einen Grund, wenn man in Ruhe gelassen werden will?«, zischte der Vater zornig. »Darf man in diesem Land nicht die Dummheiten und Einfältigkeiten der Nachbarn meiden? Gibt es seit Neuestem einen Zwang zu idiotischer Geselligkeit?«

»Oh nein, nein. Den gibt es nicht«, antwortete Nachtigall ruhig. »Aber Ihre Tochter wurde von jemandem besucht, der sie ganz offensichtlich umbringen wollte. Da fragen wir uns natürlich, ob Sie sich einen Grund für eine derartige Wut vorstellen können.«

»Können wir nicht. Miela war freundlich zu jedermann«, kam die andere Tochter dem Vater zuvor. »Es muss sich um eine Verwechslung gehandelt haben.«

»Nein, das glauben wir nicht.« Nachtigall musterte eingehend die Gesichter der Versammelten, empfand es als seltsam, dass man auch bei diesem Mord an eine Verwechslung glauben wollte wie gestern bei Thoralf Baumgert. Die Mutter hatte wieder einen spitzen Schrei ausgestoßen, der Vater warf den Ermittlern nachtfinstere Blicke aus kalten grauen Augen zu, der Rest der Familie versuchte, sich unsichtbar zu machen, nur die Schwester hielt sich aufrecht und war bereit, dem Vater zu widersprechen.

»Sie meinen, derjenige hat direkt bei ihr geklingelt und wurde von Miela reingebeten?«, hakte die Schwester nach. Als Nachtigall nickte, setzte sie nachdenklich hinzu: »Das ist wirklich ungewöhnlich. Selbst ich habe einen Schlüssel von ihr bekommen, weil sie meinte, wenn es klingle, gehe sie nie öffnen. Ich müsse mich entweder vorab anmelden oder mir die Tür eben selbst öffnen. Deshalb habe ich sie heute Morgen auch entdeckt.« Die Stimme der Schwester wankte durch die Sätze, steife Körperhaltung und ruhiger Blick blieben erhalten.

»Sie hat grundsätzlich nicht auf Klingeln reagiert?«, staunte Marten. »Niemandem geöffnet, auch nicht dem Postboten?«

»Nein. Sie arbeitete online. Wenn jemand ihr eine zu große Sendung sandte, fand sie eine Karte im Briefkasten und schickte in der Regel mich zur Postfiliale, um die Sendung abzuholen. Ansonsten kam gelegentlich ein Kurier, der Nachschub für ihren Schreibtisch brachte. Der meldete sich zuverlässig per Mail an, hatte auch einen vereinbarten Klingelrhythmus einzuhalten und drückte ihr die Sendung immer direkt in die Hand, sie quittierte und gut.«

»Über dieses Verhalten hat sich in der Familie niemand gewundert?«, fragte Nachtigall nach.

»Nein. Ein jeder richte sein Leben nach seiner eigenen Fasson ein. Das war schon immer meine Rede. Und Miela hat das getan. Was daran sollte also verwerflich sein?«, warf der Vater ein und funkelte den Ermittler zornbebend an.

»Sie hatte Termine; eine Therapie. Dazu musste sie die Wohnung verlassen«, gab Nachtigall trocken zurück.

Schweigen wie dickes Fett, das zu Wachs zu erstarren drohte, breitete sich aus.

Marten versuchte, sich sein Erstaunen nicht ansehen zu lassen.

Fragte sich allerdings, woher der Kollege das so genau wusste.

Da Nachtigall wortlos abwartete, tat Marten es ihm gleich.

Gefühlte Einzelminuten scharten sich zu großen Herden zusammen.

Nur das Schluchzen der Mutter war zu hören, das Rascheln, wenn sie ein neues Taschentuch aus der Packung zog.

Plötzlich erkundigte sich der Schwager Johannes aggressiv: »Woher haben Sie davon Kenntnis? Miela hat das niemandem erzählt, nur innerhalb der Kernfamilie war dieses Problem bekannt. Wurde sie etwa überwacht?«

»Nein. Oder haben Sie mir noch mehr verschwiegen? Für wen hat sie gearbeitet? Wer brachte ihr die Dokumente nach Hause, die sie bearbeiten sollte? Warum sollte sie überwacht worden sein?« Nachtigall signalisierte, er habe alle Zeit der Welt, um auf eine zufriedenstellende Antwort der Familie zu warten.

»Ihre Miela ist in den Fokus von jemandem geraten, der ihr nichts mehr als den Tod wünschte. Aus welchem Grund sollte sie sterben?«, half er beim Finden von Antworten ein wenig nach.

»Ist das nicht Ihre Aufgabe, das herauszufinden?«, schluchzte die Mutter.

»Es geht viel schneller, wenn Sie mithelfen.« Marten war ein Fan klarer Ansagen.

»Miela hatte eine Angststörung.« Die Schwester hatte wohl genug von diesem Katz-und-Maus-Spiel. »Schon seit einigen Jahren. Die Therapeutin sprach von einem Schuldkomplex, dem Gefühl Mielas, sie habe einen großen Fehler gemacht und würde dafür bitter bestraft werden. Um welche Art Schuld es sich gehandelt hat, habe ich nicht erfahren. Sie hat mich nur grob informiert, damit die Angehörigen sich Miela gegenüber adäquat verhalten können. Und sie nicht mehr, wie mein Vater es ständig tat, dazu aufzufordern, sich am Riemen zu reißen und dieses alberne Versteckspiel nun endlich aufzugeben.« Bei den letzten Sätzen hatte sie sich direkt dem Vater zugewandt.

»Ach! Nun soll ich wohl schuld sein, dass ein Mörder meine Tochter getötet hat!«, brüllte der Vater unbeherrscht, riss seinen Arm von den Schultern seiner Frau und sprang zornig vom Sofa auf, baute sich mit geballten Fäusten vor seiner älteren Tochter auf.

Die zeigte sich unbeeindruckt. »Tja. Vielleicht hast du's vermasselt.«

»Ihre Familie hat, wie die meisten, interne Probleme. Hat jemand gestern Abend noch mit Miela telefoniert? Sie besucht? Hatte sie ein akutes Problem, das sie nicht allein lösen konnte?«, arbeitete Nachtigall seine wichtigsten Fragen weiter ab.

Allgemeines Kopfschütteln aus der Runde antwortete ihm.

»*WhatsApp*?«

Wieder wurden nur Köpfe geschüttelt.

»Das Team des Erkennungsdienstes wird ihr Handy sicherstellen und die Daten auswerten. Das gilt ebenso für ihren Maileingang. Falls Sie etwas anzumerken haben, sollten Sie jetzt die Gelegenheit nutzen.«

Eisiges Schweigen der Angehörigen, nur das Schluchzen der Mutter war zu hören.

Die Schwester begleitete die beiden Ermittler zur Tür.

Senkte ihre Stimme zu einem Flüstern: »Miela war eine Problemsucherin. Sie bezog schnell alle negativen oder gar gefährlichen Entwicklungen in ihrer Umwelt auf sich. Tatsächlich war sie eine hysterisch ängstliche Person. Aber dieses Mal, das muss ich einräumen, lag sie gar nicht so falsch mit ihrer Panik. Sie hatte vom Tod dieses Aktivisten in Burg gelesen. Im Internet sind viele Kommentare dazu zu finden. Ihre Reaktion war wieder eine für Miela typische: Kopf in den Sand, Panik vor jedem Sonnenstrahl, der auf sie fallen könne. Aber gut, dieses Mal …« Sie öffnete die Tür.

»Sehen Sie eine Verbindung Ihrer Schwester zu Thoralf Baumgert?«

»Das ist es ja! Eigentlich nicht. Allerdings irgendwie verbinde ich tatsächlich ein Gefühl der Erinnerung damit. Ich finde aber den Anknüpfungspunkt nicht.« Ihre Ratlosigkeit wirkte glaubhaft. »Meine Eltern sind davon überzeugt, dass Kinder ab einem bestimmten Alter ihre Probleme selbst lösen können sollten. Deshalb hat mein Vater die Schwierigkeiten meiner Schwester immer nur kleingeredet, gar nicht bemerkt, wie sehr ihre Ängste ihren Alltag eingeschränkt haben. Ehrlich gesagt: Es war ihm lästig, fast schon peinlich, dass er eine so labile Tochter hatte. Und

Miela spürte das sehr deutlich, zog sich in letzter Zeit sogar ganz und gar von unseren Eltern zurück. Nur ich durfte noch mit ihr sprechen, sie gelegentlich besuchen, manche Dinge für sie erledigen.«

Nachtigall nickte verstehend. »Schwierige Situation für Ihre Schwester.« Er gab ihr eine Visitenkarte. »Wenn Ihnen noch etwas einfällt, zögern Sie nicht, uns anzurufen.«

Als er sich auf dem Treppenabsatz noch einmal umsah, war die Tür hinter ihm bereits geschlossen, die Familie mit sich, ihren Geheimnissen und Problemen wieder allein.

26

»Sieh mal«, forderte Silke, »er hat jede Woche an Amelie geschrieben. Seit er in Haft war. Schon von Anfang an und hat sich auch nicht durch die Rücksendungen stoppen lassen. Es sind sehr eindringliche Zeilen. Ich glaube, er hat sie angehimmelt, aber vielleicht war sie noch nicht bereit für eine echte Beziehung. Hier steht ganz klar, er könne nicht verstehen, warum sie nicht einfach unumwunden bestätigt habe, dass man sich auf dem Heimweg getrennt hatte. Dabei sei ihnen beiden doch bewusst gewesen, dass sie Angst davor hatte, mit ihm gemeinsam von ihrem Vater gesehen zu werden. Der sei eben ein Kontrollfreak, er verstehe gut, dass sie dieses Risiko nicht eingehen wollte. Oh, Mann! Er hatte zu viel getrunken und am nächsten Morgen einen Blackout, weil er zu Hause weitergetrunken hatte. Eltern aus dem Haus …«

»Und die Briefe kamen alle zurück? Das hat ihn nicht verzweifeln lassen? Ich denke, spätestens nach dem dritten Versuch hätte ich die Segel gestrichen.« Maja hatte sich das Protokoll der Vernehmungen kommen lassen und brütete nun über den Aussagen der beiden zur Tatnacht. »Amelie war schwer verletzt und wurde auf Anraten eines Psychologen erst ein paar Tage nach dem Geschehen befragt. Sie hat hartnäckig eine klare Darstellung des Erlebten vermieden. Phil wird von ihr nicht ausdrücklich erwähnt. Der Vater des Opfers behauptete allerdings ab der ersten Sekunde, für eine solch unglaubliche Tat käme nur Phil Brand in Betracht.

Hm. Er hat überall den jungen Mann als Vergewaltiger ange-prangert, ihn öffentlich der Tat beschuldigt, versucht, das Verfahren gegen Phil von Anfang an zu beeinflussen. Er hat es mit seinen Anwürfen sogar bis in die Zeitung geschafft.«

»Also wäre es tatsächlich denkbar, dass Phil unschuldig verurteilt wurde? Der Vater hat die öffentliche Stimmung gegen den Freund der Tochter in Schwung gebracht? Alle dachten plötzlich, sie wüssten schon, wer der Vergewal-tiger war?«

»Ja. Es gab wütende Leserbriefe. Sind im Netz noch zu finden, weil es eine so große Geschichte war. Einige der Schreiber fordern die Höchststrafe, manche sogar mehr, als unser Rechtssystem hergibt.«

Es klopfte kurz und energisch, ein »Herein« wurde nicht abgewartet.

Doktor März trat schwungvoll ein, sah sich überrascht in Silkes Büro um.

»Wo ist Marten?«, fragte er dann ohne Einleitung.

»Mit Peter unterwegs. Es gibt ein neues Opfer. Tatort sieht ähnlich aus wie der in Burg. Sie sehen es sich an.« Silke sah den Leitenden Staatsanwalt fragend an. »Warum? Stimmt etwas nicht?«

»Alles in Ordnung. Ich sehe, er hat die Fälle verteilt. Sie beide bearbeiten den Mordanschlag in der JVA?«

»Ja. Peter meinte, das wäre in Ihrem Sinn.« Maja sah auch vom Monitor auf.

»Stimmt. Ich habe schon von den beiden Morden gehört, ich hoffe, der junge Kollege wird nicht sofort wieder die Abteilung wechseln wollen.« Maja und Silke schwiegen. Der Versuch, die angespannte Atmosphäre durch einen harmlosen Scherz aufzulockern, war offensichtlich gründ-lich gescheitert, erkannte Doktor März und räusperte sich. »Ich komme zu Ihnen, weil sich bei der Obduktion der Amelie Hausacher neue Aspekte ergeben haben. Die Rechtsmedizin hat sich sofort bei mir gemeldet, weil wir nun nicht mehr von einem Suizid des Mädchens ausgehen können. Sie wurde ermordet und erst danach …« Er brach ab, warf seinem Team einen fragenden Blick zu, murmelte verunsichert: »Das wussten Sie schon?«

»Nicht ganz. Aber Peter hat von Anfang an vermutet, dass der geschilderte Ablauf des Abends nicht stimmen kann. Mord hat er dabei ausdrücklich nicht ausgeschlossen.« Silke seufzte. »Im Gegenteil. Er hat uns aufgefordert, den Obduktionsbericht sofort anzufordern. Aber offensichtlich hat sich die Rechtsmedizin für einen noch direkteren, schnelleren Weg der Information entschieden.«

»Wo sind die beiden Kollegen jetzt?«

Maja checkte ihr Handy. »Er hat vor fünf Minuten geschrieben, er sei auf dem Rückweg. Kommt also zügig zurück. Soll ich ihm vorab schreiben, dass seine Mordvermutung bestätigt wurde?«

»Nein. Das erfährt er ja gleich. Wie weit sind Sie beide mit dem Angriff im Waschraum?«

Rasch setzten sie Doktor März in Kenntnis. »Ich erinnere mich sehr gut an diesen Prozess. Die Stimmung im Saal war gereizt, fast schon aufgeheizt. Vor der Verhandlung hatte es viel Unruhe gegeben. Tenor: Man kann seine Kinder nicht mehr allein auf die Straße lassen. Gewalt lauere an jeder Ecke. Ungut. Und dann zwei junge Menschen, die sich hartnäckig an nichts erinnern konnten. Zeugen, die glaubten, etwas zu wissen, die Annahmen formulierten, die so weder zu beweisen noch zu widerlegen waren. Dabei ein Angeklagter, der leise sprach und trotz des Leugnens der Tat einen unglaublich schuldbewussten Eindruck machte. Für den Vater des Mädchens dagegen war alles klar, der Schuldige saß zu Recht auf der Anklagebank, und als das Urteil gesprochen wurde, konnte er seinen Jubel kaum beherrschen.«

»Unschuldsvermutung?«, fragte Maja sarkastisch.

»Nun, es gab durchaus Indizien, die ihn schwer belasteten. Handlungsweisen, die möglicherweise einer Vernebelung seiner Schuld dienten, Zeugen, die ihn an Orten gesehen hatten, an denen er nach eigenen Angaben an jenem Abend nicht war. Und das Mädchen konnte weder für noch gegen ihn aussagen. Das finden Sie alles in der Urteilsbegründung.«

»Es war nicht opportun, ihn nicht anzuklagen? Trotz der dünnen Beweislage?« Silkes Ton lag temperiert bei zweistelligen Minusgraden. »Jedenfalls liegt er nun gut bewacht im Klinikum.«

»Schon, allerdings gibt es bisher gegen die vier Prügler keine Beweise einer Tötungsabsicht. Sie müssen abschließend gerichtsfest nachweisen, dass einer von den vieren von dem Suizid wusste.«

»Es war aber kein Suizid«, stellte Maja kalt klar. »Amelie wurde ermordet.«

»Umso wichtiger, dass wir herausfinden, wer diese Behauptung vom Suizid in die JVA weitergegeben hat«, stellte Couvier fest, der gerade eintrat. »Es gibt Beweise für die Mordvermutung von Peter?«

»Ja. Die Rechtsmedizin spricht von einem Angriff gegen den Hals des Opfers. Erst nach ihrem Tod wurde die junge Frau im Schuppen aufgehängt. Der Versuch, einen Suizid vorzutäuschen, wurde entdeckt.« Doktor März fühlte sich eindeutig unbehaglich.

»Nun denn. Ich habe mir die Berichte angesehen. Phil Brand war während der Haft sehr gut führbar, wurde nie ausfällig, hat stets besänftigend auf randalierende Mithäftlinge eingewirkt. Mustergültiges Verhalten. Der Psychologe begründet das mit zwei Argumenten: Phil Brand wusste nicht, ob er Schuld auf sich geladen hatte. Er konnte sich zwar nicht vorstellen, dass er Amelie vergewaltigt haben sollte, konnte es allerdings, der Erinnerungslücken wegen, auch nicht ausschließen. Und: Er wollte so schnell wie möglich wieder entlassen werden. Ich habe nachgefragt, und der Psychologe meint, es sei nicht auszuschließen, dass er nach der Entlassung den wahren Täter stellen wollte.«

»Das würde aber bedeuten, dass er sich während der Haft doch erinnern konnte, nicht der Täter zu sein.« Doktor März warf Couvier einen überraschten Blick zu. »Er hat nie ein Wiederaufnahmeverfahren angestrengt.«

»Nun, die Hürden für solch ein Verfahren sind hoch. Die eigene Überzeugung des Verurteilten, unschuldig zu sein, reicht nicht«, gab der Fallanalytiker in bitterem Ton zurück.

Die Tür wurde aufgestoßen, und Nachtigall sah verblüfft von einem zum anderen. »Was für ein Gedränge! Wir setzen uns zusammen, legen auf den Tisch, was wir wissen. Doktor März, Sie sollten auch mit dabei sein, denke ich.«

Damit drehte er sich um, bedeutete Marten, ihm zu folgen. »Jetzt!«, setzte er nach, als er bemerkte, dass außer Doktor März noch keiner aus der Dreiergruppe Anstalten gemacht hatte, sich ihm anzuschließen.

»Es haben sich neue Ansätze ergeben«, eröffnete Nachtigall die Runde. »Das Mordopfer Miela wurde auf die gleiche Weise getötet wie Thoralf Baumgert in Burg. Die junge Frau verließ nur selten das Haus, war ängstlich und kontaktscheu. Angststörung, Panikattacken. Sie wurde von ihrer Familie unterstützt, lebte allein. Dennoch ließ sie ihren Mörder ein. Bisher gibt es weder Hinweise auf eine Aktivität in einer Umweltschutzgruppe noch auf eine Beziehung zu Baumgert. Nach Aussage der Familienangehörigen hat man sich um die nervöse Frau gekümmert, verstehen konnte man ihr ängstliches Verhalten allerdings eher nicht.«

Marten übernahm: »Inzwischen hat die Rechtsmedizin den Suizid Amelie Hausachers als getarnten Mord identifiziert. Doktor Pankratz hat uns informiert. Das Gelände der Familie ist videoüberwacht. Wir brauchen die Aufzeichnungen. Doktor März?«

»Ich kümmere mich sofort«, versprach der Staatsanwalt. »Wir wissen auch schon, dass es kein Suizid war.« Er schob seinen Stuhl zurück, deutete mit einer Geste seinen Abschied aus der Runde an und verließ leise den Raum.

»Die Anruflisten liegen schon vor?« Nachtigall sah in die Gesichter seines Teams, nickte dann. »Gut. Wir suchen eine Telefonnummer, die eine Prepaidnummer angerufen hat. Vielleicht war das der entscheidende Anruf, ich gehe davon aus, dass wir einen solchen Anruf in der Liste von Hausacher finden. Wir bestellen unsere Vierergruppe ein, rufen an …«

»Dann müssen wir sie allerdings mit unserem Besuch überraschen, sonst wird das Handy ausgeschaltet und bleibt stumm.«

»Gut. Ich würde gern ein Gespräch mit den vier Prüglern und Andreas Vollmert führen. Wäre interessant, ihre Reaktion zu sehen, wenn wir ihnen mitteilen, dass Amelie sich nicht selbst das Leben genommen hat. Zumal der von ihnen als schuldig identifizierte Mann zur angenommenen Tatzeit längst zurück in der JVA war.«

»Genau. Das haben wir schon geklärt. Er war super pünktlich zurück, benahm sich völlig unauffällig. Was auch unsere These stützt, wonach er gar nicht bemerkt hatte, dass Amelie im selben Geschäft zur gleichen Zeit einkaufte wie er. Wer kommt für diesen Mord in Betracht? Wir wissen, dass sie scheu und ängstlich war, nachts wohl nicht vor die Tür ging. Wer auch immer sie getötet hat, er musste sich Zutritt aufs Gelände verschafft haben.« Marten zuckte mit den Schultern.

»Oder er war schon da, als sie nach Hause kam.« Maja sah stirnrunzelnd auf ihre Notizen. »Der Vater hat nicht erwähnt, dass er Besuch hatte? Ich habe mir jedenfalls nichts dazu notiert.«

Silke schüttelte den Kopf: »Ein zufälliger Besucher, vielleicht Freund der Familie? Er begegnet Amelie, als sie vom Einkauf aufgelöst nach Hause kommt. Als er sich von den Eltern verabschiedet, verlässt er das Grundstück nicht, sondern versteckt sich irgendwo, hofft, das Mädchen in die Finger zu bekommen?«

»Wir fragen bei den Eltern nach Besuchern, werten die Videos aus. Hoffen wir mal, dass der Vater die speichert.« Nachtigall sah Emile auffordernd an. »Hast du die Berichte der Therapeuten bereits bekommen?«

»Ja«, bestätigte der Fallanalytiker. »Im Licht der neuen Erkenntnisse der Rechtsmediziner stellt sich manches anders als ursprünglich angenommen dar. Thoralf wurde tatsächlich auch über einen Zeitraum von sechs Monaten betreut, seine Mutter ebenfalls. Der Therapeut stellte eine unangemessene Trauerreaktion fest. Das war kurz nach dem Tod seines Vaters. Unangemessen kann vieles bedeuten. Zu heftig, zu anhaltend, zu lebensbeherrschend – oder das genaue Gegenteil davon, zum Beispiel die Unfähigkeit, den Verlust zu werten, zu erleben, zu verarbeiten. Thoralf gehörte zur zweiten Gruppe. Während also die Mutter zwar kühl und distanziert reagierte, zeigte sich der Sohn eher erfreut, erleichtert und war nicht fähig zu trauern. Natürlich ist eine solche Reaktion nicht so ungewöhnlich, dass man deshalb gleich eine Therapie braucht, aber er zeigte sonderbare Verhaltensweisen aus dem Formenkreis der Zwangsneurose, die Mutter machte sich Sorgen.«

»Sechs Monate Therapie, da wird er wohl auch nach dem Grund des Mangels an Trauer gefragt worden sein?«, klinkte Maja sich ein. Aggressiv.

»Es war wohl der Beruf des Vaters, der dem Sohn schon immer eine Bürde war. Der Vater war Jurist, das hatte euch die Witwe erzählt, aber sie ließ unerwähnt, dass er Richter war. Jemand, der über Schuld und Unschuld entschied. Jemand, der auch in den eigenen vier Wänden alle relevanten Entscheidungen traf – nach Rechtsgrundsätzen und moralischen Ansprüchen. Denen konnten weder die Ehefrau noch der Sohn immer folgen. Es gab viele Diskussionen, die wohl stets damit endeten, dass der Vater das Gespräch beendete und damit seine Entscheidung als gesetzt galt. In allen Belangen. Keine einfache Situation für einen Heranwachsenden.«

»Sicher. Aber despotische Väter findest du auch in Familien ohne einen Richter.« Nachtigall warf dem Schwiegersohn einen amüsierten Blick zu. »Hauptkommissare sind auch nicht immer leicht zu ertragen.«

»Das Verhältnis zwischen Vater und Sohn kühlte weiter ab. Den entscheidenden Bruch aber vollzog Thoralf, als sein Vater ein – in den Augen des Sohnes – krasses Fehlurteil fällt. Thoralf zog aus, begann ein Studium der Rechtswissenschaft und wechselte heimlich den Studiengang. Er hatte viele Gründe für eine sonderbare Trauerreaktion, lese ich aus dem Therapiebericht.«

»Und bei Phil Brand steht in der Beurteilung des Therapeuten, er sei angepasst und unauffällig, möglicherweise in der Hoffnung, wegen guter Führung früher entlassen zu werden. Hm.« Maja schmunzelte. »Ärger über und mit einem herrischen Vater ist nun in der Pubertät nicht unüblich, das Mordopfer hatte sich emotional weit von ihm entfernt. Da fällt das Trauern oft schwer.«

»Nun, Thoralf war aber in einem Alter, in dem er wenigstens hätte versuchen können, Trauer zu zeigen, auch wenn es die gar nicht gab, eben zu schauspielern. Schon damit es nicht auffällt, dass er im Grunde froh über den Tod ist.« Silke seufzte. »Also so würde ich damit umgehen. Das ganze Gerede über nicht vorhandene Trauerreaktion kann man leicht vermeiden.«

»Was war der spektakulärste Fall des Richters Baumgert?«, fragte Nachtigall nach.

»Moment ...« Silke suchte nach der entsprechenden Notiz in ihren Aufzeichnungen. »Hier! Also, zum einen hieß der Richter nicht Baumgert. Sein Name war – und man könnte das für nomen est omen halten – Hartmann. Einer der spektakulärsten Fälle war ein Mord im Drogenmilieu. Seine Frau und der Sohn wechselten in den Familiennamen der Mutter. Emile, das ist doch auch ein deutliches Zeichen für das Bemühen um Distanz, oder? Alle beide streifen den Vater und Gatten direkt nach seinem Tod ab?«

Emile Couvier nickte. »Das hätte ich noch erwähnt – es sieht aus wie ein Rundumbefreiungsschlag. Beide waren sich sehr einig in der Frage des Namenswechsels – schon vor dem Tod des Richters.«

»Und dennoch steht auf einem Beistelltisch sein Foto mit Trauerflor.« Maja zuckte mit den Schultern. »Ein bisschen hat sein Tod der Ehefrau doch leidgetan.« Maja sah Peter an. »Kam dir doch auch so vor, oder?«

»Warum hat die Familie nach seinem Tod den Namen der Mutter angenommen? Und welches waren seine letzten Fälle? Vielleicht war ein Fall darunter, der für Schlagzeilen sorgte.« Nachtigall nickte Silke zu, die sich die Punkte notierte.

»Als Grund für den Namenswechsel könnte man annehmen, dass Ehefrau und Sohn nicht mehr mit den Fällen des Richters konfrontiert oder in Zusammenhang gebracht werden wollten. Mag ja sein, dass schon lange Diskussionen in der Familie an der Tagesordnung waren.« Emile runzelte die Stirn. »Dafür spricht auch, dass der Sohn letztlich heimlich das Studienfach wechselte. Papa war ein Despot?«

»Der Verdacht drängt sich natürlich auf.« Nachtigall lachte leise. »Ist wie mit einem Polizisten als Vater. Frag mal meine Tochter, wie sie das fand, dass Papa immer sehr genau wusste, was erlaubt war und was nicht.«

»Phil Brands Vater? Wissen wir etwas über ihn? Auch Jurist?«, fragte Marten.

Silke notierte sich auch diesen Punkt.

Nachtigall begann mit einer Auflistung.

»Wir starten mit dem Fall Brand.« Er griff nach einem Stift und einer Karteikarte. »Vier Mithäftlinge sind nicht nur verdächtig, sondern bekannt.« Er schrieb die Namen der vier auf eine Karte, pinnte sie an die Korkwand. »Woher wussten die vier vom Tod der jungen Frau?«

Eine zweite Karte fand ihren Weg an die Wand.

»Wer wusste, dass Phil an jenem Tag Hafturlaub hatte und bei seiner Mutter war?«

Er pinnte auch diese Frage an.

»Wir haben das Video gesehen, Phil hat die junge Frau gar nicht bemerkt.« Maja griff ebenfalls nach einem Kärtchen.

»Jemand informierte wenigstens eine der Personen aus der JVA über den Suizid des Mädchens – und nun wissen wir, dass es Mord war. Haben die Prügler aus einer falschen Motivation heraus gehandelt? Nach Auskunft der Rechtsmedizin war Brand zum Zeitpunkt ihres Todes längst zurück in seiner Zelle.«

Couvier notierte diesen Punkt.

»Hätten die Schläger im Fall eines Mordes Brand nicht attackiert, oder doch? Dann ging es bei der Prügelei nicht um den Tod von Amelie.« Maja seufzte. »War das Motiv am Ende doch schierer Neid?«

»Warum sollte jemand Amelie töten?«, fragte Nachtigall in die Runde. »Eine junge Frau, die seit Jahren das Haus nur ungern allein verlässt, die unter ständiger Beobachtung ihrer Eltern steht? Was wollte sie um diese Zeit im Schuppen? Ein Rendezvous?«

Maja rief den Bericht der Rechtsmedizin auf. »Es wurden weder Spermatozoen noch Spuren von einem Kondom entdeckt. Kein Hinweis auf eine sexuelle Aktivität. Hatte der Vater nicht das Gegenteil behauptet? Vielleicht verweigerte sie sich im letzten Moment?«

»Möglich. Welches Motiv gäbe es noch?« Nachtigall griff nach einem neuen Stapel Kärtchen. »Hass? Kommt jemand für ein starkes emotionales Motiv in Betracht?«

»Phil Brand. Rache.«

»Nein, Marten. Er selbst hatte auch keine Erinnerung mehr, und Amelie hat ihn nie beschuldigt. Sie hat ihn nicht ins Gefängnis gebracht. Hat Amelie eigentlich Geschwister?«, erkundigte sich Nachtigall.

»Oh, das wäre ein ganz neuer Ansatz. Ein genervter Bruder, eine eifersüchtige Schwester?« Emile grinste schief. »Ein Bruder, der sie erst tötet und dann aufhängt? Warum?

Und warum erst jetzt? Eine Schwester, der dieser Rummel um die andere auf die Nerven ging, die sich zurückgesetzt fühlte?«

Silke nickte langsam. »Ja, das habe ich schon überprüft. Sie hat einen Bruder, Cornelius Hausacher. Der ist zwei Jahre älter als sie. Lebt in der Schweiz, studiert Wirtschaftswissenschaften. Das habe ich bei der ersten Hintergrundrecherche bei den Informationen über die Familie gefunden. Aber da war noch nicht von Mord die Rede.«

»Wir checken das.« Maja schob dem Kollegen das Kärtchen zu.

»Ein starkes emotionales Motiv? Die Mutter von Phil? Rache an dem Gör, dass das Leben ihres Sohnes verpfuscht hat.«

»Damit hätte sie allerdings an der Situation nichts mehr geändert.« Emile schüttelte den Kopf. »Und im Grunde wäre ihr Sohn dadurch belastet worden. Wenn sie entdeckt worden wäre, hätte man womöglich gedacht, sie wolle Hürden auf Phils Weg beseitigen.«

Nachtigall schaltete sich ein: »Ich war auf dem Grundstück der Familie Hausacher. Es ist überwacht. Amelie sollte sich wenigstens zu Hause sicher fühlen können. Ein Eindringling wäre gesehen worden. Haben wir die Aufnahmen von der Nacht?«

»Ja. Die Kollegen haben uns die geschickt, sie meinten, es seien nur die Mitglieder der Familie zu sehen. Wir hatten allerdings noch keine Zeit, einen Blick darauf zu werfen. Das holen wir nach.«

»Die Telefonlisten liegen vor? Wir können sehen, wer mit wem in Kontakt getreten ist und wann?«

»Ja. Wir haben mit dem Abgleich begonnen.«

»Dann sehen wir uns den Angriff auf Miela genauer an.«
Nachtigall griff nach einem weiteren Schächtelchen mit
Pins. »Im Grunde sieht der Tatort so aus wie beim Mord
an Thoralf Baumgert.« Er pinnte einige Tatortfotos an die
Wand. »Offensichtlich wurde der Täter hereingelassen oder
sah aus wie ein Bote, und die junge Frau dachte, er wolle bei
ihr etwas abgeben. Sie flüchtete, konnte nicht entkommen,
wurde brutal mit einem schweren Gegenstand geschlagen,
am Ende erschlagen. Wir wissen, dass die Schwester einen
Schlüssel zur Wohnung hat, für den Notfall und andere
Fälle, wie zum Beispiel gelegentliche Einkäufe. Eine Verbindung zu Klimaaktivisten haben wir bisher nicht gefunden. Die Kollegen checken den Rechner. Es gibt bisher
keinerlei Hinweise darauf, dass sie mit Thoralf bekannt
war, ihm je begegnete. Wir sind der versammelten Familie
begegnet. Anstrengende Verwandte.«

»Sie hatte eine Schwester, die sich fürsorglich um sie
gekümmert hat. Wegen einer Angststörung war Miela in
Therapie. Die Eltern – nun ja. Der Vater machte einen eher
unbeherrschten, fordernden Eindruck. Er ist auch Jurist.
Rechtsanwalt. Hat schnelle Aufklärung gefordert. Der
Rest der Familie hielt sich weitgehend mit Kommentaren
zurück, nur der Schwager hat Auskunft gegeben.« Marten sah Nachtigall an, setzte dann hinzu: »Sie haben Miela
ziemlich entmündigt, glaube ich. Vielleicht hat sie das nicht
gestört, aber es schien doch so, als habe die Familie ihr
Leben vollkommen übernommen. Es wurden ihr per Boten
Schriftstücke übergeben, die sie im Home-Office bearbeitete. Von Geheimnissen war nicht die Rede, aber von Ver-
schwiegenheit. Wir überprüfen das natürlich.«

»Und konntet ihr ein mögliches Motiv ausmachen?«,
fragte Maja in genervtem Tonfall. »Eine unauffällige Frau,

die immer von ihrem privaten Schreibtisch aus gearbeitet hat. Wer sollte sie umbringen wollen?«

»Eben. Wer? Die Schwester, die endlich ein eigenes Leben führen wollte, es satt hatte, ständig von der Kleinen angerufen und eingespannt zu werden?« Marten klang ebenfalls unzufrieden. »Freunde hatte sie angeblich nicht. Aber eine Therapie – wir sprechen mit der Therapeutin oder dem Therapeuten. Ist sonderbar; jedes der Opfer war in Therapie. So sonderbar wie die Tatsache, dass die Opfer Juristen in der Familie haben.«

»Zufall?«, hakte Nachtigall ein. »Möglich. Oder eher eine allgemeine gesellschaftliche Entwicklung, die in unsere Zeit passt? Es ist inzwischen sehr verbreitet, die Kinder in Therapie zu schicken, die Eltern suchen Rat bei Therapeuten. Wir checken den Vater des Opfers, überprüfen, welche Art Fälle er übernimmt.« Nachtigall signalisierte, dass damit erst mal alles gesagt war. »Wir treffen uns in ein paar Stunden wieder hier. Wir sehen jetzt, wo noch Ermittlungsbedarf besteht. Lasst euch bitte anzeigen, an welchen Masten Vollmert zum relevanten Zeitraum eingeloggt war. Schließlich konnte er sich frei bewegen, die vier Häftlinge nicht. Kontakt bei Fragen oder neuen Entwicklungen über Handy.«

Stühle wurden gerückt, Papiere zusammengeschoben. Silke fotografierte die Korkwand. Marten ebenfalls.

»Und wir?«, fragte Marten ungeduldig. »Was tun wir?«

»Wir besuchen den Rechtsmediziner. Ich denke, er wird schon vor Ort sein.«

»Was? Um diese Zeit?«

»Ja. Er weiß, dass Mordfälle aus Cottbus viel Arbeit machen«, seufzte Nachtigall resigniert und klopfte dem neuen Kollegen aufmunternd auf die Schulter. »Ist ein

Erfahrungswert. Ich komme gleich, muss noch mit Maja etwas klären«, murmelte er dann und verschwand .

Klopfte Sekunden später an die Tür des gegenüberliegenden Büros, schob seinen Kopf in den Raum und fragte: »Maja, hast du mal einen Moment?«

»Klar, komm rein!«

»Es geht um dein Gespräch mit Fabian.«

»Oh, sicher.« Maja sprang auf, kam auf den Gang hinaus. »Ich habe ihm eine Nachricht geschickt – und er hat tatsächlich geantwortet. Also, es gibt einen neuen Italiener. Esst ihr gern italienisch?«

Nachtigall nickte.

»Gut. Ist im *Hotel Park Branitz*.«

»Das kenne ich, dort war ich schon mal essen. Du sicher auch. Dort ist dieses Sportstudio, du weißt schon …«

»Ja, an das Studio erinnere ich mich, logisch. Im Restaurant, bei dem Italiener? Nein, das glaube ich nicht. Weder du noch ich waren dort. Es hat nämlich einen neuen Pächter. Fabian schreibt, die Küche sei wunderbar, die Karte toll, der Restaurantleiter, Romeo, voller Schwung und unglaublich zugewandt, sympathisch, voller Ideen. Du weißt, mein Bruder ist einer von der besonders kritischen Art, und wenn er so begeisterte Worte findet, muss es auch wirklich besonders gut sein. Er erzählte von einem Gericht, bei dem Nudeln und Trüffel direkt in einem riesigen Käselaib zubereitet werden, am Tisch, vor den Augen aller Gäste wird dieses Gericht dann flambiert. Er meinte, es sei sehr beeindruckend gewesen und er könne das neue Restaurant für jeden Anlass wärmstens empfehlen. Tischreservierung sei aber auf jeden Fall eine gute Idee!«

»Oh, so begeistert war er? Gut. Klingt jedenfalls toll. Wie heißt das Restaurant jetzt? Früher war es *Piemonte*, aber der Name hat sich wohl mit dem Pächter geändert.«

»Nein, Peter. Der Name *Piemonte* ist geblieben. Du kannst Rezensionen im Internet finden, meint Fabian. Die Gäste seien voll des Lobes.«

»Okay. Dann werde ich dort einen Tisch reservieren und Conny mit einem neuen Ambiente überraschen«, freute er sich. »Na, dann bis später.«

27

Maja und Silke begannen damit, die Liste abzuarbeiten.

»Ob der Bruder, Cornelius, wohl schon nach Hause gekommen ist? Schließlich wurde die Schwester ermordet, die Eltern sind mit der Situation vielleicht überfordert, wünschen sich Unterstützung«, überlegte Silke laut. »Vielleicht wissen die Eltern noch gar nicht, dass es kein Suizid, sondern Mord war.«

Maja murmelte skeptisch: »Nun, sollte es im Vorfeld Schwierigkeiten gegeben haben, auch zwischen den Eltern und dem Sohn, wird er vielleicht abwarten, wie sich die Sache entwickelt. Die Leiche ist noch nicht freigegeben, ein Termin für die Beisetzung steht also noch nicht. Aus seiner Sicht besteht kein Handlungsbedarf. Wir sehen uns erst mal die Bilder der Videoüberwachung an. Dann wissen wir auch schon, was wir konkret fragen möchten. Die Telefonlisten hast du bei dir auf dem Schreibtisch?«

»Ja. Aber bisher habe ich noch nichts Auffälliges entdecken können.«

»Hm. Also die Überwachungsvideos. Ich beginne mal mit den Aufnahmen vom Nachmittag nach der Begegnung mit Phil beim Einkaufen.«

Maja startete die Wiedergabe, beugte sich zum Monitor, damit ihr keine Bewegung im Hintergrund entgehen könnte.

»Es gab mehrere Anrufe von Vollmert, er war an unterschiedlichen Masten eingeloggt, ist offensichtlich durch ganz Cottbus gefahren. Vielleicht hat er eingekauft und musste wegen spezieller Dinge quer durch die Stadt und zurück kutschieren. Als Amelie gefunden wurde, gab es einen Anruf aus dem Festnetz auf seinem Handy. Zu der Zeit war er zu Hause. Er hat danach nicht telefoniert, jedenfalls nicht über dieses Handy. Möglich, dass er noch ein anderes hat. Prepaid. Ich checke die Festnetznummer.«

Die beiden Frauen starrten einige Zeit wortlos auf den jeweiligen Monitor, schwiegen angespannt.

»Hm«, murrte Maja, »hier sehe ich einen Schatten, der sich bewegt. Allerdings ist das Gelände zu der Zeit plötzlich nicht mehr beleuchtet. Was bringt mir eine Überwachungskamera, wenn sich bei einer Bewegung kein Licht einschaltet?«

»Stromausfall?« Silke kicherte unpassend. »Ist wie immer, an der spannendsten Stelle schaltet sich der Router aus, und du hast keinen Fernsehempfang mehr. Klappt sicher auch bei Überwachungsanlagen.«

Maja knurrte leise unzufrieden vor sich hin. »Er hat mehrere Kameras. Und keine bildet mir die Person ab, die da übers Gelände läuft. Das ist doch Absicht!« Sie trommelte ungeduldig mit dem Kugelschreiber auf der Schreibtischplatte. »Kann mir doch keiner weismachen, dass hier plötzlich Wasser in die Steckdose gekommen ist oder die Sicherung aus anderen Gründen rausgesprungen sein sollte. Im Haus brennt ja Licht! Nichts mit FI-Notaus.«

Dann plötzlich ein wütendes: »Ach ne, jetzt geht es also doch! Pünktlich zur Zeit der Suche nach der Tochter und dem Auffinden des Mädchens im Schuppen! Beste Sicht auf den suchenden Vater und seinen Schock über das Entdecken des Kindes. Er rennt zurück ins Haus. Wahrscheinlich hat er von dort den Notarzt gerufen.«

»Und die Mutter?«

»Die hat er daran gehindert, in den Schuppen zu gehen. Er steht breitbeinig vor der Tür und lässt sie nicht rein. Sie boxt ihn, versucht, an ihm vorbeizukommen, das gelingt aber nicht. Ich kann sehen, dass sie ein Nachthemd trägt, sie friert, er stößt sie zurück. Mehrfach ist sie sogar auf die Wiese gestürzt. Dann sehe ich, dass sie aufgibt. Oder es klingelt am Tor? Ja, es klingelt. Der Notarztwagen ist da. Sie rennt hin und lässt die Rettungssanitäter ein. Weist ihnen den Weg. Zu der Zeit schluchzt sie schon. Ob ihr Mann ihr gesagt hat, was hinter der Tür zu finden ist, kann ich natürlich nicht beurteilen.«

Silke stand auf und trat hinter den Stuhl der Kollegin, starrte nun ebenfalls auf die Bilder. »Seltsam unwirklich, oder? Sie merken mitten in der Nacht, dass die Tochter nicht im Haus ist? Sind die im Stundenrhythmus gucken gegangen? Um 23.24 Uhr trifft der Rettungswagen ein. Hm. Danach kommt die Polizei. Die Eltern werden ins Haus geschickt. Der Streifenwagen steht nun auch vor dem Zaun. Und sieh mal, wie schnell sich hier Zuschauer sammeln.«

»Tja. Und irgendwann in diesem Zeitfenster hat man Vollmert angerufen. Warum?«, murmelte Maja.

»Vielleicht hatte Amelie erzählt, sie habe Phil gesehen. In Freiheit. Ohne Beamten als Begleitung. Dann hat der Vater bei Vollmert angerufen, den er offensichtlich kennt, um ihm zu erzählen, dass dieser Phil nun seine Tochter doch in den Tod getrieben hat.«

»Wenn er es so formuliert hat, hätte Vollmert natürlich glauben können, dass Phil schuld an ihrem Suizid ist. Er hat dann die Fehlinformation so weitergegeben und damit den Angriff ausgelöst.«

»Oh, sieh mal, die Kollegen von der Forensik. Es ist gut, dass einer der Polizisten nicht an Suizid glauben wollte und der Arzt ›Todesursache ungeklärt‹ angegeben hat.«

»Sieh mal. Da läuft noch jemand durch den Garten zum Schuppen. Kennen wir den?« Maja beugte sich noch weiter vor. »Hey. Das dürfte wohl der Bruder sein, von dem alle glaubten, er sei in der Schweiz. Wieso hat der Vater bei dem Gespräch mit Peter nicht erwähnt, dass Cornelius überraschend auftauchte?«

Schweigend beobachteten die Kolleginnen die Aktivitäten auf dem Grundstück der Familie Hausacher.

Die Kollegen schickten alle ins Haus, die mit Spurensicherung und dergleichen nichts zu tun hatten.

Nur zögernd kam der Vater dem Drängen der uniformierten Beamten nach.

Die Mutter wurde vom Sanitäterteam ins Haus begleitet.

Wenig später folgte auch die Person, die Maja für den Bruder der Toten hielt.

Kurz bevor er das Haus betrat, fiel er den beiden Ermittlerinnen durch sein sonderbares Benehmen auf. Er sprang hoch in die Luft, kam bei der Landung leicht gebückt auf, schüttelte wie im Jubel seine Fäuste, richtete sich auf und schlug sich mit den Fäusten auf die Brust.

»Was ist das? Vorstadttarzan? Eine Siegerpose?«, staunte Maja.

»Klar, die Schwester, dieses lästige Weib, ist weg. Er nun der einzige Nachkomme. Das eröffnet Chancen, meinst du nicht?«, fragte Silke sarkastisch. »Wir werden ihn einiges fragen müssen.«

»Das ganze Video geht an die Technik. Mal sehen, ob sie für uns die Lichtverhältnisse verbessern können. Und wir ziehen Emile hinzu. Vielleicht wird er sich mit dem Bruder über diese auffällige Reaktion unterhalten wollen. Seltsam dabei ist doch, dass er sie überhaupt zeigt. Er wusste doch sicher um die Videoüberwachung des Geländes, wusste, sein Vater und die Ermittler würden seinen Jubel sehen können. Also wollte er das sogar?«

Peter und Marten standen in der obligatorischen Schutzkleidung neben Doktor Pankratz am Obduktionstisch.

»Tja, das Verletzungsbild ähnelt dem, das wir auch bei Thoralf Baumgert, dem Aktivisten aus Burg, gesehen haben.« Der Rechtsmediziner musterte den Neuen interessiert. Immerhin machte er nicht den Eindruck, beim Anblick der Leiche schockiert zu sein, wie es bei Peter Nachtigall oft der Fall war. »Ein schwerer Holzprügel, Baseballschläger ist durchaus denkbar, das Verletzungsbild und das Vorgehen des Täters gleichen dem Angriff auf Thoralf Baumgert. Auch hier erfolgte ein Zu-Boden-Werfen durch einen wuchtigen Hieb gegen die Beine, alle anderen Schläge erfolgten auf den am Boden liegenden Körper der jungen Frau. Der letzte Stoß wurde auch hier mit enormer Kraft senkrecht gegen die Halswirbelsäule und den Schädel ausgeführt. Es gibt auch in diesem Fall einen kreisrunden Abdruck und eine dazu passende Beschädigung des Schädelknochens. Dort drüben am Schirm hängt das Bild, das die Schäden deutlich zeigt. Wie bei dem Opfer in Burg wurden auch bei diesem Überfall durch einen Tritt auf die Hände die Knochen gebrochen. Der Täter bewegte dabei den Fuß hin und her – wollte also so viel Schaden wie nur möglich verursachen. Erkennbar ist der Täter groß und schwer, trägt bei seinem Übergriff derbe Wanderschuhe mit starkem Profil.«

Nachtigall drehte sich zum Schirm um. »Okay, ich sehe, was du meinst. Knochensplitter, die du im Hirn finden wirst? Immerhin sieht das Loch nicht wie eine Trepanation aus, rundherum sind Brüche, Risse und Splitter zu sehen.«

»Ja. Wer auch immer zugeschlagen hat, war ausgesprochen brutal, aber das haben wir schon beim Mord an dem Umweltaktivisten gesehen.« Doktor Pankratz griff nach dem Skalpell. »Die äußere Inspektion hat keine Hinweise auf Einstiche oder Ähnliches ergeben. Das Opfer: Miela Trepter, weiblich, Alter 22 Jahre, litt unter einem lokalen Ausschlag, möglicherweise einer allergischen Reaktion auf ein Kosmetikum. Insgesamt war die junge Frau leicht übergewichtig, die Muskulatur nicht trainiert. Größe 170 Zentimeter, Gewicht knapp 80 Kilo. Ergibt einen BMI von 27,6. Knapp über Normalbereich. Deutliche Verletzungen an den Unterschenkeln, besonders im Bereich der Schienbeine, Zeichen von Gewalt gegen den gesamten Körper, beide Arme weisen Brüche auf, die Handknochen wurden ebenfalls gebrochen, auf der Haut der Riste zeichnet sich ein Sohlenprofil ab. Deutliche Schlagmarken und Abdrücke der Waffe im oberen Nackenbereich, der Schädelbasis und dem hinteren Schädelbereich. Geburten keine, kein Hinweis auf eine zurückliegende Schwangerschaft, im Abstrich weder Hinweise auf ein Spermizid noch auf Spermatozoen.«

Er warf einen kurzen Blick auf die beiden Ermittler, nickte knapp und setzte dann den Schnitt, der den Körper öffnen würde. Marten zuckte nicht, Nachtigall versuchte, seine Aufmerksamkeit auf den Schmerz zu lenken, den er, wie so oft, mit einem kraftvollen Kneifen durch die Hosentasche in den Oberschenkel erzeugte.

Schon beim Spreizen des Brustkorbs wurden Knochensplitter sichtbar. Sorgfältig sicherte der Rechtsmediziner die Fragmente in einer entsprechenden Schale aus Edelstahl, reichte sie an den Sektionsassistenten weiter.

»Offensichtliche Gewalteinwirkung gegen die Brustwirbelsäule. Knochensplitter asserviert.«

Schweigend setzte er die Obduktion fort. Ab und zu
diktierte er Befunde in ein kleines Diktiergerät.

Dann fasste er die ersten Erkenntnisse für die beiden
Ermittler zusammen.

»Nach den Fotos vom Tatort ergibt sich ein deutliches
Bewegungsprofil. Offensichtlich öffnete sie die Tür, erkannte
ihren Fehler und versuchte, ins Wohnzimmer zu fliehen.
Für mich ist klar, dass sie auf den Balkon zu entkommen
versuchte. Vielleicht, um laut um Hilfe zu rufen. Doch
sie konnte, wie Thoralf Baumgert, diesen Plan nicht mehr
umsetzen. Der Eindringling war wohl überdurchschnitt-
lich groß und ihr an Schnelligkeit überlegen. Da er den ersten Schlag auf die Schienbeine setzte, muss er die Frau zu
Boden geworfen haben. Auf dem Rücken finden sich zwei
Marken, die gut zu einem massiven Stoß passen würden. Sie
stürzt, er dreht sie um, sie will sich wegschieben, er zerstört
die Schienbeine. Das Opfer dreht sich mit letzter Kraft auf
den Bauch, streckt die Arme vor, zieht sich über den Boden,
schreit vielleicht sogar. Der Angreifer nimmt ihr den Bewe-
gungsspielraum durch einen gewaltigen Schlag auf die Wirbelsäule. Danach ist sie praktisch bewegungsunfähig. Er zertrümmert ihre Arme. Als sie nun vollkommen hilflos und
sicher verzweifelt vor ihm liegt, zertritt er die Mittelhand-
knochen, wendet dann das Schlaginstrument so, dass er es
gezielt in den Nacken und auf den Hinterkopf rammen kann.
Danach hat er entweder seine Jacke, Mantel oder Ähnliches
geschlossen und ist gegangen. Ich tippe wieder auf den Baseballschläger, den er in einer Tasche mitgenommen hat. Er hat
nicht viel Zeit für diesen Mord benötigt. Konnte offensichtlich unbehelligt Wohnung und Haus verlassen.«

»Ein Täter, zwei Morde?« Marten sah auf den Körper der Frau. »Warum geht er auf dieselbe Weise vor? Für die Ermittler wäre es doch ungleich schwieriger, einen Zusammenhang zu sehen, wenn er für den zweiten Mord eine neue Tötungsvariante gewählt hätte.« Er sah Nachtigall fragend an. »Oder? Wenn er sie nun in der Badewanne ertränkt hätte, würden wir auf denselben Täter getippt haben?«

Langsam schüttelte der Hauptkommissar den Kopf.

»Eben. Was also ist er dann? Dumm? Dummdreist? Eitel und geltungssüchtig?«

»Zumindest ist es ihm wichtig zu zeigen, dass er unter den Augen der Kriminalpolizei töten kann, wen er für den Tod auswählt. Wir können es nicht verhindern, denn wir kennen weder seine Kriterien noch, falls es eines geben sollte, sein Motiv.«

»Aber ihr könnt die Verbindung zu den Umweltaktivisten knicken.« Doktor Pankratz warf den beiden interessierte Blicke zu. Der neue Kollege legte sofort den Finger in die offene Wunde der Ermittlung, das gefiel ihm.

»Noch nicht. Wir versuchen, uns ein Bild vom Leben des Opfers zu machen. Interessen, Kontakte, Verbindungen. Bisher hatten wir nur ein wenig ergiebiges Gespräch mit der Familie. Angeblich hatte sie eine Angststörung. Wir überprüfen all die Angaben noch. Emile ist auch im Team. Kommst du dazu? Dann gebe ich dir rechtzeitig die Uhrzeit für unsere Besprechung durch.«

»Yupp. Bis dahin habe ich sicher bereits die ersten Analysen für beide Opfer. Vielleicht ist was Interessantes dabei. Wenn die beiden zum Beispiel Psychopharmaka genommen haben, wäre das eine Erklärung für eine verspätete Reaktion auf den Angreifer.«

Im Auto meinte Nachtigall: »Wir finden jetzt heraus, für wen Miela Trepter gearbeitet hat. Im PC sind sicher die ersten Ergebnisse der Befragung der anderen Hausbewohner. Vielleicht ist dort eine unerwartete Information zu finden. Zum Beispiel über regelmäßige Besuche von Freunden oder Freundinnen. Der Computer hat sicher Einblicke in ihre Privatsphäre ermöglicht. Sehen wir mal nach, ob die junge Frau nicht doch an Umweltschutzaktivitäten teilgenommen oder zum Beispiel aus anderen Gründen sonderbare Mails erhalten hat.«

»Warum will der Täter, dass wir wissen, dass er für beide Taten verantwortlich ist?«, fragte Marten erneut. »Weißt du, ich kann ja nachvollziehen, dass es für ihn erregend sein muss, der Schrecken der Lausitz zu sein. Ist ein Gefühl von Allmacht. Auf der anderen Seite schränkt es auch ein. Tötet er aus Mordlust? Wäre doch dann einfacher, immer eine neue Methode auszuprobieren?«

»Jack the Ripper. Er hat all diese Frauen nach einem Muster getötet, dass die Polizei erkannt hatte. Die Opfer fand er im selben Milieu, die Art des Tötens war schon bekannt, seine Gewaltbereitschaft nahm zu, und doch weiß man bis heute nicht, wer der Ripper war. Theorien gibt es viele; keine Beweise. Es gehört für manche Täter dazu, ein bestimmtes Ritual, eine Methode, einen Ablauf einzuhalten. Und es ist ein zusätzlicher Triumph zu wissen, dass man wieder entkommen konnte, die Polizei hilflos wirkt, gerade weil alle wissen, dass es immer derselbe Täter war. Er befriedigt ein Publikum, das Morden als Wettlauf gegen die Ermittler interpretiert.«

»Hm.« Marten atmete tief durch. »Dann ist nicht nur der Ripper pervers, sondern auch weite Teile der Gesellschaft? Gruselfaktor bringt Punkte im Scoring?«

»So ähnlich.« Nachtigall fädelte sich in den Verkehr ein. »Zurück ins Büro? Oder befragen wir noch einmal die Mutter von Thoralf Baumgert? Vielleicht erzählt sie uns, warum sie nach dem Tod des Gatten ihren Mädchennamen angenommen hat.«

28

Silke und Maja besuchten ihre Gesprächspartner in der JVA.

Dieses Mal würden sie die Gespräche im Doppel führen. Herbert war wenig begeistert, schon wieder gestört zu werden.

»Na, ihr beiden Hübschen? Was ist denn noch an Fragen über? Eigentlich dachten wir, es ist nun gut.«

»Wäre es vielleicht auch. Aber zwei aus der Viergruppe waren nicht anwesend. Also mussten wir eh noch einmal kommen. Da dachten wir, es interessiert Sie, dass wir neue Erkenntnisse haben.« Silke reagierte unbeeindruckt auf den aggressiven, hämischen Ton des großen, schweren Mannes.

»Ach nee? Erkenntnisse?« Herbert lachte laut, hielt sich sogar theatralisch den Bauch.

»Ja. Tatsächlich. Deshalb werden die anderen drei gleich zu uns stoßen. Ist nämlich eine Nachricht für alle.«

Die Tür öffnete sich, und die drei anderen Häftlinge, Lauritz, Volker und Heiko, schoben sich in den kleinen Raum.

»Ach, ihr beide schon wieder?« Volker Probst grinste abschätzig.

»Für Sie bleibt es bei der Anrede Sie«, stellte Klapproth kalt klar.

Unnahbarkeit war in diesem Fall sicher kein Fehler, deshalb setzte Silke nach: »Genau. Die Regeln einer gesitteten Gesprächsführung sollten Sie unbedingt einhalten.«

»Herr Vollmert fehlt noch in dieser Runde«, stellte Maja klar. »Wir warten noch einen Moment. Er wird sicher gleich hier sein.«

Allgemeines Protestgemurmel erfüllte den Raum, sorgte für eine Stimmung wie bei einer Vereinsversammlung.

Etwas außer Atem trat schließlich auch Vollmert ein, griff nach dem letzten freien Stuhl und ließ sich mit einem genervten Seufzer auf die harte Sitzfläche fallen. »Und? Was ist nun schon wieder?«, erkundigte er sich dann, signalisierte deutlich, er habe Wichtigeres zu tun, als hier rumzusitzen und sinnlose Gespräche zu führen.

»Wir haben Sie hier versammelt, weil wir Ihnen eine wichtige Information zukommen lassen möchten. Sie wissen ja, dass wir von einer Verabredung zum Mord ausgehen, was Ihre Aktion im Waschraum angeht.« Mit einer winzigen Handbewegung stoppte Silke den aufkeimenden Protest bereits im Ansatz. »Nun haben Sie in den Einzelgesprächen dafür gesorgt, dass wir wissen, erstens, Sie waren nicht unverhofft gemeinsam dort, und es war auch kein Zufall, dass Phil Brand von Ihnen lebensgefährlich verletzt wurde. Sie alle glaubten, ein moralisches Recht auf eine solche Bestrafung zu haben. Amelie hatte sich selbst getötet, und die Schuld lag bei Phil Brand«, eröffnete Silke.

Diskretes, vorsichtiges, ja vages Nicken bei den anderen.

Da keiner in der Runde tatsächlich genau wusste, was der andere im Einzelgespräch preisgegeben hatte, war auch niemandem klar, wie weit er die Einleitung als wahr bestätigen sollte. Die fünf Männer warfen sich zunächst hektisch fragende und dann misstrauische Blicke zu.

»Tja. Wir zeichnen auch dieses Gespräch selbstverständlich auf. Durch unsere Ermittlungen hat sich eine der Grundannahmen geändert«, übernahm Maja und hielt ein Handy hoch, legte es, nachdem alle es gesehen hatten, neben sich ab. »Bei der Obduktion der Leiche der jungen Frau konnten Verdachtsmomente verifiziert werden, der Tatort wurde akribisch unter die Lupe genommen. Es entstanden zunehmend Zweifel an der bisherigen Darstellung der Ereignisse. Inzwischen ist klar, dass es sich nicht um Selbstmord handelt.«

Betretene und unsichere Blicke schossen über den Tisch. Es war, als hielten plötzlich alle den Atem an.

Maja wusste nach all den Jahren an Nachtigalls Seite, dass es nun besser war, schweigend abzuwarten, und signalisierte Silke, ebenfalls nicht nachzufragen.

Allgemeines Unwohlsein war spürbar, als Rücken der Stühle sogar hörbar. Die Atemfrequenz bei den Versammelten stieg.

Herbert fand als Erster seine Stimme wieder: »Ha! Netter Versuch. Das ist nur ein blöder Trick der Polizei! Natürlich hat sie sich umgebracht. Warum sollte sie wohl sonst in dem Schuppen gehangen haben?«

»Ja«, nahm Silke die Frage trocken auf, »warum hat jemand die Tote im Schuppen aufgehängt? Das interessiert uns auch. Aber eher nebenbei, wir glauben, dass wir den Grund ganz gut benennen können. Deshalb interessieren wir uns vordringlich dafür, wer das getan hat.«

»Aber das ist völliger Blödsinn!« Herbert schlug machtvoll mit der Faust auf den kleinen Tisch, dessen Beine für einen Moment deutlich nachgaben. Das Handy hatte Maja geistesgegenwärtig neben sich auf den Stuhl gelegt, als sich der Wutausbruch ankündigte, und es so vor einem Absturz gerettet.

Die Männer hatten sich offensichtlich nicht dafür interessiert.

Es war ihnen schlicht gleichgültig, dass ihre Worte aufgezeichnet wurden.

»Nein. Ist es nicht. Die Rechtsmedizin scherzt nicht. Amelie Hausacher wurde zunächst erdrosselt, dann mit dem Seil hochgezogen und so der Eindruck erweckt, sie habe sich erhängt. Als die Polizei vor Ort war, hatte der Vater das Seil angeblich bereits durchtrennt, um Erste Hilfe leisten zu können. Er sagt nun aus, er habe gehofft, seine Tochter noch retten zu können. Allerdings lässt sich auch diese Aussage nicht verifizieren.« Majas Ton: kalt und sachlich.

»Das ist nicht mehr als ein böser Trick. Die wollen uns nur verunsichern!«, behauptete Herbert hartnäckig.

Maja hatte das wohl erwartet. Sie zog ein zusammengefaltetes Blatt Papier aus ihrer Jackentasche. »Hier ist eine Kopie der Zusammenfassung des Rechtsmediziners.«

Damit legte sie die Seite auf den Tisch.

Niemand griff danach. Alle starten das Stück Papier an, als verströme es einen giftigen Duft.

Vollmert schluckte schwer, räusperte sich und erklärte heiser: »Nun«, begann er gedehnt, »wenn die Rechtsmedizin das so festgestellt hat, wird es wohl seine Richtigkeit haben. Genau diese Art von Erkenntnissen gehört nun mal zu deren Aufgaben. Der Mediziner wird sich auf gesicherte Befunde berufen können.«

»Dann hat dieses Schwein sie umgebracht und danach im Schuppen aufgehängt, damit die bedauernswerten Eltern ihre Tochter dort tot auffinden? Dieses kleine widerwärtige Arschloch!«, tobte Heiko Zuber los. »Schade, dass er nicht gestorben ist. Der hat gar nichts anderes als den Tod verdient!«

Die Mithäftlinge nickten synchron.

Nur Vollmert blieb steif, wirkte wie erstarrt.

»Nein«, röchelte er schließlich. »Er war pünktlich in der JVA zurück. Das ist von den Kollegen dokumentiert worden.«

»Ja und?«, brüllte Herbert wie ein geschundenes, gereiztes Tier. Schlug mit seinen eindrucksvollen geballten Fäusten in die Luft. »Das hat er alles vor der Rückkehr arrangiert.«

»Nein«, erklärte Maja, unbeeindruckt vom Gebaren des Redners. »Er war nicht nur superpünktlich zurück. Das Ergebnis der Rechtsmedizin legt den Todeszeitpunkt von Amelie auf einen deutlich späteren Zeitpunkt fest. Als Phil Brand sich zurückmeldete, war sie definitiv noch quicklebendig.«

Vollmert fragte beinahe tonlos: »Wie geht es ihm denn?«

Maja sah ihn kalt an.

Er erkannte, dass sie ihm gern mit aller Kraft ins Gesicht geschlagen hätte, sie nur ungern darauf verzichtete. »Was glauben Sie?«, zischte sie.

Andreas Vollmert senkte den Blick auf seine Hände, die ineinander verschränkt auf den Oberschenkeln lagen und gelegentlich unmotiviert so stark zuckten, dass die Schultern mitbeteiligt wurden.

»Phil Brand ist ein verurteilter Vergewaltiger. Amelie sein Opfer. Sie hat ihn beim Einkaufen gesehen. Natürlich wurde dabei die kaum verheilte Wunde wieder aktiv. Sie kam nach Hause und erzählte davon«, erklärte Herbert entschlossen und viel zu laut. »Es gibt keinen Grund anzunehmen, dass sie sich nicht selbst getötet hat. Auch Rechtsmediziner machen Fehler!«

Unsere nicht, hätte Maja gerne geantwortet, schwieg aber lauernd.

»Jetzt hör schon auf, Herbert«, mischte sich nun Lauritz Blum ein. »Wir hatten falsche Informationen, unsere

Quelle war unzuverlässig. Nicht der Rechtsmediziner hat sich getäuscht, sondern wir.«

Und da die beiden Frauen weiter schwiegen, entwickelte sich eine Diskussion um den Tisch.

»Aber das ist alles Kokolores! Warum sollte man uns von einem Selbstmord erzählen, wenn das gar nicht stimmt?«, biss sich Heiko nun fest.

»Weil der Vater es nicht besser wusste?«, schlug Vollmert vor. »Er findet seine Tochter hängend im Schuppen. Was sollte er da denken?«

Als sich alle kräftig um Kopf und Kragen geredet hatten, unterbrach Maja die Diskussion.

»Halt! Es ist genug geredet und gezetert worden. Amelie wurde umgebracht, zur Vertuschung der Tat versuchte man, einen Suizid vorzutäuschen. Das hat nicht funktioniert. Ihre Racheaktion hat in jedem Fall einen Unschuldigen getroffen. Sie werden sich dafür verantworten müssen! Dafür werden wir sorgen. Beweise haben wir inzwischen genug.«

Es klopfte.

»Andreas, du sollst mal eben in die Verwaltung kommen.« Ein Kollege warf einen entschuldigenden Blick in die Runde. »Ich habe denen gesagt, dass du ein Gespräch hast. Aber die wollen trotzdem, dass du unverzüglich kommst.« Damit zog er die Tür rasch wieder zu. Eilige Schritte auf dem Gang bewiesen, dass er hastig davonstürmte.

Andreas Vollmert erhob sich etwas unsicher, taumelte fast.

»Gut. Ich denke, es ist alles gesagt. Die Aufklärung der genauen Todesumstände, des Mordes an der jungen Frau fällt in Ihr Ressort.« Er drehte sich um und verließ mit schleppenden Schritten den Raum.

29

»Der Vater des Opfers war tatsächlich Jurist. Und der des zweiten Opfers ebenfalls.« Nachtigall sah von seinem Rechner auf. »Immerhin eine Gemeinsamkeit.«

»Hm, es läuft ein Mörder rum, der die Nachkommen von Juristen im Fokus hat?« Marten grinste schief. »Manch einer mag einen solchen Rachefeldzug angemessen finden.«

Emile trat ein, zog sich einen Stuhl heran und meinte ansatzlos: »Okay. Ich habe die Einschätzungen gelesen. Beginnen wir mit Amelie?«

»Gut.«

Die beiden Ermittler schoben ihre Stühle zurecht, saßen nun dem Fallanalytiker ohne störenden Tisch in der Mitte gegenüber.

»Über die Probleme von Amelie Hausacher haben wir schon gesprochen. Sie hat sich selbst nicht mehr getraut – und schon gleich gar niemandem mehr aus ihrem Freundes- oder Bekanntenkreis. Schließlich konnte sie sich nicht mehr an das traumatische Ereignis erinnern, wusste nicht, wer sie vergewaltigt hatte. Also zweifelte sie vorsichtshalber an jedermanns Aussagen, wurde abhängig von der Zuwendung ihrer Eltern. In einer Phase, in der eigentlich eine deutliche Ablösung hätte stattfinden müssen. Für die Eltern war das eine schwere Zeit, für die Tochter ebenfalls. Aus dem Bericht ihrer Therapeutin geht hervor, dass sie sich nun langsam abzulösen begann. Allein einzukaufen gehörte dazu. Eine Begegnung mit dem jungen Mann, den alle für den Vergewaltiger hielten, hätte sie nicht zu einem Suizid veranlasst – meint die Therapeutin, ist sich in dieser Einschätzung sehr sicher. Zumal die junge Frau nach wie vor keine Erinnerung an die Tat hat. Und wie wir nun wissen, war es auch keine Selbsttötung.«

»Thorsten meinte, sie sei erdrosselt worden. Wir werden uns erklären lassen, wie er darauf kommt.« Nachtigall schüttelte den Kopf. »Er ist ein sehr guter Rechtsmediziner. Also stimmt seine abschließende Bewertung sicher. Bisher haben Maja und Silke auf den Bildern der Überwachungskameras nichts gefunden, aber ich weiß, dass sie bei der Technik eine Überarbeitung einiger Sequenzen erbeten haben. Im entscheidenden Zeitraum war leider die Beleuchtung im Garten ausgefallen. Bewegungsmelder erleuchten normalerweise das Terrain. Und dieser angebliche Stromausfall kommt den beiden Ermittlerinnen suspekt vor. Sie haben mir eine Sequenz geschickt, auf der man den Bruder Amelies sieht. Er reagiert sehr auffällig, fast mit einer Siegerpose. Warum er überhaupt an jenem Abend bei den Eltern war, ist auch noch nicht geklärt.«

»Hm, das werden Maja und Silke sicher erfragen. Die beiden haben sich festgebissen. Im Moment sind sie in der JVA und eröffnen den Prüglern, dass es den angenommenen Grund für den Angriff nicht gab. Bin gespannt, was sie uns nachher erzählen. Kommt sicher nicht gut an bei denen und dem Vollzugsbeamten.«

»Was ist mit Thoralf? Hast du etwas über ihn herausgefunden?«

»Ja. Ich war bei seinem Hausarzt. Die Kollegen hatten eine Versichertenkarte in seinem Schreibtisch gefunden, und ich konnte bei der Krankenkasse den Namen erfragen.

Der Hausarzt war natürlich entsetzt und ratlos, als er aus der Presse von diesem tödlichen Angriff erfuhr. Natürlich fragte er sich, welches Motiv jemand haben konnte, den jungen Mann brutal zu ermorden. Er nahm sich Zeit für ein Gespräch mit mir. Thoralf, Sohn eines Richters, war als einsames Kind aufgewachsen. Der Vater war ständig darum bemüht, die Kontakte des Sohnes nach außen zu beschneiden. Dem Kind gegenüber begründete er das mit den Urteilen, die er zu fällen hatte und die nicht immer dem entsprachen, was sich der Angeklagte oder seine Familie gewünscht hatte. Offensichtlich befürchtete er, einzelne Betroffene könnten sich an dem Jungen rächen, ihm Schaden zufügen oder ihn gar entführen. Er war Richter in einigen spektakulären Fällen. Und nicht unbedingt dafür bekannt, dass er mitfühlend urteilte.«

»Also hatte der Junge wenige oder gar keine Freunde, durfte niemanden zu sich einladen und wuchs sehr isoliert auf?« Marten war hörbar entsetzt. »Das ist nicht unbedingt förderlich für die individuelle Entwicklung.«

»Dann war das sicher auch der Grund für die Mutter, ihren Mädchennamen wieder anzunehmen. Und der Sohn wurde mit umbenannt. Vielleicht konnte sie die Gefährdung, die der Vater schon immer sah, als Grund für den Namenswechsel anführen.« Nachtigall runzelte die Stirn, wischte mit den Händen über die Oberarme, als sei ihm kalt. Emile Couvier registrierte diese Bewegungen. Wusste, sein Schwiegervater hatte nach der Entführung seiner Tochter stets mit der Angst gelebt, so etwas könne erneut passieren. Verständnisvoll klopfte er ihm freundschaftlich auf den Rücken; Worte waren hier nicht notwendig.

»Aber der Sohn war schon vor dem Tod des Vaters ausgezogen?«

»Der Hausarzt meint, das habe sich ziemlich überschnitten. Sein Patient hatte wohl auch den Eindruck, sein Auszug habe die Stimmung des Vaters deutlich verändert, er sei aggressiv gegen die Mutter geworden. Und der junge Mann fühlte sich schuldig. Glaubte, der gesundheitliche Zustand des Vaters habe sich verschlechtert, nachdem er die Wohnung in Burg gemietet hatte.«

»Hm. Verlust der Kontrolle über den Sohn?« Marten klang noch immer gereizt. »Deshalb durfte er auch nicht erfahren, dass er den Studiengang gewechselt hatte. Und von *Kipppunkt* hatte er sicher auch keine Ahnung.«

»Möglich.« Nachtigall seufzte. »Er hätte nun gern so vieles nachgeholt, was ihm bisher untersagt war – und dann kommt solch ein brutaler Killer und bringt ihn auf diese qualvolle Weise um.« Er lauschte seinen Worten nach, korrigierte dann: »Bringt ihn um. Auf eine qualvolle Weise. Das Schlimmste ist, dass er nun tot ist.«

»Er war bei seinen neuen Freunden sehr beliebt. Rücksichtsvoll, empathisch, immer freundlich, stets hilfsbereit. Ein Motiv sehe ich auch jetzt nicht«, erklärte Marten ungeduldig.

Nachtigall kehrte zu einem anderen Punkt zurück, den Marten für sich schon abgehakt hatte.

»Wie hieß die Familie vor dem Tod des Vaters?«

»Hartmann.«

»Oh. Das ist ein seltsamer Zufall. Doktor März hatte uns doch gebeten, den alten Vergewaltigungsfall noch einmal aufzurollen. Der Richter, der Phil Brand damals verurteilte, hieß Hartmann«, erklärte Nachtigall.

Marten war schon aufgesprungen und stand vornübergebeugt hinter seinem Schreibtisch, tippte hektisch auf der Tastatur.

»Hier. Doch, unser Hartmann, Thoralf Baumgerts Vater, war genau dieser Richter! Das ist ja nun wirklich ein unglaublicher Zufall.«

»Oder eben keiner.« Nachtigalls Stimme klang dumpf. »Das ist die erste echte Verbindung zu der Verurteilung von Brand.« Er nestelte seine Jacke von der Stuhllehne. »Wir fahren ins Klinikum und fragen nach dem Zustand des Patienten aus der JVA. Möglich, dass sich in den letzten Stunden etwas zum Positiven verändert hat.«

»Anruf?« Marten nickte kurz, zog im Vorbeigehen die Jacke vom Stuhl und beeilte sich, dem Kollegen zu folgen, während er versuchte, das Mobiltelefon aus der Hosentasche zu befreien.

»Nein. Wir fahren ohne Vorankündigung vorbei und machen Druck durch Präsenz. Am Telefon sind wir zu leicht abzuschütteln«, entschied Nachtigall.

»Maja? Der Richter im Fall Amelie Hausacher war der Vater von Thoralf. Glaubst du an einen Zufall?«, fragte er, kaum im Wagen, bei der Kollegin nach, während Marten sich in den Verkehr einfädelte. Kreisverkehr, Abfahrt in Richtung Bahnausbesserungswerk.

»Es war ein spektakulärer Fall. Wahrscheinlich ein Richter mit besonders viel Erfahrung bei solch unklarer Beweislage. Einer, der wusste, wie man an die Informationen kommen kann, die geeignet sind, das Urteil abzusichern.« Maja atmete tief durch. »Wir haben die vier Schläger mit der Tatsache konfrontiert, dass Amelies Suizid in Wahrheit ein Mord war. In meinen Augen war deren Erschrecken echt.«

»Okay. Dann werden sie vielleicht bald von sich aus mit uns sprechen wollen.«

»Die Stimmung war jedenfalls ziemlich gedrückt, als wir

aufgebrochen sind. Hat sich die Technik schon gemeldet? Wegen der Videosequenz?«

»Ich gehe mal davon aus, dass du sie im Computer finden wirst, wenn du wieder hier bist. Marten und ich fahren zu Brand ins Klinikum. Vielleicht waren die beiden jungen Männer miteinander bekannt. Auf jeden Fall müssen wir das abchecken.«

Er schob das Telefon in die Jackentasche zurück.

»Du hast es gehört: Die Prügler waren von der Erkenntnis der Rechtsmedizin überrascht. Mord, kein Suizid. Sie haben einen Fehler begangen. Fühlen sich wohl jetzt benutzt. Ich bin nicht sicher, ob sie Vollmert glauben werden, er habe das alles nicht gewusst«, meinte der Hauptkommissar besorgt.

»Vielleicht hat sich Vollmert das auch schon gedacht«, lachte Marten leise, deutete auf eine Gestalt auf dem Bürgersteig. »Sieh mal, wer da auf dem Weg ins Klinikum unterwegs ist.«

Andreas Vollmert.

Auf dem Weg über den Bahnhofsberg. Mit raumgreifenden Schritten.

»Hm. Der will sicher auch zu Brand. Das späte Eingreifen kann er jetzt nicht mehr als gerechtfertigt stehen lassen. Tja. Möglicherweise zeigt er sich nun gesprächsbereiter.«

»Ohne Auto. Parkgebühren am Klinikum zu hoch? Er wollte nicht über sein Auto als Besucher identifiziert werden? Inkognito mit Bahn oder Bus?«

»Das fragen wir ihn am besten sofort. Bieg mal unten rechts ab. Wir können ihn ein Stück mitnehmen.«

Als Vollmert den Bahnhofsberg überwunden hatte, staunte er nicht schlecht.

Nachtigall und Klausing erwarteten ihn überraschend direkt nach der Kurve. Grüßten freundlich.

»Können wir Sie ein Stück mitnehmen?«

Vollmert seufzte tief, nickte, folgte den Ermittlern über den Busbahnhof zum geparkten Wagen.

»Klinikum?«, erkundigte sich Marten, bemühte sich um eine neutrale Mimik.

»Das wissen Sie wohl schon«, gab Vollmert resigniert zurück. »Mord. Wer sollte nun darauf kommen? Natürlich gingen alle von Suizid aus, zumal sie diesem Kerl beim Einkaufen begegnet war. Und nun ist plötzlich alles ganz anders gewesen? Sicher?«

»Ja«, bestätigte Nachtigall. »Alles war ganz anders. Ihnen bleibt nur zu hoffen, dass Sie und die vier Schläger nicht auch zu Mördern werden.«

»Ja«, räumte Vollmert kleinlaut ein. »Ist wohl so.«

Am Info-Desk des Klinikums erfuhren sie, der Verletzte sei inzwischen erst in die Viszeral-Chirurgie dann in die Kiefer- und Gesichtschirurgie verlegt worden.

Der Weg vom Haupteingang zur entsprechenden Station war lang. Die drei Besucher legten ihn verbissen schweigend zurück. Nachtigall überragte die beiden Begleiter deutlich, entgegenkommende Besucher wichen den drei Männern mit den verschlossenen Mienen hastig aus.

»Kiefer- und Gesichtschirurgie. Da wurde wohl einiges beschädigt. Neben all den anderen Verletzungen. Die Akte der Aufnahmeuntersuchung liegt uns vor«, knurrte Nachtigall wie ein wütendes Raubtier.

Vollmert schwieg.

Als der Patient, der mit dem einen unverbundenen Auge, das halb zugeschwollen und blutunterlaufen nur einen verschwommenen Blick ermöglichte, die Männer sah, reagierte er deutlich.

Vollmert sah sich gezwungen, das Zimmer sofort wieder zu verlassen.

Er gesellte sich zu dem Kollegen vor dem Patientenzimmer, versuchte, mit ihm ins Gespräch zu kommen. Doch der Mann in Uniform gönnte ihm nur einen langen missbilligenden Blick, sah dann auf den Bodenbelag zwischen seinen stabilen Schuhen hinunter und schwieg hartnäckig.

Die Neuigkeit zur Aktion hatte sich offensichtlich wie ein Lauffeuer verbreitet.

Vollmert drehte sich um, wollte die Station verlassen, da hielt ihn der Kollege durch einen Ruf auf. »Halt. Es kommt nicht infrage, dass Sie gehen. Ich weiß, dass der Kollege Nachtigall nach diesem Gespräch einige Fragen an Sie haben wird. Ist schlicht besser, die abzuwarten und zu beantworten.« Er machte eine Pause, setzte dann kichernd hinzu: »Am Ende lässt er sonst Sie per Haftbefehl suchen!«

30

Traudel saß, wie so oft, in der Eisdiele.

Vor sich ein großes Glas mit Eis, Soße und Sahne.

Neugierig sah sie sich um, hoffte auf spannende Gespräche an den Nebentischen.

Hinter ihr hatte eine Gruppe junger Leute Platz genommen, die sich hier nicht nur zum Genuss verabredet hatten.

Traudel kicherte leise. Das waren die Leute von *Kipppunkt*, erkannte sie schon nach den ersten Sätzen.

»Hast du auch gehört, dass die Mutter von Thoralf in der Klinik betreut werden muss?«, erkundigte sich eine weibliche Stimme voller Mitgefühl. »Muss ja auch eine schreckliche Zeit für sie sein. Erst stirbt der Mann, dann muss sie ganz allein den Umzug bewältigen, und nun bringt jemand den Sohn um. Wahrscheinlich ist sie in der Psychiatrie und wird gut im Auge behalten.«

»Die Polizei kommt bei den Ermittlungen auch nicht so recht weiter«, warf ein junger Mann ein. »Verstehe ich eigentlich nicht. Es sollte doch möglich sein herauszufinden, wer bei Thor in die Wohnung eingedrungen ist. Sonst weiß doch auch immer jeder in dem Haus über die Aktivitäten der anderen Bescheid.«

»Na, also ich stehe auch nicht den ganzen Tag im Flur und warte auf ein Geräusch der anderen Mitbewohner, um an den Spion zu springen. Du musst an deinem Menschenbild arbeiten!«

»Na ja, ist doch so. Die meisten Leute wissen ziemlich genau, wann der Nachbar nicht zu Hause ist, wann er einkauft, wann der Hund raus muss oder das Kind in den Kindergarten gebracht werden sollte. Und ausgerechnet den Besucher, der Thor mit unglaublicher Gewalt zu Tode gebracht hat, den will nun überhaupt niemand gesehen oder auch nur gehört haben? Ist doch unwahrscheinlich.«

Eine andere Männerstimme, tief und sonor, mischte sich nun ein. »Ich glaube, alle schweigen aus Angst. Wir drei waren doch in der Wohnung, haben gesehen, was dort passiert ist. So einem Mörder möchtest du nicht in die Finger geraten. Also wird geschwiegen. Ist eine verständliche Reaktion.« Der Bass räusperte sich. »Stell dir vor, du wendest dich an die Polizei, kannst den Kerl sogar identifizieren – und die Ermittler finden keine überzeugenden Beweise. Dann hast du alles gegeben, der Typ weiß womöglich inzwischen, wer ihn hingehängt hat, dass nämlich du das warst. Und der wird am Ende unter Umständen nicht einmal vor Gericht gestellt – wegen Mangels an Beweisen. Dann wirst du vielleicht noch von dem Kerl bedroht.«

»Habt ihr eigentlich gewusst, dass der Vater von Thor Richter war? Ein ganz strenger, habe ich gehört. Und der war auch mit seiner Frau und dem Sohn streng. Deshalb ist Thor auch schnell ausgezogen, gleich nach dem Abi.« Die weibliche Stimme gehörte Soraya, hatte Traudel mit einem schnellen Blick über die Schulter herausgefunden.

Sie war derart von dem fremden Gespräch am Nachbartisch gefangen, dass sie einen spitzen Schreckensschrei ausstieß, als sich jemand über sie beugte und »Na, Mord und Totschlag interessieren dich wohl!« in ihr Ohr hauchte.

Als sie sich nach Luft schnappend umwandte, erkannte sie Kristina, die offensichtlich auch Lust auf ein Eis bekommen hatte.

»Oh, ach … na ja«, stammelte Traudel überrumpelt, hielt für einen Moment die Luft an, was weniger dem Schreck als der Parfumwolke geschuldet war, die sie plötzlich einhüllte.

Sie hustete.

»Oh, habe ich dich erschreckt?«, erkundigte sich die Freundin fürsorglich, hatte aber vergessen, den hämischzufriedenen Ton aus der Stimme zu nehmen. »Vielleicht bekommt dir so viel Gerede über Tötungsdelikte nicht wirklich.«

»Ach, das hat ja mit mir nichts zu tun.« Jetzt röchelte Traudel sogar. Der kleine Hund, der bisher brav unter dem Tisch gesessen hatte, kuschelte beruhigend seine weiche, warme Schnauze in die Hand des Frauchens, leckte über ihre Finger. Erzielte offenbar die geplante Wirkung. »Na, ist dir langweilig? Frauchen geht mit dir noch eine schöne Runde durch den Park.«

Kristina setzte sich ihr gegenüber an den Tisch, gab der Bedienung ein Zeichen.

Traudel war noch immer mit der Bewältigung der Duftwolke beschäftigt. Kam aber langsam mit den über ihrer Schulter wabernden Resten besser klar.

»Du hast ein neues Parfum.«

»Ja, ist ein ganz neuer Duft. Ich war am Wochenende in Dresden, und dort konnte ich mal so richtig nach Herzenslust stöbern, weil der Gatte einen Termin irgendeiner Tusse nicht versäumen wollte, die einen Vortrag hielt. Worum es ging, hat mich nicht interessiert, also hatte ich Freilauf. Du glaubst gar nicht, wie wunderbar man in Dresden bummeln kann. Boutiquen, Parfümerien, Juweliere, Cafés – ach, ich hätte noch viele Stunden länger bleiben können.«

»Warum *hätte*?«, fragte Traudel nach.

»Weil diese blöde Frau mit dem Vortrag zu früh fertig war. Da hat der Gatte sich gedacht, seine Frau hatte jetzt genug Bummelzeit, und rief mich an, bestellte mich zum Parkhaus an der Frauenkirche zurück, und ab ging's nach Hause. Schieres Glück, dass ich das tolle Parfüm schon gekauft hatte.«

»Ja, wirklich«, bestätigte Traudel und unterstrich die Aussage mit heftigem Kopfnicken.

»Und nun, kaum zurück, habe ich das Neueste gehört. Ist es denn zu glauben! Es war alles ganz anders.«

Traudel überlegte, ob es der Duft war, der das Hirn aufweichte, oder die Freundin versehentlich einen Schluck aus dem Flakon genommen hatte, der sich nun aufs Denkvermögen auswirkte. Sie warf ihr einen prüfenden Blick zu, schob ihre Hand suchend in die Jackentasche, tastete nach dem Handy, damit sie im Notfall sofort die Rettungsleitstelle anrufen könnte.

»Na, ist doch wahr. Da gehen alle von Selbstmord aus, weil die seelischen Wunden wieder aufgerissen wurden und sie damit nicht klarkam. Und nun stellt sich raus, dass es damit gar nichts zu tun hatte!«

Traudel bemühte sich intensiv um die kleine Kirsche, die auf dem Grund des Glases darauf wartete, vernascht zu werden. Sie schob den Löffel vorsichtig, beinahe zärtlich unter die Frucht, schnitt ihr den Weg in die Tiefe ab und schob sie behutsam an der Glaswand nach oben.

Kurz bevor sie die Kirsche in die Löffelvertiefung rutschen lassen konnte, hörte sie: »Die Amelie! Stell dir vor, die wurde ermordet! Jemand hat nur versucht, einen Suizid vorzutäuschen.«

Traudel starrte Kristina wortlos an.

Löffel und Kirsche fielen auf den Becherboden zurück.

»Was? Sie wurde ermordet? Wie soll das möglich gewesen sein – unter den Augen der Eltern?«, keuchte sie dann. »Das ist doch furchtbar für die beiden Hausachers! Da passen sie ständig gut auf die Kleine auf – und dann … Wie ist es denn überhaupt passiert?«

»Na, wenn man das so genau wüsste. Die Eltern haben sie im Schuppen gefunden, aber zu dem Zeitpunkt sind ja alle noch von einem Selbstmord ausgegangen.«

»Aber nun mal ganz ehrlich: Wer sollte sich wohl die Mühe machen, Amelie zu ermorden und dann im Schuppen …? Das ist doch Kokolores. Da hat wohl jemand was missverstanden.«

Der kleine Hund unter dem Tisch spürte die Aufregung des Frauchens und leckte ihr beruhigend über das Knie, lehnte seinen Kopf schwer an ihr Bein, damit sie spürte, dass sie in ihrer Aufregung nicht allein war, sondern sich auf starke vier Pfoten und kräftige Zähne verlassen konnte.

Traudel tätschelte ihn liebevoll, sah ihn dankbar an und zwinkerte ihm verschwörerisch zu.

»Was für einen Sinn soll das ergeben? Der Mörder hätte sie mitnehmen und irgendwo ablegen können. Aber wenn ich schon einen Selbstmord vortäuschen will, gebe ich mir doch Mühe und sorge dafür, dass man den Mord dahinter nicht aufdeckt!« Traudel konnte so viel Dummheit nicht fassen.

»Nun, vielleicht hatte er kein Auto in der Nähe. Und wenn du in der Nacht mit einer Toten auf der Schulter unterwegs bist, kann das zu nachhaltigen Problemen führen«, erklärte Kristina mit passender Gestik, die nun auch an den Nachbartischen für Aufregung sorgte.

Gregor von *Kipppunkt* ergänzte: »Stimmt schon. Aber wer hat schon einen Pool mit Säure zu Hause?«

Die anderen kicherten hämisch.

Traudel aber, geschult durch die Vorabendkrimis, wusste genau, dass es genügend Möglichkeiten gegeben hätte, die junge Frau neu zu drapieren. »Ach ja? Vielleicht seid ihr einfach zu jung und unerfahren, um all die Möglichkeiten zu erkennen, die sich jemandem bieten, der ernsthaft einen anderen verschwinden lassen will.«

Nachdenklich schaltete sich Soraya ein. »Was, wenn der Täter genau das nicht wollte: sie verschwinden lassen?«

»So? Stattdessen hängt er oder sie den Körper im Schuppen auf?« Kristina schüttelte bekümmert und ungläubig zugleich den Kopf. »Das würde dann wohl bedeuten, dass die Eltern sie genau so finden sollten? Wer sonst würde auf dem Gelände nach Amelie gesucht haben?«

»Soll das heißen, jemand bringt Amelie um und hängt sie in den Schuppen, um die Eltern damit zu treffen? Habt ihr alle heute Morgen zu heiß geduscht?«, fuhr Traudels Stimme scharf dazwischen und ergänzte in sachlichem Ton: »Wenn ich will, dass jemand leidet, nehme ich ihm das Liebste, das er hat. Und nach all dem Theater mit Amelie wäre das wohl eher Geld oder das schicke Auto gewesen.«

Anna-Sophie sprang empört auf. »Das höre ich mir nicht länger an. Das ist so unglaublich boshaft!«

»Das ist nicht boshaft, sondern messerscharfe Überlegung, frei von alberner Gefühlsduselei.« Traudel ließ sich so schnell nicht aus dem Konzept bringen.

Kristina setzte hinzu: »Ganz ehrlich müsste man sagen, dass also jemand wollte, dass die Familie die tote Tochter findet. Wäre der Plan aufgegangen, dann hätte es ein herber Schlag gegen die Psyche der Eltern sein können. Genau diesen Hieb müssen die beiden auch gespürt haben, als sie die Tochter fanden. Durch die Forensik stellt sich die Sache jetzt anders dar. Was ändert sich für den Täter und seine weitere Planung dadurch, dass die Eltern nun nicht mehr als Schuldige an einer psychischen Ausnahmesituation gelten können?«

31

Maja starrte auf das von den Technikern überarbeitete Bild der Überwachungskamera, das sich auf ihrem Monitor geöffnet hatte.

»Silke, sieh mal. Dieser Schatten, den die Kamera hier eingefangen hat, das ist Herr Hausacher. Er pirscht sich langsam an den Schuppen heran, ach nein, er wendet sich um, nimmt eine andere Richtung. Nähert sich der Garage. Sieht sich ständig um.«

Silke war hinter den Stuhl der Kollegin getreten, runzelte die Stirn und kniff die Augen zusammen. »Ja. Stimmt, warum schleicht er denn im eigenen Garten herum?«

»Da ist noch ein zweiter Schatten. Frau Hausacher?«

»Sieht so aus. Und der Sohn ist auch auf dem Gelände? Die ganze Familie versammelt sich, angeblich weiß zu diesem Zeitpunkt noch niemand, dass Amelie tot ist. Sie suchen nach der Tochter – im Dunkeln? Würde man nicht erwarten, dass sie, wenn schon das Licht nicht automatisch angeht, eine Taschenlampe benutzen oder gleich mehrere?«

»Meinst du, die Eltern wissen zu diesem Zeitpunkt schon, dass ihr Sohn auch im Unterholz unterwegs ist? Würden sie dann nicht zu dritt koordinierter suchen?«, staunte Maja.

»Nun, in der Dunkelheit wussten vielleicht nicht einmal die Eltern, dass sie gemeinsam unterwegs waren. Den Sohn hat der Vater mit keiner Silbe erwähnt, als er mit Peter gesprochen hat.«

Die Tür öffnete sich, und Emile trat ins Büro. »Was Neues?«

»Wir sehen gerade den Eltern und dem Bruder von Amelie dabei zu, wie sie bei Neumond durch den finsteren Garten schleichen. Nicht einmal eine Taschenlampe haben sie dabei. Und tatsächlich nähert sich keiner dem Schuppen. Doch am Ende wird der Vater dort die tote Tochter finden. Noch suchen sie …«

Emile trat neben Silke und beobachtete nun ebenfalls die drei Schemen.

»Hm, ich verstehe. Sieht sonderbar ziellos aus. Und ganz ohne Licht standen die Chancen schlecht, überhaupt jemanden zu entdecken. Der Sohn ist auch dabei?«

»Ja.« Maja rief eine andere Sequenz des Videos auf. »Sieh mal, das Licht geht an, und der Sohn macht diese überraschende Geste direkt vor der Haustür, wird dabei sehr gut ausgeleuchtet.«

»Ach, na das ist interessant. Er jubelt? Das ist eine Gewinner-, nein, sogar eine Siegerpose! Irgendetwas läuft gerade genau nach seinen Vorstellungen. Wir sollten hinfahren und ihn danach fragen.«

Wenig später standen die drei vor dem verriegelten Gartentor.

Auf ihr Klingeln hatte sich der Vater gemeldet und angekündigt, er wolle sofort mit dem Schlüssel herauskommen. Doch das schien noch zu dauern, sofort war wohl nach seiner Auffassung dehnbar.

»Vielleicht hat er den Schlüssel verlegt?« Silke trat unruhig von einem Fuß auf den anderen.

Emile hatte einen anderen Verdacht.

Mit großen Schritten lief er am Zaun des Grundstücks

entlang, sprang, als ihm ein Fahrzeug entgegenkam, beherzt mitten auf die Straße.

Mit laut quietschenden Bremsen kam der kleine Wagen zum Stillstand.

Emile trat an die Fahrertür, signalisierte, der Motor müsse ausgeschaltet werden, öffnete dann die Tür und zog den Fahrer des Wagens hinter dem Lenkrad hervor.

»Ach, der Sohn der Familie hat einen dringenden Termin? Vielleicht können wir Sie begleiten?«, erkundigte er sich mit süffisantem Unterton, drehte den Mann mit dem Körper in Richtung Auto.

»Können Sie sich ausweisen?«, erkundigte sich eine weibliche Stimme in forderndem Ton. Silke und Maja, die dem Kollegen neugierig gefolgt waren, übernahmen die polizeiliche Kontrolle der Papiere des Fahrers.

»Ach, Sie sind der Bruder von Amelie.« Das war eine Feststellung.

»Ja!«

»Sie sind sofort gekommen, nachdem Sie vom Verschwinden Ihrer Schwester gehört haben? Aus der Schweiz? So prompt?«

Der junge Mann atmete schnell, zögerte mit der Antwort.

»Also?«

»Wenn Amelie verschwindet, machen sich meine Eltern sofort Sorgen.«

Gut, dachte Emile, mag sein. Allerdings erklärte das nicht, wie er so schnell hier sein konnte. Das war durchaus verdächtig, entschied er, und es bedurfte der Abklärung. Laut erklärte er: »Vielleicht. Aber das allein wäre wohl kein Grund für Sie, auch sofort herzukommen.«

»Ich wurde angerufen. Seit sie den Typen von damals

gesehen hatte, war Amelie ziemlich durch den Wind. Also war klar, dass ich meinen Eltern beistehen muss. Ich habe mich sofort auf den Weg gemacht. Über Handy hätte mich eine Entwarnung sofort erreicht und ich wäre umgekehrt.«

»Geben Sie mir den Schlüssel für den Wagen«, forderte Silke und streckte ihm ihre Handfläche entgegen. »Ich parke ihn am Straßenrand, Sie können ihn ja später wieder in die Garage fahren. Sie gehen mit den Kollegen zum Tor zurück, wahrscheinlich ist Ihr Vater inzwischen mit dem Schlüssel dort angekommen.« Sie funkelte den Bruder von Amelie wütend an. »Uns warten zu lassen, war Teil der Strategie, damit Sie davonbrausen können. Wir unterhalten uns im Haus weiter.«

Während Silke den verhinderten Flüchtigen packte und ihn auf der Straße entlang bis zum Gartentor führte, wandte sich Maja an Emile. »Noch solch eine Aktion und du wirst nur noch im Büro deine Analysen für die Auswertungsrunden verfassen! Ist dir eigentlich klar, was du mit der letzten Aktion innerhalb der Familie und besonders bei deinem Schwiegervater angerichtet hast?«

»Ich habe vor allem mich ziemlich *zu*gerichtet«, erklärte der Fallanalytiker. »Meine Seite der Medaille war auch nicht angenehm. Meine Frau war wochenlang stinksauer. Aber sieh es mal so: Wenn er nun weg wäre, müssten wir ihn zur Fahndung ausschreiben. Bis wir ihn dann hier wiedersehen, dauert es.«

Maja hob warnend den Zeigefinger. »Du bist jetzt angezählt, zum zweiten Mal bist du ein zu hohes Risiko eingegangen. Was hätten wir Peter und deiner Frau erzählen sollen, wenn der Typ dich einfach rücksichtslos überfahren hätte? Du jetzt nicht mit zur Vernehmung kämst, sondern mit dem Rettungswagen auf dem Weg ins Klinikum gebracht würdest? Also denke lieber gründlich nach, bevor du wieder so ein Ding startest.«

Dann rannten sie hinter den beiden anderen her.

Emile und Maja nahmen den jungen Mann in ihre Mitte, Maja hielt ihn sicherheitshalber am Arm fest, damit ihm der Ernst der Lage klar wurde.

»Sie haben die Kollegin gehört. Wir möchten mit der ganzen Familie sprechen – Mord ist kein Spiel mit einer Escape-Tür.«

Tatsächlich stand Herr Hausacher am Gartenzaun. Als er die sonderbare Zwangsgruppe kommen sah, öffnete er das Tor weit und forderte mit theatralischer Geste zum Eintreten auf. »Immer nur herein. Dies ist seit Jahren kein Ort der Freude und des Lachens mehr. Aber nun ist es wirklich ein Trauerhaus«, kommentierte er den Besuch des Ermittlerteams, das die Ausweise präsentierte.

Langsam bewegte sich die Gruppe durch die Anlage. »In meinem ganzen Leben hatte ich noch nie so viel Besuch von der Polizei wie seit der Vergewaltigung meiner Tochter. Dort drüben ist der Schuppen. Ich gehe davon aus, dass Sie einen Blick hineinwerfen wollen.« Die Stimme des Vaters: blass, gedämpft und ohne Klangvariation.

»Wo ist denn der Riese, der beim letzten Mal mit mir gesprochen hat?«

Silke, die inzwischen hinzugekommen war, registrierte, dass die Formulierung den zeitlichen Abstand zwischen den Besuchen dehnte. Vielleicht kam es dem Vater tatsächlich so vor, als läge die Begegnung mit Nachtigall mehrere Tage zurück. Zu viel war passiert. Sie musterte den Vater nachdenklich.

»Wir ermitteln im Team.« Maja funkelte den Mann giftig an.

»Hm.«

»Und haben ein paar Fragen an Sie und Ihre Familie.«

»Na dann«, brummte Herr Hausacher senior übellaunig, stemmte die Fäuste über den Hosenbund in die Seiten, funkelte die Ermittler wütend an, signalisierte Verteidigungsbereitschaft und demonstrierte gleichzeitig, dass er nicht bereit war, die Ermittler ins Haus zu bitten.

»Wir möchten gern einen Blick ins Zimmer Ihrer Tochter werfen.«

»Kommt nicht infrage. Ihr Bereich, ihre Privatsphäre. Sie haben kein Recht dazu ...«

Noch während der Vater seinen Protest formulierte, hatte Silke den Beschluss entfaltet und hielt ihn dem Empörten zum Lesen hin.

»Ach! Willkürmaßnahmen gegen die Familienmitglieder, die um eine tote Tochter trauern. Na prima.«

»Herr Hausacher, wir wissen inzwischen, dass Ihre Tochter keinen Selbstmord begangen hat. Sie wurde getötet. Deshalb ist dies nun eine Mordermittlung«, stellte Maja klar, machte entschlossen einen Schritt auf die Eingangstür zu.

Der Vater trat zur Seite, begleitet von einer demonstrativ übertriebenen Einladungsgeste und zischte zornig: »Na, dann kann ich Sie wohl nicht vom Betreten des Hauses abhalten. Aber nur, damit wir uns richtig verstehen, ich weiche keinen Zentimeter von Ihrer Seite.«

»Das ist Ihr gutes Recht. Also ...«

Der Vater drehte sich um und setzte sich deutlich widerstrebend mit schlurfenden Schritten in Bewegung. Cornelius folgte ihm mit hängenden Schultern und gesenktem Kopf.

Maja nickte Silke zu und folgte mit Emile dem Vater ins Zimmer von Amelie, während Silke ins Wohnzimmer trat.

Sie bedeutete dem Sohn, neben der Mutter auf der Couch Platz zu nehmen.

»Wir haben das Video der Überwachungskamera ausgelesen, das Sie unseren Kollegen überlassen haben. Dabei wurden die technischen Möglichkeiten der Polizei von Ihnen wohl unterschätzt. Der Strom für die Gartenbeleuchtung war ausgeschaltet, also gingen wohl alle Familienmitglieder davon aus, dass wir auf dem Video nichts würden erkennen können. Dem ist aber nicht so. Deshalb frage ich nun noch einmal gezielt nach: Wo haben Sie, Herr Hausacher, sich an jenem Abend aufgehalten?«

»Ich war zu Hause. Meine Mutter rief mich an, war vollkommen von der Rolle. Amelie hatte beim Einkaufen den Vergewaltiger von damals gesehen. Meine Schwester läge in ihrem Zimmer auf dem Bett und wolle niemanden sehen, mit niemandem sprechen. Das ist genau die Situation, in der man mich zu Hilfe ruft, weil Amelie sich bei mir anders verhält. Weniger hysterisch, um es mal so zu formulieren. Sie wusste genau, dass dieses Getue bei mir nicht verfängt.«

»Ach ja, nur weil du so ein herzloser Kerl bist. Sie weiß …«, es folgte ein tiefes Schluchzen der Mutter, »wusste, dass du ihr nicht zuhören wirst, wenn sie weint. Das hast du noch nie getan!«

»Musste ich auch gar nicht«, stellte der Bruder klar. »Bei mir brauchte sie gar keine Worte. Ich wusste. Alles! Und deshalb war es für sie leichter. Für mich hat sich in dieser Familie noch nie einer interessiert.«

Der junge Mann sprang auf, tigerte aufgeregt durch den Raum. »Bei mir habt ihr euch anders verhalten als bei ihr. Jungs stecken das weg, Jungs weinen nicht, mein Sohn ist schließlich kein Weichei, Jungs lösen ihre Probleme selbst – und was für andere blöde Floskeln euch eingefallen sind, damit ihr euch nicht um meine Probleme kümmern musstet. Aber bei Amelie seid ihr immer gesprungen! Ach, meine Kleine, oh weh, meine Süße, komm, wir kleben ein Pflaster auf die Wunde, selbst wenn die gar nicht zu sehen war. Mich habt ihr mit einem gebrochenen Arm, den ich nicht zum Arzt tragen durfte, zum Sport geschickt, ich solle mich mal nicht so anstellen. Der Trainer war entsetzt, fuhr mit mir zum Arzt. Nur deshalb bekam ich doch noch einen Gips.«

Die Mutter starrte den Sohn verständnislos an.

»Amelie war zart und zerbrechlich. An Körper und Seele. Du nicht«, stellte sie distanziert fest.

»Ja klar, das arme Mädchen«, spuckte der Sohn gallig.

Als der Vater ins Zimmer trat, kühlte die Atmosphäre deutlich weiter ab.

»Was?«, fragte er und sah jeden streng an.

»Dein Sohn beklagt mal wieder einen Mangel an Zuwendung«, giftete die Mutter.

»Ach so, ich dachte schon, es ginge um ein ernstes Thema.« Der Vater machte eine wegwerfende Handbewegung, wandte sich zu Silke um: »Sehen Sie, das passiert, wenn Sie Ihr Kind nicht als Einzelkind großziehen möchten. Der Ältere wird immer von Eifersucht geplagt, egal welche Anstrengungen Sie unternehmen, um das zu verhindern. Ich weiß gar nicht, wie andere Familien, mit acht Kindern zum Beispiel, das hinkriegen, alle bis ins Erwachsenenalter nebeneinander groß werden zu lassen, ohne dass es Mord und Totschlag gibt.«

Silke griff diesen Punkt sofort auf: »Mord und Totschlag. Mussten Sie das bei Ihren beiden auch verhindern?«

Der Vater schüttelte den Kopf. »Nein. So weit haben wir es nie kommen lassen. Meine Frau hat ihren Beruf aufgegeben, und so war immer jemand hier, der sich um beide oder jedes einzeln kümmern konnte. So ist es gelungen, viel Stress zu vermeiden.«

Silke bemerkte den Blick der Mutter, der sich intensiv mit ihren Händen im Schoß befasste.

Der Sohn entließ als Kommentar nur ein empörtes Prusten.

»Offensichtlich sehen das nicht alle Familienmitglieder als erfolgreiche Strategie an«, kommentierte sie die Darstellung des Vaters knapp.

»Klar. Eine junge Frau wie Sie, die hat gut reden. Warten Sie, bis Sie Kinder haben. Dann sehen Sie die Welt mit ganz anderen Augen«, prophezeite die Ehefrau, hob den Kopf und sandte einen vernichtenden Blick in Richtung ihres Sohnes. »Amelie ist tot. Und wir sprechen über die Animositäten des Bruders. Weißt du, Cornelius, deine Selbstbezogenheit geht mir unendlich auf die Nerven.«

»Ihre Tochter, Ihre Schwester wurde getötet. Und wir interessieren uns für die Aktivitäten aller Familienmitglieder in der Nacht ihres Todes bis zu ihrem Auffinden. Wir wissen, dass Sie alle im Garten unterwegs waren. Ich möchte jetzt von jedem hören, wie der Abend konkret aussah.«

Der Vater warf sich theatralisch in einen der Sessel, schlug die lang ausgestreckten Beine übereinander, verschränkte die Arme vor dem prominenten Bauch.

»Gut«, verkündete er mit überraschend hoher Stimme, räusperte sich schnell, kehrte zum normalen Tonfall zurück, als er zu erzählen begann: »Ich habe am Nachmittag einen Freund besucht. Albrecht. Der wohnt schräg gegenüber der

Kirche. Valery kam auch dazu. Wir haben uns über diesen Post des Klimaspinners unterhalten, waren stinksauer darüber, dass dieser Kerl einfach einen solchen Aufruf einstellte. Wir haben überlegt, welche Maßnahmen wir ergreifen könnten, um die Sportler und die anderen Gäste, die einen Besuch bei uns planen, zu beruhigen. Zum Beispiel mit ganzseitigen Anzeigen in der Zeitung: Wir freuen uns auf euch – und dann das Programm des Marathons und anderer Aktivitäten, die bei uns möglich sind.«

»Ich brauche den vollständigen Namen Ihrer Freunde und deren Kontaktdaten.«

Silke schrieb eilig die Angaben auf. »Und danach? Als Sie Valery und Albrecht verlassen hatten?«, bohrte sie.

»Als ich wieder auf dem Weg nach Hause war, erfuhr ich über mein Handy, meine Tochter sei dem Vergewaltiger von damals begegnet. Ich verständigte meine Frau, wir fuhren in den Supermarkt, holten unser verstörtes Kind ab. Als ich den Wagen in der Garage abgestellt hatte und ins Haus kam, war meine Tochter nicht zu finden. Auf Nachfragen meinte meine Frau, Amelie sei in ihr Zimmer gerannt und wolle niemanden sehen oder sprechen. Sie habe unseren Sohn bereits verständigt, der könne vielleicht helfen. Ich fand, das sei Quatsch.«

»Also sind Sie zu ihr gegangen.« Silke bemühte sich sehr um einen sachlichen Ton, war sich aber nicht sicher, ob das gelungen war.

Der Vater jedenfalls warf ihr einen abschätzigen Blick zu. »Ach, das haben Sie schon vermutet?« Er lachte aggressiv, hielt sich den in Bewegung geratenen Bauch dabei mit beiden Händen. »Klar. Ich bin nicht der Typ Vater, der sich abwimmeln lässt. Ich verschaffte mir Zutritt.«

»Ihre Tochter hatte nicht abgeschlossen?«

»Das konnte sie nicht«, warf die Mutter schnell ein. »Sie hatte seit der Sache von damals keinen Schlüssel.«

»Genau. Damit wir jederzeit zu Hilfe eilen konnten. Aber sie hatte ihren Tisch vor die Tür geschoben. Kein Hindernis für mich. Ich fragte, was passiert sei, und sie erzählte es mir. Natürlich war ich wütend. Darauf muss man die betroffene Familie doch vorbereiten.«

Die Mutter übernahm den Gesprächsfaden: »Wir brachten ihr das Abendessen ans Bett, weil sie nicht aufstehen wollte. Ich dachte, vielleicht hat er es wieder getan. Also die Vergewaltigung. Denn normalerweise kommt – kam – Amelie immer zu uns an den Tisch. Selbst damals, als sie gerade aus dem Krankenhaus zurück war.« Sie tupfte unter den Augenlidern entlang.

Silke hatte sie genau im Auge behalten und dabei keine Träne bemerkt. Leichte Übelkeit stieg in der Ermittlerin auf.

»Mehr konnten wir nicht tun. Unser Sohn, vermuteten wir jedenfalls, hatte sich auf den Weg zu seiner Familie gemacht. Einen Schlüssel für Tor und Haus hatte er schließlich. Also haben wir allein gegessen und danach leise einen Krimi im Fernsehen geguckt. Um das Kind nicht zu stören.« Der Vater, kurz und knapp. »Später haben wir nach ihr gesehen, alles in Ordnung, sie schlief.«

»Mitten in der Nacht hat der Hund ein paar Häuser weiter angeschlagen«, schaltete sich die Mutter wieder ein. »Ich wachte auf und ging über den Flur in Amelies Zimmer, um nach ihr zu sehen. Und ich fand … fand … das Bett war leer!«, schluchzte sie laut auf.

Silke hakte das unter ›theatralische Selbstinszenierung‹ ab. »Und dann?«

»Ich rief nach meinem Mann, und wir suchten im Garten nach ihr, konnten sie nicht finden. An keinem ihrer Lieblingsorte. Und da wir kein Licht hatten, mussten wir langsam gehen und jede Stelle wirklich aufsuchen, um nichts zu übersehen.«

»Hatten Sie das Gefühl, allein im Garten zu sein?«, fragte Maja, die leise eingetreten war, plötzlich dazwischen.

Erschrocken sah die Mutter auf, seufzte dann vernehmlich: »Nein, sonderbarerweise nicht. Aber im Dunkeln war niemand zu sehen. Es war mehr ein unangenehmes Gefühl, wie beobachtet oder besser ausspioniert zu werden. Meinen Mann konnte ich hören, er ist mehrfach gegen Gartenstühle gestoßen, hat dann leise geflucht. Rief mir zu, er könne das Problem für die Störung beim Licht draußen nicht entdecken, er wolle mal im Sicherungskasten nachsehen.«

»Wir haben natürlich Taschenlampen griffbereit in der Schublade im Flur.« Die Stimme des Vaters war fest, ein Unterton zeigte, dass er sich über sich selbst amüsierte, als er weitersprach. »Aber in der Hektik haben wir nicht daran gedacht, sie mitzunehmen. Als sie mir einfielen, stellte ich fest, dass keine Batterien drin waren. Muss ich bei der letzten Überprüfung übersehen haben.«

»Im Sicherungskasten konnten Sie den Fehler beheben und den Strom wieder einschalten?«, erkundigte sich Silke.

»Ja. Die Sicherung war rausgesprungen, und dieser blöde FI-Sicherheitsmodus hatte die Beleuchtung im ganzen Garten lahmgelegt. Der hat einen eigenen Stromkreis. Nun, als ich ihn wieder einschaltete, ging auch mit ein bisschen Gezicke und Geflacker das Licht draußen an.«

»Mein Mann sah dann im Schuppen …«, die Stimme der Mutter erstarb. »Ich durfte nicht hineinsehen, er baute sich in der Tür auf, nahm mir die Sicht und rief übers Handy die Polizei an. Dann packte er mich fest am Arm, drehte mich zum Haus um und schickte mich hinein.«

»Das haben Sie mit sich machen lassen?«, staunte Maja. Die Mutter zuckte mit den Schultern.

»Ihr Sohn war doch auch im Garten.« Silke war der Meinung, man müsse dieses Gespräch nun endlich zum Punkt führen.

»Was? Er war das im Garten?« Sie drehte sich zu ihm um: »Ja, warum hast du nicht geantwortet, als ich immer wieder leise in die Dunkelheit gefragt habe, ob da jemand sei? Ich habe mich so geängstigt. Dabei warst du das? Ich dachte, vor dem nächsten Morgen kannst du gar nicht hier sein.«

Cornelius Hausacher wand sich sichtbar. »Ich war schon vor eurem Anruf wegen Amelie auf dem Weg zu euch, wollte euch überraschen. Ich hatte eigentlich einen Grund zum Feiern. Aber mir ist klar, dass das im Moment natürlich nicht passt. Deshalb habe ich bisher nicht darüber gesprochen.«

»Ach, und was für ein Grund wäre das?« Der Vater beugte sich leicht vor, schien interessiert.

»Ich habe einen Job bei einem internationalen Konzern bekommen. Werde im Ausland arbeiten. Man will mich flexibel einsetzen.«

»Ach so, du wirst so eine Art Mädchen für alles und nichts Richtiges.«

Maja machte einen warnenden Schritt in Richtung des Sohnes, der aussah, als wolle er zu einem wütenden Angriff starten. Schwer atmend blieb er vor Klapproth stehen, die Fäuste geballt, der Blick voller Hass.

»Weil Sie diese Reaktion erwarteten, haben Sie es Ihren Eltern dann doch nicht erzählt? Wo doch gerade mal wieder Amelie das wichtigste Thema war, konnten Sie natürlich mit einem tollen Jobangebot nicht punkten.« Silke verstand gut, dass der junge Mann tief gekränkt war. »Aber was hat Sie glauben lassen, Ihre Eltern wären daran interessiert, diese Information im ersten Morgengrauen zu bekommen?«

»Ich wollte es ihnen eigentlich gar nicht sagen. Wollte einfach nach Amerika verschwinden. Aber dann dachte ich, es wäre falsch, so ohne ein Wort. Möglich, dass ich ein kleines bisschen Stolz auf den erfolgreichen Sohn erwartet hatte … Aber Sie sehen ja, niemand hätte mich überhaupt nur vermisst. Als ich hörte, Amelie habe einen Zusammenbruch, entschied ich mich doch weiterzufahren. Ein letztes Mal würde ich mich einschalten. Danach nie wieder. Als ich ankam, wurde ich sofort als lästiges Insekt klassifiziert, wahrscheinlich Überträger einer tödlichen Krankheit. Wie eigentlich immer, wenn ich nicht gerade Amelie wieder in die Spur setzen sollte«, ätzte Cornelius und sah wütend von einem zum anderen. »In der nächsten Woche werde ich nach New York fliegen.«

Stille.

Wie eine dichte Wolke aus giftigem Dunst.

Maja unterbrach das Schweigen, fragte: »So. Nun wissen wir, dass Sie alle drei im Garten unterwegs waren, als er noch im Dunkeln lag. Haben Sie noch jemanden getroffen?«

Allgemeines Kopfschütteln.

»Wir sehen auf dem bearbeiteten Bild, dass Sie sich überall umgesehen haben. Nur Sie, Herr Hausacher, sind einmal rund um den Schuppen gegangen und dann hinein. Sie waren für mehrere Minuten verschwunden. Als Sie herauskamen, hielten Sie das Handy in der Hand. Hatten Sie die Polizei zu diesem Zeitpunkt schon verständigt?«, wollte Maja ungeduldig wissen.

»Wie, du hattest dein Handy dabei?«, fragte seine Frau irritiert. »Dann hättest du doch mit der Handylampe ein bisschen Licht machen können, statt gegen die Möbel zu laufen.«

»Was haben Sie im Schuppen gemacht?«, bohrte Maja weiter.

»Ich bin rein und stieß gegen Amelies Körper. Als mir klar war, dass sie sich aufgehängt hatte, tastete ich nach der kleinen Säge auf der Werkbank und durchtrennte das Seil, fing sie auf und legte sie auf dem Boden ab. Suchte nach ihrem Puls am Arm und am Hals. Nichts. Sie war tot. Ich stand auf, trat zur Tür und stieß auf meine Frau, die unbedingt hineinwollte. Das habe ich unterbunden, schickte sie ins Haus zurück. Als ich sicher war, dass sie gegangen war, benachrichtigte ich die Polizei. Damit die nun nicht im Dunkeln zum Beispiel in den Teich stolpern würde, beschloss ich, im Sicherungskasten nachzusehen. Dort habe ich dann den Schaden behoben – und alle konnten wieder sehen. Zu meiner Überraschung traf ich am Schuppen auf meinen Sohn. Der stand in der Tür und sah unverwandt auf Amelie. Und er hatte die Frechheit, mich zu fragen, was ich mit ihrem Tod zu tun habe.«

»Gut. Das ist Ihre Geschichte.«

Vor der Tür wurden schwere Schritte laut.

»Das sind unsere Kollegen. Und nun begleiten Sie alle uns ins Büro. Wir werden Ihre Aussagen aufnehmen, und Sie müssen dann das Protokoll unterschreiben.« Silke lief zur Tür, die Kollegen traten ins Zimmer, bedeuteten jedem, sie zu begleiten.

»Also! Abschließen muss ich schon noch, bevor Sie mich verschleppen. Ist ja nicht Skandinavien hier!«, bellte Herr Hausacher ungehalten.

32

Peter Nachtigall starrte Vollmert wütend an, als er aus dem Krankenzimmer kam.

»Sie haben erst eingegriffen, als Sie schon hoffen konnten, dass er den Überfall nicht überlebt. So sieht er die Sache jedenfalls.«

Vollmert wurde blass. »Also ... nein ... so war das nicht. Aber nun hatte die Kleine sich umgebracht. Dadurch war die Situation eine andere. Und er wurde letztlich nur verletzt. Er lebt ja.«

»Es werden irreparable Schäden zurückbleiben. Nach Aussage des Arztes, nicht der des Patienten, der nur Zeichen geben kann. Er ist so schwer verletzt, dass nur seine Mutter ihn besuchen darf. Und ein Beamter wird weiterhin über ihn wachen. Sie brauchen nicht zu versuchen, jemanden herzuschicken.«

Vollmert wurde, falls das möglich war, noch bleicher. »Was unterstehen Sie sich, mir zu unterstellen?«, presste er zwischen den Zähnen hervor. »Ich bin doch kein Mörder!«

»Das ist tatsächlich noch nicht raus«, gab Nachtigall trocken zurück. »Sie werden sich einstweilen zu unserer Verfügung halten, die Stadt nicht verlassen. Treffen wir Sie nicht an, schreiben wir Sie zur Fahndung aus.« Damit machte der Hauptkommissar kehrt und verließ mit großen Schritten die Station.

Marten eilte ihm nach, hörte aber noch, wie der Wachbeamte höhnisch zu Vollmert sagte: »Sehen Sie, hab ich doch gleich gesagt. Der lässt auch nach Ihnen fahnden, wenn Sie versuchen abzutauchen.«

Die beiden Ermittler, Nachtigall und Klausing, beschlossen, erneut bei *Kipppunkt* nachzuhaken, fuhren zu Soraya.

»Wir haben noch ein paar Fragen«, erklärte Nachtigall mit entschuldigendem Schulterzucken.

»Ja, ist schon klar. Jetzt haben Sie schon zwei Ermordete, nicht wahr. Miela wurde umgebracht – auf die gleiche Weise wie Thor.«

Sie öffnete die Tür weit und bat die beiden verblüfften Männer herein.

»Sie wissen vom Mord an Frau Trepter?«

»Klar. Miela und Thor kannten sich flüchtig. Er hatte versucht, sie zu *Kipppunkt* zu holen, weil sie in einem sensiblen Bereich arbeitet. Klimaforschung. Sie erstellt nach aktuellen Daten verschiedener Quellen Prognosen über die Entwicklung des Klimas. Nicht nur in Europa; weltweit. Dazu hat sie auch engen Austausch mit dem Institut in Potsdam gehabt. Irgendein Scherzkeks hat mal ein Foto von ihr gepostet und behauptet, ohne sie und ihre blöden Prognosen gäbe es den Klimawandel gar nicht – sie sei schuld daran, dass jemand ihm den Boliden vor der Haustür zerschrammt habe. Es geht super schnell im Netz, man kommt fix in Verruf. Miela hat seitdem möglichst die Öffentlichkeit gemieden. Thor und sie haben sich meist über *Shortcut* ausgetauscht.«

»Heißt?« Nachtigall setzte sich vorsichtig auf den angebotenen Stuhl. Nicht jedes Sitzmöbel hielt seinem Gewicht stand.

»Sie haben einen Account genutzt, eine Plattform, in der nur die Leute einen erreichen, von denen man möchte, dass sie es können. Wie die Plattform heißt, habe ich längst vergessen.«

Marten sah sich interessiert um. »Die Planungen für den Marathon gehen also weiter?«

»Ja. Na klar. Ist so: Wenn der letzte Marathon beendet ist, folgt eine Nachlese: Was war gut, was nicht, wo müssen wir ansetzen, wo besser werden? Danach ist für die Öffentlichkeit erst mal alles still. Aber natürlich wird ab Tag eins nach schon bis Tag eins vor dem Marathon geplant, besprochen, verworfen, getestet, wie überall. Und wir versuchen, mit Burg, Lübbenau, Lübben und den anderen ein Umweltkonzept auf die Beine zu stellen, das diesen Namen auch verdient. Klimaklebereien sind kindisch; Schnee von gestern. Wir stellen uns breiter auf.«

»Und wie sieht die neue Planung aus?«, wollte Marten wissen.

Soraya zog eine Pinnwand aus dem Spalt zwischen Kühlschrank und Waschmaschine. »So.«

Sie erklärte genau, was angedacht worden war. Shuttleservice mit E-Bussen, deutlich mehr Sammelstellen für Flaschen und Getränkebecher und ein Rauchverbot außerhalb der markierten Bereiche. Ordner zur Überwachung der Regeleinhaltungen und vieles, vieles mehr.

»Sie sehen, kleben war nicht im Programm. Zufahrten sperren auch nicht. Es sollten Parkflächen ausgewiesen werden – ab dort konnte man kostenfrei mit dem E-Bus fahren. Im Vorfeld sollten die meisten Besucher ein Ticket kaufen, das sie dann zur Nutzung all der Angebote berechtigen würde. Und: Klar würde es auch Bier und belegte Brötchen geben. Wir können den Leute ihre Essgewohnheiten nicht mit Zwang abtrainieren. Das muss schon jeder selbst ganz bewusst für sich entscheiden. Im

Zweifel auch immer wieder neu. Vegan, vegetarisch, flexibel oder am liebsten nur Fleisch. Ernährung, das ist eine Lebensart, die man mögen wollen muss, sonst ist man permanent unzufrieden, fühlt sich gegängelt, bevormundet. Wir haben vor, alles zu zeigen, alles anzubieten – und auf Nachfrage auch gern zu erklären. Zusammenarbeit mit Studenten der BTU Cottbus: *Ferne Länder – Tolle Küche* wird der Slogan sein. Parallel wollen wir auf Sport hinweisen. Kostenlose Probeeinheiten für Interessierte: Yoga, Tanzen, Ausdauer, Krafttraining. Für jeden etwas dabei. Mit Beratung und auf Wunsch auch Essberatung. Bei *Kipppunkt* sind nicht alle sportlich und vegetarisch. Wir sind bunt gemischt, bilden einen Querschnitt der Gesellschaft ab.«

»Und Miela wollte nicht bei *Kipppunkt* dabei sein? Klingt doch in meinen Ohren alles ganz vernünftig.« Marten warf der jungen Frau einen neugierigen Blick zu.

Nachtigall wartete ruhig ab, als Soraya nicht sofort antwortete.

»Miela hatte Morddrohungen bekommen«, presste sie leise hervor.

»Wann?«

»Das wusste sie nicht. Sie leerte ihren Briefkasten nicht regelmäßig. Man hatte ihr einen Brief eingeworfen – ohne Absender versteht sich. Sie hatte auch niemanden wirklich unter Verdacht.«

»Hat sie sich an die Polizei gewandt?«, fragte er weiter.

»Nein. Sie hat mir den Wisch gezeigt und ihn dann auf dem Balkon in einer Schüssel verbrannt. Von dem Tag an wollte sie von einer Mitarbeit bei *Kipppunkt* nichts mehr hören. Man exponiere sich zu sehr, war ihr Argument.«

Sie standen sich schweigend gegenüber, Soraya wirkte

verunsichert, nestelte die Ärmel des leichten Pullovers über die Hände, schob sie zurück, zerrte erneut.

Nachtigall fragte leise: »Sie haben auch Angst. Gehen Sie davon aus, dass die Planungen für den Marathon doch der Auslöser für diese Gewalt sind? Sie fürchten, auch in den Fokus zu geraten?«

»Ich weiß nicht mehr, was ich denken soll«, antwortete die junge Frau heftig. »Die Leute reagieren so unvernünftig, so emotional und ohne jedes Nachdenken. Nun ist Thor brutal getötet worden – und tatsächlich spekulieren einige noch immer, er habe das Schicksal herausgefordert, als er diesen Post abgesetzt hat. Der gar nicht von ihm stammte! Laut Information Ihrer Presseabteilung wissen Ihre Kollegen inzwischen, von welchem Computer er kam – einem frei zugänglichen in einem Büro in Cottbus. Jemand hatte sogar die Uhrzeit manipuliert, so glaubte man erst, der Rechner käme gar nicht infrage, weil das Büro zu der Zeit noch geschlossen war. Wer auch immer das getan hat, der kannte sich mit Computern und den Mittagspausenzeiten gut aus. Ich wusste gar nicht, dass man die Zeit zum Abschicken einer Mail auf meinem Rechner vorwählen kann. Na ja. Ich bin eben nicht wirklich interessiert – mir reicht es, wenn das Teil störungsfrei genau das tut, was ich von ihm möchte.« Sie lächelte schief.

»Solche Übergriffigkeiten gab es bisher nicht auf *Kipppunkt*-Aktivisten?« Marten sah die junge Frau auffordernd an.

Soraya wand sich erkennbar.

Stöhnte dann leise auf. »Thor war schon einmal in den Fokus des Interesses geraten. Sie wissen, dass sein Vater Richter war. Mutter und Sohn hatten sogar schon vor seinem Tod den Familiennamen gewechselt. Weil sie immer wieder von Leuten beschimpft wurden, die mit den Urteilen nicht einverstanden waren. Besonders schlimm war es nach diesem Vergewaltigungsprozess. Das war alles ziemlich widerlich und komplett unfair. Schließlich konnte weder die Ehefrau noch der Sohn etwas dafür. Sie wussten nicht einmal was davon, weil der Vater natürlich zu Hause nicht über seine Fälle sprach. Thor wurde von der Welle an Wut total überrascht.«

Nachtigall fragte nervös: »Und Miela? Ihr Vater war – oder ist es noch – Anwalt. Ist ihr so etwas auch schon passiert?«

Soraya sog die Unterlippe ein und begann darauf herumzukauen, ließ sie dann wieder zurückspringen.

»Mit dem Fall damals hatte er wohl nichts zu tun«, meinte sie nachdenklich. »Miela hat sich für die Fälle ihres Vaters nicht interessiert, und er hat aus jedem Mandat ein Geheimnis gemacht. Aber das ist auch nicht so schwierig. Also im normalen Leben. Die Öffentlichkeit bekommt ja erst mit, wer der Verteidiger oder Ankläger ist, wenn die Presse sich für das Verfahren interessiert. Ich weiß nicht, ob Miela überhaupt etwas von einer Berichterstattung über einen Prozess mitbekommen hätte. Solche Dinge interessierten sie nicht. Miela liebte Romanverfilmungen mit einem romantischen Ende. Heile Welt eben.« Sie zuckte mit den Schultern. »Das war sicher auch einer der Gründe, sich nur mit theoretischen Modellen zu Erderwärmung, Eisbergschmelze, Hitzesommer oder Überflutungsgefahr zu beschäftigen. Realität vor der Tür – nicht ihr Ding.«

Nachtigall verabschiedete sich freundlich und brach eilig auf.
»Nanu? Wir haben es eilig?«
»Oh ja. Das haben wir. Ruf mal bei Silke an, ich will wis-

sen, wo die beiden gerade sind. Ich möchte gern alle im Büro sehen! Emile soll auch dazukommen, Thorsten vielleicht, falls er beschäftigt ist, per Video-Schaltung.«

Als Marten seine Nachrichten checkte, pfiff er durch die Zähne. »Die beiden Kolleginnen haben die Familie von Amelie ins Präsidium mitgenommen. Sie glauben, ein Familienmitglied könne am Mord an der Tochter beteiligt gewesen sein. Doktor Pankratz ist auf dem Weg zu uns ins Büro, er hat Maja erklärt, er habe neue Erkenntnisse im Fall Amelie. Es kommt Schwung in die Sache!«

Nachtigall nickte bedrückt.

»Stimmt etwas nicht?« Marten war überrascht über den Mangel an Begeisterung des Kollegen.

»Wir haben nun viele Informationen, um die losen Enden zu verbinden. Aber uns fehlt ein Verdächtiger. Und den brauchen wir nun unbedingt, wenn wir Schlimmeres verhindern wollen. Maja soll versuchen, Doktor März zu erreichen. Ich hätte ihn gern in dieser Runde dabei.«

Während Nachtigall zügig nach Cottbus zurückfuhr, schickte Marten mehrere Nachrichten an Maja und Silke, las die gesendeten Antworten.

»Okay. Silke und Maja sind mit der Familie im Büro. Sie haben alle am Fall arbeitenden Ermittler eingeladen. Nur Doktor März ist nicht zu erreichen. Maja schreibt, das sei überraschend, normalerweise melde er sich wenigstens kurz, selbst wenn er gerade in einem Gespräch sei.«

»Ja. Das stimmt. Sie soll es weiter versuchen.«

Danach starrte er schweigend auf die Straße.

Marten hielt sich mit weiteren Fragen zurück, spürte, dass er an irgendeiner Stelle etwas Wichtiges verpasst haben musste.

33

Maja nahm Amelies Vater mit in Nachtigalls Büro, zog Martens Stuhl an die Seite des Schreibtisches, bedeutete dem Vater, darauf Platz zu nehmen.

Emile hielt sich im Hintergrund, wurde nur in einem Nebensatz erwähnt.

»Wir beide, der Kollege dort und ich, unterhalten uns nur mit Ihnen. Sie sind Zeuge, stehen nicht unter Tatverdacht, darüber wurden Sie belehrt.«

»Hm«, brummte Herr Hausacher.

»Ich möchte nun von Ihnen die Wahrheit hören. All das Gerede drumherum können Sie einfach gleich weglassen. Was hat Ihre Tochter Ihnen über den Abend erzählt, an dem sie vergewaltigt wurde?«

Herr Hausacher sah sie einen Moment lang überrascht an. »Damals? Sie wollen wirklich wissen, was sie über dieses Verbrechen berichtet hat?«

»Ja. Ich glaube keine Sekunde länger daran, dass ihr nicht nach und nach Erinnerungsfetzen bewusst wurden. Und die hat sie sicher der Therapeutin erzählt. Wir haben Ihre Einschätzung zu Amelies Persönlichkeit vorliegen. Sie war voller Hass, aber weil sie sich rächen wollte, hatte sie nicht vor, sich umzubringen. Sie ging fest davon aus, dass ihr bewusst würde, wer für den Überfall verantwortlich war. Von der Schuld Phils war sie zu keinem Moment überzeugt. Dazu passt das Ergebnis der Rechtsmedizin. Ihre Tochter hat sich demnach nicht selbst getötet. Ich sehe Sie auf dem

Video im Dunkeln herumschleichen. Ich denke, es ist jetzt an der Zeit, mit der Wahrheit rauszurücken.«

»Ach, Sie wollen doch nur Ihre Interpretation der Wahrheit von mir bestätigt bekommen. Ich denke gar nicht daran!«, fauchte der Mann mit wutverzerrtem Gesicht zurück, seine Faust schwebte einen Augenblick lang über dem Schreibtisch, wurde aber dann auf den eigenen Oberschenkel geschlagen. »Sie haben doch keine Ahnung.«

»Ahnung habe ich schon. Aber das reicht mir nicht. Ich bin Hauptkommissarin und will wissen! Also erwarte ich von Ihnen jetzt eine Darstellung der Ereignisse ohne diese emotionale Suppe, in der zu stochern ich nicht vorhabe. Noch spreche ich mit Ihnen als Zeuge der Ereignisse.« Majas Augen fixierten den Mann eisig, ihre Körperhaltung machte deutlich, dass sie an Verwirrspielen keinerlei Interesse habe.

»Sie glauben, ich habe meine Tochter getötet? Im Ernst?«

»Wie gesagt, ich glaube nicht. Ich möchte jetzt von Ihnen genau erfahren, was Sie wussten und was Sie getan haben.«

Sie rief das Video auf, drehte den Monitor so, dass Herr Hausacher erkennen konnte, wie gut die Technik alle Bewegungen im Garten sichtbar gemacht hatte.

»Meine Frau wollte nachsehen, ob Amelie schlief. Aber das Bett war leer. Aufgeregt kam sie zu mir zurück, und wir beschlossen, im Garten nachzusehen. Amelie hatte einen Lieblingsplatz. Doch dort war sie nicht. In der verflixten Dunkelheit war kaum etwas zu erkennen. Meine Frau ging in Richtung Garage weiter, ich in die andere. Ihre Rufe waren deutlich zu hören, ich merkte aber schnell am Ton, dass sie nicht daran glaubte, sie könne unsere Tochter finden.«

»Und Sie?«

»Ich habe hinter jeden Busch geguckt, erreichte die Grundstücksgrenze, kehrte um und ging langsam in Richtung Schuppen. Der ist normalerweise verschlossen. Amelie mochte ihn wegen des Ungeziefers und der Ratten nicht betreten. Dabei gab es weder das eine noch das andere dort. Nachdem ich sie nicht gefunden hatte, beschloss ich, doch in den Schuppen zu sehen. Und als ich um mich herum tastete, stieß ich im Raum gegen etwas Weiches. Meine Tochter.«

»Sie wussten sofort, dass es sich um Ihre Tochter handelte? Trotz der Finsternis, die im Schuppen vielleicht noch tiefer war als im Garten?«

»Mag sein, dass ich es nur vermutete. Wir hängen allerdings keine Mäntel dort auf. Oder tote Tiere. Deshalb war ich mir wohl sofort sicher.« Er grinste fies. Maja registrierte das zufrieden. Er glaubte, sie sei ihm intellektuell deutlich unterlegen. Wahrscheinlich nimmt er das von jeder Frau an, schlussfolgerte die Hauptkommissarin.

Silke sprach im Büro gegenüber mit der Mutter Amelies.

»Sie haben gleich im Garten angefangen, nach Amelie zu suchen? Im Haus konnte sie nicht sein?«

»Nein. Wenn sie plötzliche Panikattacken bekam, lief sie immer in den Garten. Dort konnte sie letztlich in alle Richtungen entkommen. Ein Haus hat Zimmer und viele Wände.« Die Frau senkte den Blick, starrte auf einen Punkt im Nirgendwo, das wohl zwischen ihren Schuhen liegen musste.

»Und der Schuppen hat keine Wände?«, fragte Silke nach, registrierte, dass ihr Ton dem der Kollegin Klapproth zu ähneln begann.

»Doch, natürlich. Reaktionen von Menschen sind nicht immer logisch!«

»Da ist was dran. Sie gingen also in den Garten, bemerkten, dass die Beleuchtung sich nicht einschaltete. Warum haben Sie nicht reagiert? Zum Beispiel wenigstens eine Taschenlampe geholt. Wir hatten Neumond.«

»Ich kümmere mich nicht um die Technik rund ums Haus. Wahrscheinlich ging ich davon aus, dass mein Mann das tun würde. Und meine Sorge überdeckte ohnehin alle anderen Überlegungen. Meine Tochter war weggelaufen!«

»Ja, das verstehe ich schon. Sie dachten, Amelie sei in einer kritischen Verfassung. Allerdings hielten Sie es nicht für notwendig, einen Arzt zu rufen, als sie die angeblich verstörte Amelie mit nach Hause nahmen. Also schätzten Sie die Situation als nicht so ernst ein.«

»Unser Hausarzt hätte ihr ein Beruhigungsmittel gegeben. Mehr kann er nicht tun. Und diese Mittel nützen nur kurzfristig, führen nicht zu einer Lösung des Problems.« In die bisher leise, schwankende Stimme von Frau Hausacher mischten sich unterschwellig Zorn und Trotz.

»Als Sie in den Schuppen gehen wollten, hat Ihr Mann das verhindert. Was genau hat er zu Ihnen gesagt?«

Schweigen.

Silke wartete, zählte langsam in Gedanken bis 15.

»Was genau hat er zu Ihnen gesagt?«

Wütendes Funkeln aus den Augen der Mutter flackerte über Silkes Gesicht.

»Er erklärte mir, Amelie sei tot. Ich solle sofort ins Haus zurückkehren.«

»Und Sie haben gehorcht?«, hakte Silke nach, versuchte, ihre Verblüffung nicht hörbar werden zu lassen.

»Was sollte ich tun? Ihn niederschlagen, damit ich an ihm vorbeikommen würde? Ich zweifelte nicht an seinen Worten – konnte mein Kind nicht mehr retten. Wollte meine

Amelie nicht im Tod sehen.« Sie unterdrückte ein Schluchzen, wischte mit einem Papiertaschentuch, das sie aus dem Rockbund zog, über die Augen.

Zu viel Theater, versuchte Silke, ihr ungutes Gefühl einzuordnen. Rief sich dann zur Ordnung. Diese Frau hatte gerade erfahren, dass ihre Tochter ermordet worden war. Bisher ging sie von einer Selbsttötung der Tochter aus – und nun musste sie damit umgehen, dass Amelie ihren Tod gar nicht geplant hatte – die mörderische Absicht hatte ein anderer und der setzte sie um. Sie hatte jeden Grund, erschüttert zu sein.

Und es blieb der Gedanke, dass diese Frau mehr wusste, als sie zuzugeben bereit war.

»Wann haben Sie bemerkt, dass Ihr Sohn auch im Garten unterwegs war?«

»Zunächst gar nicht. Ich wäre auch sehr erschrocken, einen weiteren Menschen unverhofft im Dunkeln zu entdecken. Sehen Sie, normalerweise kündigt er sein Kommen an. Aber dieses Mal hat er das wohl vergessen.«

Silke startete die Videosequenz, die den Sohn im Licht der Überwachungskamera zeigte. »Wie würden Sie diese Geste interpretieren?«

Frau Hausacher starrte fassungslos auf die Bilderfolge, die Silke immer wieder neu wie in einer Endlosschleife startete.

Dann seufzte sie tief. »Ich verstehe, was Sie meinen. Sieht wie eine Geste aus, die Jubel, Zufriedenheit und Erfolg abbildet.«

»Wie kommt Ihr Sohn dazu, all das zu zeigen – in einem Moment, in dem seine Schwester tot aufgefunden wurde?«

»Das werden Sie ihn wohl selbst fragen müssen. Meinem Mann und mir war nicht nach solch einem Ausbruch zumute.«

Maja wollte gerade den Bruder Amelies zu sich bitten, da erreichte sie die Nachricht des Kollegen.

Sie rief ihn zurück.

»Marten? Wieso wollt ihr Doktor März auch zu unserer Auswertungsrunde einladen? Das tun wir sonst erst gegen Ende der Ermittlungen. Wenn wir alles auf den Tisch legen, um zu überprüfen, ob es genügend Beweismaterial gibt und wir die Abläufe wirklich abbilden können.«

»Stimmt schon«, hörte sie Nachtigall aus dem Hintergrund. »Wir sind gleich im Büro. Es wäre prima, wenn du ihn erreichen könntest.«

»Okay, dann versuche ich das. Er wird wohl wenig begeistert sein, wenn ich …«

»Maja, wir haben neue Ergebnisse. Ruf ihn bitte an!«

Nach dem dritten vergeblichen Versuch, den Staatsanwalt zu erreichen, gab sie auf.

Schickte dem Kollegen eine Nachricht aufs Handy.

Stand dann auf und holte den Sohn der Familie Hausacher zu sich.

»Herr Hausacher, Sie sind überraschend angereist. Ihre Eltern wussten nicht, dass Sie einen Besuch geplant hatten«, eröffnete sie den Dialog.

»Stimmt. Gibt es ein Gesetz, das mich verpflichtet, mich bei meinen Eltern anzumelden, wenn ich sie besuchen möchte?«, erkundigte er sich patzig. »Dann bekenne ich mich schuldig.«

Er ächzte. »Außerdem erreichte mich unterwegs der Notruf meiner Eltern, die meine Schwester nicht beruhigen konnten. Sie wissen ja, dass sie diesem Vergewaltiger über den Weg gelaufen ist.«

»Gut. Sie erreichten das Haus Ihrer Eltern viel früher,

als diese erwarten konnten. Warum haben Sie nicht darauf hingewiesen, dass Sie sehr schnell zu Hause sein werden?«, bohrte Maja weiter.

Cornelius Hausacher zuckte mit den Schulter, ließ die Frage unbeantwortet.

»Als Sie im Garten umherstreiften, war es stockdunkel, weil die Beleuchtung sich nicht einschaltete. Was genau haben Sie auf dem Grundstück zu finden gehofft? Ihre Schwester? Die gern im Dunkeln durch den Garten ging? Ganz allein, ohne Wissen eines anderen, ganz mit ihren Gedanken beschäftigt? Hätte sie nicht eher Angst gehabt, weil das Licht sich nicht einschaltete?«

»Gar nichts hoffte ich zu finden! Es war eher so, dass mir zunächst nicht auffiel, dass die automatische Beleuchtung sich nicht einschaltete. Schließlich war ich stundenlang im Nachtschwarz unterwegs gewesen. Ich wollte mit meinem Vater sprechen. Natürlich fand ich es seltsam, dass die Lampen nicht angingen, aber ich dachte, okay, ist wohl was kaputt, passiert eben. Auf dem Weg zum Haus hatte ich vor, meine Eltern darüber zu informieren. Doch als ich zur Tür kam, stand sie offen. Das ist sehr ungewöhnlich für meine Eltern.«

»Was haben Sie als Grund angenommen?«

»Das, was bei uns immer der Grund ist: irgendeine Befindlichkeit von Amelie.«

»Irgendeine Befindlichkeit?«

»Wenn sie sich ärgerte, lief sie aus dem Haus, versteckte sich, ließ sich erst nach Stunden finden. Meine Mutter dachte dann sofort an Suizid, sah ihre Tochter auf dem Dach eines Hochhauses stehen oder dem Turm einer Kirche. Wenn meine Schwester der Meinung war, es mangele ihr an Beachtung, sah die Strategie ähnlich aus. Ständig band sie alle Sinne, alle Aufmerksamkeit unserer Eltern, lenkte jedes Denken, jede Planung auf sich und ihre Probleme. Früher hatten meine Eltern Hobbys – nun hatten sie nur noch Amelie und deren Schwierigkeiten. Andere Leute hatten ja keine Probleme, nur sie, die zarte Amelie«, brach es aus dem jungen Mann hervor.

»Sie hat genervt?«

»Sehr. Ich bin dadurch in so manche Schwierigkeit geraten, musste mich immer selbst retten, weil sich ja alle um Amelie kümmerten.«

»Großeltern gab es auch nicht, die etwa mal unterstützen konnten?« Maja klopfte die Familienstruktur ab. Ahnte schon, dass die Omas und Opas auch nicht zur Verfügung standen.

»Ach, die hatten immer ihre eigenen Probleme. Alzheimer zum Beispiel, Zipperlein, Arthrose. Und wenn überhaupt, standen sie nur auf der Matte, wenn Amelie Hilfe brauchte.«

Maja versuchte, sich nichts anmerken zu lassen. Ihre Antwort fiel dennoch deutlich aus. »Weil Sie sich vernachlässigt gefühlt haben, versuchten Sie gar nicht erst, Ihr Leben in die eigenen Hände zu nehmen? Sie warteten darauf, dass man sich auch um Sie kümmern würde? Statt der Familie die kalte Schulter zu zeigen und erfolgreich zu werden, haben Sie gewartet? Worauf?«

Schweigen.

Ruckeln auf dem Stuhl.

»Haben Sie eine Therapie in Erwägung gezogen?«

»Nein. Alle hätten gedacht, ich würde nur schauspielern, weil Amelie einen Therapeuten hatte und ich nicht«, antwortete er mit erstickter Stimme, hielt den Kopf gesenkt, starrte auf den Boden.

»Sie haben es nicht einmal versucht«, stellte die Ermittlerin lapidar fest.

Er schüttelte langsam den Kopf.

»Sie haben Ihre Schwester umgebracht? Weil sie alles hatte, was Sie auch gern gehabt hätten? Liebe, Aufmerksamkeit, Unterstützung, Fürsorge?«

»Ist mir egal, was Sie denken. Ich habe sie nicht umgebracht.«

»Warum schlichen Sie im Garten herum, machten nicht auf sich aufmerksam, als Sie bemerkten, dass Ihre Eltern dort ...«

»Weil ich wusste, dass sie tot war.«

Maja drehte den Monitor so, dass der junge Mann die Bilder sehen konnte, die die Kamera eingefangen hatte.

»Ach, ich hätte gedacht, es war viel dunkler.« Interessiert beugte er sich näher zum Monitor. »Die sind ja erstaunlich gut. Mein Vater hat wohl aufgerüstet. Die haben irgendeine Art von Restlichtverstärker, oder?«

Maja wartete.

»Oh, das bin ja ich! Ausgerechnet in diesem Moment ging das Licht wieder an. Das habe ich natürlich auch bemerkt, hoffte aber, die Kameras seien defekt.«

»Können Sie mir Ihre Reaktion erklären? Es wirkt auf mich wie Jubel.«

»Ja«, er zuckte mit den Schultern. »Ist es wohl auch. Sieht jetzt natürlich ein bisschen unpassend aus – verstehen Sie: Amelie war kein Problem mehr!«

34

Peter Nachtigall rief sofort das Team zusammen.

Doktor Pankratz nahm auch an der Runde teil, einige der Kollegen, die an den Tatorten waren, ebenfalls, Lars Friedrich war auch eingeladen worden.

»Was haben wir – wäre nun eigentlich meine Frage. Heute nicht. Wir haben herausgefunden, dass die Väter der Opfer Thoralf Baumgert und Miela Trepter Juristen waren. Inzwischen wissen wir, dass beide in den Fall Phil Brand eingebunden waren. Der Vater von Thoralf Baumgert als Richter, der Vater von Miela Trepter als Anwalt des Angeklagten Phil Brand, der ihn auch beim Versuch unterstützte, eine vorzeitige Haftentlassung bewilligt zu bekommen. Tatsächlich gibt es hier Berührungspunkte zwischen den Fällen. Und nun bereitet mir eine andere Personalie Sorgen: Doktor März war als Staatsanwalt im Prozess und in die Vorbereitung involviert. Ich kenne nur Kai, weiß tatsächlich nicht, ob er mehrere Kinder hat.«

»Du glaubst, jemand tötet die Kinder der Juristen, die in diesen Fall eingebunden waren?« Silke keuchte leise. »Wo siehst du ein Motiv?«

»Ich erkläre das gleich. Aber zuerst möchte ich einen Kontakt zu Doktor März, damit wir ihm erklären können, dass eine solche Verbindung zu ihm und seiner Familie zumindest denkbar ist.«

»Du willst ihn warnen, das verstehe ich schon.« Maja zog ihr Telefon aus der Jacke. »Ich habe zwischen den Gesprächen mit den Hausachers und nachdem wir sie gehen lassen mussten dreimal versucht, ihn zu erreichen. Vergeblich. Was mich schon ein wenig erstaunt, denn sonst …«

Nachtigall wandte sich an einen der Kollegen, der die Befragung der Hausbewohner durchgeführt hatte. »Wir brauchen einen Streifenwagen zu seinem Haus!«

Kaum war die Tür hinter dem Beamten zugefallen, setzte er fort: »Amelie wurde ermordet. Das ist der neue Fakt, mit dem wir uns ebenfalls beschäftigen müssen. Bevor wir uns über mögliche Verdächtige unterhalten: Ich möchte verstehen, wie sie getötet wurde. Immerhin ging das Team, das über Notruf an den Tatort gerufen wurde, zunächst von Suizid aus, benachrichtigte dennoch die Kollegen, die den Fundort sicherten und den Arzt vom Dienst hinzuzogen. Heißt, der Täter hat die Szenerie überzeugend gestaltet, doch unsere Kollegen vor Ort waren zum Glück nicht leicht zu manipulieren.«

Doktor Pankratz räusperte sich. »Genau. Wir wurden involviert. Die rechtsmedizinische Überprüfung der Annahme, die junge Frau habe sich erhängt, konnte von uns nicht bestätigt werden. Wir haben eine Drosselmarke am Hals des Opfers entdeckt, die nicht zu dem Seil passt, das am Tatort sichergestellt wurde. Bedeutet konkret: Sie wurde mit einem dünnen Seil erdrosselt. Die Täterin oder der Täter ging wohl davon aus, dass wir nach dem Hängen am Dachbalken die ursprüngliche Drosselmarke falsch zuordnen würden. Wer auch immer sie zu Tode brachte, fand sie in einer Position vor, in der er ihr sein Knie in die obere Brustwirbelsäule drücken, ihr das Drosselseil um den Hals legen und dann eng zusammenziehen konnte. Dabei presste er wohl die Fäuste gegeneinander – so entstand am Nacken eine Lücke, ungefähr dort, wo sich beim Erhängen gelegentlich der Knoten findet. Denkbar ist auch ein Szenario, in dem der Mörder das dünne Seil so zuzieht, dass es sich vom Nacken abhebt. Auch so bildet sich eine Lücke in der Strangulationsmarke. Außerdem fehlen Faserspuren des groben Seils an den Händen der Toten. Die hätten wir finden müssen, denn bei den Vorbereitungen hätte sie selbstverständlich mit dem Strick hantieren müssen. Als das Opfer tot war, was einige Zeit gedauert haben muss, legte er das dicke Seil um den Hals der Toten und zog sie zum Balken hinauf. Es wurde zuvor ein echter Henkersknoten geformt – was die junge Frau sicher nicht getan hätte. Kaum jemand weiß, wie man das richtig macht. Beim Auffinden der Leiche hat der Vater angeblich das Seil durchtrennt, um lebensrettende Maßnahmen einzuleiten. Auch diese Aussage ist fraglich. Dazu wäre es nämlich notwendig gewesen, den Knoten zu lockern oder zu lösen. Was nicht erfolgte. Ein Wiederbeleben ist bei einem Körper, dessen Trachea durch ein Strangulationsmittel verengt ist ... nun ...«

»Sie wurde also nach dem Tod hochgezogen.« Emile sah den Rechtsmediziner fragend an. »Dazu braucht man Entschlossenheit und Kraft. Hass, Wut und Enttäuschung sind eine gute Triebfeder bei einer solchen Aktion. Wie schwer war das Mädchen?«

»Sie war mit 72 Kilo zwar nicht wirklich ein Leichtgewicht, aber eine muskulöse Person könnte diese Aufgabe schon bewältigen. Das Zungenbein war gebrochen. Vielleicht hat der Täter sie zunächst gewürgt, bis er die Drossel richtig um den Hals gelegt hatte. Könnte sein, dass sie sich gewehrt hat. Wir sehen frische Prellungen dort, wo die Hände und Unterarme bei der Gegenwehr gegen den Boden schlugen. An den Fersen finden sie sich ebenfalls. Unerfahrene Mörder unterschätzen oft, dass es ziemlich lang dauern kann, bis das Opfer wirklich tot ist. Werden von der unerwarteten Gegenwehr überrascht.«

»Wir haben auch nach Ausfaserungsspuren am Seil gesucht. Unsere Ergebnisse passen zu denen der Rechtsmedizin«, ergänzte ein Kollege des Forensikteams. »Der Körper wurde hochgezogen. Und am Hocker im Schuppen konnten keinerlei Fingerabdrücke des Opfers gesichert werden.«

»Wir haben ein technisch überarbeitetes Video aus der Zeit vor dem Auffinden der Toten. Daraufhin haben wir die Eltern und den Bruder mitgenommen, damit sie ihre Aussagen hier machen können. Und im Moment stellt sich die Situation so dar, dass theoretisch jeder von ihnen ein Motiv gehabt haben könnte, die Möglichkeit ebenfalls. Wir sind dran«, erklärte Silke.

»Wir brauchen die Kleidung, die die drei an jenem Tag und in der Auffindesituation getragen haben.« Nachtigall nickte einem der Kollegen zu. »Die müssen wir sichern. Wenn der Mord wie geschildert stattgefunden hat, finden sich Fasern der Kleidung des Täters an der Kleidung des Opfers.«

Doktor Pankratz räusperte sich. »Ich habe mir die Befunde angesehen, die nach der Vergewaltigung damals erhoben werden konnten. Demnach können wir davon ausgehen, dass Amelie zum Zeitpunkt der Vergewaltigung mit sexuellen Aktivitäten vertraut war.«

»Das Hymen war ... schon vor der Tat?«

»Genau, schon seit längerer Zeit. Die Theorie der Presse und der Eltern, man habe ein jungfräuliches Mädchen vergewaltigt, ist nicht belastbar.«

Der Kollege, der den Streifenwagen entsandt hatte, kehrte zurück, meinte knapp: »Ist unterwegs.«

»Bei Thoralf Baumgert wurde in der Wunde ein kleiner Holzsplitter gesichert, der von einem Baseballschläger stammen könnte. Bei Miela Trepter?« Nachtigall sah Doktor Pankratz fragend an.

»Haben wir ebenfalls Partikel in den Wunden sichern können. Farbpartikel. Rot und blau. Die Farben sind identisch. Also nicht nur optisch, sondern auch chemisch.« Der Rechtsmediziner zog den Mund leicht schief. »Ansonsten findet sich an beiden Leichen ein ziemlich übereinstimmendes Verletzungsbild. Aber das wusstet ihr ja schon.«

»Ich habe mit Menzel gesprochen. Weil ja das Gerücht im Raum stand, der Angreifer habe sich in der Etage geirrt. Sogar mehrfach war ich bei ihm«, begann Lars Friedrich. »Er meint, wäre er gemeint gewesen, hätte der Kerl sicher ganz schnell die Flucht ergriffen. Er sei schließlich wehrhaft. Nicht so wie dieser dünne Kipper.« Friedrich sah sich unbehaglich um und ergänzte hastig: »Das ist seine Formulierung, nicht meine.«

»Wir haben ihn auch angesprochen und wurden ähnlich abgefertigt.« Marten strich die Haare in den Nacken, wirkte genervt. »Ziemlich selbstherrlicher Typ.«

»Wir haben inzwischen eine Zeugin«, nahm Friedrich den Faden wieder auf. »Es hat tatsächlich einen Besucher gegeben, der im relevanten Zeitraum das Haus betreten hat. Ein großer, schwerer Mann, meinte die Mieterin im Erdgeschoss. Vom Gesicht sei kaum etwas zu erkennen gewesen, aber er habe einen ziemlich entschlossenen Blick gehabt. Er trug eine Röhre über der Schulter, so etwas kenne sie von ihrem Sohn, der transportiert darin Poster für seine Gigs.«

»Größe oder detailliertere Angaben konnte sie nicht machen?«

»Nein. Und ich fürchte, mehr wäre wohl auch weniger. Denn die Damen tauschen sich aus, jede will ihn gesehen haben und dichtet etwas hinzu. Wäre nicht das erste Mal.« Lars Friedrich seufzte gequält. »Ist eben manchmal schwierig, bei den Aussagen das herauszuhören, was wirklich wichtig ist.«

»Darüber hinaus gibt es bisher keine Verbindung zum Marathon und zu *Kipppunkt*. Die Aktivistengruppe in Lübbenau sieht sich nicht im Fokus eines Schlägers. Alles friedlich. Von dem Post wussten sie noch nichts. Aber sie meinten, es würde ohnehin niemand glauben, der käme von ihnen. Schließlich kommen einige Läufer, Biker und andere Sportler direkt aus der lokalen Gruppe. Der Computer, der für den Post verwendet wurde, war vorprogrammiert, er hat diesen Post selbstständig am frühen Morgen verschickt«, fasste Marten knapp zusammen.

Nachtigall wirkte nervös. »Hat Doktor März sich gemeldet?«

Maja checkte ihr Handy. »Nein. Aber ich weiß inzwischen, dass er zwei Kinder hat.«

»Hm. Einen Streifenwagen zu seiner Privatadresse haben wir schon geschickt. Hat sich die Besatzung gemeldet?«

Maja schüttelte nach einem Blick auf ihr Handy den Kopf.

»Du glaubst, jemand bringt die Kinder derer um, die im Fall Brand für die Verurteilung oder die vorzeitige Entlassung zuständig sind? Warum jetzt?«

»Wenn das alles mit der Vergewaltigung und der Verurteilung zusammenhängt, muss der Auslöser wohl die geplante Entlassung gewesen sein.«

»Aber dann bringt der Täter doch die Falschen um. Die Kinder derer, die beim Prozess eine Rolle gespielt haben.«

35

Doktor März bemühte sich um ruhige Atmung.

Sein Sohn Kai wusste doch ganz genau, dass er sich pünktlich verabschieden musste – und nun wartete der Vater schon seit mehr als einer Viertelstunde darauf, dass der Junge vom Sport kam. Die Tür zur Halle hatte sich mehrfach geöffnet, einige der Teammitglieder waren bereits zu ihren Eltern in die Autos gestiegen. Wo also …?

Wieder öffnete sich die Tür.

Der Trainer!

Schloss hinter sich die Tür ab und schulterte die Sporttasche, machte sich auf den Weg zu seinem Wagen.

Doktor März stieg rasch aus, überquerte die Straße.

»Hallo, Paul! Du, ich warte hier schon seit 20 Minuten auf Kai. Ist er schon losgegangen?«

»Das weiß ich nicht. Wenn er unterwegs ist, dann jedenfalls nicht zum Training. Er war heute gar nicht da«, gab der junge Mann zurück und warf die Sporttasche und das Netz mit den Bällen in den Kofferraum.

»Er war nicht hier? Hat das Training versäumt?«

»Na, sieht wohl nicht nach versäumt, sondern nach geschwänzt aus!«, lachte der Trainer, klopfte dem Vater beruhigend auf die Schulter. »Immerhin haben ihn ein paar der anderen auf dem Weg zur Halle gesehen. Man hat sich begrüßt und zugerufen, man sehe sich ja gleich in der Halle. Aber Kai ist eben nicht gekommen. Ist ein schwieriges Alter.

Da kann schon mal was dazwischenkommen, und Sport wird gecancelt.«

»Heute sollte die Entscheidung über die Mannschaftsaufstellung für das kommende Spiel fallen. Das war Kai enorm wichtig. Und er weiß ja, dass ich ihn heute abhole.« Der Vater war ratlos.

»Hat er sich nicht abgemeldet? Eine Nachricht geschickt wie: ›Ich gehe noch mit den anderen ins Kino‹?«, fragte nun auch der Trainer beunruhigt. »Ich meine, ist ja blöd, dem Vater nicht Bescheid zu geben, wenn ich weiß, dass der vor der Tür steht und auf mich wartet. Und Kai ist ein schlaues Kerlchen.«

»Sicher, dass niemand eingeschlossen wurde?«

»Ja. Ich checke immer alle Räume, bevor ich gehe. Aber wir können ja noch mal gucken gehen«, räumte der Coach bereitwillig ein und zog den Schlüsselbund aus der Jackentasche. »Na, gehen wir nachsehen.«

Kai, auf dem Weg in die Umkleidekabine, wurde von einem Fremden angesprochen. »Hey, hast du mal einen Moment? Ich suche den Keller. Soll hier was an der Warmwasserleitung reparieren. Eigentlich wollte mich der Hausmeister erwarten, aber wie es halt so ist. Er hat es wohl vergessen oder niemand hat ihm Bescheid gesagt. Muss ich also allein das Problem finden und die Sache in Ordnung bringen.«

»Klar, ich verstehe schon.« Kai drehte sich um und begleitete den Handwerker auf dem Weg in den Keller. »Hier durch die Tür, immer geradeaus.« Er drehte sich um, wollte zum Team stoßen, das sicher schon auf ihn wartete.

»Weißt du zufällig auch, wo der Hausmeister den Schlüssel zur Tür hier hat?«, fragte der Fremde wenig später, als er erfolglos versucht hatte, die Metalltür aufzuklinken, und den Rahmen abgetastet hatte. »Hier liegt keiner parat.«

Kai nickte. »Ich kann ihn holen.«

Wenig später kehrte er mit einem dünnen Bund zurück. »Sind nur diese drei dran. Einer passt. Ist für den Notfall, Feuer oder so etwas.«

Der Handwerker nickte. »Klar, ist besser, wenn einer weiß, wo es liegt. Sonst kommt man hier eher nicht raus, oder? Was trainierst du? Handball?«

»Ja. An fünf Tagen in der Woche.«

»Oh, das erinnert mich an meinen Bruder. Der hat auch so angefangen, heute spielt er in der Nationalmannschaft unter Gislason. Er ist richtig gut. Er ist einer der Topstürmer der Mannschaft!«

»Boah. Der ist dann sicher ein supertoller Spieler. So gut möchte ich später auch mal sein.« Kai war begeistert. Dieser Mann war der Bruder eines Nationalhandballers!

»Wenn du willst, kann ich euch bei Gelegenheit bekannt machen. Er ist natürlich oft unterwegs, aber wenn du willst, kann ich ihn mal fragen. Wie heißt du denn?«

»Kai. Kai März. Sie können mich am besten über den Verein erreichen. Fabian Schwarz ist unser Trainer.«

»Ja, kann ich mir merken. Kai März über Fabian Schwarz. Ich melde mich, sobald ich mit ihm gesprochen habe.«

»Das wäre natürlich total super! Ich geh dann wieder. Training beginnt gleich. Und ich bin noch gar nicht umgezogen. Geben Sie mir den Schlüssel, ich muss ihn für alle wieder ordentlich ablegen. Wenn Sie weggehen, sehe ich das vielleicht, aber auf jeden Fall schließe ich nach dem Training ab. Kein Problem.«

»Prima.« Der Fremde packte überraschend die fordernd ausgestreckte Hand des Jungen, zog ihn mit einem harten

Ruck zu sich heran und stieß ihn in den dunklen Flur zum Technikkeller. Kai stürzte zu Boden, rappelte sich sofort wieder auf und brüllte um Hilfe.

Doch die Tür hatte sich schon geschlossen. Er war mit dem Mann allein.

»So. Und nun gehen wir beide ganz ruhig den Gang entlang«, erklärte der und schloss hinter sich ab.

»Was wollen Sie von mir? Ich bin hier zum Training! Man wird mich vermissen und nach mir suchen«, behauptete der Junge entschlossen.

»Nun, dann wird man wohl annehmen, du hättest versäumt, dich abzumelden«, flüsterte der Kerl bedrohlich. »Und tatsächlich wird dich die Welt wohl nicht so schnell wiedersehen.«

Kai warf einen prüfenden Blick auf die mächtige Statur des Entführers, erkannte, dass er gegen einen solchen Koloss keine Chance hatte.

»Los, Kai März. Der Gang führt geradeaus. Man kann sich also nicht verlaufen!«, ätzte die Stimme neben seinem Ohr.

Kai setzte sich in Bewegung.

Dachte mit brennender Enttäuschung, dass er nun wohl nicht für das nächste Spiel gesetzt werden würde.

36

Kai horchte in sich hinein.

Angst, gut, die durfte man in solch einer Situation haben, entschied er.

Er versuchte sich zu erinnern, was sein Vater gerade neulich in einem Gespräch über die theoretischen Handlungsmöglichkeiten für Opfer bei einer Entführung erzählt hatte.

Panik war kein Ratgeber, hatte er aufgeschnappt, besser war, Kontaktversuche mit dem Geiselnehmer zu starten. Ihn zu einem Gespräch zu animieren.

Der Raum, zu dem ihn der Fremde gebracht hatte, war dunkel, Konturen von Gegenständen nur zu erahnen.

Als der Mann ihn hineingestoßen hatte, leuchtete er kurz mit einer Taschenlampe über all die Dinge, die hier gelagert waren. Danach herrschte wieder Finsternis. Immerhin hatte Kai sehen können, dass es kein Fenster gab, das er bei einer Gelegenheit hätte zur Flucht nutzen können.

»Setz dich auf den Boden!«, forderte der Mann und Kai ging in den Schneidersitz.

»So. Wir sind nun hier ganz unter uns. Ich möchte gern, dass du weißt, warum du in wenigen Minuten sterben wirst. Das ist nur fair , glaube ich.«

Der Typ setzte sich so, dass Kai keine Bewegung möglich war, die der Entführer nicht bemerkt hätte. Mit der Waffe zielte er auf seinen Gefangenen, der Junge spürte den Druck des Laufs gegen seine Schläfe.

»Nur, damit du begreifst: Alles, was du sagst, bleibt

unter uns, denn du wirst hier nicht wieder rauskommen. Deine Lage ist aussichtslos. Ich bin der Typ, der dir am Ende eine Kugel durch den Kopf jagt. Also verabschiede dich am besten sofort von der Hoffnung, jemand könne dich retten.«

Kai schwieg.

Überlegte, warum der Mann sich so unglücklich anhörte, was die Macht seiner Worte eher milderte, nicht unterstrich. Und warum wollte der Kerl reden?

Kai spürte, wie sich in seinem Körper ein wahrnehmbares Zittern ausbreitete.

»Aha. Nun bekommst du es doch mit der Angst zu tun!«

Kai beschloss, darauf ebenfalls nicht zu antworten. Sein Tod war beschlossene Sache.

»Hast du Geschwister?«

»Ja.«

»Und? Kommst du mit denen gut aus? Oder streitet ihr oft?«

»Wir kommen klar.«

»Freut mich für euch. Aber nun wirst du hier sterben. Glaubst du, das wird deine Geschwister traurig machen?«

»Ja.«

»Nein!«, brauste der Kerl unerwartet auf. »Das wird es nicht. Alle werden froh sein, dass du nicht mehr da bist!«, behauptete er hitzig. »Nicht einmal deine Eltern werden dich vermissen.«

»Ist das bei dir so? Deine Eltern würden dich nicht vermissen?« Kai flüsterte.

»Ist immer so. Geschwister untereinander mögen sich nicht. Und den Eltern sind mehrere Kinder eher lästig, sie erkennen schnell, dass eines gereicht hätte, um sich die Zukunft gründlich zu versauen!«

»Meinst du? Deine Eltern sind nicht nett zu dir?«, tastete sich Kai weiter vor.

»Zu mir sind sie widerlich. Aber zu meiner Schwester auch. Allerdings erkenne ich das erst jetzt. Und jetzt ist es eben zu spät.«

»Ihr werdet nicht gut behandelt.«

Der Entführer schwieg. Kai spürte, wie der Lauf der Waffe an seinem Kopf zitterte. Und diesmal lag es nicht an seiner Angst. Die Hand des Entführers bebte.

»Da du hier ohnehin nicht lebend rauskommst, kann ich es dir vielleicht erzählen. Von dir erfährt eh niemand mehr ein Wort. Und vielleicht töte ich mich dann selbst. So wird man uns erst entdecken, wenn der unangenehme Geruch nach Zersetzung durch den Keller zieht und man nach der Ursache sucht.«

Sie schwiegen sich an.

Kai traute sich nicht, auf seine Uhr zu sehen – und das Gefühl für Zeit ging hier unten in dieser Schwärze verloren. Sicher war nur: Die anderen trainierten längst ohne ihn. Oder war das Training vorbei? Sein Vater wäre sicher stinksauer. Hatte er beim Trainer nachgefragt? Wusste nun, dass der Sohn nicht zum Training erschienen war? Fühlte sich hinters Licht geführt, gelinkt von seinem Sohn, empfand dieses Verhalten als Vertrauensbruch?

Kai begann leise zu weinen.

37

Doktor März eilte zu seinem Wagen zurück.

Was nun? Kai war nicht der Typ, der das Training schwänzte. Dazu war ihm die Sache zu wichtig. Sein Ziel war, Handballprofi zu werden, dem ordnete er alles unter.

Er fuhr rasch nach Hause.

Als er in die Nähe seines Hauses kam, sah er einen Streifenwagen aus der Einfahrt kommen.

Kai musste etwas passiert sein! Alarmiert sprang er aus dem Auto, nahm die Stufen vor der Haustür mit einem einzigen weiten Schritt und stand seiner Frau gegenüber, die weder verängstigt noch aufgeregt wirkte.

»Nun sind die beiden Beamten schon weg. Du sollst so schnell wie möglich zur Besprechung kommen. Nachtigall hat den Wagen extra geschickt, weil du nicht an dein Handy gegangen bist. Eilig, hat er ausrichten lassen.« Sie lachte leise. »Ist die Formulierung, die er eigentlich immer wählt, oder?«

»Gut, dann fahre ich sofort hin.« Damit stürmte er zur Tür hinaus. Seine Frau schüttelte den Kopf. »Jetzt muss der arme Kai wohl mitfahren. Ist ja für einen Jungen in dem Alter ziemlich öde, im Büro auf Papa warten zu müssen.«

Sie beschloss, ein besonders leckeres Abendessen zu zaubern, um die Gemüter wieder zu beruhigen, wenn alle zurück wären.

»Hm, was habe ich denn noch im Gefrierschrank?«, murmelte sie vor sich hin und ging nachsehen.

Doktor März platzte, wie von einer schweren Sturmbö erfasst und nach vorn geschleudert, in den Besprechungsraum des Ermittlerteams.

»Oh, da sind Sie ja, wir …« Maja brach mitten im Satz ab und starrte den Staatsanwalt verblüfft an. Sie kannte ihn nicht unbedingt als Freund theatralischer Auftritte.

»Sie haben mir sogar einen Streifenwagen geschickt! Warum?«, keuchte er und begann umständlich, seinen leichten Mantel auszuziehen.

Erkennbar für alle war er im Stress.

»Ich denke, es ist genau das passiert, was wir hatten verhindern wollen.« Nachtigalls Stimme entglitt in einen sonderbar heiseren Bereich. »Eines Ihrer Kinder ist verschwunden?«

»Kai! Er war nicht beim Training. Das kann nicht sein! Er ist besessen davon. Und er hat mir keine Nachricht geschickt. Das tut er immer! Und wenn es nur eine Viertelstunde Verzögerung gibt. Immer!«

Maja schob Doktor März einen freien Stuhl zu.

Doch selbst im Sitzen war sein gesamter Körper in Bewegung.

»Wir gehen inzwischen davon aus, dass wir in allen Fällen denselben Mörder suchen. Er ist eng in den Vergewaltigungsfall von damals verstrickt. Phil Brand und Thoralf Baumgert kannten sich gut, waren beide mit Miela Trepter locker befreundet. Phil Brand war der Angeklagte, Thoralfs Vater der Richter und Mielas Vater der Verteidiger des Beschuldigten, der auch wegen der vorzeitigen Entlassung eingeschaltet wurde.«

Doktor März nahm langsam die Brille ab. Strich über die rechteckige Fassung. Fuhr sich mit einer Hand über das Gesicht. »Und nun will er meinen Sohn!«

»Könnte es sein, dass Kai zwar in der Turnhalle war, aber noch nicht beim Team? Konnte ihn jemand auf dem Weg zu den Umkleideräumen abpassen und überreden, mit ihm zu gehen?«

Eigentlich setzte er schon an, um zu behaupten, sein Sohn kenne die Gefahren, würde niemals mit einem Fremden mitgehen. Doch als er Nachtigalls Blick begegnete, sich an die spektakuläre Befreiung dessen eigener Tochter erinnerte, schluckte er den Kommentar hinunter. Räumte stattdessen ein: »Okay, er will Profihandballer werden. Ungefähr so dringend wie andere Schlagersternchen. Würde ihm jemand einen Weg weisen, der dazu führte, dass man sein Talent entdeckte – würde er wohl alle Vorsicht erst mal vergessen.«

»Hm. Wo sollte das Training stattfinden?«

»Sporthalle Sandower Schule.«

»Wie heißt der Hausmeister? Können wir ihn irgendwie erreichen? Es sollte uns jemand geräuschlos den Weg in die Halle ermöglichen.«

»Ich habe seine Nummer. Soll ich ihn anrufen?«, fragte Doktor März, und Nachtigall nickte knapp.

»Wir fahren hin. Es kommen Uniformierte mit uns mit. Befragung der Anwohner. Vielleicht hat jemand Kai kommen sehen oder es ist jemandem ein Fremder aufgefallen. Fragt bei der Hundestaffel nach, ob uns einer der Hundeführer mit seinem Tier unterstützen kann. Wenn ja, soll er bitte sofort direkt zur Turnhalle aufbrechen. Wir brauchen die empfindliche Nase dort. Im Auto liegt ein Kleidungsstück von Kai? Der Hund braucht eine Probe vom Originalduft, um ihn dann zu identifizieren.«

»Ja, da liegt ein Sweater von ihm auf dem Rücksitz.«

»Wir anderen klopfen die Alibis der in den Fall verwickelten Personen noch einmal gründlich ab. Woher kam der Bruder von Amelie? Wie konnte er so schnell vom Tod der Schwester erfahren haben? Vielleicht ist er mit seinem Auto irgendwo aufgefallen. Fragt beim Arbeitgeber nach, ob er Urlaub genommen hat. Silke, du fährst in die JVA. Konfrontiere die Gruppe damit, dass Amelie tatsächlich gesichert ermordet wurde, verweise auf die Fakten der Rechtsmedizin. Erkläre ihnen, warum wir genau wissen, dass Brand dafür nicht infrage kommt. Zeige ihnen das überarbeitete Video. Sie hatten genug Zeit, über die Konsequenzen für ihren eigenen Aufenthalt in der JVA nachzudenken. Vollmert wird sie wohl auch nicht mehr decken wollen. Maja, du holst Frau Brand zu uns. Es gibt einige sehr wichtige Punkte zu klären.«

Er sah Marten an. »Du sorgst dafür, dass die Familie von Amelie sich wieder bei uns versammelt. Alle drei. Die erste Befragung ist bereits abgeschlossen – und nun haben wir neue Fragen, die wir beantwortet haben möchten. Ein Techniker soll die Lichtanlage im Garten der Hausachers überprüfen. Verdacht auf Manipulation.«

»Dann kommen die Hausachers sicher mit ihrem Anwalt.«

»Ist ihr gutes Recht. Dennoch werden wir sie erneut einvernehmen. Mir ist eine Aussage von Frau Brand eingefallen. Erst empfand ich sie gar nicht so seltsam, doch je länger ich darüber nachdachte, kam sie mir doch auffällig vor. Inzwischen gehe ich davon aus, dass dieser Satz der Schlüssel ist. Aber nun müssen wir erst mal Kai retten.«

Er machte Doktor März ein Zeichen, und sie stürmten gemeinsam aus dem Raum.

»Was ist mit Ihrer Frau? Weiß sie, dass Kai nicht beim Sport war?«

»Nein. Sie ging wohl davon aus, dass ich ihn abgeholt hatte und er noch in meinem Wagen saß.«

»Okay!«

Er versammelte einige der Kollegen und erklärte: »Wichtige Information an alle: Dieser Einsatz ist stumm. Kein Sondersignal, Blaulicht bleibt aus. Wir schleichen uns quasi an. Es handelt sich um die Befreiung einer Geisel. Wir wollen wissen, wo der Täter sich verschanzt hat, nicht ihm mitteilen, wir seien schon vor Ort.«

Doktor März zuckte zusammen.

»Ich weiß, es klingt, als wären Sie im falschen Film, die Entführung eines Familienmitglieds ist unvorstellbar. Aber leider ist es genau das: Realität. Wir hoffen, es geht Kai gut und wir können ihn befreien.«

Der Vater nickte. Allerdings ein wenig verzögert.

38

»Ja, heul nur. Mir ist auch oft danach gewesen. Aber als Kind, ein bisschen älter als du jetzt, habe ich noch nicht alles durchschaut. Meine kleine Schwester war das Wunschkind meines Vaters. Er liebte sie vom ersten Moment an. Mehr als mich, mehr als irgendjemanden auf der Welt. Und dann, als die Kleine heranwuchs, war ich nur noch der ewige Dienstleister. Deine Schwester möchte dies, sie wünscht sich das ... Alles wurde für sie passend gestaltet. Selbst meine Mutter war nur noch Zuschauerin, nachdem das Mädchen geboren war. Ich bekam zum Geburtstag ein Buch. Ein Rechtschreiblexikon. Toll. Sie dagegen ein Fahrrad, ein Kleid, ein neues Dies ein neues Das. Mir erklärte man, es sei nur wenig Geld zum Verteilen da, deshalb also für mich nur ein Buch. Der Urlaub? Dort, wo meine Schwester ihn verbringen wollte. Ich bin nie gefragt worden. Wenn sie weinte, stand alles still und mein Vater versuchte umgehend, alles wieder für sie passend zu machen. Wenn sie behauptete, ich habe ihr etwas weggenommen, dann bezog ich Prügel. Ihre Behauptung gegen meine – sie durfte dabei zusehen, wie ich zu Unrecht gezüchtigt wurde. Mein Vater war dabei nicht zimperlich.«

»Ungerecht! So was tut sehr weh – viel mehr als die Prügel, die du bekommen hast – oder?«

»Klar. Es verletzt viel tiefer. Dort, wo niemand die klaffende Wunde sehen kann. Bestimmt weißt du, was Hass ist?«

Kai nickte vorsichtig.

Die Waffe wurde gesenkt. »Na, dann kennst du das also auch. Dieses Gefühl, nur Spielball anderer zu sein, gar nicht zu zählen, weniger zu bedeuten als das Brot unter der Butter.« Der Mann klang tief gedemütigt, verbittert.

»Wenn man so behandelt wird, ist das ungerecht. Und das tut sehr weh, besonders, wenn grundsätzlich die Schwester sich durchsetzt. Hast du irgendwann aufgehört, dich zu wehren?«

39

Die Fahrzeuge der Polizei, darunter auch zwei Mannschaftswagen, verteilten sich in den umliegenden Straßen.

Wie große lauernde Insekten harrten sie bewegungs- und geräuschlos aus.

Warteten auf das Signal zum Einsatz.

Der Hausmeister stand außerhalb des Lichtkegels vor dem Eingangsbereich.

»Herr Doktor! Wie schrecklich. Ich habe schon gehört, Ihr Jüngster ...«

»Ist schon gut«, beschwichtigte der Vater mühsam beherrscht. »Wir holen ihn jetzt da raus. Haben Sie irgendwelche Bewegungen im Gebäude bemerkt?«

»Nein. Nichts. Sieht vollkommen leer aus. Aber wenn, dann würde ich mich mit einer Geisel nicht gerade im beleuchteten Bereich aufhalten. Bewegungsmelder würden bei jedem Zucken zumindest das Basislicht aktivieren. Wenn, dann hockt der Kerl im Keller.«

»Für den Zugang zu diesem Teil des Gebäudes braucht man einen Schlüssel.« Nachtigall beobachtete die Mimik des Mannes. »Aha. Das ist also so, wegen der vielen Technik dort. Gibt es einen im Gebäude?«

»Na ja. Schon«, räumte der Mann ein. »Im Umkleidebereich der Männer ist ein Schrank mit Sportutensilien. Dort habe ich vor Jahren eine geheime Schublade eingebaut. Dem Zuverlässigsten aus jeder Trainingsgruppe zeige ich, wo der Schlüssel liegt. Ist ja wichtig, dass bei einem Brand alle rauskönnen, auch wenn ich nicht im Dienst bin. Die Handballer kamen mit Kai raus. Der hat nie gefehlt – und wenn er doch mal nicht kommen konnte, hat er sich abgemeldet. Also wusste ich dann, dass ich selbst wachsam sein musste.«

»Gut. Wir gehen jetzt rein. Gibt es eine Tür, die nicht mit Licht geflutet wird? Muss ja nicht gleich jeder sehen, was wir hier treiben«, erklärte Nachtigall ruhig.

»Ja. Hinten. Aber meinen Sie nicht, dass man das vorher checkt – also so als Geiselnehmer?«

»Wir haben nicht so eine große Auswahl an Optionen, oder? Entweder von hier oder durch den Hintereingang.« Nachtigall sah den Hausmeister interessiert an.

»Nun. Vielleicht weiß ich noch einen dritten Weg.«
Nachtigall nickte langsam.
Gab dem Leiter des Sonderkommandos ein Zeichen.

»Okay. Wir bilden drei Teams. Drei mögliche Zugangswege. Gehen wir sicherheitshalber davon aus, dass der Täter zumindest zwei davon einsehen kann. Wir lenken so vom dritten Team ab, das die Befreiungsaktion übernehmen wird.« Nachtigall teilte die Trupps ein.

Der Vater staunte über die klaren Ansagen, das ruhige Vorgehen.

Und diesen Mann sollte er demnächst in ein Rentnerdasein verabschieden?

Ruhestand würde ihm wahrscheinlich gar nicht gefallen!
So ein Mann als Pensionär?
Absurde Vorstellung.

Die vielen Kollegen funktionierten mit ihm gemeinsam wie ein einziges Team, das den ganzen Tag an Geiselbefreiungen arbeitete!

»Wir werden ihn retten, oder?«, brach sich die für den Vater wichtige Frage Bahn und verdrängte die berufsbedingten Überlegungen seiner Funktion als ermittelnder Staatsanwalt.

»Wir geben unser Bestes.« Die erwartete Antwort. Nun, schalt er sich selbst, was hast du erwartet?

Nachtigall gab derweil weitere Anweisungen an die Kollegen, verteilte Gruppen über den dunklen Bereich des Geländes.

»Gut. Eine Gruppe steht in dem Bereich, den Sie vorgeschlagen haben. Die anderen beiden werden ebenfalls eine Stürmung versuchen. Mit ein bisschen Glück verwirrt dieser Angriff von vielen Seiten den Täter. Sie warten auf mein Kommando. Gehen ganz normal zur Vordertür rein wie sonst auch und löschen das Licht in allen Bereichen. Danach liegt das gesamte Gebäude im Dunkeln. Sie kommen sofort zurück, bewegen sich zügig vom Gebäude weg. In der Zwischenzeit dringt das Sondereinsatzkommando in die Turnhalle ein. Die Männer werden professionell und zügig vorgehen.«

Nicken als Antwort. Gut, das musste jetzt genügen, entschied der Hauptkommissar.

Der Hausmeister hatte das dritte Team über den Zugang informiert. Alle wussten, was zu tun war.

Die Nerven der Akteure: zum Zerreißen gespannt.

Wäre dies ein Film, schoss es Nachtigall durch den Kopf, setzte jetzt ein an Tempo gewinnender Trommelwirbel ein. Erst ganz leise, kaum hörbar und langsam, dann zunehmend lauter und schneller.

Doktor März suchte die Nähe seines Hauptkommissars.

Die gesamte Beleuchtung des Gebäudes erlosch.

»Sie bleiben genau hier stehen«, entschied Nachtigall, winkte einen Kollegen heran, der genau dieses Verhalten des Vaters sicherstellen sollte.

Dann!

»Zugriff!«

Von drei Seiten her wurde das Gebäude gestürmt.

Überall sah man die Stirnlampen der Einsatzkräfte leuchten, die sich einen Weg durch das gesamte Haus suchten.

Schnell wurde deutlich, dass im eigentlichen Funktionsbereich nichts zu entdecken war. Auch in den abgeteilten Kabinen für die unterschiedlichsten Materialien war niemand gefangen und verborgen worden.

Nachtigall hatte sich dem dritten Team angeschlossen, kam sich schrecklich unbeweglich in der kugelsicheren Ausrüstung vor.

All das erinnerte ihn fatal an damals: seine Tochter in den Händen eines Psychopathen. Würde er auch Kai aus dieser Lage befreien können? Unbeschadet?

Die Kellertür konnte das dritte Team tatsächlich umgehen, drang über eine beim Umbau vergessene Klappe in den Keller ein.

Einer nach dem anderen tropfte von der Decke, der Spürhund im Arm seines Führers, ließ sich möglichst leise zu Boden sinken.

Der Gang war zunächst eng, weitete sich, als dicke Rohre direkt unter der Decke entlanggeführt wurden. Gespenstisch, immer nur punktuell von den Lampen der Männer beleuchtet.

An beiden Seiten gingen Türen ab.

Jede einzelne wurde möglichst geräuscharm geöffnet.

Ein Mann leuchtete den Raum aus, schloss die Tür, ging weiter. Geräusche entstanden nur durch das Rascheln der Kleidung und das leise Klappern der Ausrüstung des Teams.

Der mithilfe eines Shirts des Jungen auf dessen Duft geprimte Hund konnte das langsame Tempo der Männer nicht mehr ertragen, hatte wohl Witterung aufgenommen und begann an der Führungsleine zu zerren.

Der Hundeführer beschleunigte seine Schritte, gab dem Hund mehr Spiel.

Die Kollegen ließen Hund und Begleiter durch, folgten ihnen zügig. Vor einer verschlossenen Stahltür setzte sich das Tier plötzlich hin.

Still. Aufmerksam. Abwartend.

»Da könnte ein Sprengkörper angebracht worden sein. Als letzte Maßnahme, bevor jemand den Raum stürmen kann. Ein kleiner, der das Kind töten soll, damit der Täter doch sein Ziel erreicht; ein großer, um dafür zu sorgen, dass sich das gesamte Team in Partikel auflöst.« Der Gruppenführer flüsterte direkt in Nachtigalls Ohr.

Plötzlich waren Klopfzeichen zu hören.

»Psst. Alle Füße still«, lautete das geflüsterte Kommando.

Das unregelmäßige Geräusch dauerte an.

Dann klopfte einer der Männer zurück.

Nachtigall sah sich beunruhigt um.

Was ging hier vor?

»Prima. Ihr habt es gehört. Er ist nicht allein. Der Mann ist bei ihm. Es gibt keinen Sprengsatz. Die Tür ist verschlossen, aber das werden wir ja wohl hinkriegen!«

»Woher wissen Sie das alles?«, fragte der Cottbuser Hauptkommissar, kam sich ein wenig dämlich dabei vor.

»Morsealphabet. Ist im Kommen. Mein Sohn beherrscht es auch schon. Er sagt, gerade wenn man will, dass Informationen geheim bleiben, ist Morsen eine echte Alternative zu den üblichen Kommunikationsplattformen. Eben weil es alle hören und keiner was versteht.«

»Moment!« Nachtigall hob die Hand, und alle Helfer traten von der Tür zurück.

»Er ist nicht allein, heißt nicht, dass er nicht in Gefahr ist. Das Klopfen scheint dem Geiselnehmer vielleicht nur ein albernes Abreagieren von Stress zu sein, wie er sich die Antwort erklärt, wissen wir nicht. Vielleicht glaubt er an ein technisches Geräusch. Wenn wir jetzt einfach reingehen, werden die Geisel und wir sehr schnell Opfer. Ich mache das hier allein. Tretet von der Tür zurück«, entschied er energisch. »Alle!«

Die Gruppe Bewaffneter trat aus dem direkten Türbereich zurück, sammelte sich neu.

»Hallo, Herr Hausacher! Wir wissen sehr genau, dass Sie mit dem Jungen in diesem Raum sind. Ich weiß inzwischen auch, warum das so ist. Natürlich werden wir Ihnen helfen, sobald Sie herauskommen und den Jungen freigeben. Möchten Sie wirklich Ihre gesamte Zukunft aufs Spiel setzen?«

Es setzte erneut Klopfen ein.

Er ist überrascht, war die Übersetzung.

»Herr Hausacher, noch kann ich Ihnen helfen. Ich weiß sehr genau, was passiert ist. Mir ist bewusst, wie unlösbar Ihnen die Situation vorkommen muss. Aber wir können nachweisen, was damals wirklich passiert ist. Kommen Sie raus, lassen Sie das Kind frei! Nur so werden Sie überhaupt aus der Sache rauskommen.«

Keine Reaktion.

Nun, wurde Nachtigall klar, musste er eine Entscheidung treffen.

Er atmete tief durch.

Zog die Waffe aus der Tasche des Schutzanzugs, entsicherte sie. »Ich komme jetzt rein!«

Entschlossen trat er einen Schritt näher an die Tür heran.

Einer der Männer stand mit einem kleinen elektrischen

Bohrer parat, um das Türschloss außer Funktion zu setzen, falls die Tür tatsächlich verschlossen war.

Nachtigall umfasste mit der freien Hand geräuschlos die Klinke.

Nickte dem Team zu.

Spannte seinen Körper an, riss die Tür schwungvoll auf und richtete die Waffe auf den Mann, der auf dem Boden kauerte und den Körper des Jungen fest an sich presste, ihn als Schutzschild verwenden wollte.

Für wenige Wimpernschläge starrten die beiden Männer sich wortlos an.

Dann lockerte Cornelius Hausacher den Griff, gab Kai frei und begann hemmungslos zu schluchzen.

»Peter!«, rief der Junge und warf sich dem Hauptkommissar in den freien Arm. »Ich wusste es. Ein Nachtigall findet immer einen Weg!«, lachte er erleichtert und wischte sich die Tränenspuren schnell mit dem Shirt ab. »Ich habe die ganze Zeit über gewusst, dass du mich retten wirst«, versicherte er und behauptete: »Deshalb hatte ich auch keine Angst.«

Das Team drängte in den Raum.

Harte Hände griffen nach dem Täter, zerrten ihn auf die Füße, die Beamten legten dem Entführer Handfesseln an.

Die anderen Männer der Einheit untersuchten jeden Winkel, überprüften Kisten, sahen unter den untersten Regalbrettern nach.

»Alles save, alles sauber!«, fasste einer der Männer in Kampfmontur zusammen.

Der Hauptkommissar schob seine gesicherte Waffe ins eingenähte Holster der Jacke zurück, sicherte sie sorgfältig mit einem Band.

»Soll das Erkennungsdienst-Team gleich anrücken – oder hat das Zeit bis morgen früh?«

Nachtigall legte seine Arme um die Schultern des Jungen. Spürte die Wirkung des Schocks, die Verzweiflung, Angst – und das Gefühl, einen schrecklichen Fehler gemacht zu haben.

Er ging in die Hocke, nahm die Hände des Jungen in seine Pranken.

»Okay, du wurdest hier eingeschlossen und von diesem Mann mit einer Pistole bedroht. Er war bewaffnet, wusste, dass wir euch finden würden. Wären wir nicht gekommen, hätte er dich vielleicht allein zurückgelassen. Womöglich wäre der Kerl einfach nie mehr zurückgekommen. Wasser oder Nahrung hatte er augenscheinlich nicht dabei. Dann würden wir irgendwann hier einen Toten gefunden haben. Aber das ist nicht passiert, nichts davon! Du brauchst dir keine Vorwürfe zu machen. Was hat er dir versprochen, damit du dein Misstrauen verlierst?«

»Nun, er wusste ja, dass hier trainiert wird, wir zum Handball kommen. Und er hat mir erzählt, sein Bruder sei Profi, er könne mich mit ihm bekannt machen. Der ist ein toller Spieler! Er würde vielleicht mal mit uns trainieren! Idiotisch von mir, das zu glauben. Er hat mich einfach den Gang entlanggeprügelt und dann eingesperrt.« Beim Sprechen entstanden große Blasen vor dem Mund des Jungen, die dann geräuschlos zerplatzten.

»Wir gehen jetzt raus. Oben wartet dein Papa. Ihr solltet ins Krankenhaus fahren, damit man Fotos von den Verletzungen machen kann. Ich sehe einige Schrammen an dir, zum Beispiel eine quer über die linke Wange. Aber du weißt ja, wie das so läuft, oder?«

Der Junge nickte tapfer. »Und ein Kollege wird meine Kleidung in einen Papierbeutel stecken. Ja. Ich weiß.«

Dann flüsterte er: »Ich habe in eine Ecke gepinkelt. Und geweint habe ich auch ein kleines bisschen, da ist ein Taschentuch von mir ... kriege ich deswegen Ärger?«, flüsterte er dem Ermittler zu. »Papa wird böse sein, weil ich so dumm war. Er mag keine Trottel, die sich selbst in Gefahr bringen.«

»Nein! Ganz sicher wird er nicht verärgert sein. Er wartet oben auf dich. Und du kannst mir glauben: Er war in größter Sorge um dich. Es waren sicher die schlimmsten Stunden seines Lebens. Niemand möchte den Menschen, den er innig liebt, in Gefahr wissen!«

Der Suchhund kam ganz nah an Kai heran, schnupperte an ihm, stupste ihn an.

»Er möchte gern wissen, dass es dir gut geht. Ich habe ihn schon gelobt, belohnt auch, aber Pinkert ist ein ganz besonderes Tier. Er vergewissert sich gern, dass der Mensch am Ende der Spur wirklich wohlauf ist«, erklärte der Hundeführer.

Kai murmelte dem Tier einige Worte ins Ohr und streichelte durch das lockige Fell des Tieres. Dann dankte er dem Beamten, verabschiedete sich von Hund und Mensch, kehrte mit Nachtigall auf dem bequemeren Weg durch die Halle nach draußen zurück.

»Kai!«, rief Doktor März erleichtert und nahm seinen Sohn fest in den Arm.

Nachtigall erkannte, wie aufgewühlt der Vater war.

Doktor März barg sein Gesicht an der Schulter des Kindes, versuchte, seine Tränen der Erleichterung zu verbergen. Doch er konnte das Zucken der eigenen Schultern nicht verhindern.

»Sie wissen, was jetzt zu tun ist?«, hakte Nachtigall leise nach.

Der Staatsanwalt hielt den Sohn fest umklammert im rechten Arm, zog mit der freien Hand das Mobiltelefon hervor und informierte seine Frau über die erfolgreiche Rettung des Sohnes.

»Tatsächlich hatte ein Radiosender Wind von der Entführung eines Jungen nach dem Handballtraining bekommen. Meine Frau hat sich sehr schnell alles zusammengereimt. Ist ja nicht erst seit gestern mit einem Staatsanwalt verheiratet.« Die Stimme des Vaters taumelte, versagte beinahe. »Sie ist unendlich froh über Ihren Einsatz und die Befreiung unseres Sohnes, soll ich Ihnen ausrichten. Ein großer Dank von uns allen!«

Nachtigall strubbelte Kai zum Abschied durch die Haare, wandte sich wortlos um, wollte zum Einsatzteam zurückkehren, hielt auf einen der Einsatzwagen zu.

»Wir fahren ins Carl-Thiem-Klinikum. Dort wird man dich untersuchen. Komm!«, ermunterte Doktor März den Jungen, der sich immer wieder umsah.

Sie beobachteten, wie der Entführer in einen Streifenwagen geschoben wurde.

»Peter hat gewusst, wer der Typ war. Als der gehört hat, dass man seinen Namen kennt, weiß, wer sich hier mit einem Kind verschanzt hat, wollte er die Sache im Keller nur noch beenden.« Kai sah seinen Retter dankbar an.

»Woher wussten Sie, dass Hausacher hinter der Tür war?«, rief der erstaunte Doktor März dem Hauptkommissar nach.

»Ich wusste, dass es nur ein Hausacher sein konnte. Allerdings nicht, welcher«, meinte Nachtigall, kehrte zu den beiden zurück.

»Ich gehe davon aus, dass Sie mir diese kryptischen Äußerungen erklären werden.« Der Staatsanwalt griff nach der Schulter seines Sohnes, strebte in Richtung Auto.

»Moment!«, kommandierte der Cottbuser Hauptkommissar. »Ein Kollege wird Sie und Kai begleiten. Der Kollege übernimmt das Fahren.«

Die Stimme des Hauptkommissars duldete keinen Widerspruch – Doktor März und Kai rutschten auf die Rückbank.

Im Weggehen hörte der Hauptkommissar noch: »Woher kennst du eigentlich Peter?«

»Och, den habe ich mal getroffen, als du in einer Besprechung warst. Er hat sich zu mir gesetzt und mir spannende Geschichten erzählt. Und ich darf du zu ihm sagen. Toll.«

Dann brauste der Kollege mit Vater und Sohn davon.

40

Nachtigall war erleichtert.

Fuhr zurück ins Büro, wusste, bis er sich in sein Bett kuscheln könnte, würde es noch dauern.

Er rief Conny an, vertröstete sie auf einen Zeitpunkt seiner Heimkehr gegen Morgen.

Müde versuchte er, sich auf das Gespräch mit Frau Brand zu fokussieren, das nun vor ihm lag. Wenn er ihr Informationen entlocken wollte, musste er sie damit konfrontieren, dass er das meiste schon wusste, aber über die Erklärung einiger Details erfreut wäre.

Maja hatte Marlies Brand abgeholt, mit Tee versorgt und auf einen der bequemeren Stühle gesetzt.

Als Phil Brands Mutter Nachtigall kommen sah, knurrte sie ihm zu: »Eine Frau wie ich hat keine Lust, um diese Zeit unterwegs sein zu müssen. Was zum Teufel soll ich hier?«

»Wir glauben jetzt zu wissen, was hinter dem Angriff auf Ihren Sohn steckt. Und hinter den Angriffen auf drei weitere Menschen.«

»Und um mir das zu sagen, holen Sie mich aus meiner Wohnung. Hierher?«, hakte sie entrüstet nach.

»Nicht nur, nein. Wir haben noch ein paar Fragen.«

»Dann fragen Sie endlich, damit ich wieder nach Hause kann. Schließlich muss ich ja morgen wieder in die Klinik fahren und mich um den Jungen kümmern. War schon immer nötig, wird auch so bleiben.«

»Genau darüber wollte ich mich mit Ihnen noch einmal unterhalten.«

»Wie? Darüber, wie ich mich um Phil kümmern soll?« Die Empörung war nicht zu überhören.

»Nein. Sie haben gesagt, um Enkel werden Sie sich ohnehin nicht kümmern müssen. Das hat mich überrascht. Omas kümmern sich meist gern um ihre Kindeskinder.«

Der Blick Marlies Brands wurde gefährlich, wirkte, als wolle er todbringende Pfeile schleudern. Offensichtlich waren Enkel ein Reizthema. »Und? Ich bin eben nicht so eine Oma. Ich kann kleine Kinder nicht leiden. Punkt!«

»Ging Ihnen das mit Phil auch so, als er noch ein Baby war?«

»Nein. Das war anders. Er war klein, weich, warm, hilflos. Ohne Mutter, die sich kümmert, sterben die menschlichen Nachkommen, ist von der Natur so gewollt. Das war mir sehr bewusst, und ich habe ihn immer liebevoll umsorgt. Mit dem Heranwachsen kamen dann die Probleme. Nicht für mich. Für ihn. Und so beschloss ich, es sei kein Unglück, keine Enkel zu haben. Hauptsache, mein Kind ist dennoch glücklich.« Sie zog ein rosafarbenes Stofftaschentuch aus dem Ärmel und wischte sich ein paar Tränen von den Wangen. »Man hat ihm oft böse mitgespielt, er hat alles weggesteckt. War freundlich zu jedermann. Er ist ein guter Junge.«

»Schon. Das will ich Ihnen gerne glauben. Aber ein Problem gab es doch.«

Der gefährliche Blick kehrte zurück. »Was wollen Sie damit sagen?«, fauchte sie böse.

»Nun, er kam eines Tages mit Amelie nach Hause. Die beiden gingen freundschaftlich miteinander um, nicht wahr?«

»Ja, ein nettes Mädchen. Mehr als eine Freundschaft war das nie und wurde es auch nicht«, stellte sie sofort klar.

»Natürlich nicht. Ihr Sohn ist sexuell nicht an Frauen interessiert. Deshalb gestaltet sich die Sache mit natürlichen Nachkommen schwierig. Oder?«

»Was soll das? Es ist bei uns nicht verboten, homosexuell zu sein.«

Maja, die sich unauffällig im Hintergrund gehalten hatte, war schockiert. Man hatte damals wohl den Falschen verurteilt!

»Es ist nicht verboten, nein. Und im Moment findet gerade ein grundsätzliches Umdenken statt, was dieses Thema betrifft. LGBTIQ ist uns geläufig. Es geht für mich hier um die Frage, warum sich Ihr Sohn nicht heftiger gegen den Vorwurf der Vergewaltigung gewehrt hat. Er selbst hat seine Freundin nicht vergewaltigt. Aber stattgefunden hat der sexuelle Angriff durchaus. Wen hat Phil zu beschützen versucht?« Nachtigall beugte sich weit zu seiner Gesprächspartnerin hinüber. Sah sie intensiv an. »Ihr Sohn sitzt seit Jahren im Gefängnis. Warum schweigt er über den Täter?«

Es entstand eine Pause.

»Weil Amelie ihn darum gebeten hat?«

Ein leichtes Nicken.

»Weil es ihr peinlich war, darüber sprechen zu müssen?«

»Nun, der Kerl hat sie bedroht. Hat gesagt, er würde behaupten, die Initiative sei immer von ihr ausgegangen. Nach wie vor ist es für Frauen schwer, ihre Rolle bei einer Vergewaltigung deutlich zu machen. In anderen Ländern ist man da viel weiter. Skandinavien zum Beispiel. Das Schwein wollte die Zukunft des Mädchens vernichten. An wen sollte sie sich wenden? Phil dachte, gut, es wird einen

Prozess geben, aber es gibt keinen Zeugen, keinen echten Beweis, das Verfahren wird im Nirvana enden. Doch es tauchten unerwartet Leute auf, die die beiden an jenem Abend zusammen gesehen haben wollten. So wurde mein Sohn schließlich verurteilt. Und nun bestand die Gefahr, er könne sehr bald entlassen werden! Schon kehrte die Angst wieder, mein Sohn könne den wahren Täter verraten. Deshalb wollten sie ihn endgültig zum Schweigen bringen.«

»Wer, Frau Brand?«

»Wenn ich Ihnen das sage, wird mein Sohn mich für immer hassen.«

»Amelie ist tot!«, insistierte Nachtigall. »Sie wird nicht mehr verspottet.«

»Amelie wurde über Jahre missbraucht. Darunter muss die junge Frau sehr gelitten haben. Man hat sie zum Psychiater und Psychoanalytiker geschickt, sie in diesem Haus mit Garten eingesperrt wie in einem Gefängnis. Warum ist man so mit ihr umgegangen?« Marlies Brand warf einen raschen Blick über ihre Schulter, als befürchte sie, von jemandem aus dem Hintergrund belauscht zu werden. »Diese saubere Familie hat immer behauptet, das Mädchen habe Panikattacken, man müsse es im Schutz des Hauses und der Familie behalten. Und tatsächlich war es schon sonderbar. Wenn man sie irgendwo traf, huschte sie sofort davon. Selbst vor mir, dabei wusste sie doch, dass ich in alles eingeweiht war.«

»In alles? Sie haben zugelassen, dass Ihr Sohn ...« Nachtigall konnte kaum glauben, was er da hörte.

»Nein! Das hätte ich ihm natürlich sofort ausgeredet. Ich wusste, dass er schwul ist. Dass er sich gern mit anderen jungen Männern traf, die auch nur im Geheimen schwul sein durften. Aber dass er sich eine Vergewaltigung anhängen lassen würde, um Amelie zu schützen, hatte ich nicht einmal im Ansatz geahnt. Das erschloss sich mir erst viel später.«

»Ich verstehe es noch nicht ganz, Frau Brand: Amelie behauptete, sich nicht erinnern zu können. Ihr Sohn behauptete, einen Blackout zu haben, weil er zu Hause zu viel getrunken habe. Die beiden glaubten, das Verfahren würde einfach eingestellt? Warum konnte Amelie nicht sagen, wer sie vergewaltigt hatte? Kannte sie den Täter nicht?«

»Nun seien Sie doch nicht so schwer von Begriff! Auf der einen Seite konnte man damit ab sofort bei jeder Untersuchung rechtfertigen, warum Amelie keine Jungfrau mehr war. Das ermöglichte ihrem Peiniger freien Zugriff zu jeder Zeit. Außerdem war es möglich, eine eventuelle Schwangerschaft beseitigen zu lassen. Phil wollte sie retten. Doch er kam ins Gefängnis. Amelie auch, allerdings in das häusliche. Sozusagen in familiäre Einzelhaft mit regelmäßiger Folter.«

Nachtigall brauchte einen möglichst starken Kaffee.

»Was für eine grausame Vorstellung: Die Tochter lebt zu Hause, kann nicht fliehen, ist aller Willkür ausgeliefert. Der Mann, der ihr helfen möchte, sitzt ein. Verlorenheit, Einsamkeit, Angst. Kein Wunder, dass sie Therapeuten brauchte.«

Er rief bei Emile an. Hellwach meldete sich der Schwiegersohn, als sei er gerade aus dem Urlaub zurück. »Hallo, Peter. Ich habe schon vom glücklichen Ausgang der Entführung gehört. Gratuliere!«

Nachtigall schilderte ihm die Situation der Getöteten.

»Ein endloser Albtraum«, lautete sein Kommentar. »Willkür und Folter. Nur welcher Mann der Vergewaltiger war, ist noch nicht klar? Und diese Spekulation über eine Schwangerschaft, hm – glaubst du, da ist was dran?«

»Eine erzwungene Abtreibung? Vielleicht kann Phil uns das alles erklären. Amelie ist tot, er muss nicht mehr schweigen, er wird spüren, dass er es auch nicht mehr darf.«

Nach einer kurzen Pause setzte Emile fort: »Ein großes Dilemma für die junge Frau. Was soll sie tun? Sie erzählt jemandem, der Vater missbrauche sie nach Lust und Laune oder der Bruder, gar beide? Vielleicht war auch die Mutter beteiligt. Wir wissen um Fälle von Missbrauch der Tochter durch die Mutter. Dann wird man gegen die Familie vorgehen, alles wird ans Licht gezerrt, auch die Rolle der Mutter beleuchtet. Wenn sie nicht an dem Missbrauch beteiligt war: Hätte sie nicht schützend eingreifen können? Und dann? Es wird sein wie immer: Amelie, das schwache Opfer andauernden Missbrauchs. Die Leute werden sie seltsam ansehen, sich fragen: Warum hat sie sich nicht gewehrt, warum ist sie nicht ausgezogen? Man wird spekulieren, sie habe Vorteile durch dieses Arrangement gehabt, oder die eigentliche treibende Kraft sei die Mutter gewesen, die nicht länger als willfährige Sexpartnerin leben wollte. Vielleicht hat die Mutter sie sogar gezwungen, den Männern zu gehorchen? Du siehst, die ganze Familie wäre zerbrochen. Manchmal beginnt so ein innerfamiliärer Missbrauch schleichend, und man redet dem Kind ein, es selbst sei schuld, denn es habe ja immer gern kuscheln wollen.«

»Nun, ich verstehe eine gewisse Abhängigkeit, Wehrlosigkeit, Chancenlosigkeit. Aber warum hat Brand …?«

»Das wirst du ihn fragen müssen.«

Es entstand eine Pause.

»Meinst du, Kai, der Sohn von Doktor März, hat nur überlebt, weil wir den Mörder schon zuvor bei uns im Büro hatten? Das hat ihn nachdenklich werden lassen, seine Entschlossenheit unterminiert?«

»Denkbar. Die beiden Herren Hausacher. Aber welcher?«

41

Traudel konnte nicht schlafen.

Dieses Mädchen Amelie Hausacher hatte sich gar nicht umgebracht.

Sie wurde getötet.

Unglaublich.

Im Ort wurde über Erdrosseln gemunkelt. Traudel schüttelte sich angewidert. Wie konnte man nur so etwas tun? Aus dem Fernsehen, einer Dokumentation, wusste sie, dass es eine ganze Zeit dauern konnte, bis bei dieser Methode der Tod einsetzte.

Grauenvoll, dachte sie, ignorierte hartnäckig das angenehme Gruseln und Schaudern bei dem Gedanken daran, was Menschen Menschen antun konnten.

Manchmal überlegte sie, ob es nicht eine gute Idee wäre wegzuziehen. In eine ruhige Gegend ohne Mörder und ihre Opfer. Auf der anderen Seite wäre das wohl eine sehr langweilige Gegend.

Als die Hausachers in die Nähe von Burg zogen, waren sie eigentlich ganz sympathisch. Schwierig wurden sie erst mit der Zeit.

Dann aber richtig.

Da sie nun ohnehin nicht mehr schlafen konnte, setzte sie sich ans Fenster.

Und als sie ein wenig später wegen eines Knalls aufschreckte, wusste sie wieder, warum sie die Familie im Grunde nicht mochte.

»Weißt du«, erzählte sie der Hundedame, die sich neben ihr in den breiten Sessel gekuschelt hatte, »es war viel zu viel Falschheit zwischen ihnen. Äußerlich immer nett und freundlich miteinander, aber auf der anderen Seite war doch zu spüren, dass die Ehefrau ihren Mann nicht wirklich mochte, die Tochter möglichst Abstand hielt und von ihrem Vater ständig geknuddelt wurde. Dabei landeten die Hände mal hier und mal dort, wo Papas Finger nichts verloren haben. Sie lachten dann darüber. Aber mir ist das immer aufgefallen. Auch, dass die Tochter diese Berührungen nicht mochte. Gern ging sie etwas entfernt von ihm. Aber außer mir hat das kaum jemand bemerkt. Man hat immer nur nett über die Familie gesprochen. Besonders nach dieser Vergewaltigung auf dem Heimweg, die große Kopfverletzung, das lange Warten auf Besserung ihres Zustands. Tja – und nun ist sie tot.«

Traudel überlegte, ob sie ihrer tierischen Freundin auch von dem Mord erzählen sollte. Aber vielleicht würde das nur zu großer Aufregung führen. Sie beschloss, ohne Gemurmel weiter nachzudenken.

»Warum jetzt? Brand sollte entlassen werden – und hätte vielleicht angefangen zu reden. Oder hatte die Familie Angst, erpresst zu werden? Aber womit?«

42

Marten sah müde von seinem Kaffee auf, als Nachtigall ihn ansprach.

»Du übernimmst die Einvernahme des Vaters. Belehrt wurde die Familie schon. Lass dich nicht von ihm in die Irre führen. Achte auf jedes Wort. Versuche, deine Frage direkt an die Aussage, die er macht, anzubinden. Das Aufzeichnungsgerät läuft mit.«

Marten nickte.

»Es ist möglich, dass der Vater versucht, einen Sandwirbel als Verschleierungstechnik aufzuschütteln. Dem werden wir begegnen. Er hat keine Ahnung davon, dass wir seinen Sohn nach der Geiselnahme festgenommen haben. Möglich, dass er davon ausgeht, wir wüssten nicht, wer die Entführung und den späteren Mord geplant hat.«

»Ich soll ihm demnach nicht erzählen, dass wir seinen Sohn erwischt haben und die Geisel befreit ist?«

»Genau das heißt es. Wir nehmen alles auf, was er selbst erzählt – und am Ende konfrontieren wir ihn mit der Realität.«

»Welcher?«, fragte Marten nach und gähnte. »Ich habe den Eindruck, jeder in dieser Familie hat seine ganz eigene.«

»Hallo, Herr Hausacher. Dass wir uns so schnell wiedersehen, hatte ich gar nicht erwartet«, begrüßte Nachtigall den Mann und bot ihm einen Stuhl an.

»Na, ganz ehrlich, ich war auch nicht scharf drauf. Sie haben uns abgeholt.«

»Ja. Das stimmt. Es besteht Gesprächsbedarf.«

»Nicht von meiner Seite aus. Ich glaube, Sie haben total vergessen, dass wir einen schrecklichen Todesfall in der Familie haben. Uns lässt man keine Zeit zum Trauern. Schlimmer noch, wir werden ständig verdächtigt, mit dieser Tat in Zusammenhang zu stehen. Das ist schon ein unglaublich rücksichtsloses Vorgehen!«

»Das liegt schlicht dran, dass Sie uns nicht die Wahrheit sagen. Also müssen wir bei neuen Erkenntnissen immer wieder nachhaken.« Nachtigall lächelte entschuldigend. »Wir versuchen also noch einmal herauszufinden, was genau passiert ist.«

»Das ist albern. Sollten Sie glauben, ich könnte mich in Widersprüche verwickeln, so muss ich Ihnen diesen Zahn ziehen. Ich verwickle mich nicht.« Er lachte spöttisch.

»Sie wurden bereits darüber belehrt, dass Sie hier als Beschuldigter zum Gespräch vorgeladen wurden. Man hat Sie vorläufig festgenommen. Wir scherzen bei solchen Maßnahmen nicht.« Nachtigall bemühte sich um einen sachlichen Ton.

»Klar. Führt aber bei mir zu nichts.«

»Woher wusste Ihr Sohn, dass Amelie aufgeregt nach Hause gekommen war, Phil Brand gesehen hatte und darüber erschrocken war?«, startete Marten das Gespräch zum Thema.

»Das weiß ich doch nicht!«

»Wir werden Ihre Telefongespräche überprüfen. Sehen, wer von Ihnen wann an welchen Masten eingeloggt war. So erkennen wir, wann Sie wohin unterwegs waren und zu welcher Zeit.«

»Nur zu. Ich habe nichts zu verbergen.« Der Vater verschränkte die Arme vor der Brust.

Bollwerkspiele, dachte Nachtigall, unterdrückte ein Schmunzeln.

»Na, dann viel Spaß. Ich weiß, das ist eine ziemlich blöde Arbeit, so ein Abgleich. KI könnte helfen, gerade dann, wenn I allein mal wieder nicht ausreicht. Aber das kennen Sie ja aus Ihrem Alltag!«

Marten merkte, wie bei dieser unverhohlenen Beleidigung durch Hausacher Ärger in ihm aufbrodelte.

Äußerlich unbeeindruckt, ließ er die Bemerkung für den Verdächtigen sichtbar an sich abtropfen. Er würde sich weder aus der Reserve locken noch irgendeine Regung anmerken lassen.

Und seinen Magen ignorieren, der sich zu einer faustgroßen Kugel verhärtet hatte, die er beim unauffälligen Tasten durch Pullover und Hemd erspüren konnte.

Maja Klapproth saß mit dem Entführer Kais in einem anderen Verhörraum.

»Was für eine Aktion, Herr Cornelius Hausacher. Kaum haben wir Sie gehen lassen müssen, schon haben Sie Ihr nächstes Opfer in Ihre Gewalt gebracht. Hätten Sie den Jungen auch zu Tode geprügelt?«

Schweigen.

»Begonnen haben Sie damit, ein Gerücht zu streuen, nicht wahr?«

»Wozu sollte ich das tun?«

»Um Phil totschlagen zu lassen.« Trocken und kalt, ganz Klapproth.

»Phil? Das ist ja Blödsinn. Phil war im Knast. Den brauchte ich nicht totschlagen zu lassen. Der war schon

tot. Zumindest für diese Gesellschaft. Wegen Vergewaltigung verurteilt, an einer Jungfrau. So was mögen die Mut-
tis und Papis da draußen gar nicht«, höhnte der Mann und
grinste Maja siegesgewiss an.

»Ja, Vergewaltiger sind in unserer Gesellschaft nicht das,
was wir unter netten Menschen verstehen. Der Vergewaltiger ist einer, der sich etwas nimmt, das ihm nicht zusteht,
mit Methoden, die anzuwenden untersagt sind. Kein ange-
nehmer Zeitgenosse.«

»Eben. Sie sehen es ja auch so.«

»Und Mörder? Sind das bessere Mitmenschen?«

»Klar. Die bringen eine schwankende, taumelnde Welt
wieder ins Gleichgewicht.«

»Auch wenn man ein Kind ermordet?«

»Ach, das macht ja nicht wirklich einen Unterschied,
nicht wahr? Man kann Menschen auf vielerlei Art töten,
Kreativität ist notwendig, gute Planung.«

»Warum musste Thoralf sterben?«

»Weiß ich nicht. Ist mir auch egal.«

»Warum ist sein Tod egal?«

»Deine Fragetechnik ist nervig, Mädchen. Wenn du dich
ständig im Kreis drehst, wird das nix mit uns beiden.«

Silke trat leise ein, setzte sich zu Maja. Musterte den
bulligen Mann nachdenklich.

»Ich glaube, der denkt, er ist raus aus dem Spiel und
kann gleich zurück in die Schweiz fahren und nach New
York abfliegen. Der denkt, wir können ihm nichts nachweisen. Dabei wurde er direkt neben dem Entführungsop-
fer mit einer Waffe in der Hand aufgesammelt. Da kommt
er nicht raus. Der Junge wird alles frank und frei erzählen.«

»Nun hab's mal nicht so eilig. Wir fangen ja gerade erst

an. Und wenn ich gleich mit der Tür ins Haus falle, ist das auch keine elegante Methode für ein Verhör.«

»Er weiß nichts von den Faserspuren. Deshalb ist er der Meinung, er sei auf der sicheren Seite des Tischs.«

Der Kopf des Mannes ruckte von einem Gesicht zum anderen.

»Na, noch sind wir ja nicht fertig. Und wenn er halt nicht reden will, können wir ihn nicht zwingen. Oder haben wir auch irgendwo einen Baseballschläger, damit wir mehr Überzeugungskraft aufbauen können?«

»Hey, so was dürft ihr gar nicht, das ist verboten!«, beschwerte sich Hausacher.

»Stimmt. Aber es ist nicht nur uns verboten, sondern allen.«

»Dieser Idiot. Der hatte wenigstens keine blöde kleine Schwester«, gab Hausacher höhnisch zurück.

»Aber einen schwierigen Vater, hat man uns erzählt.« Silke schmunzelte leicht.

»Was wisst ihr schon über schwierige Eltern? Wenn Väter ihre Ehre verlieren, werden sie sonderbar.«

Silke stand auf, verließ den Raum.

Plötzlich kam Emile herein.

»Taubenschlag. Einer raus, einer rein …«, höhnte Cornelius Hausacher.

»Na, was soll ich sagen? Wir haben gerade eine Entführung und Geiselnahme beendet. Neue Fragen ohne Antworten. Sie sollten die Gelegenheit jetzt nutzen, alles zu erklären.«

Schweigen.

»Es geht hier längst nicht mehr ausschließlich um die Entführung von Kai März. Wir haben Hautpartikel an dem Seil gefunden, mit dem der Täter Amelies Körper im Schuppen hochgezogen hat. Fasern der Hose des Täters an der Kleidung von Amelie. Und wir haben sogar das dünnere Drosselseil entdeckt.«

Der Verdächtige ließ diese Information sacken.

Legte dann die Unterarme auf den Tisch und bettete seinen Kopf darauf.

Er begann leise zu greinen.

»Ich verstehe, dass es sehr schwer ist, mit dieser Bürde zu leben. Es tut weh, jeden Tag, jede Minute. Aber man kann es ändern. Allerdings haben Sie den falschen Weg gewählt.« Emile sprach leise mit dem Mann, der offensichtlich zuhörte. »Wir haben die Angaben der Zeugen und der Busfahrer noch einmal neu bewertet. Ich weiß, dass es nicht leicht war, alles zu berücksichtigen. Aber es wurde unerwartet ganz einfach, weil Phil sich wie ein Schuldiger verhielt.«

»Wenn Sie das alles nachweisen können, dann verhaften Sie mich doch.«

»Sie wurden bereits verhaftet. Schon vergessen? Das war vor der Belehrung über Ihre Rechte. Wenn wir Sie in Ihre Zelle bringen lassen, sind Sie mit Ihren Gespenstern ganz allein. Ich denke, Sie sollten uns besser erzählen, was vorgefallen ist.« Maja musterte den Mann wütend.

»Als Ihre Mutter mit Amelie schwanger war, änderte sich die Struktur der Familie.« Emile wartete.

»Sie wollte das Kind nicht«, behauptete Hausacher. »Weil es ein Mädchen würde, hat sie später gesagt. Sie habe gespürt, dass es ein Mädchen würde. Alle Versuche, die Schwangerschaft zu beenden, schlugen fehl, hat sie mir später erzählt. Mein Vater hat ständig auf sie aufgepasst – also eher wohl auf das Baby.«

»Und dann?«

»Wurde sie geboren. Amelie. Er nahm sie meiner Mutter

weg, sie bekam nicht die Brust, sondern die abgepumpte Milch meiner Mutter in einer Glasflasche. Von ihm. Unser Leben drehte sich fortan um Amelie. Ich war endgültig vergessen. Durfte Handreichungen geben, mehr nicht. Wenn sie quengelte, war ich schuld, wenn sie krank war, hatte sicher ich den Keim eingeschleppt, wenn sie unglücklich war, alles meine Schuld. Meine guten schulischen Leistungen später wurden nie wahrgenommen, Amelies schon, sie wurde gelobt, selbst wenn sie grottenschlechte Noten kassierte. Amelie durfte sogar auswählen, wohin wir in Urlaub fahren sollten. Es war unerträglich. Und mein Vater begann, seine Zuwendung an Maßnahmen zu knüpfen. Wenn du mit mir Fahrrad fahren willst, sorge dafür, dass die Kleine dies und das bekommt. Ich hasste sie! Und jeder neue Tag nährte dieses zerstörerische Gefühl. Mein Vater benahm sich immer sonderbarer. Mutter kümmerte sich nicht gern um das Mädchen, und zu mir sagte sie immer, na, du brauchst mich nicht, du bist stark, du gehst deinen Weg. Aber auch sie war keine Unterstützung. Nie!«

»Zweitgeborene sind häufig schwer zu ertragen«, half Emile ein bisschen weiter.

»Nein, das war es nicht. Nicht wie in anderen Familien, wo für einen Ausgleich gesorgt wurde, damit das ältere Kind sich nicht vernachlässigt vorkam. Nein. Es war einfach so. Zu jeder Stunde des Tages. Nach der Vergewaltigung behielt er seine Tochter im Haus. Damit sie in Sicherheit war. Pah!«

»Sie war nicht sicher.«

»Nein. Nur eben jetzt weggesperrt. Er konnte nun tun und lassen, was er wollte. Meine Mutter war wehrlos, sah schon seit Jahren einfach konsequent weg, ich war ausgezogen, nicht mehr da. Freie Bahn für Papa.«

»Nur um das unmissverständlich zu formulieren: Wir sprechen über sexuellen Missbrauch durch den Vater.« Emile wollte Klarheit in den Angaben.

»Ja. Und er brachte meine Mutter dazu, ihm zu helfen, ihn zu decken, das Gerede der Nachbarn unter dem Deckel zu halten. Sie war schon vor der Hochzeit für ihn nichts anderes als eine Beute. Als sie älter wurde, passte sie nicht mehr zu seinen Vorstellungen von Sexpartnerin.« Er atmete tief durch, sah Maja und Emile mit verhangenem Blick an und ergänzte voller Verachtung: »Wir haben an Amelies Unglück kräftig mitgearbeitet. Aktiv und passiv, durch Hilfe bei der Vertuschung und Schweigen.«

»Soll ich davon ausgehen, dass Ihr Vater Sie zu den Morden anstiftete?«

»So würde er das nicht formulieren. Er hat mich einfach geschickt.«

Danach schwieg er.

43

Nachtigall sprach mit Frau Hausacher.

»Es war ein Schock für Sie, dass Ihre Tochter vergewaltigt wurde.«

»Sie werden es ohnehin rausfinden. Ich weiß, dass die Möglichkeiten der Polizei in den letzten Jahren deutlich besser geworden sind. Und tatsächlich: Mir reicht es jetzt. Ich habe mein bisheriges Leben nicht leben können. Und nun habe ich alle verbliebenen Chancen verspielt. Diese Familie ist ein Hort der Boshaftigkeit und des Sadismus, glauben Sie mir!«

Marten zuckte leicht zusammen. Mit einer solchen Eröffnung hatte er nicht gerechnet.

»Mein Mann war nach der Geburt unseres Sohnes von mir enttäuscht. Von mir! Als hätte ich irgendeinen Einfluss auf das Geschlecht des zu zeugenden oder gar gezeugten Kindes! Ein Sohn. Für viele Männer der ersehnte Stammhalter. Doch nicht für meinen. Er wollte ein Mädchen. Der Junge war ihm von Anfang an ziemlich gleichgültig, aber immerhin bewies seine Geburt, dass er potent war. Offensichtlich für manche Männer ein wichtiger Punkt.«

»Die Situation änderte sich, als Sie mit einem Mädchen schwanger waren?«, tastete Nachtigall sich vorsichtig voran.

»Klar. Endlich. Erst wusste ich gar nicht so genau, warum das so wichtig für ihn war. Bei unserer Hochzeit war ich sehr jung. Hatte keinerlei Vorstellung von dem, was von einer Ehefrau in der Regel erwartet wurde. Er sorgte schnell dafür, dass diese Wissenslücke ausgefüllt wurde. Als Amelie geboren wurde, änderte sich in unserem Leben alles. Er hat die Pflege des Kindes übernommen. Nachdem abgestillt war, wurde es noch leichter für ihn. Unser Sohn war gar nicht mehr Teil irgendwelcher Überlegungen. So wie ich auch nicht. Wir waren nur noch geduldet.«

»Und am Abend der Vergewaltigung? Da konnte er nicht auf seine Tochter aufpassen?« Nachtigall senkte die Stimme, Aufdringlichkeit hatte hier keinen Platz, er spürte, dass die Mutter ihm nun alles erzählen würde. Zumindest das, was ihren Mann betraf.

»Er war nicht zu Hause. Eine von vielen Lügen, die er selbstbewusst genug vortrug, um jeden Zweifel im Keim zu ersticken. Er war es, der Phil Brand ins Spiel brachte. Es war seine Aussage, die ihn belastete. Und hat ja geklappt, plötzlich hatte noch jemand Phil gesehen, sicher einer, der auch mal in die Zeitung kommen wollte. Ziel war es, diesen Mann hinter Gitter zu bringen, damit der sich Amelie nie mehr nähern könnte.«

Nachtigall wartete.

Gab Marten ein Zeichen zu übernehmen. »Aber Ihre Tochter wurde schwer verletzt«, stieß der junge Kollege leise hervor.

»Ja. Sie sollte sehen, was er ihr antun kann, wenn sie sich nicht fügt.«

»Sie haben das gewusst und geschwiegen.«

»Was sonst? Er hätte mich jederzeit töten und einen häuslichen Unfall vortäuschen können. Kontakt zu Nachbarn oder etwa Freunden von vor der Eheschließung hatte ich ohnehin nicht mehr. Er hatte freie Bahn. Der Sohn würde schweigen, dafür hatte er gesorgt.«

»Wie?«

»Das fragen Sie ihn am besten selbst. Ist nicht meine Aufgabe, Ihnen das zu erklären.«

»Was ist im Schuppen passiert?«

»Ich war nicht dort. Woher also soll ich es wissen? Mein Mann hat sie getötet? Ja, denkbar! Mein Sohn? Wäre auch plausibel. Mich zu verdächtigen? Passt auch. Ich weiß, dass ich sie nicht getötet habe, aber ich weiß, dass Sie mir nicht glauben. Weisen Sie es mir nach, und ich glaube Ihnen.«

Es klopfte, ein Kollege gab Nachtigall ein Zeichen, und er trat in den Gang hinaus.

»Die Kollegen haben jetzt das gesamte Video überarbeitet, die Sequenzen aller Kameras bearbeitet. War eine Megaaufgabe, soll ich euch ausrichten, weil die ihr Gelände mit sieben Kameras überwachen. Den anderen habe ich auch schon Bescheid gegeben.« Er übergab grinsend die mobile Festplatte wie ein wertvolles, zerbrechliches Kunstwerk.

»Danke. Natürlich auch an die Kollegen.« Damit drehte Nachtigall sich um und gab Marten zu verstehen, er solle auch kommen.

Sie trafen auf Maja und Silke.

Doktor März war zu seiner Familie aufgebrochen, wusste die Ermittlungen in guten Händen.

»Das Video ist unglaublich. Die Kollegen haben großartige Arbeit geleistet. Ist fast so, als wäre das Licht der Überwachungsanlage gar nicht ausgefallen.«

Alle vier starrten auf den Monitor, der nun auch die letzten Geheimnisse preisgab.

»Die Mutter hat das Mädchen in den Schuppen gebracht? Wozu?« Marten war ratlos.

»Seht mal, wer dann kommt.« Silke deutete auf einen bulligen Schatten, der sich wenig später deutlich erkennbar der Schuppentür näherte, aus der unerwartet der Vater trat. In der Hand hielt er ein Seil.

Vater und Sohn stritten sich.

Dann kehrten sie gemeinsam in den Schuppen zurück.

Wenig später verließ der Sohn das kleine Gebäude.

Wohin er ging, war nicht erkennbar. Offensichtlich hatte er das Grundstück verlassen, wurde von der Kamera nicht mehr erfasst.

Die Mutter kam langsam mit müden Schritten ins Bild.

Auch sie trat in den Schuppen.

Machte dann kehrt und reichte ihrem Mann, der hinter ihr in der Tür stand, ein Handy.

Dann drehte sie sich um, tat, als wolle sie wieder in das kleine Gebäude zurückkehren, ließ sich aber widerstandslos abdrängen.

Der Sohn kehrte ins Bild zurück, wanderte ziellos über das Gelände und kehrte dann mit der schon bekannten Geste direkt ins Licht zurück.

»Wir sehen alles – und nichts«, murrte Nachtigall.

»Nun, das stimmt nicht.« Couvier, der ebenfalls zugesehen hatte, beugte sich vor. »Hier hat der Vater die Drossel in der Hand, seht ihr? Wahrscheinlich ist Amelie zu diesem Zeitpunkt bereits tot. Der Sohn wird zum Aufhängen des Körpers benötigt, er ist schwerer als der Vater, kräftiger. Denkbar ist, dass er an den Beinen gezogen hat, um das Erhängen glaubhafter zu machen. Als alles arrangiert ist, das Seil durchtrennt wurde, der Körper der jungen Frau wieder auf dem Boden liegt, kommt die Mutter mit dem Handy. Es ist der gesamte Ablauf. Alles inszeniert wie ein Bühnenstück. Allerdings hatten sie wohl keine Zuschauer geplant. Und die Freude des Bruders ist echt, er wurde in diesem Augenblick vom Licht voll erfasst.«

»Alle waren beteiligt.« Marten schauderte. »Ich hoffe, eure Fälle sind nicht immer so unglaublich. Eine Familie tötet gemeinsam ein Mitglied. Bleibt die Frage: warum?«

»Weil Phil Brand nicht gestorben ist.« Nachtigalls Stimme war dumpf. »Vollmert kam zu früh zurück. Er musste den Notruf absetzen, man sah ihn ja im Video über den Gang laufen. Eine Rechtfertigung für die Verzögerung hätte er schwerlich finden können.«

»Reines Glück für Brand?« Marten sah Nachtigall an. »Klärt nicht das Warum.«

»Phil sollte entlassen werden. Er hätte nun die Wahrheit sagen können – und alles wäre ans Licht gekommen. In dieser Situation musste die Familie zusammenhalten, gemeinsam agieren. Die Freude des Bruders über den Tod der lästigen Schwester war echt.«

»Und die Entführung von Kai?«, setzte Marten nach.

»Die war notwendig, um den Rahmen aufrechtzuerhalten. Jemand tötet, weil ein falsches Urteil gefällt wurde. Die Spur sollte weit weg von der Familie führen. Der Sohn hat die Morde als durchaus gerechtfertigt empfunden, er wollte, dass die Familien sehen, was es bedeutet, ein Kind zu verlieren.« Couvier klang traurig. »Es war so, dass der Sohn nie eine Familie im wahren Sinn kennengelernt hatte. Eifersüchtig beobachtete er, wie Klassenkameraden von ihren Eltern behandelt wurden, begriff, dass er solch eine Wärme nie bei seiner Familie erfahren könnte. Sein Hass wuchs, seine Verstrickung allerdings auch. Doch das Leiden seiner Schwester interessierte ihn nicht, er war mit Selbstmitleid beschäftigt, weil er sich Amelies vorgeblichen Wünschen unterordnen musste. Diese Kinder aus Familien zu töten, die verstrickt waren in den Prozess um Amelies Vergewaltigung, die ihre Position in der Familie zementierte, schien ihm sonderbar logisch.«

»Dabei wollte der Vater nur eine falsche Fährte legen.« Silke seufzte. »Krank.«

»Ja«, mischte sich Couvier wieder ein. »Vielleicht. Das werden Gutachter beurteilen müssen.«

»Um den anhaltenden sexuellen Missbrauch zu decken, war dem Vater jedes Mittel recht. Am Ende selbst der Tod der eigenen Tochter.«

»Für mich stellt sich die Frage, warum er Kai verschont hat.« Maja sah den Kollegen an.

»Der Junge entsprach vielleicht dem Bild, das er von sich hatte, als er selbst in dem Alter war. Ein Bild, das nie Realität werden konnte. Er hat ja über die Opfer recherchiert. Wusste um deren Tagesplanungen. Vielleicht hat er sie sogar observiert. Und Kai ist eben nicht erwachsen. Ein Kind, das noch eine Chance hatte. Ich gehe davon aus, dass er nach dem Mord an Amelie zunächst davon ausging, die Begründung seines Vaters für die Morde sei nachvollziehbar. Die haben mich dazu gezwungen, meine Tochter zu töten, weil sie diesen Phil wieder rauslassen wollen. Einmal hat sie ihn schon getroffen. Nun müssen die dafür bezahlen, dass sie ihre Arbeit nicht gut gemacht haben!« Nachtigall atmete tief durch. »So wie Amelie natürlich auch schuld daran war, dass er sie missbrauchen musste. Als sie vom Einkaufen zurückkam, hatte sie unerwartet Erinnerungen an den Abend, wusste, dass sie nicht mit Phil unterwegs war. Der Vater musste befürchten, dass ihr auch der Rest wieder einfallen könnte. Phil und Amelie hätten gemeinsam das gesamte Lügengebäude zum Einsturz gebracht.«

»Ich habe noch ein paar Fragen, die ich klären möchte.«
Nachtigall griff nach seiner Jacke, sah sein Team an. »Familienbande sind häufig nicht aus Satin«, murmelte er beim Rausgehen. »Bin in einer Stunde wieder zurück«, rief er über die Schulter zurück. Dann ergänzte er: »Fangt schon mal an, die Geständnisse und die dazugehörigen Fakten zu protokollieren und zu sortieren. Der Moment ist günstig. Alle wissen nun, dass sie das Ende der Sackgasse erreicht haben. Blind End.«

»Genau, so könnte es gewesen sein«, bestätigte Couvier. »Das konnte der Vater nicht riskieren.«

»Und der Bruder war willfähriger Helfer.« Marten schüttelte den Kopf. »Sind alle eure Fälle so?«, fragte er dann unsicher.

»Nein«, erklärte Silke. »Die meisten sind ganz normale Morde. Ausgeführt von Leuten wie du und ich. Mach dir also keine Sorgen!« Damit klopfte sie dem Neuen aufmunternd auf die Schulter. »Hier arbeiten Ermittler mit Nervenstärke, und zu denen gehörst du ja jetzt auch!«

44

Peter Nachtigall fühlte sich für einen weiteren Schritt im Rahmen der Ermittlungen zuständig.

Er fuhr langsam durch die Stadt, dachte über Formulierungen nach, die er verwenden könnte, ohne allzu sehr zu drängen.

Natürlich hätte er auch Emile mitnehmen können, der womöglich sicherer in solch einem Kontext reagieren könnte als er selbst.

Auf der anderen Seite wurde er das Gefühl nicht los, der Gesprächspartner wäre dann eher gehemmt.

Also würde er es eben nun im Alleingang versuchen, schloss er seine Überlegungen endgültig ab, parkte den Wagen hinter der Oberkirche.

Als er bei Bartholomäus Scholz klingelte und auf den Summer wartete, der ihm die Tür öffnen würde, gab er sich einen sichtbaren Ruck.

Wenige Augenblicke später stand er dem jungen Mann gegenüber, der ihn eher schuldbewusst denn überrascht ansah.

»Sie? Nun, vielleicht habe ich das sogar erwartet.« Er seufzte und bat Nachtigall herein.

»Sie sind hier, weil die Ermittlungen stocken und Sie nun doch einen Zeugen brauchen, der die Karre aus dem Sumpf zieht.«

»So würde ich es sicher nicht formulieren«, stellte Nachtigall klar. »Ich bin eigentlich hier, weil ich glaube, dass Sie sich unbedingt mit Phil Brand aussprechen sollten. Ich weiß, es ist eine harte Entscheidung gewesen, eine, für die Ihr Freund beinahe mit dem Leben hätte bezahlen müssen. Kommt Ihnen der Preis nicht auch ziemlich hoch vor?«

Bartholomäus wurde blass, und sein eher feistes Gesicht wirkte plötzlich eingefallen.

»Ich verstehe nicht, was genau Sie damit andeuten möchten«, errichtete er gefühlt eine Mauer aus Eiswürfeln.

»Das glaube ich nicht. Aber was ich glaube, ist hier nicht relevant. Ich weiß. Und zwar, dass Phil und Sie zur LGBTIQ Gruppe gehören!« Nachtigall hatte auf dem Sofa Platz genommen und beobachtete sein Gegenüber im Sessel sehr genau.

»Gucken Sie mich gefälligst nicht so an! Ich bin schließlich kein exotisches, vielleicht giftiges Insekt!« Scholz' Reaktion war heftig und für Nachtigall keineswegs unerwartet. »Wer auch immer das behauptet hat, wollte Sie und Ihr Team nur in eine falsche Ermittlungsrichtung schicken!«

Die Tür zum Nachbarzimmer ging auf, und der Besucher, von dem Nachtigall bereits wusste, trat in den Wohnraum. Sah den Ermittler überrascht an und fragte dann ziemlich unbeeindruckt: »Na, Bart, meinst du, ich kann in dem Outfit bei der möglichen Schwiegermama punkten?«

»Klar«, gab Scholz in distanziertem Ton zurück. »Aber vielleicht solltest du das nicht mich, sondern deine Flamme fragen? Die wird am besten wissen, was ihrer Mama seriös vorkommen wird.«

»Das werde ich auch tun, aber deine Meinung ist mir schon sehr wichtig.«

»Okay, dann kriegst du sie. Das Sakko ist okay.«

»Hä? Bloß das Sakko?«

»Das ist aus meinem Schrank, nicht wahr? Dunkelblau ist als Farbe für solch einen Besuch nicht verkehrt. Aber den Rest, den musst du noch einmal überdenken. Ein Hemd in Knallrosa? Dazu ein giftgrüner Schlips, der auch noch ungeschickt geknotet ist? Das trägt man heute nicht mehr. Und so alt ist die künftige Schwiegermutter nicht, dass sie sich an diesen Modetrend noch erinnern könnte. Die Schuhe? Na ja, Sneaker sind bequem, Lederschuhe gelten allerdings eher als gediegen und lassen gute Erziehung und Geschmack durchblicken. Aber ganz klar: eine anständige Hose sieht in den Augen einer Schwiegermutter wohl doch anders aus!« Damit wies er auf die tiefen Risse an mehreren Stellen. »Top modisch, aber doch nicht gut!«

»Okay. Ich lass das jetzt erst mal an und treffe mich mit meiner Liebsten.« Der junge Mann grinste unsicher. »Mal hören, was sie so zum Styling meint. Warte nicht auf mich, es wird sicher eher früher Morgen als heute Nacht.«

Damit drehte der junge Mann sich um, nahm klappernd einen Schlüssel vom Bord und ließ die Tür hinter sich laut ins Schloss fallen.

Bartholomäus ging nachsehen, ob sein Übernachtungsgast tatsächlich gegangen war.

Kehrte zurück. »Kann ich Ihnen etwas zu trinken anbieten?«

Nachtigall lehnte ab. »Ich weiß, dass Phil Sie schützen wollte. Seine Mutter hat sehr offen über die Beziehungen Ihres Sohnes gesprochen.«

»Glaube ich gern. In ihren Augen war Phil immer nur das Opfer.«

»War er das nicht?«, hakte Nachtigall ein.

»Er war nicht nur mit der Lösung einverstanden, sie war sein eigener Vorschlag. Die Idee eines Märtyrers.«

»Das sollten Sie mir erklären. Jetzt!«, forderte Nachtigall, und plötzlich wirkte der junge Mann nervös.

»Sie lassen jetzt aber kein Band mitlaufen?« Das klang eher nach Flehen als nach Protest

»Wir haben mit Frau Brand gesprochen. Ihr ist die sexuelle Orientierung ihres Sohnes komplett gleichgültig. Es sei sein Leben, hat sie uns glaubhaft vermittelt, sie sei der Meinung, er müsse es so gestalten, wie er es für richtig hält. Die Aussicht, auf Enkel verzichten zu müssen, hat für sie keinerlei Relevanz. Ich gehe davon aus, dass Ihre Familie nichts weiß.«

Bartholomäus Scholz senkte den Kopf.

»Sie haben auch nicht vor, das zu ändern?«

»Das ist nicht so einfach. Schon wenn ich plötzlich Veganer würde, könnte das eine Riesendiskussion in meiner Familie lostreten. Sie machen sich keine Vorstellung davon, wie so etwas bei uns abläuft.«

Er senkte den Kopf womöglich noch tiefer.

»Haben Sie es denn je probiert? Oder immer alles nur nach Wunsch erledigt – zumindest offiziell?« Nachtigall hatte seine Stimme gesenkt. Er wusste nicht genau, ob ihm der große, kräftige Mann gegenüber wirklich leidtun sollte.

»Mein Vater hat ein erfolgreiches Unternehmen. Familiengeführt seit Generationen. Service steht hoch im Kurs bei uns, der Kunde soll sich rundum wohlfühlen. Der Kunde, behauptet mein Vater, ist konservativ, glaubt an Werte und gesellschaftliche Normen. So! Und nun soll ich ihm erzählen, sein Hoffnungsträger sei schwul? Schlimmer noch: Der einzige wahre Freund, den der Sohn hatte, sitzt ein, weil der Sohn nicht genug Arsch in der Hose hatte, aufzustehen und zuzugeben, dass der Beschuldigte die Vergewaltigung gar nicht begangen haben konnte, weil er genau zu der Zeit mit mir das Bett teilte, wir dabei viel Spaß hatten? Mein Vater bekäme einen Infarkt, ich würde enterbt, und meine Mutter würde mir Gift ins Essen mischen. Bartholomäus, die Schande der Familie!«, schluchzte der junge Mann auf. »Ich würde nicht nur meine Zukunft zerstören, sondern gleich die der ganzen Familie!«

»Aber die Tatsache, dass Ihr Freund als mieser Vergewaltiger ins Gefängnis musste, war zu ertragen? Haben Sie sich Gedanken darüber gemacht, wie die Mithäftlinge mit einem solchen Kerl umgehen?« Nachtigall versuchte, die aufwallende Wut zu unterdrücken, konnte aber nicht verhindern, dass sich Hitze über sein Gesicht ausbreitete.

»Wenn man es so sieht, bin *ich* das böse Schwein. Stimmt.« Die Stimme war nur noch ein Flüstern. »Aber ganz so war es eben auch nicht.«

»Ach?«

»Amelie wusste zunächst gar nicht, dass nicht alle Väter solche Dinge mit ihren Töchtern taten. Für sie gehörten die ja irgendwie zum Alltag. Andere Mädchen hatten eine sehr liebe Mutti, bei ihr war es für Amelie der sehr liebe Papi. Als die Gefahr bestand, sie könnte unbedacht etwas von dem Geheimnis preisgeben, begannen die kleinteiligen Kontrollen, machten die ersten Lügen über Amelies geistige Gesundheit die Runde. Man begann, die geplagten Eltern zu bedauern, die schlossen Amelie mehr und mehr im Haus ein. Die Nachbarn bedauerten die Eltern, die das Kind betreuten wie einen schweren Pflegefall oder bei schwerem Intelligenzdefizit.«

»Niemand hat sich eingeschaltet?«

»Nein. Amelie wollte an jenem Abend eine Freundin treffen. Sie hatte einen Besuch im Klinikum hinter sich, klagte über Bauchschmerzen, wurde vom Unterricht für einige Zeit freigestellt. Aber an jenem Abend, nach der Fete, war sie verabredet. Sonst hätte Phil sie natürlich bis zum Gartentor begleitet. Wenngleich wir ja wussten, dass die Gefahr nicht auf dem Weg, sondern im Haus lauerte. Am nächsten Morgen erfuhren wir, was passiert war. Ein Schock. Wir berieten uns, trafen dann die Entscheidung, niemandem von unserer Nacht zu erzählen. Alles Weitere ist Ihnen bekannt.«

»Würden Sie wieder so entscheiden?«

»Ich weiß es nicht«, gab Nachtigalls Gegenüber kleinlaut zu. »In der Rückschau sieht natürlich alles anders aus. Hätte ich gewusst, wie das alles endet, wäre ich wohl nicht auf den Vorschlag eingegangen. Damals erschien es uns einfach, wir waren sicher, dass Phil nie und nimmer verurteilt würde! Großer Irrtum!«

Nachtigall beobachtete schweigend, wie der junge Mann seine Finger verknotete, löste, verknotete, sein linkes Bein anfing zu zucken, sein Gesicht autonom vor sich hin grimassierte, als sei es kein Teil des Gesamtkörpers

Leise stand Nachtigall auf.

Der Kopf des jungen Mannes ruckte hoch, die Verzweiflung in seinem Blick loderte sichtbar. »Ich war heute bei ihm.«

»Gut. Ich hatte Ihren Namen auf die Liste der zugelassenen Besucher setzen lassen.«

»Ich hätte nie gedacht, dass man einem Menschen so etwas antun kann. Ich habe nur seine Hand vorsichtig in meiner gehalten, gespürt, wie er versuchte, mit seinen Fingern meine zu streicheln. Das muss für ihn enorm schmerzhaft gewesen sein. Doch selbst in dieser Lage wollte er ausgerechnet mich trösten. Mich. In meinem ganzen Leben habe ich mich kaum jemals schlechter gefühlt. Als ich ihn verließ, versprach ich, ich würde morgen wiederkommen. Und das werde ich auch. Es wird für mich eine schwere Zeit anbrechen, doch ich muss diesen Weg nicht allein gehen. Ich verstehe, dass wir damals einen Fehler gemacht haben, hielten uns für edle Recken auf dem richtigen Pfad. Alles Quatsch. Amelie wurde getötet, Phil fast zu Tode geprügelt, und mich hat nur meine Feigheit gerettet. Schönes Fazit!«

Er hievte seinen schweren Körper aus dem Sessel, zog eine Schreibtischschublade auf, entnahm ihr mehrere eng bedruckte Seiten.

»Sehen Sie, vielleicht brauchte ich nur ein paar Stöße vor die arrogante Brust, um zu erkennen, was jetzt getan werden muss. Als ich aus dem Klinikum nach Hause kam, habe ich die Aussage getippt, die ich vor Jahren hätte machen sollen. Ich gebe sie Ihnen. Unterschrieben habe ich schon.«

Er reichte die Seiten weiter.

Seufzte.

»Ich arbeite ehrenamtlich im Sportverein, trainiere die Jungenmannschaft. Handball. Seit Gislason ist das wieder sehr populär. Ob man mich nun rauswirft, wird sich zeigen. Wahrscheinlich werden einige besorgte Eltern ihre Boys nun nicht mehr zu mir schicken wollen. Dabei ist Pädophilie etwas anderes als Homosexualität. Aber das wissen die meisten nicht. Oder sie wollen es einfach nicht unterscheiden. Und wenn Phil sich erholt hat, ziehen wir zusammen. Auch das haben wir heute ausgemacht – soweit das in seinem Zustand eben geht. Meine Zukunft ist nun ungewiss, aber ein schlechtes Gewissen ist eine Bürde, die ich nicht mehr zu tragen gedenke.«

Nachtigall verabschiedete sich.

Wusste schon jetzt genau, was er mit Doktor März neben den Details des Falles noch besprechen würde: Er kannte jetzt einen guten Handballtrainer …

Mal sehen, was geht, dachte er und beeilte sich, zurück ins Büro zu kommen

45

Doktor März erwartete ihn schon in seinem Büro.

Nachtigall zuckte erschrocken zurück, als er die Tür aufstieß.

»Oh, Doktor März, haben sich noch neue Details ergeben?«

»Ja. Ich denke schon. Mein Sohn...«, dabei wies er auf Kai, »möchte Ihnen noch etwas erzählen. Ich glaube, der Entführer hat gedacht, er könne sich endlich jemandem anvertrauen, der all die Informationen wenige Minuten später für immer verschweigen müsste.«

»Okay, Kai. Und nun möchtest du mir erzählen, was den Mann beschäftigt hat?«, erkundigte sich Nachtigall in freundlichem Ton.

Kai nickte heftig.

»Gut. Ich werde draußen warten.« Doktor März stemmte sich aus dem unbequemen Stuhl, strich seinem Sohn über den Kopf, was zu einer Abwehrgeste führte.

»Gut.«

Kai war kein Freund großer Worte, schloss Nachtigall. Im Punkt durchaus seinem Vater ähnlich.

Der große Ermittler nahm auf dem Stuhl Platz, den der Staatsanwalt gerade geräumt hatte.

»Alles okay bei dir?«, fragte er leise.

»Ja. Aber ich möchte dir doch sagen, dass der Mann mir auch leidtut. Was er mir erzählt hat, bedeutet, dass er in seiner Familie immer übersehen wurde, es sei denn, er wurde aus Versehen gebraucht.«

»Hat er das so empfunden?«

»Ja, ich habe ihn so verstanden. Und als ich mit Papa im Krankenhaus war, dachte ich, wie schrecklich es wäre, wenn man mich in meiner Familie nicht lieben würde. Sich keiner für mich interessierte. Papa hat auf mich gewartet, wollte mich abholen. Er hat dann sogar Paul angesprochen, nach mir gefragt. Ist nicht einfach zornig weggefahren. Nur so wurde schnell klar, dass etwas nicht stimmte. Bei diesem Mann war das an jedem Tag, den er erlebte, anders.«

»Vielleicht hat er es nur so empfunden. Wäre doch möglich.«

»Aber das macht doch keinen Unterschied – oder? Er hat sich zurückgesetzt gefühlt, die Schwester dominierte jeden Tag, jede Aktivität, jeden Urlaub. Das muss sich für ihn schrecklich angefühlt haben.«

»Er hätte eine Therapie gebraucht?«

»Bestimmt. Und ganz ehrlich, Peter, als ich mit ihm da in diesem Raum saß … nicht nur ich habe geweint. Und je mehr er mir von sich erzählte, desto klarer wurde mir, dass keiner von uns diesen Raum lebend verlassen sollte.« Kais Stimme verdämmerte.

Nachtigall legte seine Hand tröstend auf die leise zitternde des Jungen.

»Wir haben ein wachsames Auge auf ihn. Auf die ganze Familie.«

»Das ist gut. Weißt du, er hat mir erzählt, dass sein Vater ihn gezwungen hat, schreckliche Dinge zu tun. Ich wollte nur, dass ihr das wisst. Er hatte keinen Grund, mich zu belügen, schließlich ging er davon aus, dass ich nichts von alldem weitererzählen könnte.«

46

Das Restaurant war gut besucht.

Peter hatte einen Tisch reserviert, das Restaurant hatte diesen sorgfältig vorbereitet. Ein großer Blumenstrauß stand darauf, eine kleine Pappschachtel mit großer Schleife lag daneben.

Conny sah sich interessiert um, als der Restaurantleiter sich ihnen vorstellte und die beiden zum Tisch geleitete, die Karte präsentierte und fragte, ob man vorab schon ein Getränk genießen wolle.

Conny war sofort beeindruckt.

Als der schlanke Mann die Gläser mit Sekt vor ihnen abstellte, holte er noch eine riesige Tafel an den Tisch.

»Das finden Sie nicht in der Karte. Ist eine besondere Erweiterung für diese Woche. Wir wechseln immer, damit unsere Gäste etwas Neues entdecken können. Das macht den Gästen Freude und uns auch«, erklärte er mit fröhlichem Lachen.

»Du hast gesagt, hier gibt es diese flambierten Nudeln. Feuer am Tisch. Das finde ich wunderbar. Ich würde diese Nudeln wählen.« Connys Gesicht strahlte in Vorfreude.

Sie stießen an.

»Nun musst du aber nachsehen, was in dem Kästchen ist.«

Vorsichtig öffnete Conny die Schleife, entfernte das schwere Geschenkpapier und warf einen vorsichtigen Blick in das Schächtelchen.

»Ach, Peter Nachtigall! Das ist umwerfend schön!«, freute sie sich dann, küsste ihren Mann liebevoll. Hob dann vorsichtig einen der Ohrringe heraus. »Wie schön gearbeitet! Den Tipp haben dir die Katzen gegeben!«

Nachtigall nickte. »Du weißt doch, sie sind meine Verbündeten. In solchen Fragen kennen Katzen sich besonders gut aus«, räumte er bereitwillig ein.

Als das Nudelgericht am Tisch flambiert wurde, waren nicht nur die beiden Nachtigalls begeistert. Das ganze Restaurant schien zuzusehen.

Sein Fischgericht war auch ohne Flammen besonders wohlschmeckend, und der Koch hatte es appetitlich, beinahe kunstvoll, arrangiert.

Nachtigall beobachtete glücklich das Gesicht seiner Frau. Alles bestens.

»Wird uns wohl bald wiedersehen, dieses Restaurant«, meinte er und sah Conny nicken.

»Mir gefällt es hier. Und Emile würde sich mit der Familie hier auch wohlfühlen. Ein neuer und bemerkenswerter Geschmack in der Stadt. Wir erzählen ihnen, wie schön es war, übernehmen morgen die Enkel und schenken den beiden auf diese Weise einen gemütlichen Abend zu zweit«, entschied sie dann.

Als sie Stunden später nach Hause aufbrachen, waren sie sich einig: ein wunderbarer, gelungener Abend.

»In den nächsten Tagen ist allerdings Zurückhaltung bei der Nahrungsaufnahme angesagt«, erklärte Conny. »Das hervorragende Essen und das tolle Tiramisu sehen wir morgen auf der Waage!«, lachte sie dann.

»Der Tipp war von Fabian. Ich denke mal, wenn morgen Nicola zu Maja kommt, werden sie auch hier essen gehen.«

»Sag mal, der neue Kollege macht sich gut? Wird er bleiben können? Und wollen?«, fragte Conny auf der Heimfahrt.

»Ich hoffe, ja. Er fügt sich gut ein, denkt mit, formuliert intelligente Fragen. Na ja, der erste Fall war natürlich ein bisschen belastend – aber das war er für uns alle.«

»Er soll ins Team, damit er lernen kann?«

»Ja. So sieht es aus. Maja konnte sich bei diesem Fall mit Silke zu einem festen Team verbinden, das hat gut geklappt. Ich erkenne einen Plan hinter dem Ganzen. Aber zum alten Eisen gehöre ich noch nicht!« Seine Miene verfinsterte sich plötzlich.

Conny lachte leise. »Nein. Gehörst du nicht!«, bestätigte sie zuvorkommend und die Ohrringe mit der Katze wippten dabei.

DANK

Es ist wunderbar, dass der *Gmeiner-Verlag* auch diesen Fall für Peter Nachtigall verwirklichte.

Mein besonderer Dank gilt all den treuen Fans dieser Reihe, die schon nach jedem neuen Band auf den nächsten Fall warten, und denen, die neu in die Serie von spannenden Ermittlungen in Cottbus und Umgebung starten, sowie dem Piemonte im Park Hotel Branitz mit seinem sympathischen Team um Romeo und der hochkarätigen Küche, das mir ermöglichte, dieses Restaurant für eine Szene zu nutzen. Vielen Dank dafür!

Gern bedanke ich mich an dieser Stelle bei meiner Lektorin Claudia Senghaas, die den Text einfühlsam bearbeitete, sowie dem Team des *Gmeiner-Verlags*, das an der Buchwerdung meines Textes oder der Auswahl des Covers beteiligt war.

Alle Bücher von Franziska Steinhauer:

SPANNUNG

GMEINER

WWW.GMEINER-VERLAG.DE
Wir machen's spannend

Agneta Sjöberg
Der Tote auf Öland
Kriminalroman
368 Seiten, 13,5 x 21 cm,
Klappenbroschur
ISBN 978-3-8392-0576-1

Auf der schwedischen Insel Öland machen Touristen
eine grausige Entdeckung. In Borg Eketorp, hinter
Steinen versteckt, liegt ein männlicher Leichnam –
nackt, mit tiefen Schnitten im Gesicht. Die Kom-
missare Luna Bofink und Alban Larsson aus Kalmar
übernehmen die Ermittlungen. Doch die Identi-
fikation des Toten gestaltet sich schwierig. Innerhalb
weniger Tage sterben vier weitere Menschen und den
Ermittlern ist klar: Sie haben es mit einem Serienmörder zu tun.

GMEINER SPANNUNG

WWW.GMEINER-VERLAG.DE
Wir machen's spannend

Ella Danz
Nachbarinnen
Roman
320 Seiten, 13,5 x 21 cm,
Klappenbroschur
ISBN 978-3-8392-0743-7

Vier Frauen, zufällige Nachbarinnen in einem Miets-
haus: Jenny, die unbedingt schwanger werden will,
Tanja, die ihre drei Kinder größtenteils allein erzieht,
Vera, deren Sorgenkind ihr behinderter Mann ist, und
Frederike, die sich aufopfernd um ihren kränkelnden
Sohn kümmert. Jede sucht nach Gemeinsamkeiten oder
aber nach den Rissen in der heilen Fassade des Lebens
und der Liebe nebenan. Als die Umstände die Schick-
sale der Frauen enger verknüpfen, treten unerwartete
Abgründe zutage und es kommt zu dramatischen
Ereignissen.

GMEINER SPANNUNG

WWW.GMEINER-VERLAG.DE
Wir machen's spannend

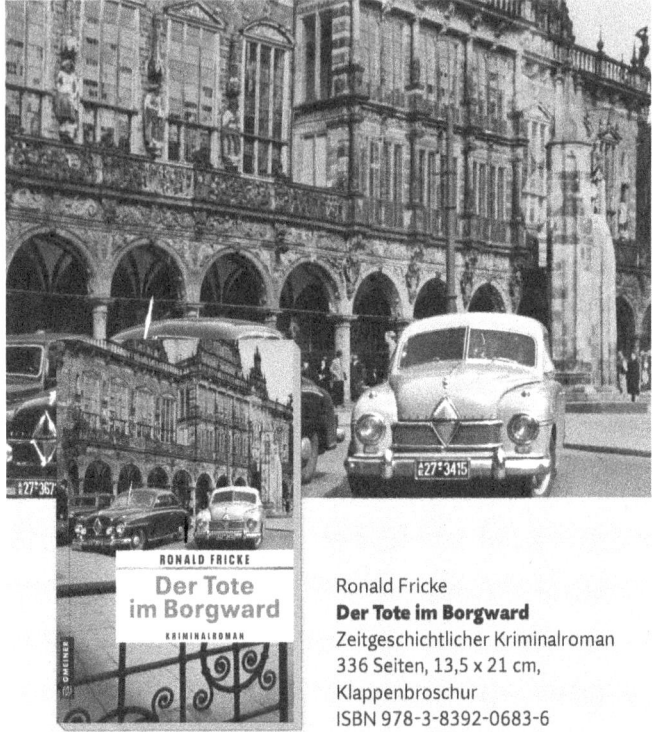

Ronald Fricke
Der Tote im Borgward
Zeitgeschichtlicher Kriminalroman
336 Seiten, 13,5 x 21 cm,
Klappenbroschur
ISBN 978-3-8392-0683-6

Thomas Neumann, der Finanzchef des insolventen
Automobilherstellers Borgward, wird tot aufgefunden.
Kommissaranwärter Nettelbeck und sein erfahrener
Kollege Schröder übernehmen den Fall. Die ersten
Spuren führen zu Borgward selbst. Musste Neumann
sterben, weil nicht jeder an einer Rettung des Unterne-
hmens interessiert ist? Als die Ermittler beginnen, sich
gegenseitig zu misstrauen, keimt in Nettelbeck ein un-
vorstellbarer Verdacht, der ihn an seine Grenzen bringt.

GMEINER SPANNUNG

WWW.GMEINER-VERLAG.DE
Wir machen's spannend